小说眼·看中国 丛书

相思树

秦岭 著

山西出版传媒集团 北岳文艺出版社

·太原·

图书在版编目（CIP）数据

相思树/秦岭著.—太原：北岳文艺出版社，2021.5
 ISBN 978-7-5378-6382-7

Ⅰ.①相… Ⅱ.①秦… Ⅲ.①中篇小说－小说集－中国－当代②短篇小说－小说集－中国－当代 Ⅳ.①I247.7

中国版本图书馆CIP数据核字（2021）第047526号

书　名：相思树
著　者：秦　岭
责任编辑：李建华
书籍设计：张永文
印装监制：郭　勇

出版发行：山西出版传媒集团·北岳文艺出版社
地　　址：山西省太原市并州南路57号
邮　　编：030012
电　　话：0351-5628696（发行部）
　　　　　0351-5628688（总编室）
传　　真：0351-5628680
经 销 商：新华书店
印刷装订：山西出版传媒集团·山西新华印业有限公司

开　本：890mm×1240mm　1/32
字　数：320千字
印　张：11.75
版　次：2021年5月第1版
印　次：2021年5月第1次印刷
书　号：ISBN 978-7-5378-6382-7
定　价：49.80元

本书版权为本社独家所有，未经本社同意不得转载、摘编或复制

我为什么欣赏秦岭的小说

（序）

岳 南

秦岭的小说里，有世相的秘密，所以我欣赏。

当作家成为人和社会关系的探秘者，作品才能不被无情的历史所淘汰。我当年创作三卷本《南渡北归》时就把握一条：在历史和社会的迷局中，用自己的方式尽量靠近真相，或者谜底。我相信，聪明的读者也定能从秦岭的小说集《相思树》中读到世相的秘密，除非你习惯了云遮雾罩的生活。《相思树》中的十几个中短篇小说，对于始终在叩问社会的读者一定不会陌生，这些小说当年在期刊发表后，曾被大量转载或登上中国年度小说排行榜，有的还在《名作欣赏》《文艺争鸣》《作品与争鸣》等期刊引起讨论甚至争议。引起争议是正常的，小说发表后如果不声不响，那一定是作者揭秘的切口不痛不痒。

我在《文艺报》撰文评价秦岭的小说时用过这样的标题：《秦岭小说的迥异和价值》，其中有四个小标题，分别是：独特的认识价值、反思的穿透力、虚构的力量和悲悯的温情。

秦岭在一篇获奖感言中说："底层人物之所以挣扎着，坚守着，因为内心还有渴望。"盯住渴望远比锁定绝望更重要，因为它有唤醒的意味。在《一起上路的两个女人》中，作为计生专干、有孕在身的"我"与突击队一起押解同样怀孕在身的闺蜜前往计生站实施引产手术，"我"千方百计露出空当试图让对方逃跑，可对方误以为"我"不仅出卖了她，而且是最坚定的"看守"。"我"为了她导致胎死腹中，她最终逃跑后不仅生下了私生子，而且这个私生子长大后向"我"要说法。在《风雪凌晨的一声狗叫》中，为了抓捕超生对象，突击队事前已经用麻醉枪射倒了全村所有的狗，眼看大功告成，却被一声意外的狗叫惊动全村，超生对象乘机翻墙逃走。狗叫分明是身为乡长的突击队队长装出来的，但人人心怀鬼胎，迅速把矛盾转移到农民那里。《上门女婿王根宝》更是别开生面，小说以"一胎化"招上门女婿几乎绝迹的这一千古婚姻形式为引线，以全国唯一的二胎试点县——山西翼城男子王根宝为了爱情不惜离开故土去姑娘家"倒插门"的故事为载体，用纪实和虚构、史料与判断相结合的办法，深刻剖析了"一胎化"带来的家庭危机、养老危机、爱情危机和社会危机。不难发现，在秦岭笔下，无论基层政权的执掌者，还是计划生育对象及其家属，都不设标签，不论褒贬，每个人都是一个复杂、矛盾的综合体，他们既有狡猾、粗暴、无情的一面，同时又富有良心、道义和悲悯的情怀。论者认为："绵延长达几十年的计划生育，是当代农村生活中无法绕开的生活形态，秦岭不仅长驱直入切进了这一生活的剖面，而且为我们提供了考察现实生活的样式和路径。"相对而言，我最欣赏的是《一起上路的两个女人》，乡村女性在腹内胎儿的生死关头表现出来的那种母性和心性，惊天地泣鬼神，远远超出了计划生育本身，让我想到日本电视剧《血疑》中弥足珍贵的温情。它定格于生活，还原于人心。

《借命时代的家乡》站在中国民间文化的制高点上，以"水"作为透视现实乡村的反光镜，用本真、洗练、丰厚的西部民间语言营造叙事语境，深刻揭示了以人为主体的社会矛盾。小说巧借人与人、人与神、人与牲畜、人与自然之间的关系，蓄满了罕见的悲剧力量，为我们提供了观察现实社会的全知视角和多重界面。《摸蛋的男孩》中，从七岁就开始练习把手指伸进母鸡屁股摸蛋的男孩全全，梦想着让"城里人"吃上蛋,当他后来发现城里的供应制远比乡村优越时,狠狠地把鸡屁股捅出了血。杨显惠认为这是"从鸡屁股里捅出的历史",可谓一语中的。在我看来,秦岭介入现实的理念不媚俗,不跟风,选点精准,以小见大,尖锐如锥。秦岭用铁律的重锤对社会矛盾的轮番敲击,迥异有声,不同凡响。

反思是需要辩证思维和历史观的,这是秦岭的又一优势。在《幻想症》中,"我"的奶奶是当年备受歧视的西路军流落人员,她平时装聋作哑,却在梦中说真话,于是被认为鬼魅附体而惨遭鞭挞驱鬼之苦。后来父亲帮助奶奶割掉了舌头,奶奶这才成为"正宗"哑巴。而当年被奶奶掩护得救的战友,子女移居国外后又以华侨身份前来投资办厂,"我"和父亲却沦为农民工。同样的"红二代",反而在和平年代形同天壤。当保持沉默需要装聋作哑,当担心说真话需要割掉舌头,其富有穿透力的反思视角和深刻寓意,直抵时代和人性的病灶。《寻找》中,"我"爷爷当年悄悄掩埋了红军烈士的遗体,然后以"掩埋的是国军兄弟的遗体"为由"骗"得伪政府的信任,新中国成立后为了自证清白,他不得不以挖山栽树的方式用一生来寻找当年的坛子。这两篇小说完全打破了革命战争题材的叙事模式,作者把革命者、农民的角色在战争与和平两个不同的年代进行换位、重置,把历史和现实巧妙地糅杂在一起,让我们在人物的命运中感受到了历史的吊诡、现实的轻浮和人性的复杂性。《杀威棒》被认为是"用另类视角审视知青历史"的一篇小说,"我"的民办教师父亲从知青身上感受到了"城里人"和"乡里人"的身份落差,于是以"教育"的名义鞭打知青的孩子。改革开放后,摆脱乡村的孩子凭借海外关系成为旅美歌唱家,但"师生情"却扑朔迷离,心灵隐痛悄然隐匿在浮华时代的一隅。段崇轩认为:"这是本年度(2011年)最具历史反思意味的小说。"在我看来,如果说史铁生的《我的遥远的清平湾》站在知青的视角彰显了可贵的人文关怀而具有标志性的话,那么,《杀威棒》的标志意义至少有两个：一是稀有的农民立场，二是反思的穿透力。《不娶你娶谁》和秦岭当年的成名作《绣花鞋垫》同属他的"乡村教师系列"。相对于无忧无虑的城市教师，偏远地区乡村教师尴尬的情感荒漠、婚姻危机、生活窘境成为反衬，成为对比当代知识分子心灵底色的良心秤。比如，男教师和女学生同样卑贱的命运，致使传统伦理和道德不断沦陷，光怪陆离的师生恋反而成为维护乡村教育事业的救命草。其强大的穿透力在于，当知识分子面对城乡差异，迅猛发展的社会到底是离现代文明远了，还是近了？

纵观历史，人类没有离开过各种各样的灾难。秦岭之所以被誉为"第一位成功表现汶川地震灾难的小说家"，不光因为汶川地震当年就开始发表地震灾难系列小说，重要的是他善于在人类灾难这种"非常态生活"中探寻人们的情感逻辑。他的地震题材小说集《透明的废墟》曾多次登上"好书榜"，究其原因，是其虚构的"真实"征服了读者。《相思树》就是其中的一篇。枯燥的家庭生活使夫妻关系有名无实，那么，情人是否是维系家庭责任的救命草？答案却并不在常态生活的逻辑里。当地震灾难来临，该拥有的，可能失去了；该失去的，可能拥有了。人性中久久隐匿的脆弱与复杂、单纯与困顿，全写在了世相的题板上。

秦岭的小说中那些弥足珍贵的认识价值、反思路径和温情呼唤，让人和社会的关系得到有效的文学解剖。一个对社会缺乏思考的人，未必能够走进秦岭的小说，能够走进者，心头必然沾满了社会的烟尘，因而产生共鸣。

2020 年 12 月 31 日于北京

（岳南：山东诸城人，著名作家、学者，台湾清华大学驻校作家，著有《南渡北归》三部曲、《大学与大师》等数十部非虚构作品）

目 录

相思树 / 001
透明的废墟 / 035
不娶你娶谁 / 069
借命时代的家乡 / 113
风雪凌晨的一声狗叫 / 175
皇粮 / 234
寻找 / 275
杀威棒 / 292
摸蛋的男孩 / 304
幻想症 / 316
上门女婿王根宝 / 333
一起上路的两个女人 / 353

相思树

一

相思树开始了奇妙的舞蹈，举手投足，婀娜多姿。

初始，当午后的阳光像舞厅里旋转球灯的彩光片儿一样，经过相思树繁茂叶片的过滤筛选，碎细而活泼地在车内飞舞的时候，我还误以为是激情巅峰时刻的奇妙幻境呢。这是从来没有过的幻境。不！不是幻境，是现实。这应该是我们在一起最棒的一次。现实的陶醉，陶醉的现实。

摇晃，震颤，颠簸……

啊啊啊，怎么可能？我的判断立马失效，既不像幻境，也不像现实。不是的！不是平常在一起缠绵的那种。我和龚兆鹏都没有如此超越生理极限的力量。这不是来自我们自身的攻击和陷落。

车体发疯了，像毫无节制的筛子，更像在一个巨大的跳床上做弹跳运动。是地震吗？天哪！真的是地震吗？我终于想到了地震。

常态的生存和生活体验中，我们最容易忽略的，恰恰就是来自大自然的反常脾性。试想，在我们凡俗的生活中，第一时间，我们怎会想到是地震呢？

——是地震。地震的恶魔正张牙舞爪地撕扯着这片古老的土地。

龚兆鹏慌乱中从我的怀里挣脱出来,说,快!快!

我也说,快!快!

恐惧把我从似是而非的温馨和迷醉中拽了回来。我听到了一种类似于轰炸机群飞过的呼啸声,后来我才明白这声音来自大地的抽搐、梗塞、喘息和呻吟。

你一定无法想象我们从车里出来的一刹那看到了什么。眼前的世界把我吓呆了。我们紧紧相拥,根本来不及整理胡乱套在身上的衣服。大山、小车与我们一起颤抖。山下的城市——我们的家园,那鳞次栉比的楼群和房屋,正像积木一样一片片倒塌,倒塌伴随着灰土和尘雾的飞旋、翻卷,在四下升腾、弥漫开来,湮没了街道、广场和公园。对面北山上仿佛正在经受着炸弹的袭击。炸点密布,千疮百孔,硝烟四起。飞扬的碎石,拖着长长的尾巴,狼群一样呼啸着直扑山下的城市……

我俩变成了十足的哑巴。紧紧攥着的,是手,我的,他的。

世界在最不可靠的时候,我们本能地靠近了相思树。相思树和所有的树木一样,像是生命中被强行注入了类似摇头丸的毒品,痛苦地摇摆,从树干,到树枝,到叶片儿。

太不可思议了,一刹那,世界把最陌生、最恐怖的一面,和盘托出。

我和龚兆鹏是上午下班前来到山上的,和平时一样,我们随车带来了可口的午餐和饮料。每次见面都会有赏心悦目的程序。今天中午的程序,从我们喝掉两瓶红酒开始。他轻轻打开了这个激情似火的女人:我。像是探究一个传说中的谜,让我们一起陶醉。

更像打开一部美丽的诗集。我的每一页闪亮光洁的文字都毫无保留地为他眨巴着修长的睫毛,我飘逸的长发和洁白的肌肤写满了他喜欢的诗句。这是在车里,宽窄适度的后座像一张温床,更像一叶泊在湖心岛旁的小舟,承载着一个风光旖旎的二人世界。窗外,山坡上茂密的小草在齐刷刷地吟唱,葱茏的树木拥抱成天然的屏风。车旁的相思树显得挺拔颀长，亭亭玉立，翠绿舒展的叶子把夏日的阳光筛成散玉碎冰，透过车窗玻璃，和我们自由的身体一起在春夏之交的温情里摇曳。

出发前，我给办公室的对桌杨芸芸打了招呼，我说，我出去一下，如果有我工作上的事情，烦劳受理，回头，请妹妹去酒吧。

单位人际复杂，只有死党才会有这种口气。杨芸芸诡秘地朝我笑了笑，说，去吧。从她诡秘的笑里，我的秘密一览无余。

都说相思树是一种太脆弱的树种，它对水分和营养的要求过于奢侈，如果非得把它栽在野外，无异于剥夺它的生存权。事实上，我只在袁黛莉所在的县园林处苗圃基地见过它。当时我和袁黛莉的关系并没有后来那么尴尬。我曾好奇地问过袁黛莉，嫂子，这是什么树苗？怎么没见过。

袁黛莉说，这叫相思树，象征爱情的树，我们刚从外地引进的。

我从袁黛莉的介绍中听出了一种久违的憧憬和诗意。只是，如我这个离过婚的女人，即便够不上人老珠黄，爱情这个东西早就夭折在心灵的墓场荒草萋萋了。我好奇的不是爱情这个生硬的概念而是相思树本身的生活习性。相思树长在我们这里的苗圃，它不会委屈，也不会寂寞。这里有袁黛莉们慈母般的呵护和丰足的营养，似乎没有什么植物在这里可以不无忧无虑地生长。在风靡以栽树作为纪念的年代，我和龚兆鹏之所以选择这种充满挑战的树种，不仅出于对我们感情萌芽的呵护，对感情生命的叩问，更在于感情成长的象征意义，或者为我们感情寓言定义，它使我们约会的理由具象化了，成为一种冥冥之中的吸引和召唤。

可是，你一定想不到，我们只在相思树幼小的生命恢复元气之初浇过为数不多的几次水，因为我们惊奇地发现，我们完全小觑了相思树，在野外，它生命的姿态和原动力比我们想象的要乐观、豁达得多，即便是长期疏于管护，照样容光焕发。它把自己融入生命力极其旺盛的漫山遍野的叫不上名堂的乔木、灌木之间，分明在验证什么叫坚强和实力。它和我们的感情一样生机盎然。

这是一棵不可思议的树。护林员感慨。

那次撞上年迈的护林员纯属意外，我们的车刚刚开到这里，护林员恰恰巡山路过。护林员说，不知道这棵纪念树叫啥名字，也不知道是谁栽的，能长这么好，我没想到。一般来说，这样的树很不适宜于生长在我们山上的，这几年栽树的人爱树的人多了，有许多懂树的义工在维护着他们。这种树，你们小两口也是第一次见吧？

这是我们第一次听别人用小两口为我们的关系定义。老人一定不知道，他这种顺理成章的惯性思维给了我内心多大的甜蜜和回味。老人的话，同时也给我们提供了一种可能，也就是说，相思树的生命力，是不是得益于某位义工的精心呵护呢？

我们首先礼貌地回答了老人的问题，实质上是回避一种关联。我说，是的，是第一次见这种树。

龚兆鹏干脆说，我们也叫不上这种树的名字。

面对一位素不相识的长辈，龚兆鹏把谦恭和欺骗同时做到了头。

真是难为了我们，该怎么答复呢？多情的少男少女时代早从黏稠而厚重的岁月中遁去，为人父母的滋味让我们眺望到了抵达中年彼岸的淡定、宁静和曾经沧海般的世俗。相思树啊相思树，相思二字，更像我们心泉里悄然分泌的糖汁儿，如若从我们的口里轻易地流淌出来，会矫情得成为一杯没有颜色的凉白开。

在以后的六年里，我们在相思树下频频相约。偶尔，我会下意识地朝林荫深处眺望，因为是下意识，说不上是期待还是担心，总觉得会邂逅那位未曾谋面的可敬义工。六年了，零零散散见了不少义工，唯独没有发现他们与相思树的某种关联。相思树分明是在自觉生长，无意识地展示着它天然的魅力，一次又一次让我们收获着温馨和感动。相思树的无私和胸怀，冥冥之中坚定了我们的恪守和承诺。尽管，我们早就忘却或者忽略了对相思树浇上哪怕是一杯水，施上一勺肥，驱赶一次害虫。在浪漫和陶醉中，我们其实早就忽略了相思树和义工有什么必然联系，我宁可认为，相思树是用自然和本能的力量为我们而存在。

山上到底有多少纪念树，恐怕连山上的护林员都说不清。能说清纪念树的，恐怕只有栽下纪念树的人。

这是春夏之交五月中旬的正午，相思树一如既往地见证着我和龚兆鹏的相约。但谁也不会料到，此刻，在这里，在周边，一场旷世灾难不期而至。

二

死亡八万人，失踪两万人，伤残十八万人，倒塌房屋……

关于我们这座城市经受的创伤，我无论怎么表述也会显得啰唆无力，媒体时代让这里发生的一切一目了然。天哪！罕见的八级地震，让活生生的八万人，去了，去了，永远地去了。去了那边。

人们在悲情的诗歌里，把那边称作天堂。

如今看来，我们大脑中不可思议的认识误区，真的到了不可饶恕的地步，总以为对这个世界是多么的了解和默契。你一定想不到地震改变我们乃至世界的手段、方式是多么的干净利落、不讲情面。一瞬间，所有的既定模式会乾坤颠倒，它的威力远远超过了我们心中的上帝。可不是吗？假如，现在聊这个话题只能是假如。假如我那个不要脸的先生邓秉恒和无辜的儿子此刻不是在英国而是仍然和我一样生活在这个西南小城，将面临怎样的生死劫难？如果说地震让许多死亡、流血和伤残成为一种宿命，那么蕴含其中必然性和偶然性的转换是多么的毫不经意而又斩钉截铁。再举个例子吧，不管这个例子恰当与否，但你有一万个理由不得不服从这样一个现实逻辑：如果地震那一刻，我和龚兆鹏不是在山上而是在各自的单位——县邮电局和农业科学研究所，我们还会煞有介事地睁着眼睛，呼吸在人间吗？

那次地震，在邮电局和农业科学研究所上班的大部分职工，都……都没了。

……

灾后大约半个月，交通、通讯基本恢复，我接到邓秉恒从英国打来的电话。他说，茹玫，你好吗？

好。我说。

能听到你的声音，我就放心了。他说。

是吗？我说。

你知道吗？这半个月，全世界的目光都投向了我们的故乡。我的心，都要碎了。他说。

你放心吧，我是幸存者，现在是成千上万抢险救灾志愿者中的普通一员。我就要挂电话的时候，儿子在那边抢过了电话。儿子说，妈妈，我想你！

我哇的一声哭了。半个月来，见多了流血和死亡，我干瘪、灼热的眼睛里早就无法潮湿。但儿子的一句话，竟让我浑身颤抖了起来，我感觉眼睑处还是湿了。我说，宝贝儿，你专心读书，你不是听到妈妈的声音了吗？妈妈活得好好的。

那边，邓秉恒又接过了电话。我不容他继续抒发什么，斩钉截铁地挡了回去，实话告诉你邓——秉——恒，如果不是我和他的感情，不是我和他栽的相思树的召唤和护佑，我也会葬身废墟。此刻，我的声音主要是给我儿子听的，与你无关。

不容邓秉恒有所反应，我连续呛了他两句，第一句：浑蛋！

第二句：为了我的儿子，我感谢你！

然后就撂了电话。我是在防震棚里中断这次越洋电话的。成千上万的防震棚，是所有幸存者和抢险救灾人员赖以栖身的场所。我所在的防震棚挤满了表情呆滞的妇女和孩子,没有人在乎我此刻眼泪的颜色和味道。

邓秉恒最后一次给我下达离婚通牒是在七年前,那时候我已经知道他在英国和那个牧师的女儿搅在一起。我去英国探亲的时候,他们只是合作伙伴儿,后来就混得如胶似漆,难舍难分。婚前的所有誓言至此变成了谎言。当爱情在长期的两地分居面前廉价得不如一碟咸菜的时候,我还能相信什么呢?当生活的另一种程序和原则需要我来遵循时,我理智地答应了他的要求。后来又不得不同意送儿子到他那里接受教育。儿子是我唯一的希望。明知儿子离开身边我是多么的不甘,但为了儿子,我又不得不一次次舍弃。舍弃的,其实不仅是儿子,而是我自己,包括我的后半生。

你一定想不到,那个月色惨淡的夜晚,当抢险队员在清理一所坍塌的学校时,我的目光像挂面一样被拉直了。挂面易折易断,见水就会软的。我大脑里死硬地镂刻了一生中见到的最惨烈的场面:几百个穿着校服的小孩子的遗体用塑料布缠裹着,摆放成好几排;摆放成好几排的,还有浸透了孩子们鲜血的书包、脱落的鞋子、帽子、红领巾……

一瞬间,我想到了我的小豹子,我的孩子。

一瞬间,我拉直的目光似乎被风干了,眼眶里没有一丝一毫的水分子。

一瞬间,王八蛋——我的先生邓秉恒生硬而丑陋的影子骤然在我心目中变得无比清晰和亲切起来,这种亲切更像感激、感恩,因为他太浑蛋,反而让我的儿子侥幸远离了地震那得意而狰狞的冷笑。

邓秉恒是我当年在省城邮电学院读大学时的同学。他从大三的时候就追我了。当时追我这个班花儿的男生很多。在这个日趋物欲的社会,物竞天择的市场规则让校园爱情早已变得世俗不堪。追我的男士中,有年轻教授、教师,更多的是同级或者高一级的师兄。他们当中,有省市高干、大款的子弟，也有的早在大一时就显现出了卓越的搏击市场潮头的才能、一边求学一边在校外公司中承担各种项目。相对而言，邓秉恒的条件最差，一个下岗职工的儿子，父母都在享受政府的低保，自己的学费都是东挪西凑的。许多同学都见过邓秉恒利用课余在外打工的匆匆身影，记忆最深的，是听说他在校外的餐馆里给人家刷盘子。

在许多同学看来，我是爱情的幸运儿，天生的容貌、气质和知识分子家庭背景，注定了属于我的爱情和未来家庭的品质品相。

四年的大学生活里，我几乎享受遍了省城所有的酒吧、咖啡屋和歌厅。毫无疑问，都是追求我的男士请客。来回多是乘坐出租车，有几次是男士亲自驾车。学校的青年教师，购买私家车早已成为时尚。

并非来者不拒，也不是自己花心。青春期的我，一切为了选择。

说来好玩，最终选择了邓秉恒，其实连我自己都没想到。

不是因为他的诚实勤奋，也不是因为他的不事声张，更不是因为他追求得如何苦。他是唯一没带我去过酒吧、咖啡屋和舞厅的男生。现在看来，首先是他把我吃透了。他懂得雨天的一把小伞、冰雪地里的一次帮扶、寂寞中的一本有趣的书、枯燥日子中的一个神秘的玩笑，如此等等，对我意味着什么。有一次，他乡下的亲戚来学校看他，给他带来了两个好吃的烤红薯。烤红薯只有趁热吃才有滋有味，他送走亲戚后，在第一时间，不辞劳苦地送到了图书馆。当时，我正在图书馆翻阅资料，接过香喷喷的红薯，满屋浓香四溢。

邓秉恒说，吃吧！我知道，你其实最喜欢这个。

邓秉恒说这话的时候，脸上的表情被窗外流淌进来的明丽而清爽的阳光冲刷得干干净净。眼睛里轻轻流淌的，是一种很自然的淡定和宁静。我当然喜欢吃烤红薯，校园里见不到这东西。在这个追求虚荣和时尚的时代，烤红薯在爱情的游戏规则里多么的不合时宜。我常常偷偷溜出校门，到距离很远的小吃摊上去。

现场的许多师兄师妹们都惊愕地把目光投向他，为他的冒傻气，为他的木讷，为他的有些迂腐的真诚和实在。

但我收下了。大家的目光又投向了我。

我收下烤红薯，百分之百是为了维护他的尊严和人格，这比获得烤红薯更重要。从此，我们靠近了。我，一个省城知识分子的女儿；他，一个偏远小城下岗职工的儿子。就这么靠近了。为了爱情，我知道，我的归宿，将不在省城，而是随他去他们的小城——这里，后来发生剧烈地震的地方。

曾经一度，我认为选择邓秉恒当我的丈夫是多么的英明和正确。后来，也就是结婚以后，每次领着他和孩子去省城父母那边，听着厨房、盥洗室被邓秉恒弄出的忙忙碌碌的声响，父亲就欣慰地感慨，孩子，拥有小邓，是你的福分。

每当此刻，我内心就有一段温暖的河流在幸福地流淌。为我年迈善良的父母，也为我们小小的三口之家。

那时候，出国热像烤红薯的一样弥漫着芬芳，周围的许多同学、朋友都在大洋彼岸杀开了一条血路，把人生的价值和事业的品位推到了巅峰。而邓秉恒似乎对国外传导过来的温度毫无知觉。他只顾了单位那点呆板枯燥的工作，甚至对我们这个小家庭依恋到了盲从的程度。为此，我不断地开导他、启发他，摆出千万种理由鼓动他到国外去。他拥有的专业、学识和别人难以企及的持之以恒和心理素质，完全可以在神奇的异乡拓宽更大的人生空间。当然，不排除我这个自幼生活在繁华大都市的小女子内心小小的虚荣。他在国外的空间越大，我和孩子的空间也就越大。是人，谁不希望让自己生活的空间无限扩大呢？

说穿了，人啊人，到这个世界上来的理由和机会，仅仅一次。这是生活最基本的哲学。

最终，在机场，他朝我和我们的小豹子以及我的父母，艰难地挥挥手。银色的飞机，像一只美丽的天鹅，飞向自己的天空，带走了我们的梦。

出国前的夜晚，没有月亮，温馨的卧室填充着黑暗和寂静，空气凝重得像无边无际的海水。邓秉恒紧紧搂着我，说，我去了，你和孩子要受罪的。

我努力让自己笑了。说，那不是暂时的嘛，就看你的本事了。

放心，亲爱的！邓秉恒说，也许，我这次出国的意义，就是我们全家的意义。

这样的对白，至今犹在耳畔。

击破誓言的，与其说是他，不如说是我自己。明知这世间没有后悔药，我却把结婚、离婚的后悔药吃了个够，吃了个饱。那些天，当成千上万的孩子们的遗体一次次扑入我的眼帘，我神经质地又想起了他说过的话：我这次出国的意义，就是我们全家的意义。

我的天哪！你不信，也得信！地震、灾难、流血、死亡，让这句最终成为骗局的谎言重新焕发了生机和活力。

可不是吗？这个王八蛋出国的意义，所有的答案是如此明了：让我们都活着。

这是地震给我的又一生存逻辑和生活体验，它以无比奇妙的、令人难以置信的力量，软化并消解着我对薄情郎的憎恨。

置身残垣断壁中，我听见了来自内心的声音：王八蛋，真的谢谢你！

三

许多人说，地震让眼前的一切都变了。

在我这里，答案只是正确了一半。可不是嘛，也有没变的，你看那树。

各种各样的树，基本没有变，即便是那些随着泥石流而陷入地狱的纤弱灌木，只要有根，他们就会把枝条从泥土里挣脱出来，用生命的绿色证明自身的客观存在。极目四望，青山隐隐，那是因为树。地震唯一奈何不了的生命,唯有它们。面对植物,包括人在内的所有动物,是多么脆弱和渺小。

你看,你看你看!我们的相思树,它昂扬挺立的样子,仿佛是在蔑视地震,蔑视地震的无知、清浅和愚钝。

在感情的层面上,我此刻最有勇气告诉你的,还是这棵相思树。

相思树见证了我和龚兆鹏在地震前的所有的所有。我说过,相思树是我们六年前栽的,也就是说,我和龚兆鹏的关系像这棵树一样,已经生长了六年。

栽下这棵树的日子是六年前那个春天的早晨,我清楚地记得是植树节前后,那时候利用植树节栽纪念树已经很流行了。我们不仅选择了特殊的树种,而且做了很充分的准备。那时龚兆鹏刚刚成为有车族,幼小的树苗和一桶尚未开盖儿的纯净水像婴儿一样安静地沉睡在后备厢里。到了山上,树苗和纯净水见到早晨明媚的阳光和细柔的风,就朝脚下的土地睁开了惺忪的眼睛。自幼从城里长大的我们不懂得栽培技术,都是事前在书本上现学的。我俩在一个酒吧里,把一本《特种树木栽培技术》足足研究了三遍。《特种树木栽培技术》是龚兆鹏从袁黛莉那里偷出来的。

我就直说了吧,袁黛莉,是龚兆鹏的太太。作为苗圃基地为数不多的女育苗技术员,袁黛莉无论理论和实践上都算得上是一位培育树木的巾帼英雄。袁黛莉不可能知道,她心爱的工具书被自己的先生顺手牵羊,并和另一位女人沉浸在酒吧的烛光里。

那天我们栽得很认真。我们先是在山上选了一个通风透气阳光充足的地方,几乎不约而同地说,就这里吧。

这是心灵的默契。那一刻,他的目光和阳光的温度一样,滋润着我浑身的每一个细胞。

龚兆鹏用铁锹挖坑,我轻轻抚着树苗。我一直心甘情愿地接受着他的指挥,举高一点儿,再高一点儿,啊啊,不,低一点儿。

水,是我浇的。

水渗进土里的速度真快。水和土,一种无私的给予和亡命的吸收。

相思树出人意料地苗壮成长。心情充满阳光的时候,我俩都要到这里来,或者周末,或者某一个暖风轻拂的正午。小车就是我们世界的全部,夏日里开空调,冬天里开暖气。有相思树一年四季的陪伴,我们的约会像新鲜的空气和缠绕的青藤,舒畅而富有生机。

那天我们开车下山的时候,大地尚未停止抽搐。盘山公路上不时有飞石砸落下来,路面多有开裂。我们只好中途弃车,像战场上躲避枪林弹雨似的,相互搀扶着一步步往山下蹭。现实的恐惧和生命的未知梗塞了我们说话的勇气,我只记得说了一句话,回去后,赶紧看看黛莉和孩子。

龚兆鹏的嘴唇抖动着,抖出了不多的几个字,他说,我的天!我不知道她此刻是在苗圃呢,还是在家?

这只是他下意识的话,单位也好,家也罢,地震这个魔鬼,它摧毁一切的力量没有任何选择,盲目得像个傻子、白痴、精神病患者。

袁黛莉遇难了。我前面说过,我老家在省城,交通和通讯的中断使城里城外像失去信息知觉的混沌世界,地震是否波及省城我无从知晓。当险情朝我们的城市肆虐的时候,我首先想到的是龚兆鹏的太太袁黛莉,我不知道这样的想法是否虚伪可耻,但这是事实,我的确想到的是袁黛莉。但她还是死了。

幸运的是她正在上小学的女儿龚晓岚还活着。

女儿晓岚只是被困在几截混凝土倒塌形成的三角形空隙之间。有外伤,但不重。晓岚从废墟里被解救出来的时候,向抢险的士兵哀求,求求你!叔叔,救救我的妈妈!晓岚哪里知道,她亲爱的妈妈早已在去天国的路上,怎样的走法?怎样的一步三回头?我不敢想。

据晓岚后来讲,地震前,她有点小感冒,是否去学校一直犹豫不决。后来妈妈觉得没什么大不了的事儿,又果断决定还是去学校,晚上回来再去医院看看。这样一磨蹭，迟到是肯定的了。妈妈匆匆忙忙收拾完碗筷，把剩下的那份饭菜——就是属于龚兆鹏的那份轻轻搁进了冰箱。当时晓岚就赌气说，妈妈，今后别给爸爸做午饭了，他不回家吃饭，也不提前给您来电话。

妈妈说，不能怪爸爸的，他提前来过电话的，只是我已经把肉和菜买好了。

晓岚说，您总是迁就爸爸，爸爸不回家吃饭，不止一次两次了吧，我爸爸是个不吃剩饭的人，每次他回到家，都得您给他重做，而剩饭，全让您吃了。

我的傻闺女，爸爸不是工作忙嘛，他现在应酬多了。

只有我和龚兆鹏心里最清楚，晓岚的质询和妈妈的释疑，只是问题的表象，根本的答案全部在我和龚兆鹏这里。平时，在凡俗的工作中，我和龚兆鹏难得有整块儿的时间供我们相约，时机对我们来说总是突如其来。一旦逮住时机，龚兆鹏会在第一时间给袁黛莉打电话：亲爱的，午饭（或者晚饭）就不回家吃了，又有应酬了。

晓岚告诉我们，地震发生的那几秒钟，妈妈像母兽一样大吼了一声，岚岚，是地震，快快！然后一把把晓岚背上的书包撕扯下来，拽了晓岚的胳膊就想夺门而出，但是房门已经在开裂墙体的挤压下变成了一堵木质的死墙，母女俩拽了好几下，都没有成功。房间的摇晃更剧烈了，一块天花板轰然一声坍塌了下来。呛鼻的灰尘和土雾瞬间弥漫了整个世界。随天花板一起砸下来的，还有楼上的田奶奶和他们家的小花狗。田奶奶从掉在厅里的那一刻起，除了血，没有任何声音。而小花狗迅速翻转身，瘸着一条带血的腿，像疯子一样狂吠着，从灰尘中钻出来，蹿上窗口，一跃而出。那可是六楼啊，等待小花狗的是什么，可想而知。

别！别别！岚岚，不用跑了，快钻厕所。妈妈吼叫着，用母兽才有的力量把晓岚拽回来，一把推进了厕所，几乎在同时，厕所的墙体挤压了过来，把母女隔到了两个正在分崩离析的世界。

妈妈朝厕所狂吼，岚岚，紧紧抱住下水管道，蹲下！

随即发生的一切，我不想再描述了。关于坍塌和生命的关系，我脆弱的文字实在不敢触及。那些天，也就是地震刚刚发生的一两天里，从全国各地赶来的大规模的救灾队伍尚未完全进入灾区，我们这些幸存者，都很自觉地加入到了灾后自救队伍。见到晓岚，是抢险部队进入灾区不久。我们这些非专业抢险人员才算松了一口气。我和龚兆鹏是在一个帐篷里见到晓岚的。当时，不到八平方米的小小的帐篷里安置了十多个孩子。

我紧紧地搂住了晓岚，灼热的眼睛里真的来了眼泪。

你别碰我！晓岚一把推开了我。

我的心一紧，知趣地松了手。我看了龚兆鹏一眼，我希望从龚兆鹏的眼睛里看到对我的宽慰，让我或多或少找到一点自尊。没想到龚兆鹏的目光是空洞的，空洞的眼眶里有一股冷飕飕的风旋风一样刮了出来。

你给我滚！这是龚兆鹏的怒吼。

一开始我不敢相信自己的耳朵，让谁滚？是让晓岚吗？当然不可能，难道是我？

还真是冲我来的。我看到了龚兆鹏眼睛里由旋风变成的火焰，从来没有过的火焰，熊熊燃烧着，像是烧出了血，和废墟里流淌的血一样鲜红的血。

龚兆鹏一把把晓岚拽了过去，搂到了他的怀里，呜呜呜地哭了起来。

爸爸，不要哭了，不要哭了爸爸。晓岚反而劝说爸爸了。

我转身就走，按龚兆鹏的说法就是：滚。

决定来得突然，犹如迎头一记闷棍，让我晕头转向。我不知道此刻该去哪里。连日来在废墟上的奔波劳累，我已身心疲惫。太累了！灾区的食品、饮用水供应捉襟见肘，弥足珍贵。即便胸腔里火山爆发，也不敢轻易把一瓶小小的矿泉水一次性喝掉。那些日子，谁拥有一块面包，或者一瓶饮料，就是富翁，就是财富的象征。身累，心也累。我只感觉我的脚在走，在遍地的瓦砾中一步步往前挪。空气中弥漫着刺鼻的来苏水等各种消毒液的味道，灾区的沉闷和压抑因为抢险救灾人员的增多，转化成为一种另类的喧嚣和嘈杂。四面八方的废墟先是像沦陷区，如今又像是解放区，彻底被带着大口罩的士兵占领。运送遗体和伤员的车辆，一辆接一辆，缓缓地往指定地点移动。越来越多的大型挖掘机、铲车开进了灾区，马达的轰鸣声一阵紧似一阵。训练有素的警犬，在废墟上时而伸长鼻子嗅寻，时而机动灵活地转移视线。生命探测仪的指示灯，带着人们的期盼和渴望，在混凝土和钢筋之间闪闪烁烁。抬担架的人员很杂，有士兵、有医护人员，也有来自天南地北的志愿者……

后来我才发现，我的脚步是有方向的。因为我来到了山上，来到了相思树下。是直觉给了我方向和目标。

直到相思树那熟悉而亲切的身影进入了我的眼帘，我才大吃一惊。

我哭了，泣不成声。我的手轻轻抚摸着树干上那略微有些皲裂的皮肤。我感觉我的嘴唇抖动着，却不知道要表达什么。我的手已经给相思树说话了，以抚摸的方式。我感觉树身冰凉，一种从来没有过的奇异的凉。

一种牵挂，从来没有如此的强烈。我想起了远在省城的父母，明知这些天手机一直没有信号，我还是忍不住拨了过去。我的天！谢天谢地，通了。我的第一句话就是：爸爸妈妈，你们好吗？我，你们的女儿，好好的，放心！

电话那头，一片悲声。我知道，他们这是喜极而泣。

我这才知道，这次大地震，也波及了省城。不过省城的震级很小，也就是二三级。有震感，但基本没有造成人员和财产损失。

茹玫……对不起！

有道歉声，离我是这么近，不是通过电话传过来的，是通过温暖的风，包括呼吸带来的温度。

我的心颤了一下。转身，是龚兆鹏。他已经从后面轻轻地抱住了我，熟悉的双臂，轻轻揽在我空旷的胸前。他的两只手都没空着，一只手里，紧紧捏着一小块面包；另一只手里，紧紧攥着半瓶矿泉水。

是我错了。龚兆鹏说。

我还能说什么呢？我没有力气回应他，只把目光投向山下。山下的城市，满目疮痍，像一个正在拆迁的大工地。甲壳虫一样的机械、车辆和蚂蚁一样的人群，在蠕动，在奔走。

我还是说话了。我说，怎么就你一个人？晓岚呢？

晓岚被医疗队接走了，你知道的，她尽管受到是轻伤，但是心理的伤口，很大。她妈妈，黛莉，永远不会回来了。

四

地震后的前几天，龚兆鹏是在家属楼的废墟下度过的。我没有去陪他，也不敢去陪他。当时我正和单位的幸存者一起配合临时组成的抢险队在另外一堆废墟里救援。我知道此刻能给龚兆鹏力量、勇气和坚强的人，除了女儿，那就是我。

没有什么灾难像地震那样让人无助、无奈、无所适从。平时，面对困难和逆境，投亲靠友是一个高频率的温馨词汇，而今，这个词汇奢侈得像透进废墟里的一丝光亮。煤、水、电、食品等日常生活必需品仿佛在人们的视野中集体蒸发，通讯、交通的彻底瘫痪，让人们失去了所有的方向。遇难者在地狱里永久沉默着，伤残者在废墟里痛苦呻吟，而所有的幸存者，无时无刻不在面临着饥饿、寒冷、疫情的威胁。威胁幸存者的，还有不间断的余震。

此刻，我是多么希望和龚兆鹏在一起，一起呼吸，一起搀扶。

但是我不能靠近龚兆鹏家那座家属楼的废墟，废墟里有他的妻子袁黛莉。无论活着还是逝去，靠近，都是最愚蠢的选择。

我完全可以想象到，龚兆鹏在家属楼废墟旁的所有期待，是怎样的心理状态。女儿被抢救出来的一刹那，悄无声息的混凝土下面，妻子生命的消失已经成为可能，或者成为必然。因为地震发生时，尚在这幢家属楼里的人，除了极个别，大多数当场遇难。后来见面，我看到他的手和我的手一样，全是血泡。面对钢筋水泥的冰冷和淫威，手，其实是最无能的。但是面对废墟，面对无望，面对渺茫的期待，我们往往会把自己的手，在第一时间伸进钢筋水泥虚设的希望里。那些日子，没有多少幸存者的双手是完好无损的。把自己的手伸出去，就是拉生命一把。凭良心，甚至凭本能和直觉，哪怕，拉住的，仅仅是一把土，一把灰，一把血，一把空气。

袁黛莉的遗体是第四天被匆匆赶来的专业抢险队员挖出来的，有三块断裂的混凝土呈交错的方式死死地挤压着她，坚硬的钢筋嵌入了她的肋骨……具体的状态，我就不细致描述了。需要补充的是，她的嘴张着，大约在生命的最后还在朝女儿吼叫。再需要补充的是，她的左手里，紧紧地攥着女儿的书包带，仅仅……是条带子。

这些，都是我听抢险队员说的。按理，龚兆鹏了解得最多，但他没告诉我，哪怕一个字。

在这里表述这一切，我不是为了寻找生命和人性的感动。关于灾难中的人性底色和大爱火花，相信你通过媒体感受了不少。我要说的，是我自己。我灾后第九天独自去过那片废墟。废墟下面的遗体、遗物已经清理完毕，残垣断壁经过挖掘机、铲车、钢钎、铁锹的层层梳理、剖析和破解，已经失去了峭立、突兀的状态，像从茫茫戈壁滩上截取的一部分，呈丘陵状态，坡势舒缓而宁静。

我默默伫立了一会儿。恍惚间，我惊讶地发现，有个人影从废墟里像炊烟一样袅袅升起。

啊啊，天哪！——是袁黛莉。

我拼命摇了摇头,我知道这是幻觉。死难者与人间分道扬镳,活着的人最难以忍受的是心灵、情感、精神的折磨和煎熬,许多精神恍惚的幸存者,都声称在某个时间段听到了来自死者的某种呼喊。或者一转身,突然发现死者一如既往的身影和面孔。在灾区,在阴阳两界,一切都变得扑朔迷离,一切又那么的不切实际。灾区的幸存者,许多人曾有过这样的幻觉。就在先一天,具体说在我们小城最大的居民聚居区——盛源小区的废墟旁,有位七十多岁的大爷,突然从帐篷里跟跟跄跄地冲出来,发疯似的扑向废墟,嘴里玩命地喊,我看到儿子了,看到儿媳了,看到孙子了,我都看到了……志愿者和医护人员赶紧追了上去。

据说,他的大儿子、小儿子、大儿媳、小儿媳以及两个正在上中学的孙子,全部遇难。地震的时候,老大爷正在广场遛狗。家族里活下来的,仅老大爷一人,连随身相伴的狗,也被一块从天而降的砖头夺去了性命。

我猛烈地摇着头。真灵,袁黛莉立马就不见了。

我仍然感到了恐惧,不是为幻觉,而是为自己。即便是幻觉,见见也好啊!地震欺骗了人们对大自然的信赖和无妨,我自己欺骗一次自己又何妨呢?我已经不再摇头了,但袁黛莉再也没有进入我的视线。

我迅速离开了废墟,但突然回忆过来,刚才,袁黛莉的表情,是笑着的。天哪!她为什么会笑呢?明知道她的笑是我的幻觉赋予的,我还是感到了恐怖。

后来,我听人说,业务熟练的专业救援队在废墟里掏挖遇难者遗体的时候,曾力劝龚兆鹏离开现场。我很理解救援人员的良苦用心,是担心龚兆鹏无法接受那个基本已知的结果。多日来,我曾多次见过救灾现场这样的镜头:刚刚确定了遇难者遗体的方位,施工人员正在现场紧急研究挖掘方案呢,得悉信息的亲属们就玩命地扑了上来,他们趴在混凝土的断裂处,呼喊着、挣扎着,但面对生铁一样坚硬的层层重物和寒冰一样凝固的重重断壁，他们不但束手无策，反而客观上阻碍了救援队的行动。有些比较明智的亲属，在志愿者或朋友的陪伴下，相互搀扶着，用双手紧紧捂住狂跳的胸口，眼睛一眨也不眨地盯着抢险现场，一旦有遗体被找到，这才蜂拥而上……

幸存者也在侥幸地渴望类似这样曾经耳熟能详的奇迹：他们在一片废墟旁望眼欲穿，没想到亲人自己风风火火地找上来了，完整无损地出现在身后。原来，地震那阵，亲人并没有在房间里，恰好在水塘边钓鱼呢。

我的同事——杨芸芸的前夫董亮程逃生的故事堪称传奇。地震的时候，他正在单位的楼梯上行走，手拿着给领导报送的文件。癫狂的大楼让他站立不稳。面对地震，楼梯成为整个大楼最脆弱、最薄弱的软肋。他刚刚反应过来的时候，头顶以及脚下的楼梯几乎同时崩塌。他被高高抛起，又被重重摔下。从二楼摔到一楼，又从一楼摔向地下室——奇迹恰恰就在这里，受过国防教育的人都知道，和许多大楼下坚固的地下室所具备的功能一样，那是防空用的，平时大都做了职工的活动室。当时地下室厚重的铁门正好洞开着，中午同事们练过体操的高弹力海绵垫子尚未完全撤掉，似乎特意敞开怀抱迎接着董亮程的飞跃而下。几乎在同时，头顶上楼梯坍塌的轰鸣声排山倒海般地传导到地下室，呛鼻的灰尘从地下室门口席卷而入。董亮程迅速爬起来，摸着黑，沿着地下室的通道爬了出来。眼睛有些模糊，一抹，是血。但是他知道，自己活着，完全活着。

这一切都是董亮程亲自告诉我的。这次地震中，他父亲被压死，母亲侥幸活着，却失去了两条腿。他找到我第一句话就是：芸芸她，没事吧？

芸芸，即我的同事加好友杨芸芸。董亮程和杨芸芸的婚姻比我的还要糟糕。也不知道咋搞的，董亮程和杨芸芸离婚都三年了，至今两人都没遇到更合适的。为了让他们夫妻破镜重圆，双方单位领导出面撮合了好几次，均告失败。

我说，芸芸没事，我们单位的厕所坏了。地震的时候，芸芸正好去了前院，你记得吧，就前院那间厕所，是平房。平房只是裂了很大的缝儿，幸好，没塌。

啊啊，太好了！她活着，就好！董亮程说。

婚前，董亮程和杨芸芸之间谁是谁非，我无从知晓。但是这个死里逃生的男人到我这里打听他曾经的妻子杨芸芸，我心里或多或少还是有点感动。

我想起了远在异乡的邓秉恒，这个让我不愿意想起的家伙。

连我自己都蒙了，人啊人，在灾难面前，所有的情感，是有序了还是无序了？是整齐了还是乱套了？是原则了还是随性了？连我自己都说不清楚了。比如我，一个同样死里逃生的人，此刻，怎么会想到邓秉恒呢？他和我有关系吗？

在这个劫难中的城市，如今唯一和我有关的，是龚兆鹏。

我说过，那些天，龚兆鹏始终没有离开深埋着他妻子袁黛莉的救援现场，他非得亲眼看看袁黛莉，或者是活人，或者是遗体。期待袁黛莉的生命的复归，肯定无望了。在现实面前，谁也无法否认耳闻目睹的生命经验和教训，以及生命探测仪的科学测试和数据分析。

但我相信，龚兆鹏一定看到他的妻子了。

那几天，我和龚兆鹏没有任何联系。手上的血泡也越来越多，忘了疼。

从内心，我在祝福，祝福他们两人在阴阳两隔中的相聚。我知道祝福两个字用在这里并不恰当。但你想想，此刻，还有什么词可用？

地震，让人间的所有语言，黯然失色。

五

我告诉杨芸芸，董亮程活着，他得知你好好的，才放心了。

其实董亮程并没刻意强调让我转达他对杨芸芸的关注，但我觉得有必要把董亮程的关注传递到杨芸芸这里。杨芸芸只是淡淡地说，我知道的，他活着。

杨芸芸补充了一句，只要活着，比啥都好。

这是一句并没有多少哲理的话，我瞬间却惊呆了。这话我说过，龚兆鹏也说过的。是在相思树下，拥有了龚兆鹏，我的工作不再枯燥乏味，日子不再凝滞如泥。具体说，六年来，我觉得自己是在鲜亮地、有品质地活着。有一天，我俩在相思树下的车里相聚，龚兆鹏轻轻地捧着我的脸，说，茹玫，你说，此刻，什么最好。

我说，活着最好！

龚兆鹏说，你答对了。

一问一答，说是这么说，但是，这样的问题和答案，放在地震前和地震后，所有的感觉、体味和心得，是截然不同的。

现实如此残酷无情，关于活着的所有答案，袁黛莉不会知道了。因为灾难，一切，她无从重新体味。

和袁黛莉的相识、相知，是十年前的事了。接触袁黛莉，是从接触她的丈夫龚兆鹏开始的。和龚兆鹏的相识很简单，就这么一个小城，就这么一些党政机关、企事业单位，就这么一些芸芸众生。结识一个陌生人，往往会意外地发现陌生人其实或许和自己的朋友、同事或者同学早就是朋友的朋友。和龚兆鹏的相识源自一个朋友的饭局。至少，当时他的谈吐、举止不让我反感。至少，他开阔的思路、睿智的思维和男人堆儿里难得一见的幽默，使我毫不犹豫地把坦率、真诚摆到了桌面。他要我的手机号码，我一个数字一个数字地读给他，他储存在了手机里，又打过来，我没接，按照显示，把他的号码储存了。

哈，茹玫，这个名字不错，很古典的。他说。

你的名字也古色古香啊，一个兆字，一个鹏字，多文化啊！我虚张声势地说。

还是你的名字儒雅，我的名字嘛，算不上古典，只是传统一些罢了。

这就是我俩初始的对话。像一缕清风，或者一抹花香。

后来有一次，龚兆鹏夫妇为宝贝女儿庆贺生日，是家宴，宾客中，有我。我是带了先生邓秉恒去的。那天大家都很高兴。让我感到意外的是，那天在厨房里忙碌的，竟然是大男人龚兆鹏。龚兆鹏的厨艺堪称一流，凉菜热菜比例适中，荤菜素菜搭配均匀。什么清蒸鲑鱼、蘑菇炒肉片、干煸鱿鱼、腰果虾仁、麻婆豆腐、香菇油菜、西红柿炒雁蛋……荤荤素素，花花绿绿。

从厨房到餐厅，龚兆鹏乐呵呵地往来穿梭。偶尔，袁黛莉才会帮他一把，比如去冰箱里取红酒、啤酒、饮料、酸奶什么的。

我本来想给龚兆鹏帮厨的，但这样的想法稍纵即逝。因为我发现了袁黛莉的不一般。袁黛莉显然早已习惯了这种由男人主厨的家宴模式，习惯了作为高贵女主人的身份。连女主人都不见得有下厨的意思，我一个造访者，多此一举干嘛。

袁黛莉比我要漂亮，真的。女人对同类的审美难得实事求是，但我从内心折服了袁黛莉的魅力，真的！是实事求是的那种折服。这是我们的初见，也是第一印象。

那天的袁黛莉，身着浅红色紧身无袖连衣裙，款式新颖，做工考究。从窗外流淌进来的光线，轻轻地，在她身上浮泛起一层高雅的迷离。发型显然是刚刚做过的，头发井然地盘起来，自然而蓬松，几乎看不到摩丝加固的痕迹，轻描淡写的眼线薄而淡，与肤色相得益彰。看得出来，这是个很懂得审美和生活的女人。这也符合她的职业，作为一名合格的园艺师，美，是渗透在骨子里的旋律——如果，当时我想，如果她纤细的手指之间，再夹一支摩尔牌香烟，简直就更完美了。

聊天中，才知道袁黛莉本是抽烟的，只是在女儿生日的场合，她临时取消了这一事关女人优雅品质的重大项目。后来我才知道，袁黛莉是一位领导干部的女儿，是领导干部首先看上了普通市民的儿子龚兆鹏。龚兆鹏的厚道和笃实，意味着女儿终身的可靠和安稳。据说当年追求袁黛莉的男士很多，其中不乏强于龚兆鹏的风度翩翩之士。袁黛莉在婚姻的寻找上之所以服从了父辈给她预设的逻辑，想必是更能从龚兆鹏身上保持自己的尊贵和尊严。

但我没想到袁黛莉会给我撒泼。

那是七年前的一个上午。我正在上班，门开了。袁黛莉当着科室同事的面，指着我的鼻子，骂，你真不要脸！

我当场就蒙了。但是，本能提供了我带有防御性质的反击，我说，嫂子，你怎能张口就骂人？这不是你的做派啊！

茹玫，你别装洋蒜了！把我逼成泼妇的，是你。

我心里暗暗叫屈。其实那时我和龚兆鹏的关系并没有发展成为现在这个样子，当时只是觉得认识了，相知了，彼此有聊不完的话题，相处很有趣味。如果说见面，充其量也就去过两次酒吧。我们相处更多的时间，其实是在网上。我们在QQ聊天室里加了彼此，我的昵称叫繁华落尽。离婚后，繁华落尽，正是我所有的心情。龚兆鹏的昵称叫孤帆远影。从他的昵称里，我感觉到作为一个男人内心的孤独和无奈。龚兆鹏是搞设计的，经常把业务带到家里，习惯了夜猫子式的工作方式。于是，每当子夜时分，两个既真实又虚无的我和他，在明亮的台灯下，就着窗外满天的星斗，开始了我们的另一种生活。

繁华你好，你并没有落尽，你仍然繁花似锦。他说。

孤帆远影你好，今夜有我，世界已经被我们拥有。

……

我判断，一定是我和龚兆鹏在QQ里的聊天内容，被袁黛莉发现了。

后来龚兆鹏痛心疾首的自责证明了我的判断。原来，有天凌晨下QQ前，他这个马大哈忘记了关电脑……

从根本上讲，袁黛莉小题大做了，她的上纲上线，反而让我和龚兆鹏的关系由正常交往变得暧昧，加速了彼此心灵的靠近。

袁黛莉大动干戈那天，我的好同事杨芸芸帮了大忙，是她把袁黛莉连劝带哄打发回去的。杨芸芸为我鸣不平，说，茹玫，袁黛莉这样的女人真是少见，我如果是你，非得把他先生夺过来。我当时只是委屈得偷偷啜泣，什么话也不想说。我了解杨芸芸。杨芸芸说的不是气话，她是个敢说敢干的女人。她和董亮程的关系，曾经是那么的和谐美满，令人羡慕。真可谓清官难断家务事，她说离就离了，离得不共戴天，水火不容。她曾咬牙切齿地给我说过，哼，这个董亮程，假如有一天，我路遇一场车祸，而遭受不测者恰恰是他董亮程，我保准连看都不看一眼。至少，第一个拨打120的，肯定不是我。

杨芸芸是杨芸芸，我是我。

因了那次实在没有根由的曝光，我和龚兆鹏在各自的单位毫无例外受到了批评，重要的是背负了人们许多说不清楚的眼光。龚兆鹏即将到手的科长位置，也静悄悄地旁落。代价是惨重的，我不知道该怪我自己，还是怪龚兆鹏，抑或怪袁黛莉。除了委屈，我主要觉得对不起龚兆鹏。QQ是上不了，小豹子也去了国外。一个阳光明媚的假日，我从商场里给龚兆鹏挑选了一件驼色的外套。外套款式比较传统，却大方得体，做工也精细。我生日那天，我给龚兆鹏发了短信，龚兆鹏来到了我家里。自打邓秉恒和儿子先后离开后，这个屋子里第一次有了男人的气息。我亲自下厨做了几个菜。龚兆鹏要帮我，我没让。我让龚兆鹏安静地坐在沙发上看电视，或者翻杂志。我沉浸在一种莫名的幸福中。我通过忙碌，通过付出，通过锅碗瓢盆，通过油盐酱醋，来感受这种幸福。

你做的菜，真香！龚兆鹏说。

你才做得香呢。我说。

你知道吗？茹玫。龚兆鹏说，我第一次吃一位女人给我做的饭菜。

一个男人把话说到这份上，我发现我的眼眶无由地滚烫，我知道，该使劲让自己忍一忍，否则，泪下来了，不好！

兆鹏，我对不起你！拖累你了。我说。

你说哪里话啊，茹玫。和你在一起，我才感受到了一种属于我的新生活，人，是为生活而来的。我之前的生活怎样，你是明白的，我相信你的聪明。龚兆鹏说，生活中没有你，我会压抑的。

那一夜，龚兆鹏就住了我家。这是我和龚兆鹏的第一次。上床前，我挑选了最精美的夜装，就我喜欢的那种，达吉斯紫色款文胸，底裤蕾丝妆饰，橘黄真丝睡裙，灯光里，裙摆摇曳，丝滑入水，款款流溢出深情一片。

我们是第二天上班前才起的床。我把准备好的外套递到龚兆鹏手里，说，以后，自己把自己在意一些，别不在乎自己了。我知道，咱们，这是第一次，也是最后一次。

不！龚兆鹏疯狂地拥吻了我，最后说，茹玫，这仅仅是我们的开始。

袁黛莉一定后悔了。她一定知道，因为她毫无顾忌地撒泼，在单位同事那里，龚兆鹏早已失去了男人的尊严。作为一个事业型的男人，科长位置的旁落，意味着前程路上栽了个大跟头，未来的发展，荆棘丛生。

袁黛莉的心理发生了哪些变化，我无从知晓。但有一点我不是感觉不出来。龚兆鹏变了。袁黛莉忏悔的方式，从龚兆鹏身上立竿见影地显现了出来。龚兆鹏的外套、毛衣、围巾、领带的款式、品牌比之前丰富、时尚了许多。也就是说，袁黛莉不仅仅在乎自己，开始在乎自己的丈夫了。

听龚兆鹏说，袁黛莉也开始学习做饭了。

只是，袁黛莉一定没想到，我和龚兆鹏的心再也没有分离。我们决心用栽相思树的方式，为我们的感情奠基。

树苗是龚兆鹏从袁黛莉那里争取来的，理由是为单位的园林化改造锦上添花。袁黛莉告诉过龚兆鹏，离开苗圃的相思树，仅此一株。

我有时也会推测，袁黛莉，她知道我和龚兆鹏的关系发展了吗？

那天，也就是我离开曾经剥夺了袁黛莉生命的废墟的时候，我忍不住说了一句话。我说，嫂子，我和兆鹏，已经六年了，有相思树为证。嫂子，我不是来给你道歉的，但我还是要说声，嫂子，对不起！

连我自己都不知道为什么要如此表白，明知道这样的话是残酷的，六年的时间段也是残酷的，我们的关系对她来说也是残酷的。但是，我说了。

即便真的有在天之灵，袁黛莉一定也无法想到我和龚兆鹏真的走在了一起，她更无法想到山上有一棵相思树，既是我们感情的纪念，也是我们感情的精神源泉。

六

在我看来，一份情，用漫长的六年来保持、坚持，如果没有爱的力量支撑，几乎是不可能的。但是，现实就是这么残酷，我不可能成为龚兆鹏的妻子，龚兆鹏不可能成为我的丈夫。我们无法拥有一份我梦想中的婚姻，我们只能，只能共同拥有一棵相思树。

相思树，那毕竟只是一棵树啊。多少次，我潸然泪下。

如果不让婚姻成为梦想，除非，龚兆鹏和袁黛莉的婚姻走向尽头。那么，我有一万个理由重新设计我们的婚姻。

地震前一周的一个傍晚，我收到了袁黛莉发来的一个短信，这是一个不可思议的短信，短信的内容让我浑身都紧张起来。短信的内容，是约我在丰都大厦二楼的咖啡屋见面。

我当时就大吃一惊，我吃惊的不是短信本身，用短信的方式而不是直接用电话和我联系,本身说明袁黛莉的心态是平静的,至少不必担心她像六年前那样撒泼。要撒泼,有的是时间、地点和机会。

我担心的是袁黛莉约我的动机。

我赶紧把这个消息通过短信发给了龚兆鹏。龚兆鹏回了短信:放心去吧!我和她,离婚的事,她同意了。孩子两人共同抚养,房子和存款全部归她。

我愕然,回信:怎么会这样?太突然了。

龚兆鹏:为了不让你为我担心,我一直没有告诉过你,我俩的关系,其实她早就窥察到了。近年来,她像变了个人似的,她一直试图感化我,把我的心从你身上拽回来。我知道,她现在活得很累。

那天去咖啡屋前,我给龚兆鹏发了短信,告诉他要和他太太见面了。

就离婚本身而言,真的没什么好说的,无论形式还是内容,就三个字:大众化。大凡关于离婚的话题,人们往往要提及感情。我不想在这里聊感情。感情的事情,没有人能聊得清楚,我也不想搞清楚。就像我和邓秉恒,当初结婚的时候,我没想到最终会分道扬镳,一如没想到最终会和龚兆鹏走进婚姻的门口。我只能说我比杨芸芸要幸运,在艰难的单身旅途上,遇到了救星龚兆鹏。

那天的咖啡,本应我来买单的,但是袁黛莉抢着买单了。除了咖啡,还要了什么,我全忘记。只记得她问我,你们——你和兆鹏,都想好了?

想好了。我说。

其实我什么都没想好,和龚兆鹏结婚的事,更多的是梦想。现实生活中因为有袁黛莉,一切都变得崇山阻隔。但我必须这么回答。事到如今,我别无选择。即便我的回答不是深思熟虑过的,但却与我的梦想完全吻合。

你们,准备什么时候结婚?袁黛莉的口气像是老朋友之间的关心。

如果……关键是你。如果你同意,我们就……就开始筹备。我的语气木讷得要命,但我知道我说的全是实话,尽管可耻,但我必须认真。

尽管越是认真越是无耻，但又一想，面对她，我必须认真。

其实，你应该清醒，你也是一个被遗弃的女人。袁黛莉把杯子举过来，朝我的杯子轻轻碰了一下。本是咖啡，却像是喝红酒似的。也许，袁黛莉真的把咖啡当红酒了。

没错，我没有否认。我说。

如果杯子里真的是红酒，我会一饮而尽的。

袁黛莉说，我一直以为，你们是不准备结婚的，无论你们的关系发展到何种程度，我也决意不再纠缠。维持现状，也许对我来说已经算是上帝的恩惠了。但是，我战胜不了孤独，排遣不了长期被欺骗的滋味。其实，为了我可爱的女儿，我也认了。如今看来，我还得继续认一次，为你们的婚姻。大不了，今后的我，和现在的你一样，单身。或者，像你一样，重新等待，或寻找。

后来我说了什么，或者没说什么，都记不得了。我相信当时我的脸一定涨得通红，有个信念一直支撑着我，我必须顶住。我不能妥协，妥协是一个女人最大的无知和愚蠢。女人的悲哀，或者说悲剧往往都是从妥协开始的。我已经给邓秉恒妥协了，妥协的代价是什么，是遍体鳞伤，是体无完肤，还不够惨吗？

在第二天上班的路上，快到单位门口的时候，我挨了唾沫。

唾沫是从一位儿童的嘴里吐出来的。啐我的儿童，是晓岚。这是我毫无防备的被袭。其实，我老远看到，单位门口一侧，站着一个背着书包的小朋友，当时我根本没在意。近了，发现是晓岚。晓岚的意外出现，绝对不是偶然的。我突然被这个小家伙弄得局促起来。我努力让自己镇静。我笑着说，晓岚，是找阿姨吗？

晓岚没有正面回应我，小东西脸色涨得通红，大眼睛定定地看着我。从她的目光中，我分明感受到了她内心的委屈和仇恨。胸脯起伏着，里面在翻江倒海。面对此情此景，我有两个选择，一个是迅速回避，擦身而过，径直从单位门口进去。另一个选择是主动迎合她。至于迎合后和她怎样进行交流，心里一点谱都没有。

我当然选择了迎合。回避是最不明智的，甚至是愚昧的。我的智慧告诉我，回避一颗刚刚懂事的心和初涉人世的灵魂，极有可能伤了她的自尊。她有可能不顾一切地冲进我的单位，到时候，大庭广众之下，一切反而难以收场。

我朝晓岚走了过去。我把最好的笑容写在了脸上。我敢保证，这不是装出来的笑，我的笑，是真的。

呸——

因为近距离，小东西的唾沫不折不扣地扑在了我的脸上。

我只是怔了一瞬，从容地用手背擦拭了脸上的唾沫。我本想弯下腰，轻轻捧起她的脸蛋的，但我迅速打消了这个念头。这样的举动极有可能更加惹恼她。

晓岚发泄完自己，并没有离开，而是怔怔地看着我，表情一如既往。

晓岚，阿姨不是坏人。我说，但是，你啐了就啐了吧，阿姨不怪你的，你快上学去吧。迟到了，会影响学习的。

哼！这一声，是从晓岚鼻子里发出来的。晓岚忿忿然，你算什么破阿姨！

晓岚转身就走，连头也没回。

还好，凭直觉，从晓岚啐我，一直到她离开这里，并没有引起路人的注意，但我并没有如释重负的感觉。不一会儿，我就接到了龚兆鹏的电话，他说，你和黛莉昨晚谈的内容，黛莉告诉我了。

你们没有吵架吧。我说。我并没有告诉他晓岚来找我的事情。晓岚这个时间来找我，必然有小家伙自己的发现，自己的判断。

龚兆鹏说，吵架倒是没有，黛莉昨夜回来，她只是告诉晓岚，今后，无论在她身边，还是在你身边，都要一样的懂事，一样的听话。

我的心被深深地刺了一下。

我想起了我的小豹子。当年邓秉恒从国外发来最后的离婚通牒，我恨死了他,却丝毫不敢把这样的怨恨在小豹子面前有丝毫的流露,甚至用善意的谎言安慰他。我是这样安慰小豹子的,宝贝,你有一个好爸爸,他有本事,有爱心,爱着妈妈,爱着你。他一个人在国外打拼不容易,他的一切艰辛和付出,都是为了我和你。

甚至,当离婚后,准备把孩子送到国外的前夕,我还在不厌其烦地告诉小豹子,宝贝,大人之间离婚是很正常的,离婚是为了更好地过日子,是为了发展,是为了幸福。这不,你要到国外去学习、去生活了,你班里的小朋友有这样好的机遇吗?

在这样的谎言里,道德、伦理和基本的价值观,统统被颠覆了。我把有毒的鲜花送给了我亲爱的孩子,却宁可让自己在毒品中沉沦到底。

小豹子自幼很听话,听邓秉恒的,也听我的,习惯了接受我们的思想和思维。他被我的谎言所蛊惑,每次都中毒一样领悟着其中的道理。他越领悟得到位,我的心越痛,是绞痛的那种痛,是刺痛的那种痛,是揉碎的那种痛,是碾压的那种痛。我多渴望小豹子会狠狠地啐我这个当妈妈的一口啊,但小豹子从来没有过。

啐我的,却是晓岚。

我被袁黛莉的女儿晓岚啐了。

七

要说的是,地震就像一出恶作剧,从呼啦啦拉开帷幕,所有的演出超出了我们的想象。当一切尘埃落定,如火如荼的灾后重建使一个新的城市拔地而起的时候,你根本想不到,变了的,是什么;不变的,又是什么。

唯一确信的是青山依旧在,细水照样流。

是伤口,迟早是要愈合的。身体的伤口比心灵的伤口要理智得多,灾区的幸存者有理由重新挺起来。第二年的夏天,许多人选择了去山上观察我们这座劫后余生又在重建中正在艰难挺起脊梁和腰板的城市,我们也不例外。那天,我和龚兆鹏、晓岚一起来到山上。

这里——我们的相思树,久违了。

我们的婚姻不再久违。我和龚兆鹏马上要登记结婚了,时间的彼岸,婚姻正在期待着我们。

你一定难以想象,所有被地震震碎了的家庭,最需要的是什么?首要的答案,只有经历过地震劫难的人心里最清醒:家庭,仍然是家庭。许多失去了妻子的男士和失去了丈夫的女士,以只有传奇小说中才有的思维和方式,直面生活和未来,重新组建了新的家庭。家庭是什么?局外人无权解释这个看似普通的名词。在这里,家庭就是赖以生存的面包、水和空气。

眺望婚姻的殿堂,我和龚兆鹏还算平静。我们按部就班地向我们的目的地走去,没有传奇,有的,只是我们的心。

我给龚兆鹏说过,只有晓岚从内心接纳我的那一天,才是我们领取结婚证的日子。为了这句话,龚兆鹏紧紧抱住我,只说了一句话,茹玫,我懂!

你一定难以置信,晓岚接纳我的时间段大大超出了我的预期,不是长了,而是短了。我当然希望越短越好,短到化为无才好。因为出乎我的意料,我认为晓岚对我的接纳,才更具传奇性。从她啐我那天起,我心中对晓岚这孩子的态度一直没底儿。抗震救灾那阵,为了尽量避免让她的精神再次受到刺激,我们想尽一切办法让她远离废墟和血腥。但是,灾区的世界好大,而死亡的气息好近。有一次,小家伙还是在一处废墟清理中看到了许多年轻的母亲和孩子们的遗体。那是一家倒塌的幼儿园,年轻的母亲们刚刚把自己的孩子送进教室,大地就开始了摇晃……那次在挖掘现场,许多士兵都泣不成声。

躲避,已经来不及。这一切,难以避免地闯入了晓岚的眼睛。那一刻,晓岚的目光触电一样收回来,纯真的瞳仁里布满了对整个世界的恐惧和畏怯。她的表情几乎是静止的,凝固一样的那种静止,灰烬一样的那种静止,幻灭一样的那种静止,深渊一样的那种静止。

有一只瑟瑟发抖的、冰凉的小手,自觉地、下意识地放到了我的手心。

阿姨,您握紧我,握紧。晓岚说。

在漫长的灾后重建的岁月里,我和晓岚的手总是紧紧地拉在一起。

你一定无法想象地震在晓岚接纳我的问题上产生了怎样的力量。她还是个孩子,太小的孩子,既单纯又聪明的孩子,我不想在地震背景下分析小孩子的内心世界,这点你得谅解我。我只想再给你举个例子,你一定更难以置信。前不久,杨芸芸和他曾经的先生董亮程复婚了。你会真得感到奇怪吗?

平时,我不知道人间离婚和复婚的比例到底有多大,反正我在生活中很难判断准确,因为在我有限的视野里,复婚的概率实在太小。但是,地震后,幸存者的复婚情况高潮迭起,被舆论评述为一种现象。

杨芸芸和董亮程的复婚当然也是有一个过程的。有一次,杨芸芸正在一支抢险队伍中协助清理遇难者遗物。来自全国各地的人们,谁也不认识谁,何况都带着大口罩。混凝土下面,一具遇难者遗体被发现了。

快,快!这里有人!杨芸芸朝附近的一个担架队喊。

有两三个人!迅速拎起担架,深一脚浅一脚地登上了废墟。遗体被抢险队员掏出来了,大家按照程序,对遗体进行初步的整理、苫盖等处理,然后七手八脚地把遗体抬上担架。担架起身了。五六个幸存者抬着一个逝去的人,小心翼翼地在废墟上蹒跚而行。

杨芸芸突然就愣住了,她有了新的发现,不是再次发现废墟中的遗体,而是发现了一个活人,活着的人——他,董亮程。抬担架的人当中,有董亮程。尽管董亮程的半个脸被口罩遮得严严实实,但她还是认出来了。董亮程头发蓬乱,形容憔悴,疲惫的身材显得非常单薄,脸上没有任何表情。

仿佛有一把来自背部的推力,杨芸芸鬼使神差地跟了过去,来到了董亮程身边,她伸出了手,不是伸向董亮程,而是伸向担架的扶手。董亮程显然刚刚发现了她,微微怔了一瞬,他腾出来一只手,握住了杨芸芸的一只手。

这一握,杨芸芸和董亮程就没有分开。一直到复婚。

当然,我和龚兆鹏都为杨芸芸、董亮程感到高兴。我相信,当他们知道我和龚兆鹏即将走向婚姻,也会欣慰的。

我们——我、龚兆鹏、晓岚来到了山上。这是我们三人的首次集体上山。

在别人眼里,青山依旧在,但对我和龚兆鹏来说,却有了惊人的发现,变化的,是我们那棵相思树。

怎么会呢?我们的相思树!

相思树太突兀了,突兀地伫立在成荫的树丛中。时令离秋季尚远,但相思树所有的叶子凋零精光,干巴巴的主干和枝条因失去水分和营养,皲裂得皮屑斑斑,分明是一株孤独的标本。

我们的相思树,它……它怎么会死呢?

怎么会呢?它那么顽强的生命力。我和龚兆鹏几乎异口同声。

护林员像幽灵一样从林中钻出来。请原谅我在这里用幽灵这个词比喻一位老人。你不知道,地震让我们的神经多么的脆弱。总觉得,有那么多的冤魂,在默默注视着我们这些幸存者。老人说,我现在有些搞明白了,这棵纪念树大概是一个女士栽的吧,地震前的几年,她经常早早到山上来维护这棵树。她很专业,浇水、施肥、喷药样样精通。地震后,她再没上过山,估计……地震中,她没了。

一个女士?谁呢?

我和龚兆鹏的目光在不知不觉中对视上了,我们的目光像丛生的荆棘，像悬崖上的浮云，充满地震才有的死亡气息，和相思树传导过来的气息一样。

是啊！谁……谁呢？明知没有答案，却好像靠近了某个答案。

靠近，等于最终会抵达。就当个难解的谜吧，永远处于靠近状态。

龚兆鹏终于发话了，内容与相思树无关，也与相思树相关的谜无关。龚兆鹏只是说，茹玫，咱，下山吧。

其实上山才不久，无论如何也没到下山的火候。

这棵树，有那么重要吗？晓岚说。

小家伙的大眼睛扑闪着。她发表完自己的看法，久久没说一句话，仿佛在记忆的屏幕中追溯一段模糊的往事，好一会儿，小家伙像个疯子一样紧紧搂住了相思树，说，如果妈妈还在，这棵树就不会死的。所有的树，妈妈都懂。

下吧。我说。

从山上下来，我和龚兆鹏，谁也没有提起去民政局登记的事情，我甚至不知道我们是否有走进婚姻殿堂的那一天。我们再也没有去过山上，那里，我们的相思树，死了。

我只想告诉你，那天，我接到了邓秉恒从英国打来的电话。

我真是佩服这家伙的嗅觉。邓秉恒在电话中说，茹玫，听说灾区的教育教学仍然没有得到很好的恢复，如果你，或者龚兆鹏先生同意，我愿意把晓岚接到英国来读书，当我的孩子一样对待。

我不知道该骂他呢，还是应该表示感谢，作为女人，地震让我的思维和理智到了尽头，那一刻，我特别想听听龚兆鹏的意见。

我还没来得及给龚兆鹏打电话，就收到了杨芸芸夫妻联合署名发来的短信：转告你爱的人，近期，有余震。

透明的废墟

引　子

这张照片很快就像长了翅膀一样从废墟中飞出来,通过电视、网络、手机视频和报纸,像川甘地带铺天盖地的麻雀,飞得到处都是。人人都在争相观看、欣赏、品评,仿佛这个世界上所有的幸存者一瞬间都被照片激活了潜在的艺术细胞,又在一瞬间明确了自己的审美理想、审美情趣和审美方向,同时又在一瞬间懂得了对照片主题表达的纵深思考和多元化理解。

其实更像一幅图,一幅生活中司空见惯的哺乳图:母亲倚墙而坐,她的身子之所以有些蜷,分明是在呵护着怀中的婴儿,她用双手轻轻揽着婴儿娇小的身子;婴儿紧紧地依偎在母亲的胸前,小嘴里衔着年轻母亲红枣一样美丽的乳头。照片是一刹那的生活定格,在那一刹那里,婴儿的基本表现是小嘴衔着乳头,一双珍珠一样的眼睛却在探询似的看着母亲的眼睛。为了这份探询,他的小嘴不再用力,微微有些张开,能看到他饱满而粉嫩的舌头,在嘴角拖带出一绺透亮而可爱的涎水,脖子上挂的小玉佛浮泛着细微透亮的光泽。母亲始终在和他对视。母亲的眼睛大而美丽,因为睁得过于用力,显得特别圆,太圆了,就有些失真。长长的睫毛微微上挑,这一切的努力似乎都是为了实现和婴儿对视的可持续性。

母亲的眼睛不能不失真。因为年轻的母亲早就死了。照片中的残垣断壁上，影影绰绰可见被混凝土挤压、被钢筋穿挂的几具死尸。他们脸上、身上黑色的部分，是血。凝固、板结了的血，黑色。

只是婴儿活着，他是照片中唯一的幸存者。

一

十九岁的少女刘丹丹是十三日下午才醒过来的，也就是说，从地震的发生到她基本恢复思维，已经有近二十四小时的时间像风一样无声无息地刮过。二十四小时是什么概念：一天一夜。

仿佛刚刚经历了一个浑浊而模糊的梦，自己单薄的身子悬浮在一个没有尽头的黑洞之中，在窒息和压迫中飘荡，摇晃。这种感觉只有小时候溺水时才有过，那是被死神五花大绑着往黄泉路上走，走得漫无边际，走得无可奈何，走得凄凄惨惨。不晓得过了多久，她觉得思维中闪入了一丝生命的光亮，冥冥之中，终于有一股说不清楚的生命的力量托举着她，在上升，上升，慢慢地，慢慢地，她感到了一种来自自己身体的原动力，她感到了自己的存在。她觉得托举她的人是他。是在村子里，她和他见面了，她想唱歌，故乡陇南山歌，给他。

呜哇——哇哇——哇——

原来她并没有唱山歌，不但没唱，反而像是在哭。哭腔逼仄，也高亢，像极了猫咪的叫声，也有点像小狗饥饿时拖着尾音的长吠。她怎么会是这种哭腔呢？自己分明是个婴儿，是个嗷嗷待哺的婴儿。对了，是婴儿，这个婴儿就是自己。纤细的、清脆的、又有些嘶哑的哭声穿过时空的隧道，使她的生命历程迅速地回归到了生命初始的阶段，那里更接近她生命的源头——母亲，包括母亲的身体，那是她诞生的温床。

她轻轻地叫了一声，妈妈……

没有人答应，妈妈显然不在这里。她急切地呼唤，妈妈……我是丹丹啊！妈妈，你抱抱我，妈妈呀！你抱抱你的丹丹。

没有找到母亲怀抱的那种感觉，一点都没有，为啥呢？我才是个婴儿啊妈妈，你不是这样的，真的不是这样的。记事起，我就感受到你点点滴滴的爱，你教我唱山歌，教我纳鞋底儿，教我绣荷包，赶着我去学校。在田间地头忙乎的时候，你的目光时时刻刻像春雨一样飘洒在我身上，生怕一不留神，我就会在人间蒸发了似的。那年月，陇南狼多。

任何一个人的婴儿时期是懵懂的，蒙昧的，是最缺乏记忆的。刘丹丹婴儿时期，妈妈给了她多少的爱，她不晓得。但是她能想象得到，那爱，比天高，比地厚。

我现在才是个婴儿啊！妈妈，此刻，你在忙啥？听见了吗？妈妈，我在哭。哭，就是我的表达，我的表现，我的表述，我的表白！

刘丹丹的眼睛其实已经慢慢睁开了，却什么都看不见，一股浓烈的、陌生的血腥味、粪便味混合着混凝土干燥而细密的粉尘扑鼻而来，很呛。

阿嚏——

她打了个喷嚏。一个喷嚏，牵动了她浑身的神经。她感觉到了疼，疼来自腹部。她的腹部被很坚硬的什么东西压着，压得结实，压得死心塌地。

耳边传来撕心裂肺的呼喊，不，是呼唤：救命啊——救命——

还传来一个男人嘶哑的声音，她打喷嚏呢，还活着。

刘丹丹的大脑顿然清晰，她晓得这是地震了，她还没死。恐惧像铺天盖地的洪峰一样向她袭来，她想喊。喊是需要力量的，但是腹部被老虎钳子一样的外力胁迫了，丹田之气根本就提不上来，凝聚不起来。不仅是喊，连发音和喘息的力气都打了折扣。

呜哇——哇哇——哇——

自己怎么还在哭啼呢？不是，不是自己，这次终于搞亮清了，是另外一个婴儿。自己早已不是婴儿，自己长大了，长成熟了，都快要结婚啦。

她感到奇怪，耳边传来的嘈杂的声音中，最凄惨的是救命声，但是她偏偏听到的是婴儿的啼哭。

有个嘶哑的声音在给她传递信息：妹娃子，我们已经……已经二十四小时了。

二十四小时？怎么会有这么准确的时间？怎么非得用数字表达某一段时间的长度？除非表达者密切关注着时针、分针和秒针，关注着时针的傲慢，分针的从容和秒针的匆忙。时间是什么？时间如果用分分秒秒来计算，容易让人想到生命啊！

如果现在真的是二十四小时以后，那么在二十四小时前的午后，她是在出租屋里的，当时她看过手机上的时间显示：2点28分。

当时她正在出租屋里整理衣物。酒店的老板很理解她，很人性地给她准了三天的假，回老家甘肃陇南订婚。他在兰州打工，是她的中学同学。他从部队复员后，给一个公司当保安，干得不错，是保安队里的头儿。约好了，一起回陇南订婚。订婚，女娃子一辈子的大事呢。她整理得很仔细，帆布质地的箱子里装了几件换洗的衣服，有连衣裙，有T恤和淡红色的牛仔裤，都是上次他来汶川时一起在商场选购的，便宜，却好看。他的话听着很舒服：这些年，村里的女娃子比着穿裙子，谁也不敢和你比。

陇南在嘉陵江上游，山是清的，水是秀的，养女人，脸蛋都是白里透红的那种。陇南的山妹子沿着嘉陵江下四川打工，往往让川妹子妒忌得不行：这陇南的山妹子，脸蛋咋就这么白，胸脯咋就这么高，嗓音咋就这么脆？这次，她还特意买了一瓶香水，价位最低的那种，但对她来说已经很昂贵了。昂贵就昂贵，值！她要让自己带着时尚从村东款款走到村西，把日渐隆起的胸脯挺得高高的，走出一种不一样来，走出一种风光来，走出一种惬意来，走出一种美来。她要让全村人眼前一亮，在汶川打了三年工，她刘丹丹不是过去镇子里的中学生刘丹丹了，不是当年那个见人就脸红的刘丹丹了。

巧吧，真是巧了。刚把香水塞进箱子，手机响了，是他打来的。他已经回到村里盼她呢。热恋中的人无话找话，一句让人耳热心跳的话，像热剩饭似的翻来覆去，没完没了。只是剩饭越回锅越走味，而情话却越是回锅越听着滋润。有点像亲嘴，其实各自也就一张嘴，亲一遍是亲，亲二十遍也是亲，越亲越馋。像炖烂了的鸡骨头羊脑髓，味道悠悠的。

手机那头却没说话，唱起了陇南山歌：

> 妹妹你下了四川了，
> 崖畔上我照了万遍了，
> 说好的要配对对了，
> 是不是把哥哥骗下了。
> ……

刘丹丹喜欢他这一点，这些年各家各户都有上北京、走深圳、下四川的人儿，见识多了，世面广了，陇南山歌却没人太会唱了，也就每年正月闹社火时才爆发一阵。刘丹丹不，刘丹丹平时就爱哼陇南山歌，这个优势在酒店发挥了用场，老板爱听，顾客爱听，她一唱，顾客盈门。有人把这叫酒店文化，听说天津、苏州那里时兴得很呢。

本来要动身的。既然他唱了，她得和几声。词马上就想好了，比他还要命的那种词。担心吵了左邻右舍，她把屋子门关死了，窗子关紧了，把手机紧紧贴在嘴边……另一只手情不自禁地抚摸着挂在胸前的小玉佛，那是他给她买的。那个小玉佛，是他两个月的工资。他说过，带上它，她会平安如意。将来结婚了，小玉佛还能保佑她为他们生一个可爱的小宝宝。小宝宝是个陌生而温暖的概念，对少女的她来说，小宝宝真的只是个概念,这个概念常常让她走神,大白天的,梦一样的感觉。

楼板就在这个时候晃了一下,晃得急促而突然。

一个趔趄,赶紧站稳了身子,她以为隔壁202号人家又在倒腾下水道呢。

她又把手机捂到了嘴边。

情况就在这个时候发生了剧烈变化,楼板像疯子一样摇晃了起来,桌子上的花瓶、镜子、暖水瓶像跳舞似的蹦了几下,争相自杀似的,带着稀里哗啦的破碎声,扑抢到地上,成为碎片。房间的一切摆设都在大幅度地摇摆、晃动、颠簸……刘丹丹瞬时惊呆了,像木桩一样插在那里。手机的信号其实已经中断了,她浑然不觉。耳边传来"轰隆隆"的声音,沉闷、压抑,像打雷,又不像,不像从云层中传来,像是平地而起,有点像滚石檑木从高山上飞奔而下的声音,其中夹杂着人们凄厉、惊恐的惨叫。紧接着,由大量坍塌形成的持续、紧密的巨大的轰鸣声,像是山在崩,地在裂,天在塌,地在陷。楼梯间匆促的脚步和喊叫交织在一起,她听不清人们到底在喊什么。

她终于听出他们在喊:地震了——

对,是地震。这是个陌生而可怕的字眼!刘丹丹刚想到地震的时候,墙体多处出现了裂缝,像血盆大口似的越张越大,越张越恐怖,窗子被挤压得变了形,玻璃瞬间爆裂,木质门扇和铁质的防盗门自动开裂,姐妹们的四副高架床,被合围的墙体箍得咔嚓作响……

此刻,命是最要紧的,这点,她很亮清。不用谁来教,是本能。她慌忙从变形的门框里挣出来,发现已经无路可走,楼梯在迅速断裂、分解、塌垮。她在二楼。三楼、四楼以上的楼梯,伴随着浓烈的尘雾,像天一样覆盖下来。往下覆盖的,还有挤压在楼梯扶手上、悬挂在混凝土钢筋上的血肉模糊的邻居的身体,像打秋千时突然断了绳子……

脚下突然就空了,她掉了下去……

二十四小时是啥概念,它可以是一瞬间,也可以是一个世纪。

救命啊——

来人啊——

呼救仍然在持续,只是声音都有些嘶哑。一天一夜的亡命呼喊,足可以把金嗓子喊成干窟窿,可以成就一个十足的哑巴。

刘丹丹揉了揉眼睛,目光仍然在紧张地搜索着。视线一旦适应了黑暗,就有了对一切光源的敏感。她借助左右两边残垣断壁的缝隙里几经折射以后才挤进来的极其微弱的午后太阳的光线,对这里的环境有了基本的分辨:坍塌的预制板和破碎的楼梯在这里自然形成了一个窄小的不规则的三角空间,顶部横七竖八的水泥板像是抛下了一堆乱七八糟的积木,犬牙交错,隐约能看见夹裹在其中的电冰箱、电视、电脑啥的,还有尸体的某个部位,有老人的,也有孩子的。混凝土的粉末和灰土像筛过一样洒落,多处水泥板上都在蠕动着一种流质的东西,有粗,也有细,分明是活物,像蛇或者蚯蚓。刘丹丹辨清了,那是血,是掺和了灰尘的血。

重要的是她发现了一个一岁多点的小宝宝,宝宝已经睡着了,他的睡姿很独特,也很可爱。半蜷着身子,两条腿跪着,右臂支撑在预制板上,左臂搂着母亲的背部,脑袋拱在母亲的侧胸位置。小宝宝也许是饿的,也许真的困了,他显然是在寻觅,在母亲身上寻寻觅觅,寻觅生命的温泉。

年轻的母亲像是早就死过去了,一动不动。脸部的肌肉显然抽搐过,显得很难看。距离太远,看不清年轻母亲的外伤,但从她那死寂的生命状态判断,准是严重地伤到了内脏。她的腹部是朝下的,上身却半倾半侧,这使身子扭曲得有些失真,像个大麻花。

刘丹丹似乎看明白了,年轻母亲临死前显然做了最大努力的尝试,她在试图把胸部拧过来,把饱含乳汁的乳房献给自己的宝贝。她的胸部,是她能给孩子的最后的世界。但她的努力是失败的,只有一个乳房露出了一小部分，致命的是乳头没有露出来，婴儿的一切努力都是徒劳枉然。年轻的母亲似乎又没死，她把身子扭曲成麻花形，难道还有生命的意识存在？

刘丹丹想起来了，她大概是五楼的，具体哪个房门，记不清了，平时她很少上五楼去的。有那么几次，刘丹丹在楼道里碰见过她，抱着孩子，幸福得忘乎所以。

此刻，年轻母亲的世界就是婴儿，不管她活着，还是死了。

左侧上方大约三米高的地方搭着半截严重倾斜的预制板，上边贴着一个男人，像要掉下来，却像是被牢牢锁定。后来刘丹丹才看清，有一根湿漉漉的鲜红的钢筋在他后边高高翘起，大概穿透了他的腿部。他其实是被半贴半挂在那里了。他的脑袋正好冲着刘丹丹，处于半昏迷状态。他是个光头。

右侧高一米处的混凝土之间也挤压着一个灰头土脸的男人，嘶哑的声音就是从他那里发出来的。他的一条胳膊蜷在下巴前，手腕上的手表，发出蓝幽幽的光。

显然，灰头土脸的男人始终是盯着手表的。

刘丹丹能感觉到自己浑身都湿透了，是汗，是紧张的，也是吓的。她感觉自己下边基本是在屎尿中浸泡着。啥时候拉的屎，她根本就不晓得。

这两个男人，都活着。

一女两男一个婴儿，加上那些死尸，成了整个的世界。

刘丹丹感到了难堪。她发现自己粉红色的衬衣完全敞开着，胸前上方至少有三个纽扣早就绷掉了，脱落的乳罩被挤在左肋下，两个乳房完全暴露无遗。——小玉佛，那个小玉佛像是平静地睡着了，在她的乳沟里……

幸好两只胳膊还能活动，她下意识地抻了抻衣领，只盖住了胸脯的一半。

无法再继续努力了，再努力，浑身都疼得要命。

既然是同一个单元的，平时应该没少见面。多年了，同一个单元，上班下班，下班上班；出门进门，进门出门，抬头不见低头见，就是很少打过交道。刘丹丹早就习惯了这种城里人的处世方式，同一个社区，同一幢楼房，同一个单元，邻居之间形同路人。说不清楚这种隔膜何以存在，因何存在，反正它似乎理所当然地存在着，不像在村里，四邻八舍就像一个棋盘上的棋子儿，两车两马两相两士两炮五卒一将无时不在发生许许多多的关系。城里人，就这点不好，邻居之间，淡得像没有浇卤的面条，都懒得动筷子，即便动了，也难以下咽。

呜哇——呜——

婴儿就在这个时候又哭了一声，身子蠕动了一下，又睡过去，像一只无助的猫咪。

二

刘丹丹再次尝试着喊救命，还是放不出大声，像悄悄话吧，也不像，这个空间里的人还是能听到的。刘丹丹眼泪直流，恐惧和害怕像魔鬼一样攫着她的心，她从喉咙里绝望地挤出了一个字：强……叫全了是永强，永强就是她那个他。

妹娃子，别喊了，喊叫会消耗体力的。右侧的那个男人发话了，声音比刚才还要嘶哑。刚刚过去的一天一夜，一定没闲着。

刘丹丹说，我好害怕。

别怕，我们既然还活着，就一定能够被搜救出去的。你想一想，有许多人此刻都在寻找你，关心你，你们的老板，你的众姐妹。右侧的男人说，妹娃子，你是 201 号房的吧。

男人的脸被灰土蒙蔽得厉害，辨不清是几楼的。男人的口气有点像拉家常。这种口气真灵，刘丹丹晓得对方是在稳定她的情绪，她还是听进去了。是啊，此刻，酒店的老板和员工一定急疯了，他们一定在外边想办法救她吧。一句话似乎就是一种力量，何况这句话表达的，是一种希望。事实上，这句话也使她暂时镇静了下来。

刘丹丹点点头，是，我是201的。

我是403号房的，我们打过一次交道呢。

刘丹丹想起来了，一想起来就有些生气，同时还有些委屈。

她恨死了这个403的。

老板早就交代过，老板是姐妹们刚搬到这个出租屋之前就交代的：你们几个服务员都是女娃子，一定要注意安全，社会太乱，和外人打交道一定要慎重。

酒店每天打烊很晚，姐妹们一回来，在楼上楼下总能碰到邻里说不清楚的目光。那不屑的余光，分明是在打量怪物。有天早上姐妹们刚刚下楼，后面就有人吐唾沫，还故意留下了一句话尾巴：这些女娃子，不好好在家过日子，当啥小姐啊。小姐是啥？小姐如今成了妓女的代名词了。姐妹们觉得严重伤了自尊，要回头争辩，刘丹丹赶紧拦挡了。咋跟人家争？争不过的，酒店的服务员也好，当妓女的小姐也罢，都是打工妹，各自的身份和职业又不可能写在脸上。再争，反而会弄得一脸的五迷三道。

和403的打交道是在一个夏日的夜晚，大约是十一点。姐妹们进了201房间，一摁开关，天花板上的白炽灯泡骤然闪了一下，刚把黑夜撕了一条口子，口子霎时间又缝合了，整个房间重新陷入黑暗。——是钨丝烧断了。摸出一个新灯泡，搬来桌子，姐妹们谁也不敢爬上去。无奈之下，刘丹丹想到了求援。她说：大家听我的，穿整齐了，我去找个大哥来，帮咱们安装灯泡。

先敲的是对门202号房的门，开门的是个大哥。

大哥并没有让她进屋，倚在门框上，表情疑惑：是对门啊，咋了？啥事儿？

对门两个字，像磁铁。另一个主人公——大哥的老婆也被吸到了门框上，先是逼视着刘丹丹，又扫视着大哥，目光里是不屑和警告。

大哥你好，灯泡的钨丝烧断了，麻烦大哥帮咱安装个新灯泡。

这事啊！晚上不方便，明天吧！

门就掩上了。

刘丹丹只好沿楼梯摸上去，脑子有些乱，竟稀里糊涂越过三楼，直接上了四楼。

敲开的是403号房间。

就是现在这个男人开的门。男人四十五六岁的样子，稍胖，有些魁伟，发型很整齐，穿着睡衣。意外和困惑像黏稠的汁液一样在他脸上流淌。但是看得出，他总体上属于那种值得信任的男人。刘丹丹没有敢叫大哥，改叫叔。

刘丹丹说明了来意。403的说，真的是灯泡钨丝断了？

叔，真的。刘丹丹唯恐他又要强调明天之类的托词，赶紧补充说，本想明天白天找人安装，但是姐妹们晚上实在是不方便。干我们这行的，回来得晚，起得早，没有照明实在是不方便。

403的似乎犹豫了一下，立马就答应了。进屋拎了个手电，就跟刘丹丹下了二楼。

让刘丹丹恶心的是，这唯一的一次所谓交道，竟成了403的"教育"姐妹们的一次机会。403的进了201房间。手电光下，是姐妹们一张张淳朴的脸和感谢的目光。众姐妹齐上阵，给他扶好桌子，403的登上去了，三两下就安装好了灯泡。光明在201房间重现，世界因为403的热心帮助而温暖。有个妹妹赶紧给403的砌好了一杯热茶。

403的说，看得出，你们这几个妹娃子都很淳朴的。

刘丹丹说，我们几位都是从农村来的，有陇南的、关中的，还有川北的。

403的端着茶杯，似乎不准备喝，后来还是品了一口。这一口，

045

似乎多半是为了维护大家一个面子,说,现在社会发展了,农村女娃子出门在外,挣钱的门路很多。

是的是的,叔叔说得很对。大家都附和着。

403 的继续:在外挣钱,要对得住你们的父母,对得住你们的父老乡亲。才刚刚活人,以后的日子还长着呢。

这话就有些重了,言外之意像桌上的暖水瓶一样在那里摆着,咋看咋有,塑料的皮儿,里边却全是水,够你喝一气的。有点像教育课。刘丹丹明白了,403 的之所以比较痛快地答应了安装灯泡,主要目的是借机给姐妹们上螺丝、紧发条。

姐妹们像是被噎住了,啥话都说不出来。

刘丹丹把 403 的送出屋门,发现对门 202 的门轻轻掩上了。202 的那个不要脸的大哥显然是在等待一场戏,一场妓女骗男人上床再逼对方掏腰包的好戏。戏没看成,看他还有啥狗臭屁可放。

一进屋子,姐妹们都在朝门口吐唾沫,是吐给 403 的。

刘丹丹也吐了一口。

刘丹丹说,以后灯泡断了钨丝,咱不找邻居了,咱舍近求远,请酒店掌勺的马师傅来。

从此以后,姐妹们见了 403 的,都昂头挺胸,置之不理。刘丹丹也是。

空气愈来愈糟糕,血腥味填充了所有的空间。刘丹丹终于憋不住了,一扭头,吐了。

403 的又发话了,妹娃子要挺住,尽量不要呕吐,那些东西都是营养物质,你得靠那些东西撑着。感觉恶心的时候,紧咬舌头,尽量把胃里翻上来的东西咽下去。记住!你晓得野外生存训练吗?特殊情况下,自己的粪便、尿液都可以成为延续生命的实物。也许我们的处境还没有到那地步,我们马上会被救出去,但是,我们必须做最坏的打算。

一想,这句话好像是有道理的。关于野外生存训练的故事,上初中时老师讲过，大体意思是当一个人在某种特殊环境中，食物吃完了，皮带嚼完了，周围的蛇、蚯蚓、树皮啥的都吃完了，实在没吃的了，吃啥？同学们都回答不上来。当老师最终抖出的包袱是吃自己的粪便时，同学们"哗"地乐了，有几个女同学当场吐了，就像刚才的自己。

刘丹丹轻轻点点头，表示认同他的观点，她说，大哥，我记住了。

403的说，记住了就好。403的又说，当初叫我叔，现在又改叫大哥了。

刘丹丹没想到403的会在称呼上较真。她的确是有意这么叫的。403的教她生存常识，她内心感谢，但是她忘不了那次交道。那是蒙在心灵窗口上的一片擦不掉、洗不尽的阴影。这片阴影使她感到压抑，感到堵心，仿佛是一个无法愈合的伤口，更像压在腹部的这块混凝土。

刘丹丹说，刚才忘记了，那还是叫您叔叔吧。

403的说，其实我心里明白得镜子似的，我晓得你在维护自尊，这点，我十分理解。告诉你孩子，不管你们平时在做啥，我都在暗中保护着你们。

你为啥要保护我们？

我农村有个远房亲戚，亲戚家有个妹娃子在外打工，也是在酒店，边当服务员边干三陪，后来被坏人打劫失踪了……到现在生不见人，死不见尸……

怎么又扯到这里来了。刘丹丹不想再理403的。

403的继续着：我看见你们，就……就……唉。有次，大概是深夜吧，我在单位加班回来，看见有个蒙面人在撬你们的门锁，我大喊一声，那个家伙被吓跑了。

这个事情刘丹丹是记得的。那天晚上，她和两个姐妹都听见了撬门锁的声音，她们吓坏了，后来就听见一声大喊：住手——外边传来"咚咚咚咚"的下楼声，贼人显然被吓得落荒而逃。第二天，老板就派人给201房间换了防盗门，是狼狗牌的那种。

一直不知道那一声喊是哪个好心人喊的。

刘丹丹心头一热,谢谢叔叔。其实我晓得,你是个好人。

晓得我是个好人就好。403的说,三年了,住一个单元里,都不晓得你叫啥名字。妹娃子,你叫啥名字?

刘丹丹,甘肃陇南的。

我叫吉国立,这里的老住户,在一家公司当个不大不小的头儿。你不用叫我大哥,也不用叫我叔叔,就叫我老吉吧。我妻子陈娟娟在光明路小学当老师,我孩子叫吉睿,在汶川中学上高中,从年龄上看,他是你弟弟。

这种交代够彻底,够直接。这样的介绍让刘丹丹觉得有些突然,而吉国立似乎并不觉得唐突,补充说,他们你都见过的,出门进门的,只是没对上号罢了。

刘丹丹说,是的,整个单元的人其实都是熟脸。

老吉突然"嘘"了一声,换了个话题,说,仔细听,外边,有人救咱们呢。

刘丹丹的眼前一亮,竖起耳朵,听到的却是浑浊、含糊的风声。风从外边往里挤,在纵横交错的残垣断壁中左冲右突,回旋成一种具有共鸣效果的噪音。刘丹丹说,我咋听不出来呢?

吉国立说,是部队在救援,外边有直升机的马达声,有集结号的声音,有部队战士的口号声,有大型机械发动机的声音。

你怎么能分辨出这么多的声音呢?

我在部队待过。当年,参加过许多抢险救灾工作。

那,我们啥时候才能被救出去呢?

放心,马上会被救出去的。你现在要做的,就是放松心情,心态保持平和,千万不要紧张,不要消耗体力,积极等待。

话是鼓劲的话,听着很振奋。但刘丹丹分明察觉到,吉国立的口气平缓、从容、镇定得有些可怕,口气中几乎感受不到喜悦和兴奋。

话只是讲给她听的,情况估计要糟糕得多。想到这里,刘丹丹打了个冷战。

吉国立说,假如,注意我说的是假如,假如你一个人活着出去了,一定要找到我妻子和孩子,转告他们,我吉国立爱他们。

不!刘丹丹拼了命说,你瞎说,根本就没有假如。你告诉我这么多,难道是为了让我捎个话吗?

吉国立说,怎么能没有假如呢?我判断得出来,你除了腹部压的混凝土,没有其他致命伤,而我……

说到这里,吉国立竟然笑了。

听话,孩子!吉国立笑着说。

孩子?一刹那,刘丹丹感觉脑子里轰然一声,他突然想到父亲。她怎么会想到父亲呢?父亲也是爱母亲的,当然,把他们姐妹两人更当成掌上明珠。

刘丹丹的泪下来了。他像父亲一样叫她孩子,他本不该把她称作孩子的。她清醒,他至今认为她是干那种事情的女孩子,他怎么会把干那种事情的女孩子称作孩子呢?她晓得他是在宽容,在尊重。但是,她不需要这种宽容和尊重,坚决不需要,坚决不!不过,一声孩子,她的心有些软了。她发现了他的胸襟、慈善,他本质上是善意的。无论对错,他对她的所有疑惑、判断和引导,其实都闪耀着一种亮色,一种父辈身上才有的亮色。

她还能说什么呢,这里不是争辩的地方,不是讨论真理的地方,真的不是,也不能。

刘丹丹的泪又下来了,无声地,悄然地,默默地。

呜——呜——

那个婴儿又哭了,音色有些变调,纯粹是一种本能的反应。

吉国立的目光再次落到婴儿的身上。

刘丹丹的目光穿过眼泪,再次落到婴儿的身上。

婴儿的境遇是个很大的话题了，话题太沉了，压舌头。

三

一如一段生命进入暮年，空间里的光线迅速暗了下来。这是又一个夜晚，不该来，但来了。

睡不着，也没法睡。难挨的饥饿使身体有些发颤。那种具有共鸣效果的噪音始终持续着。刘丹丹现在晓得了，那是人们在救援他们。但是现在看来，是否在救援埋在这幢大楼里的人，那就不一定了。也许，整个县城的楼房都坍塌了，学校塌了，医院塌了，工厂塌了，埋在废墟中的人何止千千万万，那该怎么救援啊？！也许，这样的担心和猜测，在吉国立那里早就有了，他懂，却不说。春夏之交的气候，白天热，晚上凉。凉气像水一样漫过来，刘丹丹感觉自己像是扔到酱油缸里的萝卜，再腌下去，就成了咸菜。

时间像黏稠的汁液，越扯越长，扯到空间里再次能够彼此辨认、辨别的时候。刘丹丹晓得，外边，天亮了。

这是地震后的第三天。每个人都保持了沉默。

突然，伴随着一阵浑厚的轰鸣，刘丹丹又感到了剧烈的摇晃。新的坍塌声、断裂声，像丧钟一样传来，沙砾、尘土急促地往下掉。刘丹丹惊恐得闭上了眼睛。

妹娃子不要慌张，这是余震，会过去的。吉国立给她打气。

刘丹丹察觉，吉国立的发音变化很大，如果说昨天用了七成的力气，如今至少用了十成。时间是什么，是屠刀，是催命鬼，是死神。时间延续到第三天，不到四十个小时，每个人的生命状态发生了很大的变化，随着流血，随着重压，随着饥饿，随着白天的溽热和夜晚的寒气，随着可供呼吸的空气质量越来越糟……

沉默在继续着。

余震，果然过去了，像是一个严重的哮喘病人暂时终止了咳嗽。

沉默和沉默不一样。

刘丹丹察觉到了啥，她试探性地朝吉国立说，叔。

吉国立一声不吭，像死了一样。

刘丹丹努力放大了声，叔——

还是没有反应。刘丹丹的表情有些愤懑，也有些委屈。你咋说死就死了呢，她觉得他不应该就这样死去，这样死去，他一定不甘心的。问题是，她也不甘心，她不甘心什么呢？

她最后一次朝他喊，叔——我不是你想象中的那种妹娃子，我是清白的，我是酒店清清白白的服务员，你，你你你全错了。

吉国立的嘴翕动了几下，气若游丝，似乎在回应。

刘丹丹使劲竖起耳朵，她在努力捕捉这种回应，她似乎听清了。他在说，我……我……我相信！

刘丹丹发现自己竟然笑了。

她笑了，艰难地笑了。

他死了，真的死了。

他死了的时候，她也笑完了。

尽管是艰难的笑，也算是一点小小的灿烂。

就在这时，左上角预制板上趴着的那个男人，竟然苏醒过来。他先是眨巴眨巴眼睛，然后用失神的目光扫视了一周，当他辨清下面活着的人是一个女娃子，竟说了句废话，求求你，救救我！

刘丹丹终于看清了这张脸。是三楼303的。

刘丹丹熟悉这张脸，经常在楼道里碰见。平时，她不敢和他打招呼，她从他的眼睛里，总能看到一种说不清楚的东西，这种东西总叫她莫名地紧张。有次在楼梯口撞上，他出，她进。他朝她点头，她只好也点头。他开腔了，你，外地的？

嗯。

你叫啥名字？

刘丹丹觉得他问得有些过了，但是驳不过面子，只好说，刘丹丹。

用得着大哥我的时候，吭声。

谢谢大哥了。

刘丹丹和他搭完腔，也后悔了。

居委会的大娘早就给她叮嘱过，一定要提防着这小子，他是解除劳教人员，是居委会的帮教对象。记住了，对这样的人，我们要尊重，要给他们自尊。

居委会大娘给她提醒的时候，是个午后，很好的阳光，照耀着居委会的门牌。刘丹丹当时就觉得领子里钻进了毛毛虫，有一种透骨的、恐怖的沁凉。大千世界，真是无奇不有啊！小区里怎么会有这样的人呢，多可怕啊！大娘看透了他的心思，说，这有啥奇怪的，劳教人员也是人，劳教完，他们迟早要到社会上来，到老百姓中来的。大娘说话就是有觉悟，张口闭口都是政府的味儿。不过政府的味儿还是管用的，刘丹丹倒是释然了许多。有个道理她是清楚的，村子里许多人家都有狗，路过，只要不招它惹它，充其量朝你吼两声，一般不会下狠口。

后来她才听说，303的是因为盗窃劳的教。303的名字叫赵云逸，很斯文的名字。赵云逸四十多岁的样子，身子单薄得像根柴火棍儿。前几年在国企当工人，多年被评为先进生产工作者，后来企业的头儿因为贪污被抓了，企业稀里哗啦跨得很彻底。赵云逸最初是那种能伸不能曲的主儿，下岗再就业碰了几鼻子冷灰，才彻底抽了底气。人也换了个精神头，立马稀松了。先是屈就着卖了几个月的下岗馒头，觉得丢人现眼，赚不了大钱，就以丰富小区群众的文化生活为幌子，东挪西借筹资开了个麻将馆，实质上是个赌博窝点，被公安堵了几回后，只好再次屈就着在街道上摆摊设点倒卖蔬菜。那年恰逢全县创建卫生城，所有摆摊设点的提心吊胆，生怕被城市综合执法队的卷了摊子，就那样过了一段老鼠躲猫的日子，干脆另闯江湖，搞上了盗窃……劳教后，妻子和他离了婚，带着孩子一走了之。

据说赵云逸从劳教所出来的时候，又像换了个人，脑子好像开窍了许多，江湖上黑道白道都趟出来了。给几家夜总会压场子。压场子那活，只有道上的人才干得了，说穿了，那是被夜总会老板当狗使。工资不高，却管吃管喝，小姐愿意了，还能睡一次两次的。去夜总会消遣的人很杂，各色人等，应有尽有，不排除惹是生非的主儿。但是，只要赵云逸往那里一坐，夜总会保证平安无事。人们倒不怕他这个可怜的柴火棍儿，怕他背后道上的主儿。狗毕竟是狗，就看这狗是谁的。

说起来，赵云逸也不像人们想象的那么坏透了顶，他刚进劳教所的时候，县里评选文明楼院，小区就因为他赵云逸而被取消了评选资格。为此，赵云逸觉得脸上过不去，这至少说明，想当年在国企时的那点自尊心和集体观念，还在他骨子里的某处残留着那么一点点。

赵云逸灰头土脸出来的时候，居委会组织了一帮居民欢迎他。用公家人的话说，这叫给帮教对象以集体大家庭的温暖。

整个单元里的居民上上下下对他都很热情，楼道里撞上了，都要哼哼哈哈打招呼。但是敏感的赵云逸很快发现了热情背后的东西，那是一种看不见、摸不着、需要用心来感悟的东西，这些东西隐藏在邻居们的眼神中、言谈中、表情中，说穿了是一种戒备。

有天夜里，整个单元里跑水了，水沿着楼梯而下，瀑布似的。水是从七楼流下来的，七楼以下各家几乎都进了水。赵云逸在国企当工人阶级主人翁的时候，干过水暖，他马上判断是703号房的暖气管漏了，拎了一把扳子就直奔七楼。703号房主是个独身大爷，他一见是赵云逸，赶紧又把门掩了，顺便把裤子提了提，从门缝里丢出了话，啊啊啊，是小赵啊，谢谢你！稍等一下，我正在厕所解手呢，才解了一半儿。

赵云逸焦急地等了足有两分钟，房门才开了。大爷笑容可掬地把他迎进去，嗲声说，水啊电啊暖气啊啥的，全楼里小赵你最行！我刚才捣鼓了半天都没有弄成。

赵云逸马上甩开膀子干了起来。都快完活了,他这才回味过来,他在外边等待的两分钟,大爷准是在屋子里转移钱财。

那一刻,赵云逸真想挥起扳子,把管道砸个稀烂,把整个单元来个水漫金山寺。他还是忍了。第二天,楼长给他传了话,说是居委会主任马上要登门向他表示感谢,他不咸不淡地说,就那点小事,不如一个屁,有啥慰问的。

说完锁了门,扬长而去。

赵云逸很快发现,人们对他的戒备悄然体现在了行动上,从一楼到顶层七楼,许多住户都换了防盗门。每次下楼,所有的防盗门仿佛在对他发出挑衅性的微笑,这让赵云逸的呼吸有些急促,他感到浑身的血管都在膨胀。

唯独201号房的防盗门没有换,赵云逸晓得里面住着八个打工妹,都是外地来的。他感到有些滑稽,同时感到有些好笑。八个女的,就人多势众了?就可以不换防盗门了?这不是八个打工妹对他的信任,是愚笨,也是对他更大的挑衅。

那天晚上经过201的时候,有个念头突然在脑海里一闪。这个念头让他兴奋,让他心花怒放,让他感到有一种难以言说的快意。他转身上楼,从家里攥了一个改锥,下楼,到201号房门口,迅速把准备好的袜子往脖子上一套,就对着防盗门的门锁下手。他故意把声音弄得很大,他要的就是这种效果。

果然,楼下传来一声断喝,住手。

他晓得是四楼的吉国立,他晓得吉国立平时准是这个时候回来。

他夸张地跑了,他要让整个单元的空气紧张起来。第二天,他看见几个陌生的装修工在给201号房间换防盗门,旧的拆走了,新的安装了,是狼狗牌的。

赵云逸偷偷乐了。他有个恶毒的计划,他觉得这个计划很有趣。等自己哪天有兴趣的时候,他想窜进201号房,找其中的哪个女子睡一次，大大方方地睡，当着其他七个女孩子面睡。他坚信她们绝对不敢声张的。匕首往桌上一放，她们谁敢声张？兔子不吃窝边草。哈哈，他偏偏要吃一次。夜总会的小姐他睡过几个，老板同意的，有慰劳的意思。201的小姐没有睡过，如今睡一次也不晚，他觉得心里有一口气要出，冲她们，也冲整个单元。他早就看准了，有个女娃子，脸蛋很有意思，不晓得叫啥名字，听口音是甘肃的，问过一回了，叫刘丹丹，好，那就朝她下手……

此刻的赵云逸，此刻趴在预制板上的赵云逸，此刻傻子一样呼喊着救命的赵云逸，目光里已没有了那种说不清楚的东西。

这是刘丹丹第一次认真地注视着赵云逸。

赵云逸的目光显得空洞，他的脸朝着刘丹丹，已经无须说啥了。刘丹丹的胸脯仍然半袒露着，其中一个乳房依然如故地在衬衣外挺立。这一切，并没有让赵云逸的眼睛放出光芒。

也许是余震的作用，离赵云逸背部不到半尺高的一块混凝土，突然脱离了依附，马上要掉下来，掉下来……

刘丹丹惊呼，哎——303的，不，赵大哥，快注意！你顶部有块混凝土，半个枕头大的样子，悬着，要砸到你身上了。

赵云逸脸上的表情却没有什么变化，说，谢谢！我浑身动不了，没法躲。

刘丹丹屏住了气，她惊恐地注视着那块混凝土。

赵云逸认真地问，你……刚才的你，你叫我大哥？

是啊，你就是大哥。

你……你咋晓得我姓赵？

都啥时候了，赵云逸却提出这么一个问题。

刘丹丹说，一个单元楼里，咋能不晓得。

刘丹丹觉得这样的回答未必合适，给人一种他赵云逸臭名昭著的意思，就补充了一句，谁不晓得你是我们单元的大英雄啊，有次全楼走水,是你奔到七楼,抢修好的。

赵云逸的眼睛里竟然有了一丝神采,而且这些神采从眼睛里浮泛出来,溢在了脸上。

谢谢!赵云逸说,真的谢谢!

赵云逸的眼睛里有了神采不算,还释放出一种亮色来。他似乎想表达什么,能看出他很渴望。对这种目光,刘丹丹心里有数,她不怕,也不用怀疑。赵云逸突然吹起了牛:嗨,大哥我想当年……

他吹的是当年在国企当工人时披红戴花的事情。

那块混凝土终于掉下来了,径直落到赵云逸的背部。刘丹丹此刻看到了赵云逸的表情,很痛苦的样子。由于之前混凝土悬得不是太高,下落的时候,显然冲击力不大,但是压力却是有的。混凝土少说也有二三十斤。

混凝土并不安分,它显然还没有在赵云逸的背部停稳,缓缓向前翻滚。如果滚过肩,就会从刘丹丹左侧上方砸下来,再沿着倾斜物直接扑向刘丹丹……

啊——

刘丹丹惊恐地叫了,她没想到死神会在这个瞬间朝她走来。她绝望地闭上了眼睛。

一秒,两秒……二十秒……刘丹丹睁开眼睛,发现混凝土并没有砸下来。

混凝土翻滚到赵云逸肩部的时候,竟然稳住了。

刘丹丹惊讶地发现,赵云逸早就收回了两条胳膊,交叉着垫在下巴底下,这样,脑袋、肩膀无形中被垫高,形成了一个相对稳固的支点,混凝土被稳稳当当地托在了上边。

赵云逸没有让混凝土砸下来,他用自己的躯体背负着。

刘丹丹感到了惶恐。

她真的不明白赵云逸为什么要这么做,如果真的是为了保护她,这样的结论她一时难以适应。她想让他说出来,她说,你完全可以让它从你身上滚下来的。

赵云逸说,是的。

那你为什么要这么做?

你问这个干啥?

我想知道。

你想知道啥啊,连我自己都不明白。

赵云逸最终没让混凝土砸下来。

命运真是个奇怪的东西。刘丹丹无论如何也不会想到,她的命,最终会掌握在赵云逸的手中。

四

哇——又传来婴儿的声音。

刘丹丹的眼睛睁大了,睁得溜圆,她发现了奇迹。才一岁多点儿的婴儿,可怜的宝贝,不再对母亲寄予希望,他大概是在饥饿后的昏迷状态中醒过来的。他应该是蹒跚学步的年龄,但是环境剥夺了他在人间走一走的权利。他无法走,他爬。他的身上也沾满了血迹,也许是死人身上的,也许是自己哪里被蹭破了。他在残破的砖块、石头上爬啊爬,爬得好艰难,好艰难。这大概是他细皮嫩肉的身躯第一次进行如此残酷的跋涉。

小宝贝决然地离开了母亲,他要去哪里呢?

又一个奇迹出现了。本来以为那位年轻的母亲死了,真的以为死了,原来她还活着。

沉寂中,年轻的母亲嘴里竟发出了声音,声音十分微弱,像蚊子翅膀下面发出来的声音,她说,我……我……我的眼睛看不见了,我看不见你们,但是我感觉我的儿子从我身边离开了,谁看见他了吗?

刘丹丹赶紧说，看见了，你的儿子很棒，他在离你不远的地方，玩……玩儿呢。

是玩儿吗？肯定不是，但是刘丹丹说成了玩儿。

……你是二楼的孙大姐吧，要不是六楼的韩妹子？对不起，我……我那天太霸道了……

刘丹丹……

刘丹丹不好轻易否定年轻母亲的判断。只是，年轻母亲提到的那天，是哪天呢？那天发生了什么呢？居然成为她心头的一桩隐事。

刘丹丹说，大姐，大姐……

……

年轻的母亲再也没有了喘声，这次，她准是咽了气。她死前，留在这个世界上的遗言，关键词竟是：对不起。

在人生的生死关头，有必要说对不起吗？而且是对自己的邻居：二楼的孙大姐，或者是六楼的韩妹子。她在临死的最后一刻，把她刘丹丹当成忏悔的对象了。

真正的二楼的孙大姐在哪里呢？真正的六楼的韩妹子又在何方？也许，她们地震前在她们上班的地方，躲过了劫难；也许，她们都死在这个单元的废墟里；也许，她们死在各自的单位了。吉国立说过，这样的地震，后果预料到多惨烈的地步，都不过分。

人和人之间的关系有了疙瘩，有些好解，有些并不好解。一如有些对不起是可以谅解的，有些对不起寻求对方谅解，却难上加难。

此刻，一个鲜活的生命消逝了，却把对不起留下了。

刘丹丹明白了，年轻母亲的一声对不起，一方面是在表达忏悔，一方面是在给离开她身体的小宝贝寻求希望的曙光。只要对方接受了她的忏悔，她心爱的小宝贝就不可能永远在死亡线上挣扎，最终走向不归。

刘丹丹突然回忆起来了。年轻母亲应该是五楼某家的女主人，姓吴,叫吴啥来着,记不得了。听说在哪个私人企业当会计,每天骑着一辆八成新的自行车,早出晚归。刘丹丹突然把姓吴的和五楼对上号,是因为前不久发生在楼道里的一次口角……

小区属于县里比较落后的小区,大多数楼房都是二十世纪八十年代盖的,算老楼了。自行车棚子不够用,许多住户就把自行车塞进单元楼的楼筒子里。鸟多笼子少。率先回家的住户就占了先,把自行车早早塞进楼筒子。早来的早塞,晚来的晚塞。更晚来一些的就被动了,要么多掏一把力气把自行车扛到二楼、三楼;要么,忍气吞声,把自行车撂到楼前的院子里。撂院子里的自行车极有可能落得某种不堪的下场,譬如运气不好的话,就会被小偷顺手牵羊偷了去,变成战利品。

那次口角发生在一大早。争执双方一开始是吴姓女人和六楼的韩姓女人。争执有些紧锣密鼓。

……

你的自行车被小偷笑纳了,为啥怪我?

昨晚我回来得早,明明把自行车放在最里面的,为啥最里面的自行车变成了你的?

我咋晓得?反正昨晚我一进楼筒子,没有一辆自行车,我就把自行车推到最里面了。

你准是为了安全,把我的自行车挪到外边了,把你的自行车塞到了最里面。外边的自行车,可不就被偷了。

楼筒子里每天都塞进来五六辆自行车。既然你认为你的自行车是别人挪到外边的,那个别人,就一定是我吗?

不是你是谁,你的自行车在最里面,最保险。

但是我告诉你,你犯了个常识性的错误,五六辆自行车,推走的推走,进来的进来,谁的自行车都有可能成为最里边的。

啊啊啊,大伙说说,她这是啥理由,她刚才还说把自行车推到最里面了。

争执到了最后，就有些尖锐，尖锐了，就变成了谩骂。

你不要脸。

你才不要脸。

你浑蛋。

你才浑蛋。

你祖上缺德。

你才祖上缺德。

……

这样的对骂有个规律，由轻到重，由浅到深，这种程度的推进者，也就是主导者，明显就是吴姓女人，而韩姓女人往往是遛着边儿走，吴姓女人加深一句，韩姓女人附和一句。本质上看，吴姓女人始终占上风，韩姓女人不怎么会吵架，像一面鼓，敲一下，响一声。

这时，中路插进了孙姓女人。孙姓女人是看不过了，她为韩姓女人鸣不平：都别吵吵嚷嚷了，什么缺德的话，什么难听的话也能像屁一样放出来，都是邻居，楼上楼下的，这是疯了呢，还是魔了。

听明白了，吴姓女人可是听明白了，指头就指向了孙姓女人的鼻子，你是皇帝不急太监急……

这一下，孙姓女人真的急了。眼看着就要动手。

小区里很少吵架的，动手的事情更少。女人之间的一场争执演化到这个程度，就成大戏了。这时，吉国立出现了，居委会主任出现了，事情才像浸了水的导火线，灭了火星子，才没有发生剧烈爆炸。

现在，吴姓女人已经忏悔了。

韩姓女人和孙姓女人如果还活着，她们肯定听不到了。如果她们也遇难了，能听到吗？

小时候，刘丹丹听老人讲，人死后，鬼魂会从尸体上漂浮出来，被催命鬼领着，先去一个叫望香台的地方，鬼魂在那里不但可以看到自己的尸体，还能看到因他的死去而悲伤的亲朋好友。在那里，死者可以听到活着的人悲怆的哭声、焦灼的呼喊、哀伤的对话、默默的祈祷……最后，鬼魂就不得不被催命鬼领着踏上奈何桥，那是人间和阴间真正的分水岭。过了奈何桥，小鬼会端来一碗迷魂汤让死者喝，不喝不行，不喝，就成了在阴间游荡的鬼魂，不但对己无益，而且有碍活着的人，活着的人会经常在某个漆黑的夜晚，看到有黑影在窗前一闪而过，或者在某次的梦中，发现自己已经死了，连怎么死的都不晓得。于是，现实中的亲人们，会莫名其妙地犯病、出事、遭遇不测……

如果这个世界果真分为阴阳两界，那么，再假如，韩姓女人和孙姓女人都不在人世了，能听到吴姓女人的忏悔吗？

一种恐怖像电流一样从刘丹丹身上袭过。为什么啊？为什么？听到忏悔的，是我刘丹丹？！

刘丹丹再次把目光落到了吴姓女人的身上。

按年龄，她应该把她叫姐的。吴姐。

此刻的吴姐，身子已经不是扭曲的麻花形，是平躺着，很顺溜地仰躺着，那是一种很放松的、很自然的躺法。她死定了。

你能看到孩子吗？

这是赵云逸的声音。

刘丹丹这才发现，赵云逸的左边是好几层残垣，正好遮住了他通往左边的视线。从他的角度是看不到吴姐的。那边传递给他的所有信息，只是婴儿时断时续的哭声。

刘丹丹说，能，在你的左侧，靠后，斜下方，孩子的妈妈已经死了，就在刚才。

赵云逸说，刚才？我听见那边有声音，但是一句都没有听清。

是的，我就听到她说了一句话。

她说什么了？

她说对不起，是给二楼的孙姐和六楼的韩姐说的。

赵云逸说，那……那，孩子在干什么？

刘丹丹说，孩子在……在……啊啊啊……他……

你怎么了，你发现什么了。

孩子他……他朝我爬过来了。

五

仿佛是个遥远的传说，真的像传说。有这样的传说吗？这个刚刚在人世间度过了一年多的婴儿，在失去妈妈的时候，在百般无望的时候，他朝刘丹丹爬过来了，朝另一个女性爬过来了，朝一个少女爬过来了。为什么，这是为什么？刘丹丹惊奇地看着他……

小宝贝每爬一步，会歇一会儿。他歇息的姿势好可爱，两条憨憨的、胖乎乎的、短短的、肉嘟嘟的胳膊会支撑着上半身，屁股完全蹲下去，脑袋努力举起来。像什么？像一只在沙滩上休憩的青蛙，像一条冬日里晒太阳的小花狗。

大冬瓜一样的身子上套着一件开裂了纽扣的小衬衣，前胸、胳膊上、衬衣上都有血，有干的，也有湿的，显然有蹭上去的，也有自己的。混凝土的断茬和瓦砾，对小家伙来说就是刀子，就是碾子，就是针，是锥，是刺刀，能不流血吗？看不到他的膝盖，那里准是流着血的。

小家伙，一个小小的活着的血人。

刘丹丹看清了小宝贝的眼睛，突兀着，那是肿的，像两个镶嵌上去的乒乓球。乒乓球上有两条绷开的细缝，那是眼睛。看不清眼珠，只看见两条细细的黑。那黑里，是有光的，是目光，目光像是用尺子丈量了，朝一个方向：刘丹丹。

刘丹丹说，快看！看到了吗？小宝贝朝我爬过来了。

赵云逸说，在哪？没有，我没看到，怎么可能呢？

你马上就会看到的，马上。

赵云逸的脑袋微微朝左下方侧了一下。

赵云逸在期待。

刘丹丹说，看到了吗？

赵云逸说，没有……啊啊……看到了……

近了，近了，更近了。

刘丹丹的脸红了，是那种难堪的红。她这才发现，小宝贝的目光始终聚焦在一个地方，这个地方在她的身上，是她身上敞开的胸，是胸前高耸的乳房，是乳房上枣红的乳头。她的乳头像苍茫大海上的一个灯塔，而小宝贝像大海上颠簸已久的小舟。小舟和灯塔之间早就形成了一条天然的、客观的、真理似的路径。

小宝贝爬到她身上来了，脑袋拱到胸脯上来了……

妈呀——天哪——

不是孩子的声音，是刘丹丹。

刘丹丹本来是要拥抱小宝贝的，但是孩子异常的举动太超出了她的想象。突如其来的一切，像突如其来的地震一样，完全出乎她的意料。还没订婚呢，还没结婚呢，还没生娃子呢，自己的身体，自己的乳房这么直接地就和一个毫不相干的婴儿联系在了一起，太可怕了，太恐怖了。一刹那，她生气了，真的生气了，孩子在侵犯她，无视她。孩子一点都不可爱，简直有些可憎，可恨。

妈呀——天哪——

她不由自主地喊着。

刘丹丹想推开他。

赵云逸急了，说，你……你是不是要推开他……别别……别推开他……

不，不，我怕，我害怕。

赵云逸：别怕，他那么……那么小……

不是小不小的事，我……

我理解你的心情，但是……但是你知道吗？

知道什么？

赵云逸说，孩子……孩子……把你当成了妈妈了。

……妈妈。

是，是妈妈。

妈妈啊妈妈！小宝贝把她当成妈妈了。刘丹丹的脑子里一片空白，她不晓得是否该搂抱她，该亲吻他，不！不不不！她做不出来，她的心思乱套了，像一股本来齐整的线，突然揉搓过了，乱了，找不到线头。小宝贝的脑袋继续拱着她的胸脯，拱得很无力，很勉强。——小玉佛，他送给她的小玉佛早被小家伙拱到了一边。后来，再后来，小嘴终于触到了她的乳头，一口就叼住了。这一口很用力，刘丹丹浑身一阵战栗，像筛糠，像扬场，像中风，像打摆子，更像是凭空掉下了一根高压线，带着火星，带着热量，带着摧毁一切的力量，和少女的乳头对接。刘丹丹晕了，是眩晕，是那种酥酥的麻，是那种奇奇的痒。她慌忙看了一眼赵云逸。赵云逸的眼皮耷拉着，并没有朝这边窥视的意思。

她明白，赵云逸在维护她的尊严。

刘丹丹想到了刚刚苏醒过来时反复回味过的那个梦境。梦境中，自己只是个婴儿，是妈妈眼里的婴儿，她多么渴望妈妈的呵护，妈妈温暖的笑容，妈妈一切的一切……那个梦境让她体味到了自己生命初始时的感觉。如今，促成她梦境的婴儿趴到她身上来了。啊啊，梦境中，我是这个婴儿吗？梦境中，那个妈妈就是现在的我吗？

一切都顺理成章着，一切又都乾坤颠倒着。梦境太真实了，现实却有些虚幻。

孩子！

她轻轻地叫了一声，叫了一声孩子。她不想让赵云逸听见，她只说孩子听，说给自己听，说给那个并没有消逝梦听了。

……

小宝贝又把嘴伸向另一个乳头，叼住了。

小宝贝突然举起了脑袋。两手撑在刘丹丹的胸脯上，像个小老虎。他在观察着刘丹丹的乳房，看左边的，再看右边的。他的目光里充满置疑，充满好奇，充满愤怒，充满委屈和失望。他趴下来，开始用小手扒拉乳房，拍拍，捏捏，揉揉……又把嘴伸过去……

他又把脑袋举起来了。

第一次，小宝贝用他眼睛里的光，搜寻着刘丹丹眼睛里的光芒。

他发现刘丹丹高耸的乳房和妈妈膨胀的乳房是不一样的。妈妈的乳房里有她生命的温泉，而刘丹丹的乳房里一无所有。他不再关注乳房，他开始审视着刘丹丹的眼睛。

这是一种可怕的审视，一种被出卖、被欺骗以后的审视。

小宝贝显然在怀疑。

这一刻，刘丹丹的心理有一种彻底塌垮的感觉，像地震后的坍塌。

小宝贝的身子蠕动了一下，他显然做出了一个理所当然的决定。他要从刘丹丹身上爬下来。

他要去哪里？他要干什么？

赵云逸：别别……快，抱紧他，他一定是要到他妈妈那里去。赵云逸突然又发话了。声音像从云端里飘下来似的。

刘丹丹赶紧搂住了孩子。

小宝贝无力地蠕动着。他在挣扎。

赵云逸突然像发现新大陆似的，呼吸也深重起来。赵云逸说，试一试，你……你……的手能够着旁边的鱼竿吗？

刘丹丹这才发现旁边有一根鱼竿。试了一下，勉强够着，说，能。

赵云逸：递给我。快！

你要鱼竿干什么？

赵云逸：你马上就知道了。

刘丹丹一手搂着小宝贝，一手费力地伸出去，终于把鱼竿抓在手中。

赵云逸的胳膊腾不出来,他稍微一个不经意的活动,背上的混凝土就会掉下来。现在,可怕的混凝土瞬间就会赚两条生命。

赵云逸努力固定着胳膊,只用两只手,准确地说用手指头,接住了鱼竿的一头。又把鱼竿掉了头。这个过程,足足花去了二十分钟。赵云逸把鱼竿的一头支在下巴下边,另一头伸过去,越过刘丹丹的头顶,伸到对面的混凝土之间……

啪——

一个东西掉了下来,掉在刘丹丹的身边,是一包袋装的牛奶。

啊啊,你真有办法。刘丹丹激动得有些失声。

赵云逸答非所问,说,知道吗?那次撬你们防盗门的蒙面人,就是我。

刘丹丹:……是你?

……

赵云逸死了,就在这个时候,就在完成巧取牛奶的全过程之后。

他努力把自己死成了一个支点。支点,相对背上的混凝土而言。

面对死亡,刘丹丹出奇地平静了。现在,这个狭小空间里的人:吉国立、婴儿的妈妈——吴姐、赵云逸都死了。死亡的气息到处迷漫着。她孤单,也不孤单,还有一个生命陪伴着她,这个生命像……怎么说呢,像儿子一样陪伴着她,对,是儿子,儿子陪伴着妈妈。

刘丹丹搂紧了小宝贝。刘丹丹的脸上充满了微笑,她说,小宝贝,妈妈找到哺乳的法子了。

刘丹丹真的找到法子了,一如赵云逸在关键时刻找到了牛奶。她用牙齿把外包装撕开了一个小孔,挤出一点牛奶汁汁,涂抹在自己的乳头上。这法子真灵!

刘丹丹一点一点把牛奶汁挤在乳头上,小宝贝一点一点地吸吮了。

这是个漫长的特殊的哺乳过程。

刘丹丹把挂在脖子上的小玉佛摘下来,轻轻地挂在了小宝贝的脖子上,继续哺乳。

在这个过程里,刘丹丹觉得自己是在一个炕上,她和他的炕,大红被,绣花枕头,墙上贴着双喜字儿。这个过程穿越了许多过程,这个时空穿越了许多时空,这个瞬间穿越了许多瞬间。这是一个洒满阳光的午后,她在给她和他的宝贝儿子哺乳。他远在兰州,一定能感觉到的,感觉到她做妈妈时的样子,感觉到她给孩子哺乳时的气息、姿态、动作、神情……

他们的小小男子汉——小宝贝终于满足了,睡着了,鼻孔里发出轻微的、诱人的鼾声。儿子的小胸脯抵着她的胸脯。小玉佛在两个胸脯之间,一种温度在上升,上升。

刘丹丹的嘴唇轻轻翕动着,连她自己都没有意识到,她是在轻吟着陇南山歌。地震前,他在手机里给她唱了,唱得很带劲,很投入,很深情,一字一句,她全记得。她本来要接唱的,还没张嘴,就地震了。现在,刘丹丹拍打着小宝贝的屁股,很轻,轻得很,一下,一下,一下……像是打着舒缓的节拍。陇南山歌像秦岭山上的云彩,从她干裂的嘴唇里吐出来,红一朵,白一朵,粉一朵……

> 晓得哥想妹妹哩,
> 喝油不长肉肉哩。
> 日夜等着哥哥哩,
> 死了不丢手手哩。
> ……

后　记

救援人员显然是在发现并开掘出这对母子的第一时间拍摄了这张照片。

照片中的人们在生死关头到底发生了哪些故事，只有那里坍塌的混凝土、弯曲的钢筋、断裂的预制板和大大小小的砖头、瓦砾知道。

许多人都注意到了照片的背景。早上的晨光明丽而柔和，为废墟笼罩了一层透明的光芒。照片右下方的拍摄时间显示很明确：二〇〇八年五月十五日。不难判断，废墟所在地是四川汶川，也就是说，搜救人员是在五月十二日地震发生之后的第三天终于从废墟中把母子扒了出来。

此刻，与这张照片有关的四川汶川地震已经夺去了几万无辜者的生命，截至五月十五日那天，在这山大沟深的西南一隅，大地仍然在春夏之交喘息、战栗，余震在继续，死难在继续，塌方在继续，泥石流在继续……电视里二十四小时不间断地连续播放着成千上万的救援人员与大自然、与死神搏斗的感人画面，镜头里闪现着国徽、肩章和一张张疲惫不堪的脸：空降兵、特种部队、武警、陆军、预备役……医护人员、志愿者……

刘丹丹被认为是婴儿的母亲，几乎成为真理。

不娶你娶谁

一

鸡叫了。鸡是气急败坏地立在崖畔上叫头遍的,有些声嘶力竭。但尖山的夜仍然像坚柔而又膻气味儿十足的老羊皮一样覆盖着羸弱的黎明。赵五常就是这时从学生作文本里发现这张纸条的。纸条准确地说是一封求爱信。纸条的主人是"三好生"刘甜叶。赵五常的心绪变得纷杂而零乱,后面的学生作文批改起来就有些跑神,脑子和窗外的夜一样有些沉重和灰暗,觉是没法睡了,不是亢奋,而是烦躁。

求爱信一笔一画写得很工整,赵五常职业性地马上想到了批改优秀作文常用的评语:开门见山,直抒胸臆——这应该更像一篇生动的书信体作文。赵五常当然不可能从批改作文的角度给这封信写段批语或者打个最高分,他亮清这封信对自己、对刘甜叶意味着啥。赵五常只是怔了一会儿,但并没有觉得有什么突然。尖山中学的老师和学生结婚成为两口子的,已经不止一对两对了。代理老师刘栋梁纠缠刘甜叶已有两年多了,而刘甜叶最终却把求爱信写给了他赵五常。

找刘甜叶当老婆无疑是最佳选择,但是共产党员赵五常是不可能找学生当老婆的,他决定好好做一做刘甜叶的思想工作。这事情必须高度保密,尤其不能让校长孙留根察觉。明明是刘甜叶主动的,但是别人肯定认为是他赵五常下的手。谁不晓得如今尖山中学的光棍们为了找个优秀的老婆，都快要急成精神病了。找一般化的老婆山里多的是，但找优秀老婆只能从山里的最高学府里筛。找老婆不等于找母猪，是找家呢。刘甜叶是尖山中学师生暗地里公认的校花，全乡的未婚男青年都盯着，其中不乏腰缠万贯的包工头。刘甜叶竟主动追求一个没权没钱的穷教师。

进教室前，他擦了擦额头的汗珠，使劲夹了夹臂弯的教材和教棍，这才气沉丹田地上了讲台。教案是早就备好了的，但一张嘴就乱了套，课是咋讲的全忘记了。唯一没忘记的，是坐在下面第五排的刘甜叶。

临下课的时候，他鼓足勇气说，刘甜叶同学，晚自习后，把同学们的作业敛一下，送到我宿舍来。说完径自匆匆出了教室，钻进了宿舍。

报告——晚自习后，门口传来了学生腔。

赵五常软软地说，进来！赶紧把虚掩的门开了。

刘甜叶进来，随手小心翼翼地把门掩了，把学生作业本码在桌上，然后勾着头，两手在前面缠来搅去，目视脚尖不作声。

赵五常赶紧把凳子挪到刘甜叶的屁股后面，叠声说坐，坐，坐坐坐，坐。

刘甜叶半个屁股搭在上面，说，赵老师，您看了？仍没抬头，却打眼飞快地瞟了赵五常一眼，双颊羞得熊熊燃烧。

赵五常惶恐地说，看了，看了看了看了，不错，写得真不错！

啥不错，您当是作文了？

赵五常脸一下红了，说，看你说的，那么重要的事情，我咋能当作文呢？我十分相信你的感情是真挚的，我十分理解你的感情。

我不是随便的。

这个，我的明白，我的明白。

刘甜叶扑哧笑了，赵老师，您怎么变成日本鬼子的腔调了。

赵五常哈哈哈地乐了。这一乐，气氛就像放了屁的肚囊一样宽舒了好多。赵五常说，只是……恋爱是男女青年从年龄到思想都成熟后的必由之路，比如我和我女朋友处对象时，都已经二十岁了，大学生谈恋爱不同于你们中学生，并没有人反对。

如果不是为了开导刘甜叶，赵五常实在不情愿重提那次失败的恋情。当年的女友李媛莉是他在省教育学院的同学，如果不是因为他执意要来尖山，李媛莉就不会和他分手。李媛莉的大（西北方言，指父亲）是教育局局长，所以李媛丽毕业留城几乎是天经地义的事情。而赵五常非但没有随李媛莉进城，而且连本该去的城郊中学也没去，义无反顾地主动申请来到了尖山。城郊中学位于赵五常现在的家乡城关镇。城关镇属于城乡接合部，不城也不乡，比城里差，却比乡里强。地都是水浇地，种了菜，还可以到城里去卖。从根子上说，尖山，是赵五常的老家。

刘甜叶说，赵老师，您不是不晓得，我们初三补习班的学生，为了考中专，大多数补习了三四年，大都二十多岁了。您如果没有这个意思，就直说，我经受得住这个打击。纠缠我的男人太多了，有城里、乡上的干部，有乡地毯厂的经理，有包工头，我都不同意。您给我当了四年班主任，是唯一没向我求过婚的男教师，但是在我心中，恰恰就有你一个人。刘甜叶像是给双方找台阶似的又赶紧补充，您如果没有这个意思，全当我没写那个条子，行不？

冷汗像蚂蚁一样从赵五常的毛孔里窜出来。在学生面前过于失态就说不过去了，他鼓足勇气说，刘甜叶同学，你现在各科成绩都是补习班的第一名，而且各方面条件都不错，考上中专，日子亮堂着呢。找我这样的窝囊废，是断你的路啊。

刘甜叶猛抬头，涕泪涟涟，说，赵老师，如果您仅仅是为了我的前程，那等于您白说，因为我在纸条上已经给您说了，如今大中专院校吃人连骨头都不吐，那里不是咱穷人去的地方。赵老师您也是农村出身，比我更亮清。

赵五常阵脚大乱。他这才发现自己原先准备的一大套应对措施在刘甜叶面前不堪一击。他赶紧从晾绳上取下毛巾,递给刘甜叶。刘甜叶接过毛巾,却并没擦眼泪,顺手一扬又搭回晾绳上,自个儿用袖口擦了,说,真不好意思,赵老师我太难为您了。说着话,再次用袖口拭干了眼角的泪迹,目视赵五常,似乎要给赵五常一张笑脸,还没绽放开来,又有哭相挂在眼睑和鼻翼周围。

赵五常像个迟钝的类人猿,两手揉搓在一起,像揉搓一根火绳。

刘甜叶夺门而出。步履几乎跌跌撞撞。一出门,却倏然回头,食指搭在嘴边嘘了一声,蹑手蹑脚地朝女生宿舍方隐遁而去。

赵五常这才发现对面黑乎乎的菜地里,有一个闪闪烁烁燃烧得很旺盛的火苗,那是旱烟锅里劣质烟丝燃烧的光亮。光亮映照着一张焦虑、忧患、布满沧桑的一如老树皮一样脸。是校长孙留根。

赵五常的心猛地一跳。坏了坏了,难道,校长注意到他和刘甜叶了?

这又是个难熬的长夜。赵五常的眼睛熬成了死羊眼,索性翻身起来备教案,但脑子里像是灌了猫屎,黏得扯不开撕不开,只好又躺回床上。幽暗的日光灯下,扑入眼帘的是对面墙上悬挂的一幅二尺宽的书法横幅。横幅上只有两个字:五常。

这是他考上省教育学院那年大亲自为他写的。那时他还叫小名赵银子。大说,你考上大学了,按古来的说法就是考上当朝进士了,这是咱门里族人脸上争光的事情。我哪怕寻吃讨要也要把你供给成才,成为国家用得上的人。你走大地方了,得改改名字了,银子太俗气了,咱不图金啊银啊的,当朝进士图三纲五常呢,如今社会不兴三纲了,但五常还是要兴的,你就叫五常吧。

他就叫五常了。

妈死得早。妈死得很窝囊,是误把除草剂当调料下到锅里了。吃完,往地头送饭,中途发作,忙挣扎着赶回家,砸了锅,才没有毒着爷俩。妈死后,大挑着货郎担离开尖山,凭着牛一样的韧劲和野猪一样的耐力,用走村串户的机会,赖在人家小学校门口学会了几个字,长了见识,最终在城关镇扎下了根。大至今还在用捡来的毛笔练字,字练得很臭,却练得很专心。为了练好五常这两个字,大从小学生那里要来字帖,专挑五字和常字练,练了足有两个月。赵五常大学毕业那年,大郑重其事地和他谈话。

娃如今有出息了,娃要记着是啥地方人。

娃我记着呢,尖山的,咱的祖坟还在那里呢。赵五常当然不敢说是城关镇的。说文雅点,城关镇只是第二故乡。

你说,你毕业后想去哪搭?一双老眼布满期待。

赵五常使劲咽了一口唾沫,说,尖山。

好好好!我娃不愧是文化人。我啥话也不说了。去尖山,把我那两个字带上。字不好,丢你的人,但我的意思在里头。

赵五常点着头。头像硕大的碾子,死沉。他不是不想去尖山,而是有一个人绝对不会同意他去尖山,当然更不可能随他去尖山。谁?李媛莉。

呜嗷——

夜猫子的叫声把夜斩为两段。一架被岁月压弯的腰身和一张被风雨剥蚀得不成样子的脸浮现眼前。赵五常轻吟,大——我的大——枕头被泪膨胀成了猪尿泡。

二

全体教职员工七十几号人一阵骚动。这骚动源于孙留根的重要讲话。周末下午本该是教职员工思想、业务交流会,但孙留根改成了思想作风整顿会。他强调,今后,谁再和女学生的关系过于密切,一律不能评优秀教师和优秀班主任。谁把女生发展成为自己的老婆,我就把谁送到县教育局。孙留根讲话的时候，脸色很难看，像是壁虎钻进了裤裆。

校长的矛头其实已经很明确，是针对剩下的光棍。这一下弄得刘栋梁和赵五常两个光棍脸上都有些挂不住。

刘根水、王三求、严壮求等几位前些年在学生中找了老婆的，脸上的表情就有意思了，基本上是一种投机成功者面对公众的惬意、得意和释然。刘根水的老婆是学生王爱香，王三求的老婆是学生张翠屏，严壮求的老婆是学生孙塞花。王爱香如今在镇子上开了个小饭店，每月比刘根水赚得多了；张翠屏在镇上开了个小卖部，端的是老板的架子；孙塞花被乡政府聘去搞保险，每月票子数得哗哗哗的。反正女学生已成了自己炕头上的大活人，多数已经大腿一撇下了崽，成了众人艳羡的三口之家。如果说校长这是敲山震虎，他们这拨投机成功者就是山，而现有的光棍就是虎。敲山是次要的，而震虎是主要的。应了乡政府领导在村干部会上的说辞：早动手，早部署，早见效。谁让你们晚么几步呢。

会后，孙留根不咸不淡地到赵五常宿舍走了一遭，口气意味深长，赵老师，我绝不会让老师找学生当老婆的事情在我们尖山重演的。

赵五常突然感到有些别扭、恼火和憋气。既然事情已经挑明了，还不如打开窗子说亮话，校长，有件事情，我想给您汇报一下。

校长佯装不知，啥汇报的，用不着这么客气，是教学上的事情吧，又有啥新教法了？

不是新教法的事。

那咋了？

我们补习班的学习委员刘甜叶同学给了我一封信，是求爱信。

求爱信？校长伪装出十足的惊讶，像是沙漠里发现了喷泉。

是求爱信。我给刘甜叶同学做了半晚上的思想工作也没做通，想请您出面，帮助刘甜叶继续做做思想工作。

校长两眼放光,这次是真激动了。他紧紧握住赵五常的手,说,赵老师,会上我讲的,你别多想,你的政治思想觉悟高,党性观念强,组织上是放心的。校长脸上有些红,这红既可以理解为兴奋,也可以理解为惭愧。你放心,刘甜叶那边,我去做思想工作。说着把目光移向墙上的横幅,用钦佩的、崇敬的、欣赏的目光久久仰视,喃喃感慨:你大,真是个好大啊!

赵五常软软地笑了,表情像阴天陷进山坳里的病日头。

孙留根确实伤透了脑筋。这几年教师的地位在村民心目中越来越糟糕,主要原因有两个,一个是教师娶学生的太多,另一个是乡上经常组织教师挨家挨户到村民家收税费,弄坏了教师的名声。这几年,常有学习不错,准确地说长得不错的女学生被迫转到了邻乡的上窑中学、红坡中学和杏树湾中学。一开始一阵风似的呼啦啦转了很多,后来大多数又陆陆续续转回来了。不去不晓得,一去吓一跳。上窑、红坡和杏树湾的形势也好不到哪里去,光棍们也同样急红了眼。女学生们只好打起铺盖,收拾好锅碗瓢盆,灰头灰脸地重新转回尖山的初三补习班。也有没回来的,不用说被那边的光棍们笑纳成老婆了。尖山的师生就说起了荤话:肥水不流外人田,好不容易培养出来的老婆坯子,居然给人家上窑、红坡、杏树湾的光棍扶贫了。

连自己的宝贵女儿也差点未能幸免。

前年,孙留根从初三补习班就读的女儿孙玉梅的书包里发现了历史老师王三求的求爱信。那时王三求还未和张翠屏同学结婚。孙留根本来要处理王三求的,准备把王三求的事情报到教育局,但是考虑到信是写给自己的女儿的,报上去双方脸上都不好看,只好挥泪斩马谡,一狠心把女儿打发回家了。

她就哭着回家了。

再后来女儿就去县里一家宾馆打工当了服务员。女儿不得不去城里当服务员。尖山这一带坡陡、路陡、田陡,大多数重体力活,尤其是使唤牲口、赶远集、背、拉、顶、驮、举、运，都得男娃扛着，女娃根本靠不上。玉梅刚出生那阵，孙留根与老婆商量再生一个男娃，但正好赶上计划生育，自己是共产党员，又是地区、县教育系统的先进，就动员老婆等公社手术队进村后搞个结扎。老婆当时就傻了眼，说，你响应国家的政策，我不拖你的后腿。跟了你这么多年，我也不是没有提高思想觉悟，传宗接代的观念我可以不要，但是，你难道不亮清？今后咱没个男娃，赶牲灵的事情谁干？碾场的事情谁干？扛麻袋的事情谁干？谁家欺负咱，咱连个出面山吼几声的都没有，还有……

孙留根抢了话头，死撑着面子说，我不也是个男人嘛！我边教学，边挤出时间回来干活。这话与其说是在给老婆做工作，还不如说同时给自己打气。

老婆啜泣了，没个男娃，将来，谁养活咱……

孙留根说，咱招个上门女婿。

老婆鼻涕一大把眼泪一小把，老天爷呀！我这辈子……话说了一半就瘫软在地，差点咽了气。孙留根和玉梅手忙脚乱把老婆送到了村保健站，老婆暂时是缓过来了，但几年后还是永远离开了他们父女。那年孙留根正在学校抓期中考试，玉梅也要小学升初中。老婆一个人赶着牲口去二十里外的鱼脊梁。牲口驮着两大口袋粪肥。鱼脊梁很陡，累得人和牲口都喘粗气。牲口爬着爬着就使了性子，一松胯把口袋掀了下来。老婆的眼泪就下来了，骂，你这畜生，是欺我没男娃呢。眼巴巴盯着眼前这一百五十多斤重的口袋愣了一会儿神，终于绞尽脑汁想了个穷办法。她先是用力把口袋连滚带拖就势弄到一个坡顶，然后把肩膀靠上去，顺坡把口袋扒拉到肩上。这一扛，就听见浑身的骨头都在叭叭作响。但她没泄气，颤悠悠扛着口袋往牲口背上搬。但牲口扭扭捏捏就是不配合。老婆气急了，拿鞭子抽了牲口几下。牲口勃然大怒，后蹄子一扬——就这一扬蹄，女人连同口袋一起翻落山崖。人们赶到的时候，老婆的身子被沉重的口袋压着，口里直冒血沫。临咽气只说了一句话，玉梅不嫁……要招……招……

女儿去城里打工前，孙留根语重心长地说，如今山外情况复杂，女孩儿家，多留心！你长这么大了，该找婆家了，你的事情你自己做主，大我不干涉。能在城里找一个婆家，更……好。

大，我想好了，去城里，见点世面，学点手艺，再回来，我不忘记我妈临死前的话，我坚决不到城里找婆家。

孙留根的两张老嘴皮忽闪忽闪了几下，没蹦出一个字。女儿学习很一般，女儿学习不能不一般。孙留根每天忙教育教学一摊子活，忙着应付乡政府的摊派，忙着应付为老师跑工资跑福利，女儿的学习从来就没关心过。女儿退学后，他的心像猫抓似的。这辈子对不起的有三件事，一件是学校的名声太糟糕，另一件是老婆跟着他没享过一天福，最后一件是把女儿耽搁了。

而女儿被耽搁，仅仅是为了逃避被老师追到手。

如今学校的两个光棍中，有可能追学生的大概就是刘栋梁了。

刘栋梁自费上过地区教育学院政教系，是代理老师，不占正式编制，教育教学水平很一般。收留他来尖山的原因有两个，一来他大——刘全富是村长，面子上实在过不去；二来尖山中学确实需要教师，于是对刘栋梁这样的二百五，也就只好笑纳了。赵五常不同于刘栋梁，赵五常是省教育学院毕业的正式大学生，在校期间是学生会的干部，还是全校为数不多的学生党员之一，他是专门打报告、写申请来到了故乡尖山，为此还听说和女友在大学门口上演了一曲《让我再看你一眼》。

刘栋梁啊刘栋梁，你个狗日的刘栋梁，你可千万别撞在我的枪口上啊！孙留根亮清，刘栋梁这个年龄，像驴一样正在发情期，能坐怀不乱？穷乡僻壤的尖山，出不了柳下惠的。何况，女学生们是坐在自己课桌后边的凳子上，而不是坐在男老师的怀里。

三

治病治根，拢人拢心。孙留根琢磨着得给赵五常和刘栋梁分别找个女人，这是问题的关键。他亮清农村大学生的婚姻是最不好摆弄的。山里的女职工比金丝猴还难见到，找村姑又不现实。这几年乡财政紧张，乡上发了文，要求教师必须协助乡上深入各村各户收税费，弄得教师在乡亲那里没有一点脸面。教师和乡干部掺和在一起，农民一眼就能分辨出来。乡干部是背着手的，嘴里叼着香烟，但教师没这个派，鞍前马后像个阉割了的太监，一副垂头丧气、生不逢时的样子。

不想了不想了，不能再往下想了，燃眉之急是做好刘甜叶的思想工作。

于是孙留根对刘甜叶说：刘甜叶同学，努力吧，你一定能考上中专。很有前途啊！说完，连自己都觉得太有些索然无味，只好补充说，但是你放心，至于将来的学费问题，这几年我们都在和乡政府争取呢，建议成立我乡贫困大中专学生基金，凡是考中专缴纳不起学费的，可以通过基金提供补助。

刘甜叶说，校长，我晓得您这是宽我的心。基金的事，我们当学生的早就听说了，也期盼了好多年了，但是您努力了这么多年，乡上都叫苦叫穷没答应。明年，难道他们板上钉钉就能答应吗？

孙留根被问住了。

这几年他都是以基金为诱惑给穷学生们打气。气是给学生打足了，但凡是考上中专的，连一分钱的基金都见不到，自己等于给学生上演了一场场画饼充饥、望梅止渴的幽默剧。有不少学生一接到录取通知书和收费单，先是猛一高兴，后是猛一败兴，最后失魂落魄地攥起镢头回到田间地头，抡圆了膀子，一股子冲天怨气都冲这个偌大的地球挖下去，恨不得挖穿了，钻到对面去，看看那边的世界到底咋样。想到这里，孙留根血往上涌，看来他这程咬金的三板斧在刘甜叶这里彻底失灵了。他牙关一咬，说，刘甜叶同学，请放心！明年争取不来基金，我孙留根就回家务农，不在这搭为人师表了，我去县里举报他们，乡上一辆一辆的超标豪华越野小轿车，一辆好几十万呢，我就不信挤不出培养人才的钱。

刘甜叶热泪盈眶，说，校长，那不把乡上的领导同志得罪了吗？为我们这些穷学生，您不值啊！

校长心头一震，说，值，咋不值？咱这里为啥这么穷，就是因为缺乏人才啊！我不能听着群众骂我们，不能看着我们含辛茹苦培养的人才痛哭流涕地回来修地球啊。说着话，孙留根眼里也是一团雾状，视野里的整个世界，仿佛是一块湿淋淋的尿布。

刘甜叶说，校长，如果能争取来基金，为了您，为了学校，我暂时就不嫁人了。我要为您和学校争口气，考上中专，到城里去上学，学成后，再回到咱乡里，为咱老百姓办事。请您放心。

校长突然仰天大笑，胡子拉碴的布满皱纹的一张老树皮脸，乐成了凄风苦雨中摇曳的破菊花。

中午，乡政府在镇上一家酒店宴请收税费的全体教师。喝酒是讲究路数的。乡长甄建国是远近闻名的酒坛子，自始至终笑眯眯地给大家敬酒。明眼人不难看出，他敬酒的对象主要有两种人，一种是收税、收费获得乡上表彰的双料先进个人，譬如刘栋梁。刘栋梁收税费时敢于向老百姓下硬手，税费数额一直稳居前列。甄建国对刘栋梁的敬酒就有犒劳的性质。另一种就是赵五常这种人，用一首流行歌曲形容叫心太软，一看见农户家干瘪的粮袋和失学的娃娃，鼻子就有些发酸，收税费的力度就大打了折扣，弄得乡领导心里很不暖和。甄建国对赵五常的敬酒就有惩戒的意味。甄建国向赵五常频频敬酒，让你连菜都来不及夹一口，先用烈酒灌个饱。

赵五常亮清乡领导们在借机调教他，只有忍气吞声，加上心中老有求爱信这档子事，一开杯就被灌得酩酊大醉，被人扶回学校睡了。恍惚中，仿佛回到了留下他美好青春时光的教育学院，那梧桐树下一对柔情蜜意的身影，分明就是他和李媛莉。突然，一身婚纱的李媛莉飘然而至在了尖山中学门口，亭亭玉立，仪态万方，明眸皓齿间，仍然是对他的无限眷恋和痴情。整个尖山都沸腾了，师生们涌上前来，欣赏着这个来自城市的温柔多情的白雪公主。赵五常好不自豪，他兴奋地张开臂膀扑上去，却感觉有些硌得慌，就像拥住的不是身材娇好的心上人，而是一个三棱暴翘的根雕。

一睁眼，发现抱住的是校长孙留根。孙留根在床前陪他呢。赵五常不好意思地憨笑了。这笑，其实是一种哭样。

校长说，我听见你梦中媛莉长媛莉短的，是你原先的恋人吧。过去的就过去了，你放心，你工作出色，人品又好，爱情的事情嘛……这个……这个……面包会有的，一切都会有的。

由于税费和工资是挂钩的，所以赵五常的工资经常缺胳膊少腿儿拿不全。孙留根私下承诺，赵老师，你放心，缺胳膊少腿儿的那块，我给你补上。回头悄悄用学校卖树苗的钱给赵五常补发了。学校在南山上有一片勤工俭学基地，栽的都是树苗，卖的钱主要是添补教学用品。

四

刘甜叶有校长和班主任赵五常的悉心呵护，这就等于在刘栋梁和刘甜叶之间设置了一道天然屏障，这使刘栋梁心里窝了一肚子火，但却不好发作。两年来，自己在刘甜叶身上付出的努力，等于全让校长和赵五常搅和了，这无论如何使他心不甘。好在失去一个刘甜叶，并不意味着失去所有的女生。也就是说，有女生，就有未来的老婆在里边。

他把目光锁定了另一个女生，这个女生叫苟鲜鲜。至于行动方案，无论如何也应该更隐蔽、小心、稳妥一些。

他盯住苟鲜鲜是审时度势地分析了形势和客观条件后做出的重大决策。苟鲜鲜同学学习属于中间水平,在初三补习了三年也长进不大,思维习惯、学习方法像老羊皮一样没有一点可塑性。这种学生说不上好,也说不上差。好在苟鲜鲜长得还算凑合,尽管不像刘甜叶那么长得惹眼,却也不难看。

有天刘栋梁正在教室里讲政治课。他讲的是《法律常识》。突然觉得肚子有些发胀下坠的感觉,才想起一早到现在忘了去茅厕,想忍一忍,感觉身不由己,只好对同学们说,刚才我讲的这个问题是一个社会主义法律和社会主义道德的关系问题,留给大家思考一下,我回头再提问。

一下把同学们的心提到了嗓子眼儿。

刘栋梁则紧绷着屁股去了茅厕。经过操场的时候,他一眼看见初三补习班在上体育课,苟鲜鲜就在其中。苟鲜鲜在上午的阳光里,像一株清爽、光鲜的嫩玉米。刘栋梁不由舌头底下有些发黏,但不好意思傻看,从容不迫、目不斜视、大义凛然地进了茅厕。

进了茅厕,刘栋梁却并不急着蹲坑,一点手忙脚乱解裤带大鸣大放一番的意思都没有,而是把眼睛贴在破墙洞上,猴急得往外看。脚踮那么高,脖子像鸭子似的伸得老长。目光像探照灯似的追随着苟鲜鲜在操场上的身姿。

——刘栋梁根本就没察觉茅坑一隅蹲着赵五常。

赵五常早就蹲在那里稀里哗啦地痛快呢。

赵五常敏锐地意识到了什么,看来刘栋梁这个骚货,表面上答应不从学生中找老婆,心里头的花花肠子多着呢,他肯定是躲在这里偷看女生。赵五常有些恶心,仿佛被下边上来的沼气熏了,想吐,但忍住了,就憋足了劲,"啪——"终于挤出了一个臭屁,这屁嘹亮、沉闷而短促,就像是猎枪突然走了火。

面墙而立的刘栋梁浑身一激灵,触电似的回过身子,脸"腾"地就红到了耳根，说，哎呀！赵老师，我是在观察咱茅厕的砖墙呢，年久失修，千疮百孔，也该修一修了。其实茅厕和教室一样，也存在一个安全问题。说着话，从上衣兜里摸出香烟，点着两支，一支自己抽，另一支往赵五常嘴里塞。

赵五常本想拒绝，但一来两手夹在腿弯里腾不出，二来香烟已经着了，再拒绝就过了，只好拿嘴叼了。刘栋梁早已三两下解了裤带，在一旁蹲了。嘴上啥也顾不上说，下面却热闹，噼里啪啦没完没了，像是堵了多年的化粪池突然被捅开了。

等刘栋梁那边停顿了，赵五常不动声色地说，刘老师这么关心学校建设，精神可嘉啊！像入党积极分子的表现。说着嘴一松，故意让香烟掉进坑里，起了身。出去的时候，见刘栋梁仍蹲在那里，早就不用劲了，连尿水的声响都没有了，只有嘴里的香烟燃烧得很旺，烟味和臭气夹裹着往上升腾，就知道刘栋梁在那里干蹲着，说不定在等待时机图谋什么呢。

赵五常故意在茅厕外逗留了一瞬，又悄然折回来，果然见刘栋梁又贴在墙上了，这次比前次还要狼狈，两手提着裤子，两个黑灰的大屁股颤悠悠地袒露着。

赵五常说，我来看看有啥东西掉了没有。

刘栋梁慌忙提了裤子。

你慌什么？我又不是女的，下面和你不一样吗？

刘栋梁的话中带刺了，说，你走路连声音都没有，我还真以为是哪位女教师呢。男茅厕进来女教师，我能不慌吗？我可不想让女人看到咱身上的宝啊！

咱那破玩意儿还算宝啊。真是宝的话，咱就不会当光棍了。

我可没你那么自卑，我只坚信一条，有宝，就必有要宝之人。

赵五常不想再搭腔。再次出去的时候，体育老师正在组织同学练习双杠，五十多名同学排着队分列双杠两边。

赵五常琢磨，刘栋梁在偷看谁呢？刘甜叶他是没指望了。他盯上的肯定同样是漂亮点的，班上看着秀气的女学生还真有那么几个：苟鲜鲜、邓美桃、李双艳、王画画……

赵五常决不能容忍刘栋梁在他的班里找老婆。他留意了一下，发现苟鲜鲜每天中午在学生食堂吃过午饭，就鬼使神差地去了刘栋梁的宿舍。再后来，上课时发现苟鲜鲜老是勾着头看些杂七杂八的课外书，他突击检查了一下，都是《初刻拍案惊奇》《二刻拍案惊奇》等古代白话小说，而且还是原本，不是删节本。都是刘栋梁枕头边的书。

赵五常有些恶心。这狗日的刘栋梁，给人家中学生看这种书，谁不晓得这些未曾删节的小说有相当一些章节描写的尽是男女床上的事情。赵五常不好对苟鲜鲜表明态度。而是绕着弯儿说，苟鲜鲜同学，下学期就要中考了，你晓得肩上的担子有多重吗？

苟鲜鲜的脸唰地红了。起立，低头，说，赵老师，我晓得。

既然晓得，为啥上课还三心二意的，看这种杂七杂八的书。

苟鲜鲜：……

赵五常估计刘栋梁和苟鲜鲜的关系比他预计的要严重得多。他头皮一阵发麻，心急火燎地找校长汇报了。校长说，事不宜迟，你先别声张，我找刘栋梁这狗日的摸摸情况。

赵五常担心地说，校长，苟鲜鲜的前途固然重要，但您也得从大局着想啊，刘栋梁他大——刘全富是村长，不好惹的，你不是没有教训。

校长说，为了刹住这个歪风，我把这把老骨头舍出去了。

在刘栋梁的事情上，校长是谨慎的，他不能不谨慎。如果说刘栋梁是丸药，可并不好服用。逼急了刘全富这个土皇上，学校的正常教育教学秩序和日常生活就有可能受到影响。

这样的教训其实已经不少了。尖山中学的生活用电和村里走的是同一片线路。有次学生正在上晚自习，突然间电就停了，整个校园一片漆黑。正是临考的当口，有些同学都急得哭了，以为是整个尖山都停了，摸出校门一看，才知道只停了学校的，村里家家户户的灯照样亮着，就觉得奇怪。还有一次，下午课外活动的时候，学校大扫除。那时旱情不如现在这么厉害,村头的井里尚有点水。学生们去井里打水，却发现井口上了锁，一打听才知道，村里有了新规定，为了节约用水，打水只能是上午。学校就感到事情有些难办，学校的大扫除，总不能挪到上午吧。这样接二连三发生了一些稀奇事，学校就感到啥地方不对劲了，后来才搞明白，这是刘全富使坏呢。

刘全富使坏是有根由的。那年刘全富家的大母猪窜到学校的菜地里，不到几分钟就把刚出苞的白菜连拱带啃糟蹋了几十棵。几位老师发现后，用教鞭把大母猪教训了几下，理所当然地在大母猪身上留下了几道青印子。大母猪逃出菜地的时候，跌首顿足，摇头摆尾，嗷嗷乱叫，一副气急败坏的样子，像一个调皮捣蛋不服管教的差学生。师生们都把头伸出窗外看热闹，都很开心。停电的事，就发生在第二天晚上。至于给井口上锁的事，则是因为前年刘全富找校长，希望给刘栋梁报个县级的优秀班主任，为将来变成正式老师垫个底。校长当然没答应。当天下午，井口就上锁了。只是从那以后，校长再也没搭理过刘栋梁，弄得刘栋梁老是挺不起腰身。刘栋梁早就向组织递交了入党申请书，但孙留根总是语重心长地说，好！年轻人就得向组织靠拢，主动接受党组织的考验。考验三年了，连个预备都没批。

孙留根专门找刘栋梁谈话。他没有直切主题，而是采取了初二语文文言文部分里《触龙说赵太后》中的方法，先扬后抑。刘老师，最近，学生反映，你在教学上还是有长进的。

刘栋梁没想到校长原来是要表扬他，局促地一个憨笑，说，谢谢校长的表扬，也谢谢同学们。我水平不如人家正式毕业的，如果说有一点点进步的话，离不开校长您的言传身教、广大教职员工的支持和帮助，也离不开同学们的密切配合啊！

校长说，事业上有所发展，个人的事情也该上心考虑考虑了。都老大不小的人了，你今年该二十七了吧？

刘栋梁说，按虚数，今年都二十八了。

校长带着挖苦的口气说，我就很纳闷，你一个大专文化，你大还是个村长，家庭环境不错，你咋就不在乡政府、七站八所里恋一个女干部呢。

刘栋梁说，校长，您都是尖山的老前辈了，咋不晓得如今谈恋爱的行情，都市场经济了，啥都在变啊！人家有工作的女青年，都挤破头往县城里、往城郊调，谁还往咱这鬼不下蛋的地方扎根。说到这里，刘栋梁又不失时机地说，何况，我才是个代理，还不是正式的。乘机提醒自己申报转正的事情。

校长说，那就在村里找一个中意的，最好是心灵手巧，有手艺的，理发啊裁缝啊啥的，将来让老婆临街开个店，好过日子。

刘栋梁亮清校长这是一层一层套他的话呢，索性来了个死猪不怕开水烫，说，校长，您别说了，我晓得您今天是要说啥，我是和苟鲜鲜搞上了。

校长的脸拉了下来，问，当真？

当真。

你们，时间多长了？

半年多了，我都这把年纪了，不能没有老婆啊，我将来一定对苟鲜鲜好，我不是害苟鲜鲜。我和我大商量了，将来跑后门送苟鲜鲜去乡政府当半脱产的计划生育专干。

不行！坚决不行！我可是有言在先的，你如果不马上和苟鲜鲜断了关系，我就把你的事情摆到教育局的桌面上。

刘栋梁突然挤出了几滴泪水，说，校长，现在有些晚了，我和苟鲜鲜，已经……睡了。

这是校长最想晓得的，也是不愿听到的。他脸色铁青，整个一张脸像冬日里打卷的枯菜叶。

啪！

一个巴掌扇在了刘栋梁的脸上，你……你这个狗日的。我要告你个强奸罪。

刘栋梁没有反抗，捂着脸啜嚅着，你打我，我认了，但是我对苟鲜鲜，不是强……强奸……奸，真的不是，是双方自愿的，没犯法，只是犯着咱尖山中学的规矩了。只要我和苟鲜鲜结婚，只要你把事情不捅到教育局，你咋处理都行。

五.

几个不眠之夜后，孙留根终于下决心去县里的人才招聘大会上看看，也许能招聘几个教学骨干来，这样就可以让刘栋梁滚蛋了。这几年，业务骨干流失严重，能在一线独当一面的骨干越来越少。要处理刘栋梁，必须得保证教学不受影响。

他明知人才招聘那玩意儿对尖山根本行不通，从来没把这想法给别人透露，免得人家说你癞蛤蟆想吃天鹅肉，也不撒泡尿把自己照照。但是人才市场毕竟打破了传统的用人机制，这点诱惑还是潜意识里牵动着他的神经。为了彻底死了这个心，同时为了能奇迹般找到第二个、第三个、第四个赵五常，他有次去县里开校长会的时候，专门偷偷到人才市场去了一趟。

挂着胸牌的工作人员大概把他当作目不识丁的农民了，断然挡住了他，说，喂！你走错道了吧。这里是人才招聘现场，你以为是赶集呐。

孙留根窘了一瞬，眨眼间就撒了个谎，我……我来找我女儿。

找女儿？

对对对，找女儿。我女儿是名牌大学毕业的，在这里应聘呢。我找她有事。

哦，原来这样，真了不起！如今农民家长能花四五万元供一个女大学生真了不起，如果不是乡镇企业家，那肯定就是村干部。你，是村长吧？

我……对，是村长。

怪不得呢。喽，去那边买张票，就可以进去。说着话，几个工作人员挤眉弄眼，表情揶揄而暧昧。

里面场面之火爆，孙留根是始料未及的。招聘方大都是企事业单位。教育系统的招聘现场，招聘方大都是县里的几所重点中学和教研机构，前来求职的师范类大学生人头攒动，数都数不过来，如果随便拉扯一位往尖山一搁，那可就是香饽饽。

除他以外，没有一个农村校长来这里现眼的。孙留根耳朵里灌满了天之骄子们的牢骚：只知道大学生在省城找不到工作，没想到这破小城市大学生就业也这么紧张！看来我四年师范院校白上了，几万学费打水漂了。

看这阵势，只有去农村学校了，和农民伯伯一起教书育人了。

听说偏远乡村的中小学还靠民办支撑着呢。有个叫尖山的中学听说过没有？教师结构属于正式、代理、民办混合的杂牌军，工资不是拖就是欠，连老婆都找不上。

去尖山，还不如把大学毕业证仍进厕所，去深圳的哪个酒店当保安。不是我思想境界不高，是我没有勇气打光棍啊！去尖山，除非那里有爱情。

……

一看这阵势，孙留根缩缩脖子，从后门落荒而逃，连头都不敢回。

刘栋梁这样的半桶水也只能当一桶水来用了。半桶水也是水，半桶水比空桶强。

校长实在咽不下这口恶气。

他悲哀地意识到，刘栋梁和苟鲜鲜将有可能在自己的眼皮底下结婚、建立家庭、生儿育女。孙留根的脸涨得通红，红得有些发烧的感觉，仿佛挨了刘栋梁的几巴掌。刘栋梁当然不敢打他,但他却像挨打似的感觉到了疼痛。这打,不挨也挨了,不痛也痛了,而且鬼晓得还要痛多久。

有可能,赵五常就是最后一个光棍了。他突然觉得实在对不起赵五常。

六

大红的灯笼,大红的剪纸,大红的对联。刘栋梁和苟鲜鲜结婚时,学城里人的样子,颇为时尚地给每位教职员工送了请柬。请柬上的邀请用语隽永潇洒,端正大方,一看就不是他刘栋梁的墨宝,肯定是找班里的学生帮的忙。刘栋梁的字不像手写的倒像脚蹬的,挂在黑板上常被学生私下戏称屎壳郎拉稀。但这并不防碍面子上同学们还得尊尊敬敬称他刘老师。请柬使每个教职员工都很尴尬。因为校长放出了话,谁参加刘栋梁的婚礼,谁就给我滚蛋,爱去哪里高就,就去哪里高就。

此时此刻的刘栋梁,正网络了村里的一帮哥们和要好的几个学生忙着收拾新房呢。结婚那天,院中大摆宴席,乡政府的领导和干部都来捧场,全村的男女老少也来了,这使婚礼平添了几分高贵和档次。但是,最该来的尖山中学却没有来一人,这就使婚礼尴尬得有些不同寻常。

栋梁,你的同事啥时候来?村人问。

学校组织单元考试呢,老师们都在监考呢。刘栋梁说。

又问,再忙也得派个代表来啊,食堂做饭、敲钟的职工也监考啊?来个看门的也不是不行啊!

村人的这些议论,像无情的刷子,使刘栋梁脸上涂抹了一层铁青。而苟鲜鲜的脸蛋红成了柿子,眼泪一直在眼眶里打旋儿。晚上闹完洞房,曲终人散,刘栋梁看着光晕中平添了几份俏丽的苟鲜鲜,心想这是人生一大乐事,应该抛却所有的烦恼,把气氛弄滋润一些。于是强打精神,暗自憋足了劲,想和苟鲜鲜把火炕上的段子弄得花样翻新、异彩纷呈一些,但苟鲜鲜却十分认真地扭捏起来。

刘栋梁就开玩笑,苟鲜鲜同学,今天老师要和你正式上炕了,你清高啥呢?咱俩又不是没上过炕。

苟鲜鲜责备地说,啥清高啊,我都两个多月没来那个了,八成是怀上了。

刘栋梁忽而就明白了,心想,苟鲜鲜真是一片神奇而肥沃的水浇地。哪次种上的,早说不清了。不管是哪次,刘栋梁最难以忘记的是和苟鲜鲜的第一次。

那一次他是处心积虑要把苟鲜鲜拿下的。因为和刘甜叶的教训已经够惨痛,他不想在苟鲜鲜的事情上战线太长,免得夜长梦多。半年的交往,他知道把苟鲜鲜撩拨得差不多了,于是那天在宿舍给苟鲜鲜辅导《法律常识》的时候说,都快国庆节了,听说各班都要出节目呢,我教你跳个舞吧。

苟鲜鲜说,行,好,长这么大都没跳过舞呢。

于是两人在宿舍跳起来了。跳舞就得搂肩搭背,就得四目相对,就得旋转磨合。台灯的光线温和而暧昧。刘栋梁就搂紧了苟鲜鲜。苟鲜鲜心想,搂就搂吧,反正自从给刘老师默许当老婆以来,搂搂抱抱已是家常便饭了。但这次刘栋梁不仅是搂,而且在苟鲜鲜觉得浑身有些燥热的时候,顺势把苟鲜鲜搂到了床上。苟鲜鲜觉得刘栋梁的动作有些过头,就边挣扎边说,刘老师,我害怕。

刘栋梁喘着粗气说,鲜鲜,我爱你都爱到这分上了,你还不给我一次机会。

苟鲜鲜说,爱到啥分上,也不能随便上炕……哦……你这里是床……上床啊,那是结婚时候的事情。

刘栋梁不好再强迫,但眼睛一眨巴,泪水突然像喷泉似的喷涌而出,哽咽着说,鲜鲜,我对你这么好,你也不理解我,我一个当老师的,在你心目中还算个人嘛。

苟鲜鲜见刘老师流下了男儿泪,自己的泪也就下来了,说,其他事情我都可以依你,唯独这事情得缓一缓,这不是小事情,这事情大着呢。

刘栋梁却没接这个话题,突然换了个苟鲜鲜丝毫没有一点心理准备的话题,说,听说今年乡上要招一个半脱产的女性计划生育专干,我和我大商量了,把这个指标给你弄来。

苟鲜鲜边挣扎边说,刘老师你不要说大话了,我一个中学生,又没学过结扎手术,咋当计划生育专干?

刘栋梁乐了,说,你以为计划生育专干就是搞结扎啊。结扎是计划生育手术队的事情,你将来当专干,就是专门搞计划生育工作的干部,就是背着两手或者把两手搁在裤兜里看别人结扎、放环、人流、引产的那种。

听得苟鲜鲜皱了一下眉头,说,我一个没结过婚的人,干那种事情,真害怕。

用不着害怕的,你没看见那些在各村蹲点的乡干部,都是刚分配的学生娃呢,有几个是结了婚的。

但是人家都是正式的,而我去了才是半脱产的,低人一等啊。

半脱产熬到了头,也能变成正式的呢。就像我现在是个代理老师,如果在前几年,像我这么高的学历早该转正了,从目前山区教师队伍的现状看,转正也只是个时间问题。山区留不住人,就得靠我们这些人来撑着。将来我转正了,就托人调到城里去,你也就可以调到城里哪个部门当干部了。

苟鲜鲜眼睛里呈现了几分光彩和亮色,挣扎就有些半退半就,说,你要说话算数,像我这种人,真的能去乡政府当计划生育专干?

刘栋梁的回答等于概括了一个大前提,这个前提是用半开玩笑半耍赖的口气说的,这只能等咱俩结婚以后。

刘栋梁明显感觉到,怀抱里的苟鲜鲜,已不是半退半就,而是忸怩起来了。这一忸怩,就像盆子里的面儿遇到了水,黏糊得分不清水也分不清面了,只等抻成兰州拉面。兰州拉面有粗、韭叶、细、二细、毛细之说。苟鲜鲜这盆面已稀软得有些精到,可以由着刘栋梁随便抻了。

苟鲜鲜软了,刘栋梁却硬了。彼此没有了矜持和迟疑,事态的进展就有些信马由缰。有了第一次,两人便都尝出了甜头,后来苟鲜鲜每次来刘栋梁宿舍,基本连作业本都不带了,主要内容就是上床迎接挑战。

今天是两人大喜的日子,同事们却没有一个来捧场的,这就使刘栋梁气不打一处来,一骨碌从苟鲜鲜身上下来,四仰八叉,一声大吼,孙留根——我日你妈——尖山中学的王八蛋们,我日你八辈女人——

苟鲜鲜赶紧捂了刘栋梁的嘴,说,刘老师,我都叫你刘老师了。你咋这么不文明呢,像没受过高等教育似的。

刘栋梁把苟鲜鲜的手拨开,吼,啥屁高等教育,我首先是农民,其次才是知识分子。

苟鲜鲜又捂了他的嘴,别吵吵了,书上说了,吵吵闹闹对胎儿不好。

刘栋梁这才止了声,把耳朵贴在苟鲜鲜的肚皮上,得意地说,反正,我刘栋梁结婚了,我是胜利者。

苟鲜鲜厌恶地闭了眼。

七

学校的教职员工食堂撤销了,只保留了学生食堂。教职员工食堂不得不撤销。教职员工食堂曾经很红火过一阵子,那时光棍多,有些离家远的教职员工也在食堂吃饭,把个做饭的大师傅忙得不亦乐乎。而今在食堂吃饭的教职员工只剩下一个人,而且是唯一的光棍赵五常。

老师们朝他开玩笑，赵老师这是享受的国家总统级待遇，有专门的大师傅做饭呢。管后勤的吴主任面有难色地征求赵五常的意见，教职员工食堂本来开支成本就很大，如今大师傅专为你一个人做饭，你是不是考虑不在教职员工食堂吃饭……当然，我们也不难为你。

赵五常做出大度的样子说，没事的，我去学生食堂吃饭，也不是不可以。

学生食堂就餐得排队。队很长。这是晚饭时分，赵五常站在学生中间，一手拿饭盒和碗，一手拿学生专用饭票，像羊群里的一头瘦骆驼。羊和骆驼在一起，彼此都感觉不自在，学生总是朝赵五常礼貌，推让着把赵五常往打饭窗口前请。而赵五常明白此时此刻的角色，和学生一样是个普通的食客而已，容不得半点特殊化，就努力坚持着排队的规矩，这就使排在前面的学生娃很尴尬。

赵五常更尴尬。

斜对面就是教职员工的家属区。说是家属区，其实都是原来的教职员工宿舍里增加了各自的配偶和子女而已。稀稀疏疏的洋槐树之间，两排低矮的破平房被袅袅炊烟和浮泛的饭菜香味儿缭绕着、夹裹着。洋槐树上做窝的喜鹊受不了这来自人间的烟火，叽叽喳喳地飞往校园外的农田里。家家户户门前的泥坯土灶前，简易吹风机把煤火吹得很旺。王爱香、张翠屏、孙塞花、王画眉等老婆们隔着锅台，又是炒，又是煎，又是蒸，又是煮，云蒸霞蔚，蔚为壮观。不能不说这是一种家的气息、家的活力和魅力。男教师们则蹲在门前的木桩上，有拉二胡的，有吹口琴的，有吼秦腔的，好不热闹。

有个民办教师鼓了腮帮唱陇原小调《想亲亲》：

想亲亲想得我肝花花碎哩，
三天不见亲亲我坐不住哩，
酥手手做饭饭我一旁看哩，

家模家样的日子神仙叹哩……

校长骂，张求娃你当个民办就不知云里雾里了，这里好歹也是个教书育人的地方，这里干净着呢。要唱就唱《五十六个民族五十六枝花》，你要是再唱骚歌，回家守着你媳妇的炕头唱去。

哈哈哈。惹得众师生都笑了。

赵五常没笑，不但没笑，泪珠儿差点就滚下来了，自己的家在哪里？给自己做饭的女人在哪里啊？！

有个学生过来拉他的衣袖，说，赵老师，孙校长让我来请您，请您到他家吃饭。说是家，其实没有老婆的家充其量是个半拉子的家，何况连女儿都不在身边。孙校长比较忙，常有一个堂侄女给他送饭。

赵五常明白孙校长之所以不好意思亲自来，是担心在学生面前弄得太尴尬，影响不好，就悄声说，转告校长，谢谢了，在学生食堂也很方便，没事的。

学生娃走了，又来了一个学生娃，说，赵老师，后勤上的吴主任请您到他家吃饭。

赵五常只得又应付一番，转告吴主任，谢谢了，在学生食堂也很方便，没事的。

赵五常终于蹭到了窗口。大师傅微微怔了一下，但没说啥话，只是给他打饭的时候，多舀了半碗米汤。赵五常最不希望别人怜悯，他觉得自己像一个乞丐。

吃饭的时候，他把自己关在宿舍里。

门外传来刘栋梁的声音，声音很大，有点喊的意思，张老师——贾老师——于老师——过来过来都过来，尝尝我老婆鲜鲜做的猪肉炖粉条。

唯独没喊他赵五常。这恰恰说明是专门喊给他赵五常听的。

又是刘栋梁的喊声，鲜鲜，昨天做了啥好吃的，我忘了。

昨天是鸡蛋煎饼杏仁汤，那么好吃，你咋就忘了。苟鲜鲜答。

哈哈哈，我是吃晕头了。明天你准备做啥呢？

明天做羊肉烩面片，行吗？

行啊行啊！羊肉烩面片讲究色香味俱全，你多准备些香菜、大蒜和嫩葱，咱两口子美美吃一顿。

……

宿舍里，赵五常狠狠地把饭盒和碗筷摔在了地上。清淡的辣子炒洋芋片，稀稀拉拉撒了一地。他一屁股瘫在床上，眼里像要冒火，但火还没冒出来，就被泪腺里滚滚的潮水湮灭了。水与火在眼眶里不交融地抵抗着。

孙校长和吴主任推门进来。孙校长捡拾着饭盒和摔碎了的碗渣，吴主任收拾满地的洋芋片。

赵五常不好意思地说，是不小心，撒了。

孙校长说，别委屈自己了，去我那里吃吧，我让侄女多送一份。

吴主任说，和我家搭伙吧。

赵五常当然不答应，一个大男人如果在别人家里蹭饭吃，那就更被人当戏看了。

孙校长和吴主任出门的时候，都有些挪不动腿。孙校长两手紧紧握着赵五常的左手，吴主任紧紧握着赵五常的右手。松开手的时候，月亮已经爬在洋槐树梢头，把不清不白的光晕撒满整个大山和校园。

又进来了一个人，是个女人。是苟鲜鲜。赵五常本来就对苟鲜鲜很生气，而今深更半夜的，就有些纳闷。赵五常话中就带了刺儿，苟鲜鲜，你如今已经不是我的学生了，还有啥问题需要问吗？

苟鲜鲜眼圈陡然一红，说，赵老师，我是给您道歉来的。

道歉？道啥歉。赵五常本来想说你两口子不在门口表演双簧就不错了。但他把这句话咽了，没吐出来。

苟鲜鲜说，今天晚饭时候，刘栋梁在门外口口声声问我做饭的事情，最初我没在意，就如实搭腔了，我根本就不晓得他在欺负您呢。后来听见您在宿舍把啥东西给摔了，把他狗日的乐得连嘴里的饭都喷出来了。他以为他赢人了，但把我气坏了。苟鲜鲜有些哽咽，我如今把他看透了。

赵五常一时不知道说啥才好，接受苟鲜鲜的道歉，显得自己太没有肚量；不接受苟鲜鲜的道歉，又负了苟鲜鲜一番诚意。他只好说，没事的，苟鲜鲜，谢谢你，好好过你的日子吧。以后的日子，还长着呢。

苟鲜鲜说，其实，我不是在过日子，说成混日子还差不多，嫁给刘栋梁这个狗日的，全当是配个对儿，和咱乡下人给猪啊狗啊驴啊配对差不了多少，您不见咱山里人的婚姻，有多少是有感情基础的，更别提书里说的啥爱情了。讲究爱情的人，谁还往山里钻。

赵五常一时无言以对，但他决不能在曾经的学生面前显得过于窘迫，就说，一切，向前看吧。又有些说教了。

苟鲜鲜的话题仍然继续着，说，不过，如果说爱，我还真爱过。

赵五常怔了一下，说，难道……不是刘栋梁老师。

当然，绝不是他。但是，我曾经爱过的人，我却不配人家，所以从来没有张过口。

哦……赵五常突然觉得面对别人的老婆，自己的学生，这话题扯得有些远，而且有些离谱，坚决不能再深入下去了，就打圆场，说，你都是结婚的人了，有些压心窝子话，最好别给别人说。因为并不是啥话都可以说出来的，有些话，就得藏在心灵深处，比如你曾经的爱。赵五常想，苟鲜鲜还能爱谁呢？乡政府的光棍早就没有了；乡农机站的光棍年龄太小，都是刚出校门的中专生；乡邮电所、税务所、工商所的小青年据说早在高中时就有目标了……她苟鲜鲜还能爱上谁呢？该想的都像过筛子似的筛了一遍，就是没想到他自己。

苟鲜鲜说，赵老师，您说得对，有些话，是得藏在心灵深处，让它在心里渐渐发霉、腐烂直至蒸发掉，否则就是自己折磨自己，自己作践自己了,您说是吗?

是是是,人就得想开一些。

苟鲜鲜就要走了,临出门,又抛下一句话,赵老师,在我们学生心目中您是好人,我真希望您有幸福的未来。您不能没有爱情,不能没有婚姻,不能没有幸福啊。如果在学生中找,就……就……就找刘甜叶吧,她是我们公认的好姐姐。

赵五常苦笑一声,礼貌地挥挥手,说,走吧,早点休息。

但苟鲜鲜最后甩下的这句话,却使他的脑海再次喧嚣起来,他觉得自己就像一个浑身被浇了煤油的老鼠,被点着了,瞬间成了一个燃烧的火球,在众目睽睽之下,无处可逃,盲无目的地乱窜。

八

赵五常像一片落叶似的在残阳的余晖里飘出校园,失魂落魄地在山道上游走。月亮升起的时候,他像一个木桩子似的伫立在族人的坟地。面对清冷月色下族人和妈妈的坟头,他无话可说。这个周末,赵五常回家的心情有些灰暗。

见到大的时候,大正在废报纸上练毛笔字。他就默默地站在身后。见五常来了,大手忙脚乱地把报纸揉搓成一团。但五常还是看见了,他看见报纸上除了五常两个字,还有两个字:爱情。

赵五常只觉得心头一震,一滴泪珠嘟噜一下悬挂在了杂草一样的睫毛上。大说,娃儿啊,大我思前想后多少遍了,这辈子害了咱娃的,不是别人,是我。

赵五常的泪终于从睫毛上滚落到了嘴边,说,大,不是你,不是你,真的不是的,是娃我没出息。

我不该用五常这两个字来给娃定身子,我不该给我娃取这个名字,不该给娃写那幅字……

大，你别说了，你没错。

不该不该实不该啊！我是心比天高，反倒把娃弄得命比纸薄。

大，你永远是对的，如果不是因为您心比天高，娃我就考不上大学，当不上人民教师了。如果不是您，如今你的娃兴许和村里的伙伴一样，面朝黄土背朝天呢。

老天爷呀！大突然跌首顿足，胡子抖动着。大晓得，娃是给我宽心呢，大是错了错了实错了，看来咱当农民的，老天注定就得当文盲，当睁眼瞎。学几个字，学点文化，归根到底就把自个儿害了。

大两手攥住毛笔两端，憋足了劲，抬膝盖猛一磕，只听"咔嚓"一声，一支用了多年的心爱之物断为两截。细丝一样的竹刺儿扎破手掌，鲜血像密密麻麻的红线虫儿，顷刻浸透了皮肤纹络中深藏的泥土。

大——我的好大大——赵五常紧紧握住大殷红的手。父子俩像是拧着一件洗完的掉色的衣服。两只血手变成了四只血手。

鲜血，滴滴答答。

答答滴滴的，是鲜血。

晚上父子俩同睡一炕。大又开了腔，还是回来吧！来咱镇上。我打听了，咱镇上缺一个写材料的。你文章写得那么好，准行！

赵五常：……

当上镇干部，不是为了让你的腰杆子有多么硬，不是的。当上镇干部，好找媳妇。

赵五常：……

赵五常心里亮清，大其实打心眼里看不起镇政府的那帮干部，他最看得起的就是教师。赵五常上初中时大就给他敲打，考学就考个培养老师的学校，当个老师，教咱山里娃多识几个字。

赵五常苦着脸说，大，我听你的，回学校后，我给组织汇报一下。说完脑子瞬间一片空白。他舍不得他那帮学生，这是真的。如果撇了那些学生进镇政府，他心里真有些割舍不下。

返校那天，大破天荒把他送到村口，一双昏花的老眼久久地注视着他这个光棍儿子。

山风"呜呜呜"地吹着，旋起的黄土和沙尘肆无忌惮地落在大和赵五常的身上。

大的山羊胡子一抖一抖的，一句话也说不出来。

大后来还是说话了，如果组织上同意你离开尖山，就回来。回来时，去你妈的坟上看看，给她磕个头，告个别。

行。

告诉你妈，娃啥时娶上老婆，再去尖山看她。

行。

赵五常心里就像堵了一面厚厚的墙，一出镇子，泪水就"哗"地流了个满胸。

九

孙留根找乡政府申请贫困学生基金的事情。乡长甄建国苦笑一声，说，孙校长，你又来事了。孙留根说，又来事了。

这当口，我晓得你是为啥而来，精神可嘉啊，孙校长。

孙留根说，晓得就好。成立贫困学生基金会的事情，今年如果兑现不了，我就要给乡上难堪了。你一年推一年，看你能推到啥时候。

甄建国乐了，说，孙校长，不是我推。你作为咱乡的人大代表，乡财政的底子你是清楚的，典型的吃饭财政，入不敷出，这是我们贫困地区的通病，哪还有资金成立基金会。即便是有，我们也不敢率先出这个风头。出这个风头，就把兄弟乡镇弄被动了，那还不被兄弟乡镇的同志骂死咱。官场上的事情，你又不是不晓得。

但是，我调查了，咱乡上光超标车就有好几辆呢，随便卖掉一辆，够全校贫困生的所有学费了。

孙校长,这就是您的观念问题了。现在是市场经济,都在招商引资呢,哪个乡镇没有几辆像样的车,这叫硬环境啊,对上级和客商迎来送往,总不能用破吉普吧。您也看出来了,各乡的车都超标,但县里并没有把这事情摆在桌面上下硬手,你甭看上面关于整顿车辆的文件像催岳飞回朝的十二道金牌似的,都是给百姓看的。文件和具体的操作不是一会事情。

好,那我就把事情摆到纪检委的桌面上去。说着从兜里拿出了一份举报信,"啪"地压在桌面上,举报信上写的是尖山乡政府车辆超标的情况。

甄建国脸色骤变,说,你……你咋能这样?

实在对不起,今年乡上如果成立不了基金会,我就要发挥我这个乡人大代表的职权,把举报信甩到县纪检委的桌面上。我实在没法给我们的学生们交代了。

甄建国突然来了硬的,孙留根,我看你是吃了豹子胆了,你别以为你是乡人大代表,就可以张口乱咬人了!你脑子要清醒,你这人大代表的资格,还是乡上给你弄的!如果不是因为人大代表比例中必须有教育系统的份额,我们说啥也不能让你这种忘恩负义之人混进人大代表的队伍里。

孙留根也硬了,甄建国,你脑子也要清醒,你这破乡长还是我们这些代表选的,你敢在我面前张牙舞爪,我就和其他代表联名,通过县人大,按法律程序把你罢免了!告诉你,我有这个权力。

甄建国:……

甄建国没想到这个平时见了乡干部唯唯诺诺的孙留根会硬到这种程度,就像冻僵的蛇遇到春风突然就舒展开来了,而且一舒展开来就昂起脖子,瞅准攻击对象吐信子。

甄建国突然有些软,他似乎第一次意识到面前站着的,是尖山一带德高望重的最大的知识分子,是宪法赋予某种权力的人大代表,是一个个性近乎偏执的中学校长。自己当副乡长、乡长这么多年,每天走村串户,潜意识里其实早就把孙留根这种人的能量忽略了。今天孙留根这么一亮相,他才认认真真琢磨到权力这个东西真有些幽默。

只能软了。乡长有些坐不住,从沙发上欠起身子,给孙留根递上香烟,砌了茶水,喟然长叹一声,孙校长,我这当乡长的,当得好苦哇。

其实乡领导的苦处,孙留根不是不清楚,这几年和乡上打交道,啥世事都看出来了,乡领导在老百姓那里背了那么多的黑锅,能全部怪乡干部吗?譬如上面紧锣密鼓地给乡上压经济指标,这等于逼着乡上造假了;有些村连温饱问题都解决不了,抢劫偷盗成风,还非得评什么星级文明户。最让农民痛心疾首的是报纸上天天在呼吁关注"三农"问题,喊着吵着要减轻农民负担,事实上是越减越多……乡干部也多是农民出身。农民的泪水流在脸上,乡干部的泪水咽在肚里。

孙留根说,反正,你的苦处是你的苦处,而我的苦处,事关全乡教育事业大局,基金的事,你成立也好,不成立也罢,反正纪检委我是去定了。

甄建国的眼圈突然就红了,说,孙校长,你也明白,如今的事情一摆上桌面,就正儿八经起来了,没有任何后路。你的心情我十分理解,我甄建国也是农民的儿子,我也不是不晓得我们学生娃的情况,但这事情不是我甄建国能解决了的。你告去吧!肯定能告赢,让组织部门把我撤了得了,大不了,我回家务农。说真的,这个破乡长,我早就不想干了。

孙留根没想到平时在老百姓面前像头公牛似的乡长,心理也是如此的脆弱,而且这种脆弱不是因为舍不得头上的乌纱帽,而是因为对现实的无奈、困惑和迷茫。孙留根的心像灌了铅块似的有些沉,他突然觉得手头这份举报信的分量实在太轻,甚至没有什么意义。告倒甄建国,来个王建国、张建国、赵建国,事情难道能解决得了?

孙留根的眼圈也红了,说,甄乡长,我们农村学生娃的命,咋就这么苦哇！

甄建国说，何止农村学生娃的命苦，如今城市学生娃的命也甜不到哪里去。我看了一份内参，近年各省市的公安端了一些洗浴中心、发廊和夜总会，里面卖淫的小姐有相当一部分是大中专院校的学生，这些女学生大都父母下岗，属于弱势群体，没有任何经济来源，靠啥交纳高昂的学费？只能开发自身资源了。

啥资源？

你这么大学问，怎么连这个都听不出来，除了身体，还有啥嘛。

孙留根：……

说句掏心窝的话，话丑理端，听说你女儿在县里打工，咱山里女娃在城里无依无靠，你千万马虎不得，马虎不得啊！我的老孙，我的孙校长啊！

孙留根：……

孙留根的心紧缩了一下。最近女儿每回来一次，他总觉得女儿有一种说不出来的变化。女儿懂事，晓得回到山里不能在乡亲面前太花哨。那么这种变化在哪里，他实在说不上来，只是觉得女儿身在城里，有所变化是理所当然的事情，于是根本没有上心。甄建国的话，使他突然产生了一种恐惧感。玉梅，我的娃，我的好女儿！大相信娃，相信玉梅你。

孙留根把举报信伸到了炉子上，目光呆滞，面如死灰。举报信悄无声息地燃烧起来了，火苗迅速地覆盖了孙留根的手，他也没把手抽回来。空气中弥漫着一股刺鼻的煳焦味，那是满手背的杂毛化为灰烬的味道。

甄建国抓住孙留根滚烫的手，一句话也说不出来。

我还想写个东西，是给教育局的。孙留根像是喃喃自语。

甄建国迷惑不解。

是辞职报告。孙留根说。

甄建国激动地说，不行啊孙校长，尖山中学靠你撑着，换了其他人，学校就散架了。你可千万不能撂摊子，尖山需要你，尖山的学生需要你，尖山的父老乡亲需要你。说句高调子的话，农村的教育事业需要你，科教兴乡需要你，广大农民群众致富奔小康需要你啊！咱，受党的教育和培养可不是一年两年了，咱得有起码的思想觉悟！

孙留根怔住了，他恍惚觉得乡长的口气有些怪，就说，甄乡长，你是在故意戏弄我，还是教育我啊。

甄建国说，不是我教育你，是你今天镇住了我。真的！我们的干部如果都像您对待学生那样为老百姓着想，这个社会就不会有那么多的矛盾和不公了。

孙留根苦笑一声，今天，我等于白来了。

甄建国说，没白来。我想好了，尖山那个狗日的村长刘全富为了给儿媳妇苟鲜鲜弄个计划生育专干，到我这里跑了九趟了。前几天乡党委刚刚个别通了气，准备让苟鲜鲜当半脱产的专干。好在还没上党委会，我现在不想把指标给苟鲜鲜了。

孙留根说，哪给谁？

甄建国说，给你女儿。让你女儿回来吧！到乡上来工作。你女儿退学的事情，我们心里都很清楚，你是挥泪斩马谡呢。你就这一个亲骨肉，回来，回来好！招个上门女婿，把家撑起来。

孙留根当场就愣住了，掏出烟锅，吸了足有三大口，说，甄乡长，我女儿工作的事情固然重要，能在您这里谋点差事当然是烧高香了，但我今天可不是为女儿的事情来的。一口烟喷出来，整个屋子都云遮雾罩。

甄建国说，这个我清楚，你是为了尖山中学的学生娃来的。要不是你感动了我，这个指标我还真有点舍不得给你。你晓得不？就这一个指标，除了尖山外，光上磨村、张家窑、刘家坪、马家大庄、吴坡梁就有十多个初中生在那里候着呢，还有高中文化的，而且都是托村委会的头儿给乡上说的情。

孙留根说,那你给刘全富父子咋交代?

甄建国说,这个你放心,现如今的事情说圆就圆,说扁就扁,看咋样个说法。进乡政府就得按党的干部政策办事。择优录用嘛!拿出这个,他刘全富父子还有啥说的。

孙留根是甄建国喊来司机送回家的。

盘山公路七拐八拐,拐得孙留根心里翻江倒海,头大得像要爆裂了。女儿的事情倒是有着落了,还算不虚此行,这是他始料未及的。但是,刘甜叶怎么办?他可是给刘甜叶许了诺的。

孙留根吐了。

十

长痛不如短痛,短痛不如马上就痛。孙留根决定趁早把争取基金失利的事情给刘甜叶解释一下。如果等刘甜叶考上中专再解释,对刘甜叶的打击就更大了,那种打击有可能就是致命的。他两次把刘甜叶叫到校长办公室,张了几次口,话倒是说了不少,但话题却始终绕不到基金的事情上来,只好说了些时间紧迫形势逼人要好好努力勤奋学习争取考上中专之类的鼓励话。

全是废话。

刘甜叶感动地点着头,说,请校长放心,我一定能考上的。最近的测验考试,我又拿了个第一,比第二名丘苹果高出二十分呢。

孙留根的心像是被什么东西揪住了。拍拍刘甜叶的肩膀,说,好好好,有你这份自信,我当校长的,就知足了。

孙留根决定请班主任赵五常出面给刘甜叶谈,一想实在不妥。和刘甜叶谈话简直是折阳寿的事情,自己都年过半百的棺材瓤子了,折阳寿就折阳寿,绝对不能再折磨赵五常了。

于是他第三次把刘甜叶叫到了办公室。

甜叶，有件事我实在张不了口。孙留根把刘甜叶叫成甜叶，取掉了姓。平时他叫女儿是这么叫的。

刘甜叶微微一怔，说，啥事嘛，校长。

孙留根，我对不住你，甜叶。

还未等刘甜叶反应过来，孙留根猛一闭眼，紧接着说，基金的事情，又黄了。孙留根的语调像是得了严重的哮喘，气喘吁吁，结结巴巴，甜叶……甜叶……你……早点回家吧！中专……别考了……早回家……帮你大帮你妈去地里薅草，今年天旱，小麦的收成，还靠你呢。

啊！刘甜叶一屁股就瘫在了地上，泪如泉涌。

孙留根赶紧抢步上前，却怎么也扶不起她来。刘甜叶软成了一堆稀泥，像是天塌了地陷了，日子没过了。泪水一刹那洇湿了衣裤，嗓子眼里"哇呜哇呜"地哽咽，却哭出大声来。

孙留根也一屁股软到了地上，像只喝了灭鼠药的老猫。

刘甜叶见状，支撑起身子，回头扶孙留根。

此时的孙留根全然没了堂堂一校之长的威严和自尊，一歪身子，把头倚在凳子上哽咽。浑浊的鼻涕吊了二尺半，像两截颤悠悠的软粉条。

刘甜叶反而有些吓着了。刘甜叶不知从哪里来了一股劲，她倔强地站起身子，而且把孙留根连抱带扶到了破沙发上，说，校长，您的大恩大德我这辈子报不了，下辈子报。但是，我不想现在回家，我想把这学期上完，而且要参加中专考试。

孙留根注视着刘甜叶。

刘甜叶说，我如果现在回家，赵老师会伤心的。作为班主任，他为了我考中专，付出了很多很多，我不能再让他伤心。因此，基金的事情，请您一定保密，别让任何人晓得，更别让赵老师晓得。

孙留根的嘴角翕动着，剧烈地翕动着，拉扯着一脸的老皮。

刘甜叶继续说，我一定能考上中专的，但我可以不去报到，我要拿着中专录取通知书回家，我要把录取通知书在我家的祖坟上烧成灰，我要让祖宗晓得，我刘甜叶是有出息的，我没给他们丢脸。我之所以上不了中专，因为我是农民的女儿，贫困农民的女儿。

孙留根：……

刘甜叶说，真的，别让赵老师晓得，行吗？

孙留根早已泣不成声。

十一

又一届初三补习班就要毕业了。往年，每放飞一届学生，赵五常心里就像秋日里红透了的高粱一样盈实，觉出了作为一名乡村教师的自豪和骄傲。而这次，他感到了难以言说的困惑。赵五常终于鼓足勇气对校长说，校长，最近有句话，我在舌头底下压了几个星期了，说不出来。

有啥说不出来的，咱又不是外人。

我不想在尖山干了。

孙留根惊得张大了嘴，仿佛一口吞进去了一个乒乓球，真的？

没假。

孙留根说，这话从你嘴里说出来，我都不敢相信我的耳朵了。说着抬起头，目视着被烟熏火燎成的灰乎乎的土墙。他在搜寻赵五常的大写的那两个字，却意外地发现那地方早已是一片空白，是那种曾经遮住了烟火和岁月侵袭的灰白。孙留根脸上的表情复杂地有些痉挛，说，你把你大给你写的字取下来了？

赵五常苦苦地笑了，他并没有接过这个话题，继续表明自己的去向，我想调到我们那边的镇政府。

真的？

真的。

孙留根其实啥都明白了。张了张嘴，却一个字也没说上来，他觉得此时此刻面对赵五常，不仅话不好说，连喘气都需要勇气了。多年来，赵五常的婚姻问题，像蜘蛛网上的一根柔软、纤弱的细丝，一直在孙留根心里紧紧地绷着，绷得很悬乎很脆弱很无助，绷得他呼吸困难心头发紧。前不久，他听说后梁那边好不容易来了个新的女民办教师，他翻山越岭去了一趟，才知早被乡税务所的小毕追上了。听说小毕光每个月的补助就相当于一个具有中级职称教师的月工资。

孙留根足足吸了一锅烟，沉了足有一刻钟，像是下了死决心似的说：赵老师，还是找一个学生吧。

学生？

学生。

真是学生？

真的。

校长，这话可不是我说的。

赵老师，事到如今，我啥也不说了，真的啥也不说了。让刘甜叶给你当老婆吧。她聪明能干，将来在镇上可以干点啥。其实说这话的前提首先应该交代一下基金的事情，但孙留根怕赵五常接受不了，基金两个字在舌根下弹不出来。

赵五常，你是说，让我找学生，而且找的是刘甜叶？

孙留根说，对，对对。她心里本身就有你，你是知道的。

赵五常哭笑不得地说，校长，都到这份上了，你还开玩笑。

没开玩笑，一点也没。

刘甜叶的前途远大，你又不是不晓得。

但是，尖山离不开你……我们把最好的学生给你当媳妇，你……能不能……留下。

孙留根鼻涕和眼泪同时流下来了。

赵五常的脸变得像死过一回。

赵五常沉默了半响,才有气无力地说,那……就挑一个学习最差的,考学连一点指望都没有的,以不耽搁人家的前途为原则。

赵五常脑子里把班上的差等生排了个队,心想就挑倒数第一名吧。但是倒数第一名是个男生。那就倒数第二吧,倒数第二名幸好是个女生,这是个最让他头痛的女生,但他实在不忍心往倒数第二名之前考虑,就毫不犹豫地说,那,就刘晓庆吧。

刘晓庆这个名字,不仅尖山人晓得,全县乃至全国人都晓得。刘晓庆是一位很漂亮的电影明星。当然赵五常说的刘晓庆不是电影明星刘晓庆,赵五常这辈子从没想过和电影明星刘晓庆在感情上有啥缘分。赵五常说的刘晓庆是他班上的一位女生,这位刘晓庆同学学习差,纪律差,劳动差,卫生差,用学生评价她的话就是长得像个烂萝卜,而且满脸麻子,同学给她取了个外号叫麻脸女侠。刘晓庆同学之所以叫刘晓庆,据说是二十年前的夜晚接生婆往出来捣鼓刘晓庆时,村里麦场上正好放电影《小花》。刘晓庆大看了后,觉得这么漂亮的女人真是没见过,名字也喜庆,好在自家也姓刘,就把刘晓庆这个名字顺荏给女儿移过来了,盼望着闺女能长好看点,结果女儿长成了反角演员葛存壮。

孙留根大吃一惊,说,刘晓庆?不行!绝对不行!那不把你坑了。刘晓庆同学各方面都不行,你这是爱情扶贫啊。要找就找一个能干的,将来能找份体面工作的。

赵五常坚持说,就刘晓庆同学吧。

孙留根生气了,说,还陈冲、巩俐呢,拉倒吧你!依我看,就刘甜叶吧。事已至此,孙留根觉得该到摊牌的时候了,就长叹一口气,唉!从乡上没争取来贫困学生基金。

赵五常果然惊讶地有些不知所措,脸色蜡黄得像死去还没活过来,表情定格成了泥塑样儿,好长时间才悠悠地吐了一口气,像是被阎王跟前的小鬼遣返回来了，脸上仍然显现着浓重的阴郁和凝滞，嘴皮翻了一下说，基金，没争取来？

没。

没，我也不能趁火打劫啊。

基金尽管没争取来，但是促成了一件好事。

啥事？

乡上今年要招一个半脱产的计划生育专干，我考虑到刘甜叶各方面都很优秀，就推荐了她。乡上也答应了。你娶了她，就是正儿八经的双职工了。

这话一半真一半假，这话等于再次出卖了自己的女儿孙玉梅。

等于第二次挥泪斩马谡。

话说到这里，孙留根觉得身子有些发飘，整个身子仅剩下了一个站立着的干瘪的皮囊，里面的骨肉血水融化成液体蒸发了，仿佛是从头顶蒸发的，头已经晕得天旋地转。女儿，自己的心头肉，还要被斩几次啊！

赵五常：……您容我再考虑一下。这事情来得太快，太突然了。

这有啥考虑的，天上掉腊肉的好事呢，我提前祝贺你。孙留根在脸上弄出了夸张的笑容，还呵呵呵地笑了。笑得很爽朗的样子。

赵五常：……没想到，最终，还是找了自己的学生。

到时候，我亲自主持你们的婚礼，全体教职员工全部参加。孙留根带着嗔怪和责备的口气说，你大的那幅书法作品，你撂在了哪里？孙留根把那幅字说成了书法作品。

赵五常从打点好的箱子里面把那幅字取出来了。

孙留根说，来，给我当个下手，我亲自把它挂在原来的位置上。

赵五常说，您那么大年纪了，还是我来吧。

孙留根说，不，坚决不！我来。说着扯过凳子，颤巍巍地把自己的瘦身子挪上去。

赵五常全神贯注地把扶着凳子。孙留根的动作很仔细,很小心,很谨慎。终于挂好了。挂得很端正,很到位,与留在墙上的灰白底子严丝合缝。凳子其实很结实,很稳,但孙留根却从凳子上扑通一声栽了下来,脸上的老皮也擦破了。

十二

盒子!孙留根发现了一个神秘的小盒子,是一盒安全套。孙留根是在女儿孙玉梅的小包里发现的。他是第一次偷看女儿的私物。女儿回来一次很不容易,得坐几个小时的长途汽车。但女儿差不多每周都要回来,回来就到地里干些力所能及的农活或者给他缝缝补补。孙留根晓得女儿放不下的就是他这个大。每次女儿从城里回来,总是把那个小包掖进她的抽屉里。甄乡长那天的一席话,鬼使神差似的使他的探究欲望越来越强烈,成为脑海中挥之不去的一块阴影。那天女儿一下地,他就舍下老脸拉开了抽屉……

甄乡长的话,果然应验了。关好抽屉,孙留根眼前一阵发黑,是那种伸手不见五指的漆黑,他赶紧把身子挪到椅子上坐了,他庆幸没有跌倒。跌倒,就有可能再也起不来了。但是孙留根感觉到自己的胸口并没有冒火,也许是胸口早就没有可燃物了。他突然泪水倾盆,倾盆的泪水浇灌着他干涸的胸口。

女儿从地里回来了,说,大,你眼圈咋这么红,像哭过似的。

孙留根说,是……是……是哭过。

女儿惊问,咋了?

孙留根说,大……大是高兴得哭呢。

有啥好事啊?至于让您激动成这样。

孙留根说,玉梅,告诉你一个好消息。

啥好消息?

赵五常老师就要结婚了。找的媳妇你晓得是谁吗？是你第一年上初三时的同学刘甜叶。

女儿略为迟疑了一下，说，好！

孙留根听得出女儿说得很勉强。女儿忌讳男光棍和女学生的话题。但是女儿马上又补充了几句，太好了，真是太好了！一副兴冲冲的样子。孙留根晓得女儿意识到了什么，强装笑颜宽他的心。她根本就没有问问一贯坚决反对老师找学生当老婆的大，为啥突然转了向，支持起赵五常和刘甜叶来。

女儿不但没问，而且主动提出，大，到时候，我给甜叶妹妹当伴娘吧！

孙留根说，……行，好，当完伴娘，我娃不要到城里干了，回来！我这辈子哪怕倾家荡产，也要给我娃找一份工作……我……我只有你一个女儿，大要对得住你。

女儿显然对这句话没有任何的思想准备，说，大，我懂你的意思，我一定回来，我自己给您找一个上门的姑爷。但是，我想挣些钱后再回来。

孙留根说，大不是这个意思，大没有这么自私，大的意思是……打工不是长久之计，人的一生，长着呢。这几年，大只顾了学校这摊子活，对娃上心不够。你回来后，大即便拼了老命，也要多给娃上心……

女儿却故意引开了话题，说，大，赵老师和甜叶的关系现在进展到啥地步了。

孙留根说，我已经给刘甜叶同学挑明了，估计现在两人正在接触呢。

孙留根说得没错，赵五常和刘甜叶正在接触着呢。

赵五常那天走进教室的时候，心里莫可名状地有些紧张，说不上是沉重、别扭还是亢奋。他努力强迫自己从容起来，尽量保持平时的心态，但越是努力，越是不自在，脸上像喝过酒似的有点烧。毫不夸张地说，刘甜叶那眉眼、那顾盼、那神态、那韵致、那气质才像电影明星刘晓庆。这个发现使他有点紧张，甚至有点不知所措。他觉得自己明显有些失态了，这节课实在没法讲了，就让同学们仔细阅读课文，自己踱到教室后面，检查后墙上"学习园地"中的学生作文。一节课四十五分钟，而这节课他感觉足有四百五十分钟。

下课铃声响起的时候，他转身登上讲台，面向大家，郑重地说，同学们，我们现在上课！

赵五常把下课说成了上课。

哗……

学生们的哄笑声像泄洪似的。只有刘甜叶没笑，以学生干部特有的职业目光，责备地环视着前后左右。

赵五常愣了一下，脸唰地红到了耳根。但他无论如何也得让自己体面地下台，就开了个玩笑，说，主要是同学们贴在"学习园地"上的作文进步很快，我读得进入了状态，有些入迷，所以失了口。——好，今天的课就上到这里，下课！

起立。班长发出了口令。同学们从座位上弹了起来，七长八短像旷野中的高粱。

后来刘甜叶就成了赵五常宿舍的常客，有人看见刘甜叶手里经常拿着一本《农村计划生育工作手册》，在赵五常宿舍出出进进。宿舍里的情况正在发生着变化，有次赵五常摸了刘甜叶的手，刘甜叶低着头不说话，脸上灿若桃花。赵五常又拥抱了她，刘甜叶颤颤地说，老师！

赵五常说，别叫我老师叫我赵五常。

刘甜叶说，我不好意思叫。

赵五常说，你叫！你不叫，我脸上下不来。

刘甜叶就叫，五常。接着又叫了一个字，常。

赵五常激动地把刘甜叶拥入怀里，喃喃地说，甜叶，我的甜叶！

至此，尖山中学的最后一份婚姻产生了。按照校长孙留根的说法，婚礼将由校委会组织，他亲自主持，要举办得像模像样。结婚仪式就定在尖山中学,专门腾出一间教室,宴席由食堂负责,不仅全体教职员工都得参加,而且还请乡上领导和派出所的同志们也参加。学校还准备到城里租一辆大轿子车,把新郎官的父老乡亲都接过来。这当然是好事情。

结婚那天,伴娘并不是孙玉梅。孙留根最终没有让自己的女儿当伴娘。

婚礼宴席上,有个女人里里外外忙得不可开交,一会儿教室,一会儿食堂。是苟鲜鲜。苟鲜鲜今天始终是笑着的,笑容很灿烂。但明眼人不难察觉,苟鲜鲜的眼睛有些红肿,至少昨晚上曾经哭过。只是校园内老槐树上的花喜鹊,在枝条上跳来闪去很热闹,叽叽喳喳,喳喳叽叽,说不上是天真还是兴奋。

借命时代的家乡

一

鬼使了？神差了？又踏上这九曲十八弯的山道。

分明是从远山的胳肢窝里冒出来的，风中的两个人，从尖山到后寨，从后寨到尖山，像野黄羊遗撒的两粒儿黑亮的粪蛋子，咕噜噜来，咕噜噜去……说是羊肠小道，那是酸腐文人闭着眼睛憋出来的骚情词儿。在我看来，山道是某位老神仙在云端蹲坑时不慎飘落的一条裤腰带，过时了，无关紧要了，却活生生把沟壑梁峁给蜿蜿蜒蜒地束紧了，捆实了，人流、骡马、猪羊、野物一踩就是成千上万年。天水这一带，逢山必有蓄满冤魂的古堡，逢梁必有怒目苍穹的烽火台。祖辈们从血雨腥风中咋走过来的，没人说得清。凡事过了三代，那就是传说。传说是个啥？就是传一传，说一说，然后呢，一风吹了，挂在记忆里的，多是些零打碎敲的残垣断壁。说是民国年间，山道上跑过彭德怀的解放军，跑过马步芳的国军，跑过乌七八糟的土匪。跑就跑吧，世事嘛，不就是个跑。此刻这两个男女，除了我和存喜，还能有谁？从十四岁开始摸上这条山道，走走，歇歇，爬爬。来回二十多里，没完没了，没了没完。山道像老顽童，与我和存喜一起古老着，也年轻着。"轰隆隆……"老天扔下炸雷来。老天爷最是不识时务，早就早吧，偏偏对我和存喜看不过眼。满世界山鸣谷应，像是惊蛰了，都窜出来了，坡前坡后放羊的、挖野菜的、赶集的山民像机敏的野狐狸，一窜一隐，变戏法似的。眼看着天尽头那块黑面团云儿，擀面片儿了，摊开，大地的案板一口吞没，暴雨像密匝匝的面条一样扑进滚烫的锅里，沸腾了，世界要被一锅端的样子。我连滚带爬地钻进一眼守谷子的废窑，狂风送来存喜的呼唤："建泉哥——"清脆，尖锐，凄厉，带着滚烫的绝望，像是没我了。

一个稚气的童声在我耳边滑过："大——"

像窝在古堡里的旋风中剥离出来的一缕线头，稚嫩，柔弱。天哪天哪！是个娃儿，是存喜生的那个娃——该叫甄四宝大的娃儿吗？可怜的小命儿……叫我大了。我应答了吗？只有吼了，吼秦腔的那种，撕心裂肺的那种，我的吼叫从雷雨的肆虐和夹击中左冲右突，寻寻觅觅……

喉咙胀了，嗓子疼了。没有听到存喜和娃儿的回应。像饿鸡啄没一大一小两只羸弱的蚂蚱，存喜她，没了；娃儿他，没了。

只有我，在着。

"我……我是说，夜里，没有乱吼乱叫吧？"

"那就看你梦到啥了。"彩凤若无其事的样子，"喝过酒的人，睡得死，你啥也没吼。"

对话不咸不淡，反而好！怕的就是味儿重了，不好咽的。

这样说话的时候，白昼早已把暗夜驱赶得没了踪影。我身穿格子细纹纯棉睡衣，把自己像摆设一样安插在落地窗前，一如身旁被银钩揽起来的垂感很强的紫红灯芯绒窗帘。尽量做出举目远眺的样子，避免撞上彩凤的目光。雾霭结结实实地包裹了黄河两岸的兰州城，黄河水莫名其妙地在楼下哗哗作响。彩凤正在梳妆台前往脸上扑粉。阳光像掺了假的水银一样从窗外倾斜进来，屋子通亮了。五星级宾馆总统套房的雍容华贵，不真实地展示着省城一隅别样的欧陆风情。从梦境到现实,像不协调的幻灯片。梦是黑白的,却黑白分明;现实是彩色的,却虚幻迷离。

我神经质地瞄了彩凤一眼。以彩凤波澜不惊的表情做参照,我夜里似乎的确没有闹出啥动静,心里好歹释然了些,紧绷的神经就像一张被梦魇拉满的弓,天亮了,梦醒了,放松了。虚惊一场,虚惊一场啊!

彩凤回头笑了。我没有认真考察彩凤的笑。笑了,比不笑好。时尚和潮流是彩凤的坎,一如她现在使劲往脸上抹的什么粉。这些年和我一起养牛,少女变成了少妇,山风吹皱了她往日的容颜。我有意无意地说:"已经挺好看啦!收拾收拾准备回天水吧,发昌一会儿要来宾馆,他要亲自送咱。"

但是彩凤却慢慢睁大了眼睛。她昨夜并没有喝茅台,红酒也喝得不多,但她真实而鲜活的瞳仁里,蓄满了明显的幽怨与愤懑。"你的意思,我心里亮清。"

答非所问。我恼了,话扔了出去:"你越来越莫名其妙。"

"莫名其妙的,该是你董经理吧。"

分明是反击,我又心虚了。从岁月里一路走来,现实生活中一切与存喜有关的元素我都筛过了,唯有梦筛不了。梦像上帝安插在我灵魂一隅的卧底,让我防不胜防。

昨晚的饭局,像揭锅的蒸笼一样弥漫着过分的热情,但我的心却未揭锅,闷。苟发昌风光掠尽,呼啦啦召集了七八位老板,其中那位眉毛高挑的家伙一定就是苟发昌正在巴结的官二代了。十几瓶茅台就像尿水灌了茅坑,"咕嘟嘟"就见了底儿。我们夫妻从天水北上兰州见苟发昌,家庭聚会只是名义,真正的目的是求助苟发昌帮着推销肉牛。陪同苟发昌的是个陌生女人,显年轻,不到三十岁的样子,眉眼身条一看就是保养有方的主儿。酒过三巡,我才晓得这个叫刘舒曼的女人是苟发昌的第四茬老婆,一茬又一茬,认不过来了。我只好端起酒杯,对女人说:"我敬弟妹了,我叫……"

女人款款起身，杯中的红酒波光粼粼，小巧的兰花指与酒杯搭配成表演意味的审美组合，说："谁不知道天水有位著名的养牛大户叫董建泉呀，发昌经常念叨您呢，说是发小中，您是他最看得起的一位。"没有深浅的话，说明女人也不懂得深浅。苟发昌潮红的鼻头上掠过了一抹紫红，女人的无意亮底儿显然伤着了他这个"大城市人"的自尊。他没有接女人的话茬儿，起立，右手端酒杯，左手潇洒地从裤兜里抽出来，像变出一把勃朗宁，以压倒一切的气势、气派和气度，枪口朝几位老板指指点点。点到哪位，那位赶紧起立，唯唯诺诺。"你，你，还有你，都是搞肉制品加工的。董经理今年的牛销路不佳，就看各位的姿态了。今儿个聚会，主角儿是远道而来的董经理。啊啊，还有，还有嫂子彩凤。"苟发昌一饮而尽，超凡脱俗地把酒杯搁置桌上，两手回收，操进裤兜，顺势把西装下摆往后一揽，雪白的衬衣像一片耀眼的冰山，浅杏色金丝领带瀑布一样挂在胸前，荡漾出一种轩昂，一种器宇。

除了官二代，其他人有些无措。苟发昌转向我："还是那句话，希望你搬到兰州来，我开发的别墅你随便挑。你守在尖山，老弟总觉得不是个事儿。当然喽，你是为故乡做贡献嘛。"

我坚守微笑，没有正面接招。这些年董、苟两家的关系到底是啥味道，怪怪的，越来越说不清楚了。我换了一种说法："山里阳光好，空气好。再说了，你是大城市搞房地产的，老哥我只是在山里养牛的，一虎一猫，不能比的。"

一种空洞的光泽在苟发昌的眉宇间活蹦乱跳。我就觉得好笑，兰州搞经营的人千千万万，你一个从尖山走出来的泥腿子，算个狗屁啊。瞧那个官二代，年纪轻轻，扫苟发昌的眼神，就像扫一条狗。苟发昌用耳语的方式，不失时机地给我诠释了对这个官二代的理解："我看不上他，我看上的是他老爸。他老爸是个厅长，一步步从国营厂子凭本事干上去的，有一大堆儿的劳模头衔。咱只要把钱跟上，就能办实事。

这样的官员，不同于那些红二代、红三代官员。那些官员，一个个高枕无忧，牛皮哄哄，好像江山是他家的，市场是他家的，更瞧不起咱，真是不食人间烟火啊！"

我同样耳语："你这企业家，都成政治家了。"苟发昌叹口气，笑了："社会的逻辑，我是看出来了。记得不？早些年，咱村都传呢，当年——快解放那阵子吧，你爷爷背着一个腿部受伤的土匪蹚过渭河，如果趴在爷爷背上的，不是土匪，是个解放军就好了，那小子如今还活着的话，至少也是个高干。别说你们董家，咱全尖山人就都沾红色的光了。"

好像是扯远了，好像离时代的逻辑又很贴近。总觉得苟发昌给我抖开的每一个话题，或多或少都能拧出水，水里又藏着针，让我接也不是，不接也不是。我只好敷衍了一句："那个年代，国军、共军、土匪都声称在革命，我们的文盲长辈们有谁能辨得清，那就不是尖山人，是神仙了。"

这样的话题，让我这个地地道道的无产阶级曾经打过工的东家——陇东地区华亭县一家煤矿的老板贾昌耀，这个连初中都没有毕业的泥腿子出身的所谓老板，却能在煤矿上混。天塌了，压不死他；地陷了，捂不死他。他简直就像个市场大潮里的不倒翁。好好的公务员不干，偏要下海干企业。和他一起下海的有负债累累自杀的，有重新返回机关的，他却安然无恙。他的树多大，根多深，一追，就应了句古话：朝里有人。他的朝不大，据说只在市里。市里，也是朝。大朝小朝，都是朝。哪里有人，哪里就是朝。

男人们喝得有些大。女人们细声慢语，聊到流行服饰和美容美体，彩凤就低了头，和手机游戏较劲儿。

离开兰州的那天，苟发昌不忘送我们到城外。苟发昌又老练了一把："车一发动，好歹几个小时呢，提前把问题解决了，好轻装上阵。"我俩躲进公路边的杨树林里，手里端着家伙，腆着腰洋洋洒洒。苟发

117

昌的手抖了抖,说:"老哥,下次就不要带嫂子来了,我给你找个小姐玩玩。"

都啥年代了,我早就习惯了这种半真半假的调侃。但这调侃从苟发昌的嘴里吐出来,就不是个味儿,挑战,蔑视,试探,啥都有了。我装绅士吧,不符合潮流;装嫩吧,我是个土老帽儿;装糊涂吧,不是企业家的智商。我要说从来不动小姐,他必然信的,但招致来的就不仅仅是调侃了。关键时刻,我抬出了存喜。

"说个事,不怕你笑话,我昨夜梦到存喜了。"

"存喜?"苟发昌乐了,尿水荡漾成循环的曲线。但苟发昌立即控制了失态,压低声,庄严地说,"我不会忘记存喜的。"那口气,仿佛避免彩凤监听。

后悔汹涌而来。存喜不是当年的存喜,苟发昌也不是当年的苟发昌了。老话题即便有惯性,也该刹住了。我怀疑还是昨夜的茅台在作怪,后劲还没散,不如喝尿呢。

人间真大,却没有一个提一提存喜的地方。

二

日头在大山里逼了几遭,春寒黯然退了。清明时节,董家坟茔纸钱飘飞,董家祠堂里也是香烟缭绕。尽管祠堂内外一如既往的破败,但老董家有几户跟我学养牛以后,说好了不再去广州、深圳当农民工,祠堂里的人气就旺了许多。祠堂的对联,据说是祖太爷的手迹,前些日子又被我大用朱笔描了一遍:

上联:春有心于露,秋有心于霜,遵戴礼遗规,钦崇祀典
下联:父之贵者慈,子之贵者孝,式文公懿训,笃念伦常

"咱董家的先人，都看到了，要起身了……"

"到头来还是建泉把咱老董家的气脉弄圆顺了，明朝万历年以来头一遭啊！"万历年是啥年，只是一代代父老乡亲口授心传中被日子不断消解的一个概念，太遥远，像原始社会；又似乎骨肉相连，仿佛就在昨天。

沧海桑田，斗转星移。我没有见过我大之前那些遥远的先人，他们一代代在面朝黄土背朝天的劳作中倒在大地上，变作坟茔下的一小撮黄土，几度风雨之后，又被犁铧划拉得无影无踪。如今董家坟地里的鬼魂，最近的也就祖太爷那辈，而祠堂里的牌位，一气横贯了十几代。我刚把香蜡点燃，身后就呼啦啦跪倒了一大片。我不好当着族人的面显摆我的商业信息，我只是默默地给先人们念叨着我兰州之行的成果："托列祖列宗的庇佑，这次去兰州，没有白求苟家人，今年肉牛的销路，心里有底儿了。先人在上，接受晚辈一拜……"

彩凤和我的两个儿子也磕了头。家族女人们的牌位和跪位，都是有严格讲究的，只有定位，不能越位，更不能错位。时光真是力大无穷，一转眼的工夫，当年存喜跪过的地方，变成了彩凤。

老董家的宗规礼数约定俗成，十八岁以上的在世晚辈也按照辈分设立了牌位，与逝者牌位的区别在于，生者牌位空无一字，只在各自牌位旁的瓷罐儿里压了一张半尺长、两寸宽的黄表纸，上书晚辈的姓名，直至谢世，这才去掉黄表纸，转而把姓名用墨笔题写在牌位之上。我的夫妻牌位在先祖们的最下面一层，我妻子牌位旁边瓷罐儿里的名字曰：唐存喜。"腊月三十迎先人，大年初三送先人。"我和存喜十八岁那年的大年初三，董家祠堂里黏稠的经声像一场绵绵秋雨。在董家执事的监督下，我俩经过庄严的三磕六拜，由阴阳在黄表纸上题写了我和存喜的名字。大年初三的先人们，一定在我们永远也无法预设的神秘时空中，牢牢记住了我俩的名字。我和存喜的关系，像颠扑不破的真理，镌刻在天堂与地狱的宣示碑上。我记死了那一年：

一九九八。

对我妻子彩凤来说，这是个要人命的秘密。

张王李赵杂七杂八的姓氏在尖山烩了一大锅，足可以想见尖山有多么古老。早先听我大讲，尖山最大的祠堂要算苟家祠堂和董家祠堂，一个在村西，一个在村东，曾经古柏参天，牌楼雄伟，雕梁画栋，檐角飞翘，香火旺盛。苟家多务农，董家多教书。"文革"时，苟发昌的大带头砸了苟家祠堂，后来又以解放全人类的雄心壮志带领苟家老小奔董家祠堂而来。董家人誓死捍卫，被苟家人告到了公社革委会。苟家还污蔑我大，当年传说中背土匪过河的尖山人，八成就是我爷爷。土匪过河后，还给爷爷留过一张纸条，叮嘱将来成事后来找他。爷爷那时已经在"三年自然灾害"中饿死，无以对证。我大百口莫辩，最终校长、民办教师身份被脱个精光。土地联产承包那阵，政策活络了，苟家人省吃俭用又原地凑凑合合修建了一个干打垒的，还不如当年祠堂的一个茅坑的祠堂。贴在土门楣上的对联"祖德流芳思木本，宗功浩大想水源"，是苟发昌那年衣锦还乡时题写的，常常被人涂抹了狗屎，都传是董家人泄的愤。后来土地开始不养人了，种田开始赔本了，尖山的青壮年男女纷纷夺路奔逃，多数南下当了农民工，只有少数苟家子孙投靠了苟发昌。老村真是看出老来了，有了古堡的意思，一副苟延残喘的样子，剩下一帮老人和娃娃，如履薄冰地守着各自的老屋。报纸上把这种史无前例的现象叫空巢老人、留守儿童，都是那些吃饱了撑的中国知识分子编的词儿，不干正事儿，就会一天到晚瞎琢磨。土地年年荒，缺人呢，却被说成农村富余劳动力转移了。

祭祖是聚人呢，人多了就磨嘴皮。种田人的说长道短，和报纸上的说法老是尿不到一个壶里。

"农村劳动力哪有富余的，死个人，都找不到抬棺材的了。"

"老是农民工农民工，就没听说过工人农。城里人过日子，向农村要劳务输出，其实城里的下岗工人够富余了，比驴多，比羊多，为啥不输出到农村当工人农呢？"

"……"

有人开始眯了眼睛唱甘肃花儿《借命调》：

人走咧（哎哟）地荒咧（哎哟）顶门杠没咧，
老空巢（哩嘛）小留守（哩嘛）借命路断咧。
……

——借命，太古老了，又真是太新鲜了，像出土文物，像解放初期被彻底消灭的卖淫嫖娼一样"我胡汉三又回来了"。说是这种《借命调》在岁月里失传了至少也有六十年，早先的主题多与娃娃亲、两换亲、招上门女婿、领童养媳、借腹生子有关，大意多是女娃赶不成骡子、男娃娶不上婆子、两家人借个命根子云云。如今曲是老曲，词儿早就换了新词儿，与时俱进。

一晃十几天过去，却迟迟不见苟发昌反馈的发货信息，我和彩凤急得像热锅上的蚂蚁。联系苟发昌，回复总是："等等，再等等嘛！"

牛市岂能等？一茬一茬，该出栏的出栏，像女人怀胎，十个月就是十个月，超了时限，女人娃娃非同归于尽不可。我们两口子再次舍了脸直奔兰州。求人办事，下风口，礼路寸寸跟进，何况我们求的是最不该求的苟家。这一趟，我除了拜访苟发昌，还特意拜见了苟发昌的大和妈，后备厢里备足了一大箱高级营养品。苟家的别墅掩映在葳蕤繁茂的梧桐、紫荆、丁香、石榴、海棠之间。车库里酣睡着锃明瓦亮的宝马小车，我一路风尘仆仆开来的桑塔纳显得有些灰头土脸。苟发昌的二老好像并不显老，当年老槐树皮一样的皮肤变细腻了，像油光的桦树皮，当年一层摞一层的皱纹变少了，像晒干打卷儿的羊皮被熨平了，当年灶台一样黑黄的大门牙也像是过了白泥子。穿着考究了，言行举止有了城市居民的意思。参观后花园时，苟发昌的大拉住了我的西服一角:"侄子,我和你大从小一起长大。如今你大还住在尖山,多好啊!我听说了,你们老董家不仅嚷嚷着要翻建祠堂,还要把苟家坝变成人工湖呢。"

听出来了。老东西话里的水够深,想淹死我。上七十的人了,老不要脸了,和儿子一个德行,还念念不忘那口坝——苟家坝。靠天吃饭,尖山像老天爷遗忘的一个远村,老天爷不晓得尖山到底有多旱,家家户户的日子都忙乎在水上了。董、苟两家辈辈传下来的说叨中,最血腥的事件莫过于为那口坝打打杀杀,古堡内外,你攻我守,你守我攻。据传明朝万历年间就死过人,咸丰和民国年间也死过人。最早开挖那口坝的先人,是董家先人,坝叫董家坝,反被苟家祖祖辈辈霸占了好几百年。老黄风肆虐的日子,坝常常淤泥漫堤,苟家人多势大,掏挖几个月才能清理完。那活儿是向老天爷讨水呢,讨命呢,董家人很难插手。历史上,董家人也是清过淤的。但是,董家坝苟家坝,叫来叫去还是叫苟家坝的人多。苟家人吃坝里的水,董家人只能用驴子到十几里外的麻子沟去驮水、挑水、找水。有董家的女人偷偷去坝里挑水,会撞上苟家小学生的口号:"董家人,真邋遢,偷坝水,洗裤衩;董家人,脸真厚,偷坝水,辈辈臭。"明摆着,苟家人故意把小学生推到了阵地前沿。缺水,就不缺灾难,我家也不例外。弟弟四岁那阵,钻进牲口圈抢喝稠泥水,骡子恼了,一尥蹶子,弟弟的一条腿当场瘸了。后来是我妈。我妈顶风冒雪去麻子沟挑水,一跤摔落崖下,腰就断了,土炕成了她世界的全部。那年头尖山的女人因为找水摔残的不少,还有把命送给阎王的。

一个家,大梁小梁折了,日子就没了支撑,家家户户重新洗牌的唯一方式,就是借命。存喜,就是我们老董家借来的命。

两次兰州之行,苟发昌父子把我哄下了,我又连锁反应地哄了我家先人。苟发昌给我的最终解释像美丽的罂粟:"我那帮弟兄,都是想帮你的,但市场经济不饶人,兄弟我爱莫能助啊。"

收到了一条短信:不要理睬那个养牛的,老董家快要骑到老苟家头上了。

我至今狐疑,苟发昌是真的错发了呢?还是有意给我一个下马威。无论过失还是蓄谋,我都无法回这个短信。英雄气短,只有佯装。

三

说起来,我和苟发昌一起赤脚上的村学,一起到山外的镇子上的初中。山里山外十几里路,我和苟发昌结伴摸爬滚打了三个春夏秋冬,沿途的十几个古堡和烽火台里,都留下过我俩避雨、躲狼的足迹。九十年代的农民娃,那种千军万马过独木桥考中专的硝烟已经散尽,后来连考大学也不值钱了,收费倒是毫不留情。那狗屁教育制度的胳膊肘明明是朝着城里人弯过去的,农民娃活该是辍学打工的命。论学习,苟发昌在班里也算是前三名,但在我这个学习委员面前,他永远甘拜下风。我是站在苟发昌眼前的一只拦路虎,毛色发亮,不卑不亢。

但我和苟发昌的命运,从初中毕业那阵发生了根本的逆转。

一切与借命有关,一切与存喜有关。根子上讲,是存喜给了苟发昌一个飞黄腾达的机会。客观上,存喜不仅挽救了我们老董家,还让董家人喝上了苟家坝的水。

"如今要借个命,咋这么难呢?"成口头禅了。

我大那年夏收时远走四乡八邻当麦客的行为,有了非同寻常的意义。给后寨当麦客的我大把当时只有十四岁的存喜盯了好几次,才给存喜大张了口:"你家两个女娃,我家呢,大梁小梁都折了,不借命,咱两家都对付不了市场经济,咱趁早借命,像歌里唱的,一起走向新时代。"

存喜大是亮清人,高度警惕:"你娃将来考上大学远走高飞咋办?"

"欠命的家庭,还敢上大学?他飞不了的。"

一九九五年,也就是我读初二那阵,存喜成了我们董家的半个主人。挖野菜,挖着挖着,就靠近了尖山,篮子里的野菜一半儿给我家,一半儿拎走。后来就干脆搬到了我家。存喜像一根房梁,撑起了家的模样:喂猪喂鸡、做饭洗衣、往地头给我大送干粮、伺候炕上的我妈、扶着弟弟活络腿脚……

"建泉哥,你回来啦。"放学回家,候在村口的存喜,像当年的我妈。

"回来了。"

"回来就好,饭,我做好了。"

我给我大表过态的:"大,你就让我上到初三吧,混个初中毕业证,就结婚。"

我大把脸驳到一边,老泪纵横:"我亮清你,我的好娃。"

但我的班主任却找我谈了话:"建泉同学,你这事太让我震惊了,全中国都改革呢,开放呢,都啥时代了,你和那个女孩的事情,与早就在中国大地销声匿迹的娃娃亲有啥区别?"班主任是城里来的支教人员,我理解他,他总是对我们乡下发生的事情一惊一乍。后来,班主任定定地注视了我好久,轻轻拍了拍我的肩膀:"老师懂你了……"我不相信这个世界上有谁敢斗胆挑战乡下人生存的基本逻辑,统统没有,有的只是知识分子厚颜无耻的干号。那些年我们那里完成了普及九年义务教育,说是随着我国教育事业的蓬勃发展,民办教师必须彻底退出历史舞台。结果呢,民办教师都南下当农民工了,师范院校毕业的学生谁也不愿意来大山里奉献青春。乡、村两级政府只好再次动员农民工回乡教书。那点臭钱,谁稀罕啊?后来就动员到了我大这里,我大报以哈哈大笑。太势利了吧,用着你时,求你;不用你时,一脚踢开。我大当时就埋汰过城里人:"别瞧不起农民借命,你们都是独生子女,女婿当儿子用哩,媳妇当女儿用哩,那不是借命是啥?独生子女有个三长两短,老几口想借命,找谁去?比农民惨哩。"

我大还预言:"计划生育政策迟早要变的,不变,城里人没命可借。"

那年的中考对我们镇子中学来说非比寻常,区水利局和镇政府要选拔中考第一名补充到偏远乡村当半脱产的水保员。结果毫无悬念,我第一名,苟发昌第二名。我董建泉的名字像旱地儿的一眼泉水,满世界"咕咕咕"地流淌。苟发昌的名字像一只黯淡无光的蜗牛,被毫不留情地隔绝在命运的彼岸。当时的我,心情一半镇静,一半复杂。我把初中毕业证深深裹进被卷儿离开了学校,大山的重重雾霭瞬间把我包围。因为我的放弃,苟发昌起死回生,顺延递补。

那天的董家祠堂香烟袅袅,下跪的多半是苟家人。耕了半辈子地的苟发昌大高举火苗闪烁的香蜡,颤抖的嘴里念念有词:"董家宗亲在上,我儿发昌,科举有成,万世不忘董家恩典……"

这是苟家人第一次进董家祠堂,第一次给董家宗亲低头,磕头。陪跪的我大出奇地镇定,没有半点受宠若惊的意思。我大说给列祖列宗的话更像表扬:"建泉我儿给先人长脸了。就这一桩,能进董家史册。"

"董老哥,你比老弟我宽宏大量……"

微妙的变化像涟漪一样荡漾开来了。董家人敢挑着担子到苟家坝担水了,甚至,董家人明目张胆地把苟家坝改叫董家坝,苟家人表现出了难得的海量,仿佛默许了一种鼠摸狗盗。

四

少年时代的我已经习惯了族人对我的旁敲侧击。无论是帮董三家割麦,还是替董四家耕地,田间地头歇晌时,大人们总要把话题绕来绕去,最终绕成同一个主题。给我脑海里灌输最多的,其实是大山里的一个教训,大人们顺手拎来,就成了警示我的活教材。

说是打工潮兴起后,赵窑村和王坝村相互借命都借疯了。赵窑村的赵满球和王坝村的王凤凤上高中时就不得不在祠堂磕了头,两个中学生一冲动,就有了一次,王凤凤被她妈悄悄领着到一个偏远卫生院做了人流。王凤凤的身体一康复,就主动辍学支起了两家的日子。结果呢?《铡美案》里的老段子重演了,赵满球考上大学后,和一个局长的女儿恋了爱,当驸马了。有次赵满球回家上坟,被王凤凤的两个堂兄逮个正着,把赵满球打得住了半年院,两个堂兄分别被判了三到五年。仇是结大了,王凤凤一开始保持沉默,但是,当她从南方打工回来后,见识了,觉悟了,张口就向赵满球索要十万元的青春损失费,否则就要把当年人流的事捅到各级组织和广大干部群众那里去,弄得赵满球东挪西借,欠了一屁股的债。如今赵满球已经借老丈人的势成了局长,再也没敢回过家乡。四乡八邻的人都诅咒:"巴不得这狗日的赵局长和夫人全家都腐败哩,抓了,毙了,满门抄斩。"

多年前,我为了贷款养牛的事曾进城拜访过赵局长。赵局长很尽力地给有关部门打了电话,事情比我预想的要好。我拿两万元表示意思,赵局长坚辞不受。我当时就开了玩笑:"赵局长,你还真是个好官,但愿你将来当上市长。""你这样说,就过于客套了。我只想说,你我活在借命时代,迟早要背着十字架苟且一生,躲不过。"赵局长抬起头,目光像是扫视着空气,空气里一定有他虚无的再也无法涉足的家乡。

就在那一刻,我彻底理解了赵满球。我的理解甚至有了延伸,赵大哥和王凤凤不共戴天,无爱可言,那他和老丈人局长的女儿难道是为爱而结的婚吗?时隔不久,果然听到赵大哥和情人幽会时被人发现的传闻。情人是个品貌俱佳的中学语文教师,曾荣获省级优秀园丁荣誉称号。我脑海里立即闪出苏东坡老人家的名句:但愿人长久,千里共婵娟。

那年苟发昌耍了我,如果不是我亡羊补牢再次求到赵满球局长的门上，请赵局长疏通了区县的屠宰场和肉食品加工厂，我非倾家荡产不可。听说我的牛场起死回生，苟发昌电话里又多了一层意思："祝贺你啊！还是待在山里养牛比我到城里搞房地产强。我每年都要拿出几十万，给当官的打点儿呢。我管理层最近换了血，不得不把几个苟家亲友打发了，换了你见过的那个官二代，他父亲给我批地皮，让我一次就节省了三百万。"

意思很清楚了，画外音是：我苟发昌有靠山，你董建泉无根无基，充其量是个养牛的，但你自己牛不得。

什么狗屁靠山，说穿了不就是权钱交易嘛。苟发昌果然问："赵局长给你办了事情，收了你多少？"我冷冷地顶了上去："你真以为天下乌鸦真的就一般黑啊，我给了两万，人家根本就没要。"

"哈哈哈哈。"那头乐了，"老哥你把我当牛哄了。"

我当即挂了电话。苟发昌再次打过来，我索性关了机。

我大一定想不到，他当年满足了我继续上高中的愿望，为他埋下了怎样的祸根。初中毕业那年，我敬爱的班主任徒步到尖山来了一趟，苦口婆心地劝我大："让建泉上高中吧，不是为考大学，是为多学点东西，将来……"将来是啥？班主任说到"将来"就打住了。一个没有方向和目标的深造，还会有啥将来呢？"将来"是横亘在我面前的一座大山，是一座高大莫测的方程式。我解不出来，班主任也教不出来。

"上吧，多学点文化，不压身子。家嘛，我和存喜再撑一撑。"我大足足吸了三锅水烟，才给我开了口子。

那时候我大完全相信了我，就像我相信当时的自己。我大的逻辑在那里摆着：对一个为了借命而放弃当水保员的山里娃，还有啥理由拒绝他上高中呢？于是，我在那个秋天成了镇子中学高一的新生。一成不变的是我和存喜的关系，按部就班的是我和存喜的交往。逢年过节，我照样要拎着罐头、油圈、糕点踏上那条九曲十八弯的山道去存喜家追节，探望我的准岳父母。春耕夏忙，我照样要赶着骡子帮存喜家翻地、驮粪、收割和打碾。存喜也把回头礼完成得天衣无缝。"看看，建泉都上高中了，人家的关系还是关系，和以前一模一样，比那个狗日的赵满球强。"四乡八邻看在眼里，老董家借命成功了，日子有望，天塌不下来。那时我的弟弟已经小学毕业，弟弟了解日子胜过了解自己的瘸腿，他主动放弃去镇子读初中。我开始利用周末给他辅导初中课程。身体缺陷，让弟弟的自卑转化成惊人的动力，他对文化课的领悟异于常人，一点就透。

"你帮助弟弟是对的，但千万别教我识字。"存喜告诉我，"这借命的年代，我如果有知识了，心乱了，会痛苦的。"

存喜的话被《走向新时代》的美妙歌声淹没。安装在村口槐树上的高音喇叭，每天都精力旺盛，喋喋不休。那一瞬间，我真想给存喜跪下去。

十六岁是啥年龄，情事早开窍了。生活让我和存喜比城里的同龄人更早地走进了感情的芳草地。生活就是一所残酷的学校，一切都像是魔鬼训练，既能让你的思想速成，也能让你的身体速老。冬日的崖畔上，弥足珍贵的日头聚拢了难得的光线和热量，理所当然成为老人、光棍、娃娃们农闲时聚会的理想场所。后来我发现，尖山的崖畔，简直就像城里社区的文化站、俱乐部，满世界的信息都会在这里归拢来，又发射出去：邓小平去世、香港回归倒计时、港台红歌星……寒假里，我照样要到崖畔去。我不是非得迷恋那里的阳光，我只晓得，我的内心布满蛛网。

"建泉，三年了吧，拉过存喜的手没有？"

"存喜奶子那么大，是不是你这个高中生摸大的？贾宝玉十三四岁就懂得摸奶子了。"

"……"

我从来不恼，当习惯成为一种习惯，恼也就不叫恼了。我报以"嘿嘿"的笑。笑多了，村里人也就疲沓了，见惯不怪了，索然无味了。

老老少少找不到穷开心的源头，话题就朝另一个方向掘进，而目标照样是冲着我来的："建泉，你晓得四大美不？"

"不晓得。"

谜底就揭穿了："羊骨头，鸡脑髓，麻明的瞌睡，女娃的嘴儿。"

我丈二和尚摸不着头脑："这四项，和美有啥关系呢？"

"哈哈哈哈……"都乐了。大家要的就是这个乐。

又问："建泉，你晓得……"

像一颗玉米，被崖畔上谆谆教导的氮磷钾催着，沤着，养着，闷着，少年的身体就这样被催熟了，不可遏制地饱满了。一到周末，我常常一个人拎把镰刀去洼里给骡子割草，然后背起青草躲进坡上的古堡。这里清净，安宁。我把草铺在残垣断壁上，仰面朝天躺了，任凭泪水像泉眼儿一样往外冒。日头像炭火一样炙烤着大山，却烤不干我两腮的清泪。我的名字叫建泉，是我大取的。一个泉字，意味很亮清了，向老天爷要水呢。泉没有，我的眼睛成泉了；水没有，我的泪却没完没了。潮湿的目光追逐着天空自由翱翔的云，却撞上从坡上冒出来的存喜。存喜显然要躲的，装从容了："哇，撞上建泉哥啦。"

我赶紧擦干了泪水，把笑挤出来："嘿嘿。"

"建泉哥，我陪你说说话吧。"后来我才晓得，存喜怕我寻短见，每天都不远不近地尾随我挖药材，目光像毛线一样把我这个线轴缠绕得严严实实。"建泉哥，你要是寻了短，我活在世上就没意思了。"

那是我第一次摸存喜。残垣断壁隐隐散发着来自岁月的死亡气息，坍塌的老墙上残留着刀剑和子弹肆掠过的印痕。我俩生命的激情和身子底下青草的醇香像水一样漫过了这一切，覆盖了所有岁月。我俩并排躺着，蓝天像偌大的一个皮影戏的帐幕，日头像帐幕后的烛灯，成群结队的、一朵一朵的白云，就是皮影了。云的皮影在蓝天上欢快地游走，大山里的云影儿，毫无障碍地翻卷奔走，飞一样地上坡，下坡，翻梁、过峁。云影儿每次掠过我俩的身体，我感觉我们不是在古堡里，是在天上。天上的感觉，真好！人间那么大，可我们为啥生在这缺雨少水的干山上啊！存喜的胸脯鼓鼓的，一起一伏，短袖衫已经包不住了。我先是拉了存喜的手，存喜没有吭声。我的呼吸急促起来，要命了，迫不及待了。我摸了存喜的乳房。那种罕见的、让我流连忘返的、让我痴迷陶醉的弹性，真是不一样，与学校的篮球不一样，与学校食堂里的馒头不一样，与校庆时的气球不一样。这是得寸进尺的年龄，我的另一只手鬼使神差地伸到了她下面……

"建泉哥，你咋啥都懂啊。不行的！再下去，我忍不住，就出大麻烦了。"

我小猪一样在存喜的胸脯上左拱右拱。存喜一脸泪水。她是我一生中理所当然的第一个女人。论起来，她不如妹妹唐存欢长得好看，算是中上吧，但她是我的初恋。我至今认为，我们的初恋是货真价实的，那种感情经过了山道的九曲十八弯，经过了季节的风霜雨雪，经过了日子的烟熏火燎。城里的中学在一轮又一轮地打击中学生早恋，但我们农村中学只见口号不见行动，校长和老师多是农民出身。乡下人借命，乡下人懂。

"建泉哥，你给我唱首歌吧。"

"刘德华的、陈慧琳的都给你唱过了，给你唱一首谢霆锋的吧，很火呢。"

"算了，人家火人家的，你还是唱一首咱的甘肃花儿吧。"

我就唱了《想我的好牡丹》：

明儿里（溜儿）想夜里个（溜儿）想了，
想（呀么）我的（呀么）好牡丹了。
吃馍馍（哎哟）咬（那个）着手手了，
喝油油（哎哟）不（那个）长肉肉了。

五

纠结和焦虑伴随着校园里的我。那时，我嘴唇上的胡须和脖子上的喉结让我直奔青春的巅峰。高中是属于理想主义的，而理想却成为我人生的禁区。理想，难道注定属于苟发昌这样的人？

周末回家，看着存喜里里外外忙碌的身影，我为自己大脑里凌乱的思想愧疚得要死。厨房里，存喜在擀面条。母亲瘫倒炕上后，是存喜没有让我们家的擀面杖被束之高阁。她知道我最喜欢吃她擀的面条，提前醒好了麦子面，烩好了猪肉臊子，烫好了甘谷辣子酱。我饭量大，所以只有周末的案板上，摊开的面片儿奇大。存喜是擀面条的能手，偌大的面片儿在她手上摊、甩、铺、叠、翻、滚……她抬起小臂，用袖口一抹额头的汗珠子，继续擀，擀，擀。我从身后轻轻揽住她的腰，泪水洇湿了她累瘦了的背。我无法面对存喜。

我更不愿意面对的，是苟发昌。

寒暑假，苟发昌会从省城来，从城建学院来，穿着笔挺洋气的校服，佩戴校徽，成为尖山的一道景观。当年的水保员苟发昌，把走村串户检查农田基建、水土保持、植树造林的工作干得风生水起，有口皆碑，被组织上推荐到位于省城的城建学院进修大专。他带来了省城的喧嚣气息和时代文明的信息，带来了岁月里最为活跃的元素和符号。他未来开阔而绚丽的蓝图像影子一样覆盖了家乡的山峁沟壑：他想当工程师，想设计摩天大楼，想当大老板，想将来腰缠万贯后把尖山的土路变成沥青路，想给尖山人解决吃水难问题……苟发昌耀眼的光环笼罩了全村的每个角落，他似乎不仅仅是他自己了，他是苟家根脉旺盛后继有人的标志性人物，是尖山的魂儿，是尖山未来的大救星。他每次衣锦还乡，我是他要见的第一个邻居，第一个同学，第一个发小。为了不至于刺激我，他每次现身我家时，都不会穿校服。我硬着头皮招呼他，通常是我大、我、苟发昌以及我弟弟四个人围坐在土炕上，一边听苟发昌吹牛，一边把扑克甩得山响。存喜里里外外忙乎，填炕草，端热汤，时不时偎在我身旁，指手画脚："出对子，捂死发昌。"

"出K。"

"等会儿再出牌。"

"……"

苟发昌笑了："存喜，你温和点好不好啊！这不是战场，把我苟发昌当敌人了。"

如果不是存喜在一旁帮衬，我准输。我心不在焉，一肚子的苦水漫过胸腔，漫过头，晕了，窒息了。我扫一眼苟发昌，像扫过一片雷区，像扫过人民公敌。内心的坍塌感，让我的世界一片废墟。

我大的性格变了，变得沉默寡言。那年端阳节，我们全家给祠堂献粽子，我大脸色沉郁，双手举着香烛对先人感慨："我董敬书这一辈子对不住列祖列宗，实指望在我这一辈把家门兴了，没兴，实指望在建泉这一辈把家门兴了，看来又没指望。尖山注定是苟家的，我董家，活该不如苟家啊！"说完老泪纵横。

"大，你不要穷吼了好不好，动不动就苟家长、董家短的。董家要翻身，是哭出来的吗？"我突然就恼了。我的态度让全家人大吃一惊。

存喜扯住了我的衣角，咬我耳朵："建泉哥，你疯啦。"

"我没疯，是你们个个都疯了。"

我大居然没有动怒，转过脸，从眉梢到嘴角，都是一脸的平和，口气非常平静："我儿，你的话我亮清。我看出来了，发昌这狗日的将来出息大着呢，尖山将来就靠他了。你和存喜结婚后，说不定还得靠这狗日的呢。咱心里憋气，是憋给自己的，没用。"

我得寸进尺："靠啥靠？董家人又不是狗，还靠苟家施舍？"

"你假如真有本事，学学人家前川里的人，养牛也把事情能做大。"我大说，"如今苟家坝里的水，董家人也能用了。水少，但养牛，是够用的。"

我大不会想到,他的这句话其实是一把扇子,把我的火扇旺了。我顶了一句:"大,你以为养牛和养耕牛是一码事啊,一个饲料配方,那上面可全是中国汉字啊!"

这话本来是撂给我大的,却意外地成为射向存喜的子弹。当时的存喜,目瞪口呆。

"你滚。"我大终于憋不住了,"咱如果没有借存喜这个命,这个家早就完了,还能有我?有你妈?有你?有你弟弟?"

"大,你别责怪建泉,他说的没错。"存喜替我解围。存喜的嘴角使劲撇着,像是把眼眶里的泪水,吞进了嘴里,咽了。

当一拨拨家底盈实的同学考上大学意气风发地走出乡村,奔向人生的快车道,我的内心灰暗得要命。他们成功了,他们是一个个苟发昌、张发昌、刘发昌、王发昌,我仍然是董建泉,我是我的唯一,我是我的画地为牢,我是我的九曲十八弯,我是苟发昌脚下永远的败将。

"董建泉,你妹妹找你来了,在学校门口呢。"有同学告诉我。

"我妹妹?"

我赶紧跑到学校门口,看清了,明白了。是存喜。存喜躲在大门口的一棵柳树后面,手里拎着一个塑料兜,塑料兜里装着两个锅盔馍。那天的存喜和平时真是不一样,像个犯了错误的学生。"建泉哥,我今天来赶集的,顺便给你买了两个锅盔馍,怕你饿了。"校园门口是一大片开阔地。教室的每一个窗口,都是货真价实的瞭望哨,更像一个个发射目光子弹的射击孔。同学们一双双眼睛的枪口,都朝这边突突突呢。交叉的火力像子弹的天罗地网,让我无处藏身。存喜没有上过一天学,没有经历过任何集体生活,她的世界里只有我。她一定不好意思来找我,但她一定拗不过我肚子的需要,所以才冒险了。我说:"没想到你来。"

"这世上,谁还给你送锅盔来。"

我让微笑从嘴角挤出来，挠挠头皮："你看我这脑子。"

"我怕给你惹麻烦，逮住了一个学生，说是你妹妹，给你打掩护呢。"

我脸红脖子粗地走进教室。同学们的目光多了几层说不清的揶揄和隐秘。和存喜确定关系以来，那些曾经伴随我的嘲笑、嘲讽的日子，早就在麻木中变成了流水落花。与以往不同，我从同学们的表情里，读到了两个字：可怜。——可怜，如果仅仅指我和存喜的关系，倒是无关紧要了。可是我的可怜因为借命背景下的一系列放弃、包容、妥协与无助，要致命得多，残忍得多，甚至有几份下贱。当我成为一个被可怜的人，我发育健康的躯体里，那个被称作灵魂的东西，开始了更为可耻的游移不定。

存喜又来了。这次不是在大门口，而是直接到了教室门口。

"你晓得不？你不能随便来的。"

"如今这社会，借命，早就光明正大了，咱又不是封建的娃娃亲。你的同学都是泥腿子，我就不信没有不借命的。"存喜的表情和上次不一样，"最近我感觉到了，你每次回家，像喝了迷魂汤一样，不是个劲儿。我早就怕了。"

我吃惊了，瞠目结舌。存喜这是主动选择了向我宣战，她把两军对峙的战场，选择在了学校，把我置身于人民战争的汪洋大海。

"回去！"两个字，是从牙缝里蹦出来的。

存喜摸透了我的性格，情字当头，她了解我的顺从与怯懦，一如了解她乌黑秀美的头发。她不会想到我的反击带着无情的杀伤力，她预谋的人民战争的汪洋大海，顷刻蒸发得无影无踪。存喜捂着脸扭头就跑，她修长的背影晃得很凌乱，发育饱满的屁股从我视线里消失的时候，我想哭，泪已干。

周末进山，存喜照样在村口等我，仿佛啥事都没有发生。

行了，没意思了，该告别校园了。我在高二的后半学期毅然辍学，用好听的说法就是从事农业生产劳动。我无法像饥渴的鱼儿一样随打工队伍南下，我注定是旱鸭子，坚守尖山，坚守故乡。我没有当农民工的命，我不是农民工，我是农民农。

"哥哥，我这成绩，在全区是个啥水平？"

"中下吧，但在镇初中，基本算个中上。"

"我真没出息，可是我真的努力了。真的，哥哥你要相信我。"

"不能自责自己，咱都是农民，你这成绩，已经不错了。"

"……"

和弟弟这样的对话，是在我辍学在家的半年之后。那天的对话让我肝胆欲裂，我强忍着没有让滚烫的泪水从眼眶里飙出来。那时弟弟在我的辅导下，基本自学完了初中的全部课程。我找来当年全市中考统一试题进行测试，总分居然超过了天水一中这所全省重点中学的高中录取线。那些年，别说我们尖山，就是全镇几十个行政村，也没有谁能跨进天水一中的高门槛。弟弟的成绩跨过去了，但身子跨不过去。一步都没有离开过大山的弟弟，不会知道我撒了弥天大谎。

"你弟弟，真的就那水平？"面对我大的疑惑，我决定把隐瞒进行到底，"真的。"

我大相信了我这个全家最高知识分子的结论，他长出一口气："那就好，我和你弟弟心里就安然了。咱不是苟发昌，人家有翅膀，能飞。咱没有，图个安然。"

当时已经应聘到兰州一家建筑公司当技术员的苟发昌开始下海搞房地产，翅膀渐渐变硬。他每次来尖山，都把小车停到镇子上，再步行上山。崎岖不平的山道，阻碍了小车到村里招摇。

"发昌，是坐小车来的吧？"

"是的。车进不了村，在镇子上呢。"

"咱尖山人，想看看发昌的小车，都没有指望。"

苟发昌一副胸怀祖国的样子，感慨万千："放心！这条路，我迟早会修的，修成沥青路。这样，交通就方便了，到城里，只是一踩油门的事儿。"

我最听不得这样的豪言壮语,那时,几乎全村人都要到苟家祠堂里去,包括我大。有好几次,我大动员我给苟家宗亲磕头,我坚决不从。

我妈在炕上吃力地挪了一下身子,哀求:"听你大的,去吧。"

存喜也替我大帮腔:"建泉哥,去吧,不就磕个头嘛。"

"……好吧。"我就去苟家祠堂磕了头。

一头磕下去,真巴不得脑袋开花,与这个借命的时代永别。

就在那个漆黑的夜晚,我身披一九九九年的秋霜,与尖山不辞而别。

这是注定了的新闻,轰动了。

我让自己像一滴水一样落到旱地儿里,瞬间即逝。农民打工潮像革命一样风起云涌,波澜壮阔。更多的四乡八邻成了空壳,千古未变的宗族凝聚力、家庭生活结构被彻底打破,代之而来的是天各一方的千丝万缕和牵肠挂肚。我走得狠,走得猛,走得纠结,我没有给尖山的父老乡亲留下我浪迹天涯的任何蛛丝马迹。我隐姓埋名,把自己的名字改成了张大民,非常大众化的名字。

故乡人都知道我……死了,一定是死了。

我要的,就是这个……死了。

一开始给广东人挖地沟,给深圳人盖大楼。我管得了自己的腿,坚决不走回头路,但我管不住自己的心,心思每天都像飓风一样刮到故乡去。我牵挂我大我妈我弟弟,我想存喜,真的好想好想,牵肠挂肚的那种,特别是孤苦伶仃一个人在闹市街头徘徊的时候。明知道不能牵挂的,不能想的,非得想。我好像变成了两个我:我,另一个我。两个我无时无刻不在艰苦卓绝的纠结与纷争中死去活来。全世界展开臂膀迎接所谓千禧年的那几天,我满怀惆怅地踏上开往甘肃的列车。我没有回天水,而是一头扎进了距离天水几百公里外陇东地区的华亭矿区,给当时经营小煤窑的老板贾昌耀打工。后来又到华亭城郊农村的养牛场打工。毕竟,这里是甘肃;毕竟,靠近了家乡。

苟发昌是唯一的知情者,他是我眺望尖山的瞭望哨。那时候我们先后都拥有了传呼机,后来又拥有了手机。有一点不容置疑,当时天底下最同情我的,就是苟发昌了。他恪守着我在外苦苦挣扎的秘密,维护着我脆弱的尊严。他通过尖山的苟家人把老董家的蛛丝马迹一次次摸清了,再充当我的"二传手"。

"二传手"传给我的信息,千奇百怪。有人传,我离家出走后不久,天水以东的渭河深水区飘上来一具男尸,那便是没脸见人的董家不孝之子董建泉;还有人传,我去了南方,眼看着火车"轰隆隆"地过来了,就一脑袋扎到了车轮下……有的传言更吻合当时社会上发生的系列事件,说是我去江南打工时,被倒卖人体器官的捉了去,大卸八件,卖出了一个好价。另有一种说法具有国际性,我被国外黑社会裹挟着,在伊拉克和美国人干仗时遭遇飞毛腿……

"二传手"告诉我,我大几天内就像老了三十岁,才五十六岁的人,像八十六了。我大不是为我老下去,而是为存喜。我大领着存喜,在祠堂里当着列祖列宗把我诅咒了不下十八遍,核心的意思只有一个:让他死吧。当时存喜一次次去捂我大的嘴:"你不要咒建泉哥死,他是一条命。"

"二传手"说:"存喜像一个恪尽职守的保姆,与其说在守候一个破碎的家,终极目标不如说是等你。她本本分分地守候着,一如既往。"

"发昌,谢谢你,我的好兄弟。"我声泪俱下。

六

牛场是我的世界。我每天都要到牛场里里外外走一遭,这是工作中最为重要的一环。一百多头肉牛、奶牛在阳光下慵懒地吃着饲料。雇工们多是本村人,很尽职,有的在冲刷牛舍,有的在检测温度,有的在清除牛粪,有的在灭蝇。雇工姓啥的都有,唯独没有苟姓。养牛让我声名鹊起，省、市记者纷至沓来，我的照片、我的牛以及我的所谓养牛带动全村致富的事迹，频频在荧屏出镜，在报头亮相。聪明的采访者早就通过外围对我背井离乡的那段往事了如指掌，每次把话筒和录音笔伸到我鼻子底下，表情讳莫如深，只谈养牛，不谈人生。人人都有疤，我的疤不在外，在里，揭不了，好不了。无论时间以什么样的姿态往前挪，我都不会轻易提及当年的背井离乡。

过去的事情，可以不提，但董、苟两家的恩怨，却随着两家的发迹，更像个恩怨了。两次兰州之行，苟家给我的下马威，分明是要置我于死地。

"我晓得，两次去兰州，你心里吃大亏了。"彩凤说。

我肚子里窝的气，只有彩凤最懂。给苟家低头，低头，何时才是个头啊？

"这亏，是我自找的。苟家等着董家低头，我果然就低头了。"

"建泉，咱去一趟华亭吧，权当散散心。华亭那帮家伙，不是邀请你好几次了吗？"

"去华亭？"

"对，去华亭，见贾昌耀。我陪你去。"

不服彩凤还真不行，关键时刻，她总有一种拨云见日的力量。从天水到华亭，要过葫芦河，翻关山，跨秦安、清水二县。曾经在那里的日子，我和彩凤都忘不了。去华亭，不仅仅是一种承诺，重要的是要讨回一个尊严。不！如果仅仅图这个，那就过于轻浮了。市场混到这份上，面见贾昌耀，已经有了政治的意味儿。搞经济，政治为先。他贾昌耀懂什么狗屁市场经济呢？他的老底子，我或多或少了解一些的。据传，贾昌耀的一个远房爷爷新中国成立前逃荒到陕甘宁边区给一个首长当过几天马夫，新中国成立后，爷爷逢年过节不忘到北京看望老首长。于是，爷爷直系的子孙们就纷纷走出庄稼地，进城当了干部和工人。这辈上，最大的官是市里的一个什么长，论起来，算是贾昌耀的远房堂哥。当年贾昌耀初中都混不下去却能混进城,混进机关,就靠的这点风水……

酒局安排在华亭一家豪华的煤炭宾馆,聚在一起的都是当年的老板们和工头。东道主理所当然是贾昌耀。人以群分,物以类聚。靠大大小小煤窑起家的家伙们,无论继续从事搞矿的,还是调整产业结构转产的;无论继续守在华亭的,还是把事业拓展到天南海北的,几乎每年都要聚一聚。这是为商的另一种道,道中之道。在他们眼里,聚,与其说是聚人,更像是对政策、后台和商机的一种寻找和磨合。一次含含糊糊的聚会,因为掺杂了阴谋阳谋,说不定就会撞上柳暗花明。这些年上面下决心搞整顿,滥采滥挖少了,投机有了难度,聚会就多了同仇敌忾、同病相怜的意味。

当年,我只是贾昌耀手下的一个不起眼的受尽欺凌的打工仔。我养牛成气候以来,贾昌耀多次发来请柬,我均搪塞过去。有钱了就是人,没钱了就是狗。这样的逻辑,我有理由迎合,也有理由排斥。迎合是为了适应,排斥是因为恶心。

"请董经理和夫人来华亭,真是不容易啊!"

"董经理发达了,想酒桌上沾点你的仙气,也不容易了。"

"董经理和夫人,别来无恙啊!"

"……"

这次来华亭,我无意亲自开车,让牛场的司机小董掌方向盘。都是尖山的董家,算辈分,小董勉强算是一个远房侄子。这是我刻意的安排。我补充介绍:"这位小董,是我们牛场的秘书,也是我的司机。"

"啊啊,失敬失敬。小董先生年轻有为,跟着董经理,大有作为啊!"

小董不失儒雅地起立了一下,欠下身子,给每个人点头。我有些不快,他的点头太频,老牛耕地似的,有损气度。我这次当然是有备而来,除了送给大家人均五千元的见面礼,外加一箱上等的牛肉。我不是当年在你们手下低声下气的董建泉了,我是我,我是另一个董建泉,我是个人物，我是陇原著名的养牛专业户董建泉。东道主提供的酒照例是茅台。我右手端起酒杯，左手优雅地斜插进裤兜里，把西装左襟潇洒地揽到后面。我那天的衬衣雪白，领带金黄。我尽量让我的表达不卑不亢："在座的各位有当年的大哥，有小弟。当年我在贾老板手下时，大家都建立了肝胆相照、荣辱与共的友谊，今天见面，倍感亲切……来！干一杯。"试图表现出一个全新的自己，但我总觉得有模仿苟发昌的味道，或多或少为自己有些难过。模仿就模仿吧，从大家赤裸裸的、艳羡的眼神里，我感觉到了酒局因我而蓬荜生辉的意味。有这种意味，也就够了，赚了。

"董经理，有句话，我讲出来，你不要笑话。"

我心头一紧，以为这家伙要端起当年的架子教训我小人得志呢。我发现我的担心是那么多余。贾昌耀端着酒杯，从酒桌对面绕过来，步子一颠一颠的，身子有些佝偻。我装作没听见，只顾和左邻右舍寒暄，但我的余光没忘窥视贾昌耀的蛛丝马迹。贾昌耀双手端杯，全然没有了当年盛气凌人的狂妄。

"贾老板给你敬酒了。"邻座提醒我。

我恍然大悟似的起立，仍然单手举杯。贾昌耀用杯口轻轻与我的杯腰碰了一下，说："老哥我的资金链断了，急需十万，老弟你那边方便不？"

"方便，小意思。"我脱口而出。多年后的初见，对方竟然敢对我狮子大张口，而我居然在资金回笼隐患重重的情况下，不假思索地夸下海口，把自己逼上梁山，"钱，老哥啥时候要？"

"唉！一个钱字，愁死我了。越快越好啊！"

我当即把运筹帷幄的目光投向小董："你听清了，回头告诉财务，把十万打到贾经理的账上。"小董迟疑了一下，一定被我这种难得一见的目光震慑了，立即回应："经理，我回头马上办理。"

"服务员，拿纸笔来，写个借条。"我大声朝服务员喊。我尽量让我的承诺和手续表演得干脆利落。我让表演变成一种宣示，一种公事公办的庄严和威慑。一种叫尊严的东西，或者，一种叫扬眉吐气的东西，和我额头的汗珠一起，轻轻地分泌出来，让我每一刻的眼神有了光彩。

"哗哗哗……"掌声雷动。

彩凤在一旁静坐，落落大方，坐出了一种姿态和淡定，这是我最需要的。彩凤，我亲爱的妻子，她完全理解我的心态。这里，华亭，我俩相恋的地方。没有华亭，我和她可能一辈子都见不了面。当年我在贾昌耀的煤窑打工，彩凤是给矿工们烧火做饭的打工妹。有两个成语可以概括当年的滋味：寄人篱下，忍辱负重。狗日的贾昌耀，比黑白电影里的资本家还要流氓，几乎月月都要克扣我们的血汗钱，一个不要脸的家伙，今天，不管是朝我真低头，还是假低头，我都认了。十万元当然不是一笔小数，用在贾昌耀身上，即便是肉包子打狗，我也在所不惜。我蔑视贾昌耀，但我没有能力蔑视贾昌耀背后的那个"朝"。那个"朝"无处不在，无处不有，我要在这条道上走，首先要朝这个"朝"低头。

我既要不失时机地保持清高，也要恰到好处地甘当狗熊。

多少年没有涉足华亭，真是变了，这个陇东地区的小县城洋气了不少。夜晚，华灯初上，我和彩凤不约而同地走出了宾馆。我亲自驾车，带着彩凤直奔当年打工的煤窑。许多煤窑经过关停并转都不见了，呈现出另一番喧嚣。当年我们住过的破工棚所在地，如今被开发成了居民住宅区；曾经圪蹴在煤堆儿上就咸菜啃冷馒头的地方，如今成了一个小花园……

多年后，我一直记着我和彩凤那天的对话。我俩的对话语无伦次。

"这里，曾经是个坑道，工友们把煤送出来，一个个像黑泥鳅似的，其中，就有你。"

"那里，一口大锅，都是你做的疙瘩汤，大家狼吞虎咽，也只吃个半饱。"

"这里，就是瓦斯爆炸的地方，一次就死了好几个，一条人命才一万元。"

"那里，你没忘吧，工友们和包工头讨说法，打起来了，血红血白的。"

……

唯独不敢触及我们的情感历程。我没主动，彩凤也没主动。心里都亮清，这话题不能轻易碰的，太脆，像冬日里崖畔的棱棱角角上悬挂的冰棒，一碰，就断。那根冰棒是啥呢？是存喜。

路灯下，彩凤长长的睫毛上挂着泪滴。

颠沛流离的三年我是怎样过来的，除了彩凤，只有苟发昌知道。三年内多半的日子，我都在华亭矿区和牛场度过。但是，我和彩凤还是不小心碰到了一个话题。不用碰的，都在嘴边吊着，咽不下去，就吐出来了。

"记得不？在这里，对，就在这里……是我，拉了你一把。"

这是一个新厂区，当年还是荒郊。那个灰色的黄昏，我把被煤渣污染成黑色的脑袋朝一根坚硬的混凝土电杆撞去，"砰——"。第一下，我发现死神尚没有光顾我，剧烈的疼痛只是袭击了我脆弱的神经，但我确信死神已经在朝我狰狞微笑，向我走来，并张开了它阴森的臂膀。只要有发狠的第二下，我就能脑袋开花，如愿以偿，彻底和这个世界断绝一切来往了。

一双少女的手，近乎疯狂地拽住了我，是彩凤。当时的彩凤，那个烧火做饭的女孩几乎每天都要到这荒郊来。这里是她独自排遣心事的地方，她的内心处处残垣断壁，荒草萋萋。她家在华亭县城北郊二十里的严家坪，周围一马平川，地理优势比我们尖山强百倍。和存喜一样，她是两个姊妹中的老大。越是一马平川的好去处，越是无命可借。远山里的瞎子瘸子光棍儿每找上门来，彩凤都要到祠堂里哭得地暗天昏。

"记得。"我轻轻揽住了彩凤,吻了她。彩凤的泪咸咸的,像当年矿区难以下咽的苦咸菜。

"这次咱到华亭来,咱出了一口恶气。"

彩凤是笑着说的,泪花成了真正的花儿,在皎皎的月色下绽放。

七

如果说当年我离家出走前,父亲给我提出的关于养牛的建议有点像痴人说梦,那么,彩凤建议我养牛,那才是真正的掷地有声。谁也不会想到,真正领我走上养牛这条道儿的,是彩凤。

"这世事我是亮清了,如果我是男娃,早养牛了,那是体力活,女娃担不住。"彩凤黯然神伤,"我大是个养牛的老把式,但一直给别人养牛,挣的钱也是别人的。你猜我大回家后,给祠堂里咋哭诉的:列祖列宗,给我老严家借个命吧!"说这话的时候,我和彩凤还在小煤窑打工。一开始,我答应要给严家当上门女婿的,但我最终决定重返家乡。彩凤为我的变卦纠结了好几天,最终妥协了。她懂我的选择。

"回到尖山,我要养牛。"

"养牛需要水,你那尖山有水吗?"

"有一口坝,叫苟家坝。平时或多或少能存一些水的,至少够养牛了。"我补充了一句,"不,叫董家坝。"

"到底叫啥坝?一个破坝,还没个稳当名字。"

"将来你会晓得的。"

在矿上拼了一年多,我被彩凤介绍到了城郊农村的一家养牛场。铁定了的决心,成为后来彩凤嫁给我的最为直接的动力,而动力的源头,是给严家借命。我答应了彩凤,将来结婚后,生的第一个男娃必须随彩凤家的姓,送给严家顶门立户,延承香火。如果只生女不生男,那就向计划生育宣战，直到生个男性劳动力为止。我心里亮清，彩凤要在我身上实现她作为一个女人的价值，弥补严家最大的缺憾。牛场的工钱不如矿区来得快来得多，但我认了。那些日子，彩凤继续给矿区做饭，我在牛场当勤杂工。决心和方向使我对各种肉牛、奶牛有了非同寻常的敏感。平时除了吃喝拉撒，我无时无刻不在牛舍和各种牛一起度过。牛就是我大我妈，我的伙伴我的知己。那时候国家已经开始实行双休日制度了，但是苛刻的老板只允许我周六休息。这口气，我咽了，不咽不行。每个周六，我都会追到矿区，和彩凤鹊桥相会。彩凤成了我理论上的教导员。

"我问你，怎样选上等的品种牛？"彩凤歪着脑袋考我。我俩在城郊的苜蓿地里，给食堂掐苜蓿芽儿。

"首先要选畜牧部门推荐的夏洛莱、西门塔尔、海福特这样的牛，它们和本地牛杂交后繁殖而成的架子牛，才适合养育。"

"那，你说说，真正体貌好的架子牛，都有些啥特征？"

我索性来了个瓦沟倒核桃："好的架子牛嘛，体型要大，肩膀、腰背要又平又宽，胸要深，屁股、肚子要又圆又大，肋骨要弯曲。对了，还有细节呢，嘴角不仅要大，还要深，鼻镜不仅要大，还要宽，而且还要湿润，下巴那块要发达有力，眼睛要有神，被毛要细，要亮，皮肤要柔韧、疏松，还要有弹性……"

"算啦算啦，我的天爷！才几个月，像个理论家了。该不是历史书上说的延安时期的王明吧，空有一口的马克思主义。"

我没有停下来，立即从实践的角度跟了上去："老板的牛我都混熟了，有些牛，用手一捏一拉，满手都是一大把皮，像橡皮筋一样柔韧。这样的牛，肉多，好养，出栏，准是好价。"

彩凤"咯咯咯"地乐了："天哪！看来你比了解我还要了解牛。"

"嘿嘿，与牛相比，我还是了解你。"

我乘机拉了彩凤的手。这是彩凤第一次允许我拉手，遇到平时，她必然要甩开的。彩凤的手很白,很绵软。我拉了第一下,就舍不得放手了。彩凤不仅仅是彩凤,这个高中毕业生懂的东西太多了,特别是懂牛,像一个关于牛的活字典。彩凤不光是一个活生生的女人,他是我振作精神重新做人的明灯,是我挑战未来迎接希望的全部。就在那时,突然收到一条短信:今天是存喜出嫁的日子。

我当时就泪流满面。短信是苟发昌发来的。仿佛被蝎子蜇了一口,我的手立即又缩了回来。存喜被媒婆游说给野雀乡峁弯村的光棍甄四宝,从定亲到结婚,相隔不到一个月。甄四宝:文盲,略微智障。

"是不是存喜的事情?"

我当场惊住了。彩凤平静地看着我,说:"没事,你就哭吧,我懂。"

我就"哇"地放开了声,天昏了,地暗了。睁开泪眼,彩凤早已不见踪影。在一个钟情的女人面前哭另一个女人,脑子里分明是进水了。我拔腿就往县城追去,还没下坡,彩凤却从一个崖畔后面闪出来。

"看你猴急猴急的,跑啥?"

"……你不见了。"

"我就在这世上呢,又没去天上。"彩凤两眼红肿,一定抹了几把泪的。

连续几天,我在牛舍里魂不守舍,眼前全是尖山到后寨九曲十八弯的山道,山道上除了我和存喜,再无他人。牛舍里的牛,像一个个安静的石头,似乎和我失去了关联。我的活路失误频频,一错再错。给牛搭配饲料时,本该在粉碎后的黄豆秧、山药秧里掺玉米面、麦麸子、棉籽饼、添加剂、食盐和骨粉的,我却缺一忘二;剁切后的大白菜、胡萝卜、山药,颗粒应该均匀细碎,我却剁得杂乱无章,大小不一,影响了牛的食欲;在给牛调配以酒糟为主的粗饲料时,昏头昏脑地混淆了食盐和小苏打的比例;请乡兽医站的兽医给缺硒的牛注射亚硒酸钠注射液时,我忘记了上次补硒的时间……老板把我骂了个狗血淋头。

骂完了，说："养牛是绣花，看得出你是心乱了。看在老严的面子上，你和严家丫头黏来黏去，我不反对，但影响了我的牛，你就别来了。"

"老板，不是那样的，真的不是那样的。"

"那是咋样的？"

"我妈前些日子，没了。"

多么无耻啊！关键时刻，我拿自己母亲的死亡代替存喜嫁人带给我的冲击，等于拿母亲做了挡箭牌。其实我妈离开人间都快一年多了。那时我还在矿上，这个秘密我始终死死压在内心最深处不敢示人。正是内心的逐渐强硬，使我不至于被这个致命的信息击倒在地，我用重体力的挖煤、运煤消磨着自己。然而存喜的消息，却赶上我在牛身上"绣花"，一时让我"绣花"的阵脚凌乱不堪。更为可耻的是，我潜意识里明明期待着存喜嫁人，而今真嫁了，我的心却无原则地乱了套。猫哭老鼠，那是真正的假慈悲。我这算个啥？

我内心给自己发了狠：张大民，不！董建泉，抬起头，你狗日的必须走出来。

八

我像幽灵一样重现尖山，是在 2002 年，我由张大民恢复成了董建泉。

彩凤不忘给我打预防针："回家后，即便撞上枪林弹雨，也不要躲，躲不了的。就一个心思，好好养牛。"说这话的时候，是在矿上的食堂。当时彩凤紧紧地拥抱着我冰凉的身体。

矿上的穷鬼们离开老婆久了，谁能撑得住一天天快要憋爆了身体和欲望？撑不住的，取经的路上，佛教信徒猪八戒先生也时不时花一次两次呢。农民工和县城洗头房二三流的小姐都混得很熟。反正一手交钱，一手交货，各取所需，皆大欢喜。熟了就没味道了，彩凤就成了他们嘴边理所当然的鲜肉。但是彩凤有我呵护着,他们觊觎的眼神里多了种种的无奈。彩凤把身体看得很重,那是给严家借命的本钱。卿卿我我的日子里,忘记有过多少次贪婪的拥吻了,但关键时刻总是她推开我。她说:"万一你将来在尖山混不出来,我要抽身,也来不及了,吃亏的,永远是我们女人。"

彩凤的话是真的,却真的害怕。彩凤和存喜,一样,也不一样。

那天彩凤拥抱我的架势,有些疯狂。我亮清,她更多的是给我返回尖山打气,给我精神的鼓励和鞭策。我当时一点激情都没有,我那个随时都能在裆里跳舞的小家伙,竟然像熟睡了,没有一点睡狮猛醒的迹象。

彩凤给我塞了一个银行卡,说:"五千元,拿着,建牛场是个大窟窿。"

我的现身和出走一样,无一例外是头号新闻。那些年爆炸性的国际国内新闻层出不穷,让人眼花缭乱,但是尖山人都记住了一个新闻:董家门里的董建泉,死而复活。有人戏言,美国摊上"911",都过去了,董建泉那点事儿,也该过去了。我至今记得我现身尖山的那个傍晚,月色幽暗,我先是摸上尖山通往后寨的山道,像旷野孤魂一样飘来飘去。实在太熟悉了,仿佛,存喜如影随形。我能感知到存喜的笑,存喜的泪,存喜的气息。月亮隐入暗云的时候,我这才摸进家的。我"扑通"一声跪倒在地,泣不成声。我的弟弟怔了好久,喜极而泣。当时我大坐在炕上吸水烟,冷静地像佛龛里的塑像,水烟锅被吸得"咕噜噜"直响。他并不看我,跪在地上的我这个大活人儿仿佛是一个填充了石头的麻袋。他的目光越过我的头顶,平视,像是眺望一段岁月。我想,他眺望的岁月里,一定有我妈,或者存喜,再或者……会有我吗?

"大,我是你儿建泉。"我一头磕下去,没敢抬头。

"……"

"你的儿回来了。"

"……"

弟弟看不过眼，朝我大喊："大，下跪的是我哥哥。"

我大没有理睬弟弟。

"大，我啥话都不说了，你的泉儿回来了。"

我大终于开腔："没人请你回来。"

"大，你就收留了儿吧。"

"你还可以去死的，上吊，喝药，没人拦。"

"大，我要活。"

弟弟气愤了，朝我大吼："大，你这样对待哥哥，公平吗？他如果真的一辈子不回来，我这样的瘸子，一来借不了命，二来没有体力，能给你养老送终吗？"弟弟的话够到位的了。平时不能揭开的谜底，弟弟揭开了。这话本来就不是啥谜底，明摆着的。过于明朗的答案，往往动不得，一动，伤人，伤心，伤日子。

"你以为，你和这个混账，我指望过？我这身子，让狗吃了，也比跪在地上的这个混账给我送终强。"

我抬起头，看到我大的目光直射弟弟的脸。"我告诉你，眼前这个浑蛋如果上吊，你不要夺绳子；喝药，你不要夺瓶子。"然后转向我，"井绳在廊檐下盘着哩，除草剂在耳房外窗台上放着哩，一动手，就能拿到。"

我亲爱的弟弟号啕大哭，他一瘸一拐地抢先出屋，把井绳、除草剂扔进了一个废弃的地窖里。

"井绳、除草剂算个啥？真正有志气的人，死法多的是，不用我提醒吧，出门，爬上崖畔，一跳就是了，容易得很，没人收尸。这年代收尸的人不好找了，收尸的狼也没了，但收尸的狗，有几只哩。"

当时的苟发昌，翅膀还没有硬到足以让父母乔迁兰州的地步，客观上让我在尖山有了容身之处。如果不是苟发昌通过电话与他父母斡旋，我拜见我大后连个躺下来歇一会儿的狗窝都没有。那天夜里，我一直跪到鸡叫三遍，苟发昌的大终于登门了。苟家给我腾出了一间柴房，对我来说，那就是金銮殿。

我在苟家寄人篱下，更让我大的面子丢了个精光："他不如苟家的一条狗。"

说干就干了。按理说，我家老宅有个很大的后园子，光照好，通风，最适合养牛，但我无法向我大张那个口。一切都是背水一战，一切都是釜底抽薪。我先是通过赵满球局长给镇上的农村信用社打了招呼，帮助我贷了八万元，又屁颠颠地去区畜牧局、扶贫办、乡镇企业局跑政策支持。我养牛的动议，像疯狗吃苍天的神话，在四乡八邻引起了山崩地裂般的地震波。我非常清醒，父老乡亲多半在看我的笑话，期待我身上衍生出更为惊天的新闻。在东奔西跑筹措资金的日子里，我的第一个电话毫无疑问是打给苟发昌的，但苟发昌却吞吞吐吐："钱嘛……"当时的我完全理解了苟发昌，这世道人人缺钱，他能在兰州打拼出一番天地，实属不易。我立即转移了目标：老师、同学、在外地打工的发小们……我没敢向赵满球局长张口，他屁股后有个饥不择食的王凤凤，那可是个大窟窿眼儿。

我过于善良地理解了当时的苟发昌。苟发昌同情我，是真的；不希望我发起来，也是真的。当时的我，还没有在苟发昌身上学会警惕。

牛场从选址、建厂、进牛总共不到半年的时间。选址在早已废旧的当年知识青年生活过的院子。院子在村口，很大，容纳几十头牛绰绰有余。为了体现因地制宜、科学饲养和环保高效，我前瞻性地把生活区、管理区、生产区区别开来，最大可能地提高土地利用率。我雇了两个本村的发小帮我打理。本来想把弟弟拉进来，但我大放话了："他敢去，我敢打断他的另一条腿。"

牛场初具规模后，彩凤只身来到了尖山。

"别以为我是来和你结婚的，我是来帮你。干好了，咱结；干不好，我走人。"

话丑理端。一半热,一半凉;一半是火焰,一半是海水。我从苟家搬出来,和彩凤一起悄无声息地住进了牛场。我俩又制造了一个新闻,一个伤风败俗的新闻。我们一没结婚,二没有领结婚证。暧昧的夜晚,我欲火攻心,向彩凤发起排山倒海的进攻。彩凤严防死守,冷冷地发出警告:"董建泉,一切,等你有了第一笔养牛收入后再说。"

"你就记着收入,收入,收入,我俩还有爱情吗?"

"董建泉,你别忘了,这是借命时代的爱情。"彩凤说,"本来,我大一直想来帮你,可是,你董家这情况,他来了,心里会吃大亏的。你大讲脸面,我大也有一张脸呢。"

真理无疑掌握在彩凤手中。但彩凤提到的第一笔收入,总让我想到存喜。尽管虚伪透顶,但真的怯怯地想了。

我是从十头肉牛养起的。我早就做好了赔本的思想准备,负债经营。赔本即便是个魔鬼,我也要敞开胸怀拥抱。不到三个月,我掉了二十多斤肉,身子骨瘦成了麻秆儿。

我忘不了这样一笔钱——九元五毛。

对,是九元五毛。这笔钱,比彩凤给我的钱,更让我刻骨铭心。

钱是从镇子邮电所寄到尖山来的,收款人、邮编和钱数一字不漏地写在一张汇款单上,字迹潇洒大方,执笔人如果不是受过教育的文化人或中学生,必然是每天守在邮电所代写书信赚小费的枪手。这世上,有谁,肯为我掏这笔钱?有谁,肯为我费这脑子?

九元五毛,再差五毛钱,就是一个整数:十元。汇款人显然差那五毛钱。一个差五毛钱的人,他的日子是咋样的成色,无须判断。

汇款单的落款人地址、汇款人、填写电话处,一片刺眼而苍凉的空白。

后来,面对一拨又一拨的各类记者,我多次提到九元五毛钱。九元五毛钱像一个概念,一个信号,一个纠结,让我欲罢不能。于是,九元五毛钱更像一个故事，曾一度在市县报纸上被演绎，被诠释，被注解，成为整个天水老百姓茶余饭后津津乐道的传奇。传奇充满了想象，这是记者们自认为合理的思维，我反而更糊涂了。那个关键时刻给我伸出手的人，从来没有站出来过。

曾经，我幼稚地认为一定是我大，是断绝关系的长辈可怜晚辈的一种方式。这么多年过去了，岁月一定会渐渐消解父亲对我的刻骨仇恨。我一个事实上的孤儿所经历的艰辛、操劳和伤痛，我大即便不会疼在心上，至少该看在眼里吧。

"那九元五毛钱，说不定是咱大的意思哩。他手头紧张，想给咱表示，但面子上下不来，于是……"

"我看不一定。"彩凤说。

"为啥？"

"不信，你去试试。"

终于在村口碰上了我大，我的眼里饱含了泪水："大，你那九元五毛钱，儿记在心里。"

"狗屁！"我大怒斥，"好狗不挡路，滚！小心我啐你。"

我大拂袖而去。我习惯了我大的这种态度。他的坚决、决绝显然没有掺假。这样一来，九元五毛钱更加扑朔迷离，它是我心中难得的一抹亮色，一束阳光。即便是一股风，也刮得我清醒；即便是一滴水，也照得见我跋涉的踪影；即便是一抹太小的空气，也足以让我在养牛的路上，认真呼吸，认真地往前走，一步，一步，又一步。我和彩凤是拥有了养牛第一笔收入后结的婚。人家结婚，都有崭新的院子，我没有，我们把牛场的一个简易棚子收拾了一下，变成了新房；人家结婚，长辈们披红戴花为儿子支撑台面儿，我没有，我大和伯伯婶子们退避三舍，唯恐沾上瘟疫，弄得女方家也不敢来人；人家结婚，都是杀猪宰羊，炮仗连天，我没有，我们像做贼似的在牛场设了饭局，只邀请几个发小喝了不到半瓶酒。贺喜那天，唯一的亲人就是弟弟。

弟弟是偷着跑来的，斜着身子，郑重其事地举起杯："哥哥，我代表咱董家……"一句话，差点让我背过了气，当着彩凤，我装得兴高采烈。

"咱女人，有时候比你们臭男人还要亮清哩，那九元五毛，说不定是……"

有一次，彩凤冷不丁提起了那笔钱，像是一次蓄谋已久的判断，快吐出来了，又一口咽了下去，像喝汤时呛了一口。

"谁？"追问了，紧张了，浑身起了一层鸡皮疙瘩，自己把自己追到了悬崖的最顶端。彩凤指的会是存喜吗？

对我的傻问，彩凤推了个一干二净："我瞎说哩。"

当初我的牛存栏大概三十多头的时候，尖山一带的旱情已经越来越严重，苟家坝里的水贵如油，甭说冲刷牛舍、给牛洗澡，就连给牛饮用也让我伤透了脑筋。连苟家人也开始满山满洼找水喝，牛何以堪？人畜争水，我这个当事人再次陷入困境。苟发昌的父母乔迁到兰州后，留在尖山的苟家人动辄指桑骂槐："一条瞎狗，也晓得让骨头呢。""猪脸长满毛，脸色也是有的。"

祠堂里的先人们一定是在天堂发现我了，同情我了。听说上面要分期分批解决全市农村人畜饮水问题，我立即发挥我这个市政协委员的优势，奔走呼吁。尖山村的人畜饮水解困工程项目终于提前上马。水利部门在山外的前川里打了一口机井，深埋管道，引水上山，家家户户居然做梦似的喝上了自来水。对我而言，这是养牛的救命水。不久，随着镇上对进山公路的全面改造，沥青公路像黑色的绸带一样在山梁洼地里飞舞。无论是引水工程还是农路改建，我都义无反顾地带头捐了款。

苟发昌并没有掏腰包,那时的他正在兰州玩命地寻找扩张的机会。

就是说，苟发昌当年吹了牛皮，而我董建泉，办了实事。

"同样发了的，还是董建泉靠得住。"村里人说。

意思很明白了，苟发昌即便发成发面团儿，尖山人也没有沾啥光。遇到以往，我会替苟发昌辩解几句，但在当时，我让自己闭了嘴。要说沾光，尖山是沾了赵满球局长的光，首先因为我沾了赵局长的光。但赵局长对尖山实打实的无私帮助，我却无法张扬。我曾打电话诚邀赵局长方便的时候来尖山看看，赵局长说："我这情况，还有方便的时候吗？告诉你兄弟，我怀疑自己有抑郁症了。"

我这才知道，王凤凤一直没有结婚，最近又向赵局长讹了十万元，我立即表示可以支持一下。赵局长长叹："唉！只能仰仗老弟了，我给你打个欠条，算借你的。"

"这个王凤凤，也太过分了，还不如存喜。"

那边苦笑一声："不能这么比的。王凤凤和唐存喜，一个有文化，一个是文盲。同一时代，两种想法，这才是有意思的。"

全村的养牛户雨后春笋般冒了出来，收购肉牛、奶牛的专用卡车在公路上络绎不绝，那"哞哞"的叫声，仿佛就是大山的肺部积蓄已久的最为原始的声音，雄壮且缠绵，悠扬且深情，彻底打破了几千年的沉寂。我还被周边几个行政村的几十家养牛会推荐为养牛协会的会长，并被频频邀请到各乡镇的养牛协会给会员们讲课。我的头衔也由最初的董经理、政协委员，变成了董会长、董老师、省劳模……一时间，我养牛的事业如日中天。

我的别墅在牛场一侧拔地而起。在尖山发起来的董家人中，算是最气派、最扎眼的。砖混结构的三层别墅，院廊大气优雅，楼层错落别致，上上下下十多间。客厅、主卧、次卧、儿童房、书房、健身房、车库一应俱全。我大从来没有涉足别墅一步，甚至对我的两个儿子——他的亲孙子也没有正视过一眼。

我给我大藏着秘密：我的大儿子，不是为董家生的，他是严家的人。

我大终于默许弟弟来我的牛场打工了。我当即和彩凤商量，送给了弟弟四头牛，另设了场区，不到两年，弟弟的四头牛变成了十头，成了名副其实的养牛老板。那一年，已经大龄的弟弟——又一个董老板喜结良缘，姑娘是华亭那边的，毫无疑问是彩凤穿的针，引的线。一个清秀的姑娘，与当年的彩凤一样，几百里路上来到尖山，一个华丽的转身就成了老板娘。

弟弟一直想把老宅修一修，但我大坚决不让。在我大眼里，弟弟的钱和牛有关，牛和我有关，不清不白。我大不要弟弟的一分钱，春种秋收，他照样走乡过村给人当帮工；夏收时节，他照样拎一把镰刀远走四乡八邻当麦客。据弟弟讲，我大平时在吃饭、穿衣、花销上照样抠得要命，挣的血汗钱一元、一毛、一分也要存到信用社去。弟弟的婚礼是在老宅举行的，父亲一手操持。我和彩凤都随了大礼，却没敢登门。据弟弟讲，我大只象征性地随了五元钱的份子。五元钱，啥概念？相当于三十年前的行情。而今全村的红白事情，份子钱一般都超过了一百元。明显的是，解决了弟弟的婚姻大事，我大容光焕发，额头平展了许多。

仿佛，弟弟的成家立业才是董家翻身的标志。我经常老远看到，我大会拄着拐杖到苟家坝去。自打自来水进村后，苟家坝像一件过时的衣裳，再也无人惠顾，疏于打理。但它却是一种客观的存在，它像一个朝天大张的破嘴，在发出一种声明，一种宣告：我是苟家坝，我不是董家坝。我大常常在那里左右徘徊，嘴里念念有词，不停地用拐杖捣鼓一下，再捣鼓一下。

我在一个月亮高悬的夜晚走出牛场，也像我大一样默默地在苟家坝站了好久，光香烟就吸了五根。我感慨："别了！司……司……苟家坝。"

"嘻嘻，在抒情啊！"彩凤早就站在我身后。

我笑了："毛泽东写过一篇文章，题目叫别了啥来着？"

"别了，司徒雷登。"

"哈，是司徒雷登。"我说，"如今不用坝里的水了，我要改造成一个人工湖。怎么样？人工湖，让苟家坝这个名字在历史上一笔勾掉。"

"人工湖？那是城里有的东西，对种田人来说，千年等一回啊。"

董家所有养牛户的建议却是：先翻建董家祠堂，然后重建董家坝。

他们给出的理由很可爱，很幽默，密切联系了当时的时事政治：电视里播放哩，台湾的连战、吴伯雄来大陆，也要寻根问祖哩。将来大陆和台湾凭啥统一，靠的就是个这。中国人没有了宗祠，心就散了。

九

养牛的日子，很像个日子，前面拉，后面推，使了劲儿往前走。

这期间，我和存喜有了一次，就那种，有肉体的。当年的借命关系自然解体，又构成了另一种借命关系。像是水到渠成，理所当然。借命借命，难道是借命时代我和存喜的另一种宿命吗？

随着我身份的一变再变，人们不但没有在记忆中抹去我和存喜的关系，反而像当年从山里找来的稠泥浆，越是沉淀，下面积得越厚，越瓷实。从各地对我巡回演讲的安排就看出微妙来了。比如，存喜的娘家——后寨所在的古堡乡有三十多个行政村，这些年古堡乡的规模养殖户也越来越多。他们请我去演讲，多半安排在乡政府的大会堂里，有时也安排在远离后寨的村子，根本上是为了避我和存喜的嫌。他们十分亮清我和存喜的关系是一块透明而单薄的冰，是风中的一根纤弱的蚕丝，是冰雪天地里一株柔嫩的青苗，是空中那朵无依无靠的云彩。一旦撞上，会碎的，会疼的，会伤的，会让所有的人都无法收场，会让我的演讲全军覆没。

同样，他们也不会把我的讲座安排在崾岘——存喜的小家庭在那里。

巡回演讲往往是车接车送,更多的时候我乐于自己开车前往。当年那么多的山道,如今可以让现代交通工具穿梭自如,我着迷那种让小车在七沟八梁上腾云驾雾般的感觉。农路尚未改建的偏远村,通不了车,我会自然而然地放下架子,选择用我四十三尺码的大脚片子翻山越岭。开车和步行,落差大,对比明显,感觉是那么的不一样。也许,我内心所要的,就是这种不一样。

每次以所谓董老师的身份行走在山道上,总觉得是和一个人并肩而行,这个人就是存喜。我曾一个人经常从尖山出发,像梦游一样沿着去后寨的山道靠近后寨。不是为讲课,仅仅是为了在这条道上走一走。山道改建困难,至今保留着多年前的模样。来来回回,哪里有弯道,哪里有陡坡;哪里窄,哪里宽;哪里紧挨悬崖,哪里开始进沟,我行走的现实和我行走的记忆遥相呼应。每次踏上那条道,我都不敢穿西服,我尽量穿上再也普通不过的便服。沿途碰到后寨的人,就赶紧钻进玉米地,或者躲在断崖后面。到底走了多少次,忘记了。

走着走着,我时不时会陡然一惊:我,是诚心想遭遇存喜吗?

存喜生活在峁弯。尖山到峁弯,是另一条路,我的行走毫无疑问是南辕北辙。

假如,真的遇到回娘家途经此地的存喜,我该咋说?说啥?

这种存疑的走法,我必须要给彩凤以合理的解释:"这个年龄,需要抽空走路,预防高血脂呢。是快走,健身。"

重返尖山以来,苟发昌不再充当我的"二传手",但我的神经仿佛长了触角,存喜那边的点点滴滴,我照样能敏锐地捕捉到。也听说,存喜的妹妹唐存欢给镇上一个包工头当了二奶,生了个胖小子,姓唐。包工头给存欢盘了个服装店,生意不错。后来把她大她妈都接了去,一边照看孙儿,一边搞经营,日子比后寨时滋润了许多,借用报纸上的话,该是奔小康那层了。"二奶"这个新词儿,时髦好几年了。许多二奶当够了二奶，会领一个娃娃回来。"有啥不好听的，不就借个命嘛。"词是新词，说法是老说法了，借命嘛！

隐隐的雷声像那天的开场白，由远及近，要炸了的意思。我突然撞上了一个女人，不是迎面撞上的。一个女人从斜坡上早年看谷子的土窑里钻了出来。

就这样突然出现在我面前，立定，像一株沧桑的高粱。

"建泉哥，你也不看看天色啊！快下雨了，前不着村后不着店的，连个避雨的地方都没有，快回去！"

不像是久别重逢时才说的话，像日常对话中的一个片段。太久了，多少物是人非，多少斗转星移。不用辨的，岁月的凿刀即便把她镂刻成另外一个人，那另外一个人必然也是存喜。那一刻，被浓云半遮半掩的日头刚刚吃力地爬到梁顶，至少说明，存喜一定是从麻明就披着星星出发了，她选择了从娘家绕道出发。眼前的存喜，和我想象中从岁月中磕磕绊绊走来的存喜没啥两样儿，只是高了，大了，但瘦了许多，黑了许多，一脸憔悴。不变的是眼神，真的，这样的眼神，和以前没有两样。

"存喜……"

"哥。"

"存喜……"

"看看你，说话吞吞吐吐的，哪像个大老板？"

"其实，你那边的一切，我都晓得的。"

"我亮清你，你到这条道上来来回回上百次了，我数过的。"

我的泪一下就飙出来了，存喜见过我上百次了。上百次是啥概念？这条山道，我在走，存喜也在走。我俩都在走啊走，走啊走。都是为对方走，走，走。

什么狗屁高血脂啊！我用不着给存喜撒谎。

狂风，闪电，雷雨交加了，雨帘包裹了我和存喜。具体说，是包裹了那个土窑。是存喜主动的,我战战兢兢地拥抱着存喜。存喜说:"你一定晓得的,我和甄四宝这么多年了,都没怀个娃。当初我和你是借命哩,今儿个,也是借命哩。将来娃生下了,姓甄。"

"存喜,我不敢……"我脑子里混沌一片,心提到了嗓子眼儿。

"哥,你在这条道上走了上百次,把妹妹的心走软了,懂你了。我要怀娃,只能怀你的。我们村水英的娃儿,是广州一个大学教授的种。丹凤的娃儿,是乡卫生院一个医生的种。娃儿个个都精精神神的。"存喜抚摸着我的身体,粗糙的手掌像葵花叶子。"还有,存欢她……"

"我知道的。"我打断了她。

终于,我让自己进入了存喜的身体。这是我第一次进入存喜的身体,也是第一次进入第二个女人的身体。

"哥——天哪!"存喜疼得大叫一声,脸上是泪水还是雨水,分不清。

存喜忘情地呻吟,迷离的双眼并不看我,目光游移到土窑之外。天地间白茫茫的一片,山没了,坡没了,庄稼没了,山道没了,苍天与大地横冲直撞,难解难分,浑然一体。"做女人,原来是这滋味啊!"存喜的呢喃,带着浑身的战栗。我永远不会忘记二〇〇六年的那个麦收时节,两个二十六岁的男人和女人在野地里发生的一切。二十六岁的存喜,结婚长达六年的存喜,过于迟到地告别了她的处女时代。事后,我第一时间想到的是给存喜一笔钱。但怕她骂我,我欲言又止。我的话题差点鬼使神差地转到那九元五毛钱上来。对了!那九元五毛钱,一定与眼前这个女人有关,但我再次欲言又止。

假如,她不承认呢?

我是冒雨回的家。头发湿了,头皮却发硬,像干硬的核桃皮儿。没见到彩凤。保姆告诉我:"姐姐在盥洗室洗澡呢,姐姐也淋雨了。"我这才发现,阳台上挂着彩凤的裙子、内裤、胸罩,鞋架上倒立着湿漉漉的皮鞋。我毛发直竖。一种彻底的坍塌感,从头顶一直贯穿到脚跟。

难道彩凤一直在跟踪我？我到卧室手忙脚乱地换了衣服，这才重返客厅。我哆嗦地叼上一支烟，打火机像在嘴角觅食的鸭嘴儿，几次啄着了我的胡子，焦煳味儿刺激了我，"阿嚏——"

彩凤从盥洗室里出来，同时带出了一连串的笑："嘻嘻嘻嘻。"她说，"今儿个嘴馋了，去东洼里摘野莓子，撞上雨了。"

虚惊一场，吓死我了。我赶紧说："没淋感冒就好，没淋感冒就好。今天的雨可真不小，解旱情呢。"我不敢看彩凤的眼睛，决定立即后撤，"我去牛舍转转，别让牛淋了。"

"赶紧去吧。"彩凤并不正视我，只是面向保姆，"给你哥找把伞和雨鞋。"

躺在牛场办公区的席梦思上，我终于让香烟燃烧了起来。慢慢地，彩凤那一连串的笑，像升腾起来的烟雾，像一个谜团，再次把我笼罩。以后的日子，彩凤没有表现出任何的异常，包括我们的做爱。正是如狼似虎的年龄，我眼前却老是晃动着存喜那张亦泪亦雨的脸，好几次都不行了。彩凤会十分耐心地挑逗一番，又行了。于是彩凤上上下下，该怎么着，就怎么着。

我背过彩凤，给甄家捐过一次款。甄家，存喜两口子的家。

有次我习惯性地在客厅沙发上一边品龙井，一边浏览当天的《天水日报》。那天的报纸上刊发着记者采写我的通讯。到了第二版，一条消息闪入眼帘：《贫困村民尿毒症，期待社会献爱心》。天哪！白纸黑字，是甄四宝，是野雀乡峁弯村的甄四宝，是存喜的男人甄四宝。巧吗？似乎也是必然。小地方的报纸，就那么点儿信息量。就像小地方的人，抬头不见，总要低头撞上一次半次的。

钱是个要命的东西。一直以来，怎样接济存喜，以什么样的方式寄钱，是个苦不堪言的命题。报纸上的消息，成了上帝赐予我的最为冠冕堂皇的理由，我匆匆从会计那里预支了三万元，以外出讲课为名给彩凤撒了谎，开车到镇上，毫不犹豫地把三万元寄往峁弯。汇款单上，我用的是仿宋字体。存喜尽管不识字，但一定不会忘记我字体的点横竖撇捺。仿宋体，让我做贼心虚地掩盖了自己。落款一栏里，我没标注地址，也没有署名。

家里的财政大事，一丝一毫躲不过彩凤的。我提前给她打了预防针："那天从会计那里拿了三万，顺便到天水去了一趟，给客户们意思了一下。"

"是呢，是该意思意思了。"像是彩凤平日里的口气，又不全是。

彩凤说这话的时候，我吃惊地发现她手里也攥有一份同期的报纸。我顿时汗流浃背。彩凤的话不疼不痒，不软不硬，不高不低，让我一头雾水。只有我亮清啥是雾，啥是水。心虚已经让我无处可逃，我尽量把话题绕着表达："好在，你是咱家的大掌柜，钱嘛，让你掌着，我放心。我这人越来越大手大脚，这个毛病，的确是不好的。"

彩凤轻轻把报纸搁在茶几上，却并没有直接接腔，话走得偏："你一次拿那么多，一定有用场的，我不拦你。"

大概三个月后，《天水日报》再次登出一条消息：《感人肺腑的人间真爱》，大意是上次消息发布后，社会各界如何如何伸出援助之手云云，其中特别强调：有两位爱心大使，其中一位捐款三万元，另一位捐款三万零一元，属本次社会捐助中数额最大的两笔，而且都是匿名从镇上邮电所捐出去的。特别是后者，显然拿出了自己全部的积蓄……那三万元的捐助者，当然是我了。三万零一元的捐助者是谁？我永远也无从知晓。我打心眼儿里感激那位和我一样匿名的捐助者。我幸而是第一时间看到这份报纸，我当即把报纸揉做一团，塞进垃圾篓里，并把湿漉漉的茶根儿泼了上去。支棱的报纸页脚，立即低了头。

偶尔会想，无巧不成书啊！那另外一位捐款者，偏巧比我多出了一元。

一如在报纸上撞上甄四宝的信息，我和甄四宝本人的见面似乎也是顺理成章了。这是我最为担心的。见面源自我的一次讲座，那是在古堡乡縻穗村的一次演讲。村委会的会议室坐满了村民。我演讲的主题是牛舍的建设与管理。村民们热情很高，纷纷举手提问。

"董老师，半开放型牛舍应该是咋样的？"

我滔滔不绝："在咱陇东南这一带，建造半开放牛舍比较符合实际。这类牛舍的好处是造价低，节省劳动力。建造时，一定要三面有墙，向阳一面敞开，要有部分顶棚，在敞开一侧应该设有围栏，把水槽、料槽设在栏内，肉牛散放其中。每舍可安排十五到二十头牛，每头牛占有面积应该把握在四到五平方米。但是，这类牛舍也有毛病，防寒效果不佳。"

"董老师……"

"董老师……"

当第八位村民举手的时候，我照例核对了一下讲桌上的村民名单，一个我太熟悉的名字跃入我的眼帘：甄四宝。甄四宝脸色蜡黄，身体瘦弱，头发蓬乱的脑袋像个拆了一半的麦草垛子。"嘿嘿嘿。"甄四宝还未提问，先径自乐了。

"这位……这位学员……这位老哥……你要提的问题是……"

"我们村已经有好几户养牛的，我也想养，但老婆不让，好像和牛有过节一样。我和老婆结婚好多年了，去年才把娃怀上了，快十个月了。我老婆说，养人比养牛还要难，我就不信。"

"哈哈哈哈……"听众笑得前仰后翻。

"董老师讲讲母牛怀孕的护理吧。我回家后，要好好护理我媳妇哩。"

我抖抖索索地点燃一支烟。我尽量让点烟、吸烟的过程覆盖我的紧张和不安。浓烈的烟雾漫起来了，在烟雾的掩护下，我边讲边调整状态。

"孕牛的护理，一要悉心饲养，二要预防死胎，三要适当活动。其中饲养更为重要。母牛怀孕后，最好喂混合精料，不但要维持自身所需要的营养，还要供应胎儿生长发育的营养。饮水要卫生，最好不要空腹饮水和饮冰冻水。在晴天，要坚持赶牛上山放牧，采吃青草，放牧应选背风向阳的地方，不要让孕牛吃挂霜的草……"

甄四宝打断了我："董老师，看来养牛比养人还难咧，我老婆说得不对。"

"哈哈哈哈……"又是一轮哄堂大笑。

一阵窃窃私语过后，大家突然出奇地冷静了，不笑了。每个人涨红的脸上，都隐藏着不安和焦虑。大家一定搞清了甄四宝身份的来龙去脉，搞清了我和甄四宝千丝万缕的关系。所有的来龙去脉和千丝万缕中，无论见过存喜还是没有见过存喜的，存喜已经成为我讲座衍生出来的另一个主题。

不久，苟发昌破天荒地从兰州给我打来电话："老哥，听说存喜生了。"

我不软不硬地顶了一句："我以为你早就把存喜忘记了哩。"

"但是老哥，你一定晓得，甄四宝不行啊。"

"不行咋的，不等于永远不行吧。"

十

我大最终接纳我，是我一生最为重要的事件。

从天南海北返乡养牛的农民工越来越多，光我自己的牛场就增加了几十人。主流媒体报道：随着中国经济结构的调整，各大城市出现了用工荒，人口红利正在逐渐下降……还人口红利，真有脸说。把农民不当人，当然有利可图。图就图吧，明明是黑利，还非得带个"红"字。

我清楚记得，我带头捐资十一万元组织董家父老乡亲翻修祠堂那阵，苟家人不请自到，主动帮忙，其中就有苟发昌年迈的父母和苟发昌前妻所生的一对儿女。他们二老一声不吭，规规矩矩给泥瓦匠当下手。

一对儿女兰州生兰州长,皮肤白皙,身子娇嫩,干活碍手碍脚,像从温室大棚里移栽到旱地里的幼苗,蔫得让人可怜。当年是他们苟家人毁了董家的祠堂,灭了董家人的精气神。如今又是他们苟家人,像驯顺的狗一样在董家祠堂俯首称臣,卑躬屈膝。

苟家人终于尝到另一种滋味了。这种滋味叫啥呢?我一时说不清楚。

那时,苟发昌已经在兰州被判刑,刑期是十年。

苟发昌至死也不会想到,他和官二代相互勾结、行贿骗贷、狂敛钱财的恶行,有一天会东窗事发。我于情于理不该举报他,但我最终还是硬着头皮把举报信塞进了邮筒。事情源起于办案人员专程来尖山的一次调查,调查对象是赵满球。反贪局接到一份匿名举报,大意是赵满球在支持我养牛过程中,曾收受过我董建泉两万元的贿赂。像是当头一闷棍,反而让我清醒了。两万元,我当然记得,当年赵满球婉拒两万元的情景恍若眼前。办案人员离开尖山后,我好几个夜晚辗转反侧,难以入眠,耳边回旋着苟发昌当年对我的奚落:"老哥你把我当牛哄了。"行了,还说啥呢?苟发昌啊苟发昌,咱啥也不用说了,到我董建泉反戈一击的时候了。与苟发昌一起拿下的,还有包括官二代老爸在内的几个贪腐官员。结局不出我的意料,苟发昌的第四任老婆刘舒曼,在配合办案人员悉数交代了苟发昌的罪行后,决然离婚,拂袖而去。苟发昌在兰州的公司和别墅,理所当然悉数查没,员工作鸟兽散,多数苟家员工陪同苟发昌的父母,以非同寻常的低姿态,灰溜溜地回到了尖山。第一选择是委身董家人的牛场打工。苟发昌被抓的消息传到尖山那天,许多牛场燃放了鞭炮,噼里啪啦,一浪高过一浪。劝阻已经来不及了。彩凤说:"你就好好听着吧。"我就静静地听着,我闷头吸烟,我的泪水打湿了手指,打湿了烟蒂。我喃喃自语:"发昌,我的兄弟……"

"哈哈哈哈。"彩凤突然笑了,笑声被院外的鞭炮声淹没。

我去监狱看望苟发昌的时候,苟发昌的眼睛和死鱼的眼睛差不多,他紧紧握着我的手,声泪俱下:"老哥,我俩从小算是患难过了,我大我妈和我的孩子这次回故乡,没个立锥之地,一切,拜托老哥你了。"

"你就不要操心了,我会安排好一切的。"

"大啊大啊!妈啊妈妈,儿子不孝,对不住苟家的列祖列宗啊。"苟发昌号啕大哭。哭完了,像哲学家似的凝起眉头,一脸明察世相的样子,口气里突然有了慷慨赐教的意味,"老哥你琢磨琢磨,那些凭当劳模、凭抓改革上去的官员,没根基,靠不住,要靠,就靠老革命的后代。这些年官场抓了一茬又一茬,你听哪位老革命的后代被抓了?你将来事业大着呢,要靠,就靠这个,有用。"

我表现出若有所思的样子,附和着点头。

董家祠堂的翻建工程十分顺利,每天都能看到新的进展、变化、延伸……专业设计师是从天水市请来的,扩了院廊,拓了进深。主殿沿用明清风格,砖木结构,垂花门,格子窗,雕栏画栋。院中栽植了常年绿的松柏、青竹和冬青。隔墙一隅,修了一个全村文化活动室。

每当夜深人静,总发现对面崖畔上多了一个东西,像上苍撂到那里的一个石碾子,那么沉静,那么安宁。那个石碾子,就是圪蹴在那里的我大。他始终在回避白天里祠堂大兴土木的喧嚣,选择在这样的夜空下,默默观察和感受着董家在我这一代发生的所有奇迹。他有理由抛弃我,但他没有理由抛弃祠堂;他有理由拒绝我的一切馈赠和报答,却没有理由拒绝我对祠堂付出的一切代价和努力。祠堂是他的根,也是我的根,是尖山所有董家人的根。我们无论是谁,都是根上发出来的枝条、叶片,寒暑易节,枝衰叶落,最终,都要冲根而去。

我家别墅客厅旁边的主卧一直是空着的,那是我们小家庭的期待。有那么一天,我的大,他能来吗?潜意识里,我从来没有把自己当作别墅的主人。主人,永远是我的大。但我大始终住在破旧的土坯老宅里,雷打不动,谁也不敢轻易动员他,包括各级领导。每次区、乡领导来我这里视察，我大就提前从院内闩了大门，绝不会给各级领导一个看望"董经理令尊大人"的机会。

那一年，由我出资请专家设计并改造后的苟家坝焕然一新，真的变成了一个精致典雅的人工湖，堤坝由最初的草皮护坡变成了网格式混凝土浇筑，其间留槽填土，栽植了山里难得一见龙柏、石榴、木槿和倒柳。九曲回廊从湖面中心蜿蜒而过，廊桥上檐的边楣上绘着二十四孝图……本来该叫苟家坝，或者人工湖的，但尖山人偏偏不这么叫了，都叫董家坝。四乡八邻的人奔走相告："走！去尖山，看董家坝。"

月光皎洁的黄昏，我们一家四口正在吃饭，儿子突然喊："大，你看你看，他是不是你让我叫爷爷的那个老汉？"

我大突然出现在别墅门口，差点让我的泪滴了个满碗。

当天晚上，董家祠堂里香蜡竞燃，烟雾缭绕，我们小家庭四口人与我大一起对列祖列宗进行了跪拜。按常理，我们晚辈们还要跪拜我大的，然而，让我万万没有想到的一幕出现了，我大"扑通"一声抢先下跪，方向十分明确，朝彩凤。

"彩凤，我……"我大泣不成声，"让老董家翻过身的，是你彩凤。"

彩凤脸色煞白，像泥塑一样一动不敢动。

"建泉，你是我儿。"多少年了，我大第一次把我称作儿。第二天，我和彩凤亲自动手，齐心协力把主卧再次收拾一番，然后双双前往老宅迎接我大。我大一如既往地打坐炕上，把水烟吸得"咕噜噜"山响。

我和彩凤异口同声："大，我们接您到那边住，主卧给您留好几年了。"

我大没搭腔，往烟锅里加添了烟叶末儿，用拇指肚儿使劲碾了碾，碾平了，继续点着，说："你两个娃儿的心思，都是真心的，大心里亮清着哩。我在老宅里住惯了，就不过去了。"

彩凤说："大，你一个人在这边，干啥都不方便，搬那边，啥都方便了。"

沉默了一会儿,我大说:"彩凤,有句话,我想对建泉单独说一说,你先回那边吧。"我大也称我们的小家庭"那边"了,而不是称"你家"。这边那边,就像大陆和台湾,父亲统称一个中国了,九二共识的意味了。

彩凤一点也不惊讶,驯顺地搭腔:"我先回那边了。"

老宅的土坯墙隔绝了彩凤的背影。我大说:"建泉我儿,养牛的事情,每时每刻都大忙呢。我只说几句话,你听也好,不听也罢,赶紧忙你的去。"

"大,你说吧,我听着哩。"

"古来家底殷实之家,男人多有正房和偏房,新中国成立以后齐刷刷都没了。没了,当然是好事。可如今三十年河东,三十年河西,世事看不清了。存喜也好,彩凤也罢,你要掂量好了,亏待一个,我死了也不能安稳。"

"……"我如听天籁之音。

"只要存喜一天不是我的娃,我万世不会从这里搬出去的。"我大说,"你可要记着,祠堂里有存喜的牌位呢。"

如雷轰顶,晴空霹雳。我怔了半晌,对我大说:"大,你的话,儿懂。"

我本来想给我大磕个头,再离开老宅,但我终究没有跪倒,我担心这个头磕下去,反而闹复杂了。我晕晕乎乎地说:"大,你先歇着,我随时过来看你。"转身的时候,我意外地发现炕头搁着一份有些发黄的旧报纸,大标题触目惊心,是我熟悉的那个标题。这是一个惊人的发现,三万零一元,难道与我大有关?我对存喜的一切态度,我大难道明察秋毫?

一元,那比我的捐款多出的一元,足以压我一辈子。

我慌了,窒息了。我胆战心惊地瞄了我大一眼。

我大在炕上稳坐如钟,手里的水烟锅,刚刚填充了新鲜的烟叶。

村里来人了,是一群不俗之人。派头很大,省里来的。市县民政、扶贫、武装、党史等有关部门的领导、专家作陪。七八辆小车中,其中有两辆属于军车。明眼一瞧,不像是来参观规模养殖的。

终于搞清楚了,省军区一位临死的离休首长,不知哪一根神经突然复苏了,给床前陪伴的子女们提出一个要求:在生命的最后一刻,一定要见见当年在枪林弹雨中背他过渭河的那个尖山人。假如当事人不在世,也要见见当事人的后人,当面表示感谢,以了却半生心愿。首长还特意强调,当年过河后,他给农民留过一张纸条,纸条明示,将来成事了,一定要来找他。

我大,一位普普通通的中国农民,像是一个遗失在古堡里的废旧炮弹,很偶然地被出土了,发现了,引爆了。全村哗然。

真像是一出戏,一出古老而新鲜的秦腔戏。老秦腔戏里有《华亭相会》《庵堂认母》什么的,会的是老情人,认的是生身娘。这次老革命千里报恩,算哪门子戏呢?村里人七嘴八舌,长吁短叹。

"几十年了,老革命享尽了荣华富贵,快死了才思想起救命恩人,这戏,只有头,只有尾,中间呢?好像缺了戏份。"

"老董家当年落了个背土匪过河的黑锅,这下被洗清了。"

"老董家必然要相认的,认了,一好百好,朝里有人了,咱尖山的养牛就不用在市场经济里玩命了。咱打江山有功,天下是咱的,牛市就是咱的,全村人今后的活法,全借上光了。"

……

那天我们董家的老宅蓬荜生辉,堂屋的土炕上、板凳上、门槛上都坐满了一群看着很体面的人,院子里还站满了大报小报的记者。我大那天的表现出奇的镇定,像啥也没有发生。一屋子的陌生人,像他一锄头下去刨出来的一堆儿洋芋。出土的不是他,而是这些陌生人。他稳稳当当地圪蹴在炕上,自顾吸着水烟锅。有位官员递上一支高档中华烟，我大抬手轻轻地挡了回去，说："咱是老百姓，吸老水烟，习惯了。"

我大的态度非常明朗："确有其事，但先父当年背的，只是个土匪。"

"啊啊！那一定是误会了，肯定不是土匪，是解放军，是我父亲。据我父亲讲，当年背他过河的尖山人只有十七八岁的样子，是个放羊娃，大字不识一个。为了不给小伙子招惹麻烦，我父亲不便公开解放军的身份，纸条上也回避了'革命成功'的字样，写的是'将来成事'。"

官员、专家们不厌其烦地引导我大回忆那张纸条。我大说："一九六〇年吧，我大饿死前，纸条我见过，因为是土匪留的，也就没敢保存。"为了证实自己表述的真实性，我大给大家讲起了闹土匪的故事：听先辈们说，新中国成立前，天水土匪很多，各有山头。渭河一带、西汉水一带最著名的土匪窝子有扇子会、辫子帮、红绳队。有的和县城保安团沆瀣一气，有的和官府势不两立，多数干的是打家劫舍、谋财害命的营生……

"既然您老人家见过纸条，那落款是不是叫孙占飚？"

"肯定不是，肯定不姓孙，好像是姓王，王八的王。"

姓王？原来姓王啊！这是一个致命的答案，这是大队人马撤离尖山的开始。

据说，远在兰州的老首长是带着遗憾离开人间的。首长的后人们并不甘心，专门在报纸上刊登了寻找救命恩人的启事，马上有一位渭河沿岸的农民手里攥着纸条前往相认，后人们激动万分，可以告慰先辈亡灵了。一看纸条，傻眼了。纸是现代复印纸。内容是：某某某同志，您为革命做出了贡献，现在革命成功了，您的后代就是红色的后代，不用打工了，直接来省城当官。落款：孙占飚。

后人们和颜悦色地送走这位农民。一拨拨农民接踵而至，有天水的、定西的、陇南的、临洮的……

十一

我大走了,上路了。

我大是晚上在董家坝散步时离开人间的。见到的人告诉我,当时我大绕着董家坝走了好几圈,突然"哈哈哈"地大笑一番,跌倒在地,不省人事。

村里的长辈为我大穿老衣的当口,我提出了一个要求:"请各位父老回避一下,我要单独和我大呆一呆。"我和我大众所周知的关系,似乎造就了我和我大单独相处的所有理由。长辈们只是迟疑了一下,默许了我。

其实理由只有一个,我敏感地发现,作为尸体形态的我大,左臂平直自然,左手的所有指头呈自然半曲状,而右臂显然保持了咽气前的用力状态,形成了一个僵硬的臂弯,手指集中向手心合拢成拳,仿佛积蓄了浑身的力量。右拳,分明是捏着秘密的。啥秘密呢?我的神经绷成了满弓上那根即将断裂的弦。我大的秘密,我该晓得的,可以晓得;不该我晓得的,我完全可以忽略和包容。但面对生我养我的、已经驾鹤西去的父亲手中这样一个秘密,我发现自己不但没有勇气回避,反而孳生为一种探险的力量。这种可耻的、可怕的力量让我面红耳赤,心惊肉跳。我点燃两支香烟,一支轻轻搁在大的脑袋一侧,另一支自己吸了。我吸完了,我大的那支依然闪着火苗。我努力让自己镇静下来,轻轻掰开了我大右拳的一个手指。蓦然,一张草纸的一角,闪电一样扑入我的眼帘。草纸到底是啥,我大非得要带进棺材?

轻轻地抽出来。我的脑袋立即大了。

是这个时代十分罕见的草纸,发黄,黄中带黑,有些脆,能感受到碎细的、散发着霉味的屑子和岁月的陈腐气息。纸条上的繁体字歪歪扭扭,模糊不清,还有两三个错别字。有两个关键词在第一时间吸引了我的注意力,一个是落款:孙占飚;另一个是抬头:小……小……到底是小董还是小苟?一时很难辨清。啊啊啊?对,不是小董,是小苟。

天哪!居然是小苟。追溯时空,小苟,当是苟发昌的先辈,他会是苟发昌的爷爷吗?

我双手颤抖,不!浑身颤抖。我好不容易把纸条折叠好,试图小心翼翼地塞进我大的手心,但掰开的手指,再也无法合拢。

纸条不但没有宣告谜底的诞生,反而更像一个秘密。几十年前吧,老董家和老苟家围绕纸条发生过什么,我将永远无从知晓。我静静地注视着我大那张纹丝不动的脸。我又一次从烟盒里抽出了两支香烟,却怎么也对不上火。最终,我把打火机的火苗,伸向纸条……

纸条燃烧得很慢,血色的火苗摇头晃脑,柔软无力。

我大的葬礼,像是我们尖山人记忆中最为隆重的节日,光市、区、乡、村各级党政组织以及周边县乡的养牛户、客户送来的花圈就好几百个,成山了。前来悼念的有头有脸的人物络绎不绝,各种各样的小车,在山上山下的沥青公路上排成了长龙。华亭那边也呼啦啦来了许多吊唁者,宾客由贾昌耀带队。贾昌耀归还了当年借我的十万元。在我大惊天地泣鬼神的白事上,贾昌耀仍不忘玩世不恭:"董经理,你那十万,给我解决大问题了,本来想赖过去呢。如今不想赖了,老哥我时来运转了。"那口气,分明就是黑社会的臭德行。

"那十万,我不着急的,国家在搞矿产整顿,我理解你的难处。"

贾昌耀笑了,把一张臭嘴伸到了我耳边:"我不怕什么狗屁整顿了,市里的那个远房堂哥,被重用了,调省里分管矿区。市场嘛,咱更有发言权了。"

我装作没听见,郑重其事地接过老话茬:"那点钱,你必须拿回去。咱之间,有啥钱不钱的。"

赵满球局长说好要来的,但最终没有来,他电话中说:"老弟一定要节哀，我还是不去了吧，你懂得。"我当时根本不会想到，赵局长的这句话变成了遗言。人们后来在市里的一个人工湖里找到了他的尸体，组织上的结论是赵满球同志因长年工作压力太大，抑郁所致。这个欲盖弥彰的结论，实实在在地保全了赵大哥的面子。组织，真是有组织的好。

我大的葬礼上，大家的话题里里外外离不开三个：令尊——我的父亲；我——著名养殖专业户董建泉；苟发昌——尖山的败类。

我大的坟墓，苟家人抢着开挖；我大的棺材，苟家人抢着抬……董家人自始至终保持着幽默的谦让和礼貌，场面和谐得像苍天上倾斜而下的阳光，柔和、温暖而明亮。董家的祠堂里多了一张照片，是我大的。死去的先人，我只见过我大。在我的潜意识里，我大代表了先人的全部，我大与祠堂之间是等号的关系。我大就是祠堂，祠堂就是我大。"大啊，大啊，不孝儿建泉给您老人家磕头了。"我当着族人的面，第一个跪下去。全村人都跟着跪了。苟发昌的大一头磕下去，泣不成声："老哥，我给你磕头了，我代表苟家的不肖子孙苟发昌给你磕头呢。"同辈人是不磕头的，鞠躬就可以了。但苟发昌的大却磕了头。

有人叹息："唉！假如老董家的那张纸条……这次葬礼还不得……"

给我大的牌位上香的时候，我站了起来，靠近了我大的照片。照片上的我大保持着一如既往的表情。我大对人间的所有感悟和判断，都隐藏在稍稍拧紧的眉头里。我把香点燃，火苗在香头上闪烁。我分明发现我大是活着的，他老人家在袅袅的烟雾里并没有看我，他分明在寻找着啥。阴阳诵经完毕，从我大牌位旁边的瓷罐儿里掏出写有"董敬书"字样的黄表纸，烧了。在唢呐凄厉的哀鸣声中，阴阳在牌位上题写了三个字：董敬书。

我心里一阵阵发紧。我大牌位的下方——和我的牌位并排的那个牌位,是属于存喜的。那个瓷罐儿,像一个黑乎乎的定时炸弹,定到何时,何时爆炸。爆炸的时间,完全掌握在存喜手里。

"令尊有你这样的儿子,他死也瞑目了。"

我的大,您瞑目了吗?

就这样又见到了存喜,是父亲去世的第七天。按照我们那里祭祀亡者的风俗,第七天,叫头七。

那天早上的天气出奇地温和,初升的日头刚刚在山梁上露头,阳光已经像泪一样在田野里轻轻流动。空气像是淋湿了,风很安静,深绿色的玉米秆子一棵棵肃立。我们一家四口、弟弟一家三口在我大的坟前祭祀完,开始往回走。每个人的膝盖上都沾满了下跪时沾上的草芥和灰土,谁也没有主动把那些草芥和灰土掸掉。我频频回头,祖坟里那个最为新鲜的土堆儿里,我的大,他永远地睡过去了。但我发现了一个人影儿,不!是一大一小两个人影儿。人影儿是从地埂斜对面的坡上闪出来的,像一大一小两只早就窥视我们的蓄谋已久的狐狸,一会儿隐藏在背湾的玉米地里,一会儿又闪现在山道上——那条九曲十八弯山道,尖山通往后寨的山道。

我当机立断:"你们先回去,我去玉米地里解个手。"

彩凤毫不含糊地替我帮腔:"好的,咱都先回去。"

但弟弟却不同意:"嫂子,哥哥不就解个手嘛,咱等会儿。"

"等啥啊等?日日夜夜都在一起,你是不是把你哥哥当远房亲戚了。"彩凤冷冷地抢过了话头,等于替我说了。在这个家里,彩凤拥有至高无上的权利。大家顺从地往回走了,我一头扎进了路边的玉米地。

人影儿像一阵风似的刮来,刮来,一直刮到我大的坟前。是女人和一个娃儿。先是女人跪下,女人又拽娃儿跪下。女人大哭:"大——我的大,你的儿媳,存喜看你来了。"

慢慢地,我从玉米地里挪了出来。我必须出来。

"……存喜。"

存喜回头，转身。对于我的突然出现，她似乎没有一点点的惊奇。她用袖子擦了一把眼泪，说："哥。"

"……"

"……"存喜又开腔了，"今天是头七，我就是想磕个头，就走。"

"存喜。"

"哥。"存喜突然就笑了。

"妈妈，这个人是谁？"娃儿的目光自始至终盯着我。

"他是你大的朋友，名气大呢，是养牛的。"

娃儿四岁了，我晓得的，姓甄，叫甄全富。娃儿长得结实，身子像个鼓满玉米棒子的小背篓，虎头虎脑，眼珠子黑亮。真想抱一抱娃儿，这个冲动把一股滚烫的血直送脑门。我终于没敢抱。

"你今后不要给我寄钱了，一次次的，邮章子上的显示有镇上的，还有兰州的。幸亏我没有去兰州打工，要不人家以为我被兰州的老板包养了哩。只有我亮清，那是你。真的不要寄了，将来全富长大了，我啥都有了。"

兰州？像突然扔过来的一个超重铅球，我一点也没有接手的思想准备。我鬼使神差地朝原路扫了一眼。山道弯弯，一坡一坡的玉米秆子密密匝匝。那一刻，我恍恍惚惚总觉得，玉米地里有一双说不清楚的眼睛，会是苟发昌吗？兰州的苟发昌，尖山的苟发昌，监狱里的苟发昌，都是同一个苟发昌。我那时相信了自己的直觉，玉米地里一定埋伏着一双眼睛，苟发昌是不可能了，一定是一双女人的眼睛，彩凤的。

"这个，我今儿个当着咱大的面，把它烧了。是我从董家祠堂里偷出来的，大年初三送先人的时候，换成彩凤吧。"存喜从衣兜里掏出来的，是一张折叠整齐的黄表纸。

"存喜……"我慌神了，脑子像进入雨季，电闪雷鸣。

"咔嚓"一声，存喜打着了打火机，黄表纸燃烧起来了，火苗很旺，像一只血红的眼睛。我想起了父亲手中的那张纸条，那张草纸也曾变成火焰。火焰和火焰不一样，最终的结局却是一样的：灰烬。坟前的香蜡也亮着火星子，却显得微弱，像病恹恹的萤火虫。空气里弥散着酽茶和酒精的味道。风乍起，周围的玉米秧子噼啪作响。这声音是那么沧桑，那么古老而纯粹，分明是我大的声音。我分明看到我大从棺材里坐起身来，就像一觉醒来，走出老宅，安静地坐在崖畔上，手里捧着水烟锅，悠然吸着，发出"咕噜噜"的声响。

"妈，你听，尖山村的牛叫啦！"娃儿说。

风雪凌晨的一声狗叫

一

那只狗从何而来,又从何而去,大概只有狗自己最清楚。要命的是狗在现场的突然现身——不!是现声,让一个女人跑了。那个翻墙跑掉的女人,是九十里铺乡尖山村的董爱翠,她一定带着爬上去、翻过去、跳下去的伤痛,钻进了上千家农户的汪洋大海里,像融入大海的一根绣花针儿。

狗急了才跳墙呢,但女人不是狗,女人一定是像狗一样急了。一个女人翻越那么高的土墙,如果不是生命动力极限的奇迹使然,那么必然是借助外力攀爬上墙的,上不易,下更难,纵是一个粗壮的男人也得摔个驴啃泥、狗吃屎啥的。董爱翠居然能在我们布置下的天罗地网中金蝉脱壳,逃之夭夭。啥叫见鬼?这就是,大家都撞上了。其中到底有多少悬念和谜团,那是另一码事儿,重要的问题是董爱翠这一跑,让那次攻坚战构成了一个难以弥补的重大事件,像一件苦心经营的毛线活儿,快收尾了,却从根子上绽线了。

那次攻坚战的惨败,给全乡计划生育工作带来的重创和打击无疑是毁灭性的。乡长甄塬良的表现如丧考妣,有那么几天,他把自己关在办公室里,不吃饭,只喝闷酒。粗粗大大的黑汉,眼窝子外多了几道暗影儿。带路人邓友奎还专门赶到乡政府大院痛哭一场,边哭边吼:"我跑冤枉路事小,害得突击队挨饿受冻了大半夜,我对不住大家对我的信任啊!"那种哭天抢地的意思完全是上坟的规格。但这里是乡政府,不是坟。邓友奎凄厉的哭声,顿时给松树遮蔽的大院笼了一片阴森。受惊的寒鸦掠过树梢,积雪成团成片凋零,落到地上,像死了一地的白鸽。

大家轮番劝勉,邓友奎反而哭得越发翻江倒海。有几位干部只好陪着抹起了眼泪,似乎是深受感染,似乎真的悲从中来。多数人陷入悲怆,便上升到了集体悲怆,谁也不好挂单。食堂的饭菜热了好几遍,没人去率先动筷子。书记邱敦仁只好动员大家:"同志们不要难过,身体不要垮,计划生育是天下第一难事,不是一朝一夕的事情,其他几个村的结扎、引产、人流、取放环任务等着大伙儿呢。吃吧吃吧,现在最重要的任务是吃饭,吃饭是头等大事,也是政治任务。"他带头拎起筷子,把饭盒敲得"叮叮"作响。见大家仍然没有动静,突然来了硬的:"一个个都什么玩意儿,像炸过油条的乏油似的,还像不像九十里铺的干部?都他妈的给我振作起来!"

乡党委秘书小阎从办公室匆匆跑出来:"邱书记,县计生委打来长途电话,要求严格执行一天一报制度,让我们报送尖山村攻坚战的信息呢。"

邱敦仁勾了小阎一眼,面无表情。小阎赶紧缩了回去。

我就觉得小阎这个干部确实差根弦儿。昨天下午他就让我不痛快了一回,当时他恳求我对他提前起草的尖山攻坚战信息初稿给予指导,态度当然是积极认真的,问题是他找错了对象。"秦组长是给县长当过秘书的人,请您给把把关,指导指导。"我扫了一眼初稿,觉得高度没上去,角度也平了些,而且还未卜先知地"圆满完成了任务"。迟疑了一瞬,没好立即答应。作为工作组组长,到基层好为人师、越俎代庖肯定不是好事,可是考虑到邱敦仁去了老家,似乎也有责任帮秘书一把，骨子里应该也有职业病在作祟吧，我只好妥协了："好吧，我谈点个人理解，仅供你参考。"

小阎立即铺开纸张，一副嗷嗷待哺的意思。

"为了打好这次攻坚战，乡党委、政府按照全县计划生育工作会议精神，依据尖山村信息员提供的关于'育龄妇女董爱翠现身尖山村'的重要信息……"

小阎却打断了我："'信息员'是不是改成线人更符合实际呢？我们一般讲线人。"

真是遇到猪脑子了，和猪脑子是无法讲大道理的。我点燃一支烟，斜扫了他一眼。这一斜一扫，胜过所有的传道授业解惑。小阎赶紧低下了头。我重点强调了以下几点：在工作原则和态度上，乡党委体现了"加强领导，周密部署，讲求实效，速战速决"和"箭在弦上，分秒必争"的特点。在组织措施和目标上，乡党委把尖山村攻坚战列为全乡春季攻势的重点战役之一，要求高度保密，明确分工，集中攻坚，切实达到拔掉"钉子户"、引导"观望户"、震慑"逃跑户"、奖励"积极户"的目的，推动全乡以查环、查孕、查病为主的"三查"和以结扎、引产、人流、放取环为主的"四术"任务的全面完成。在具体行动上，由乡政府、派出所、联防队、手术队、驻乡工作组的领导、干部组成突击队，在乡长甄塬良和工作组组长秦岭的带领下，在夜幕和风雪的掩护下……

"真是醍醐灌顶、点石成金啊！"小阎追问，"下来呢？"

"下来的事，明天凌晨才见分晓，我总不能瞎编吧。"

"秦组长真谨慎，结果肯定是大获全胜的，到时候，这将是我们九十里铺乡报送的最有分量和价值的信息，赫然入列县计生委《计划生育工作简报》。"

我幸亏没有编造那个似乎完全可以囊中取物的结果，纵然侥幸了一把。但事实上我给秘书口授的所谓"个人理解"，有点像未婚先孕，已够让我丢尽颜面，那不是小聪明是什么？用乡下人的话就是"两口子还没捣鼓哩就给娃取名哩"，"八字没一撇哩就想给人算命哩"。泼出去的水已无法收回，不难判断别人对我的想法：轻浮、轻飘；草率、草莽……每想到那条半拉子信息，我耳热心跳，只有故作从容。

攻坚失败，是不是走漏了风声？谁也不敢妄下这个结论。泄露机密，纵有意无意，都涉及机要和保密的原则性问题。追根溯源，尖山村与突击队的每一个成员均没有沾亲带故村民，凡是稍有瓜葛的干部——包括常驻尖山村的包村乡干部也被安排到其他村抓规模养殖了，为了以防不测，行动直接由事先物色好的尖山村村民邓友奎带路。从得到情报到决策乃至行动，前后也就一个半天加上一个晚上的时间，除了我们工作组，突击队员们为了避嫌均没有离开过乡政府大院半步，一个个围着火炉厉兵秣马，讨论方案，喝酒划拳。行动上更是雷厉风行、整齐划一的，队员们同仇敌忾的精气神也足以证明过硬的思想作风和工作作风。在计划生育的问题上，结果永远大于过程，而这次，秋收的枝头挂了一个醒目的歪瓜裂枣。

那次行动，原计划由书记邱敦仁亲自挂帅出征的，可是那天中午突然接到老家堡子乡邱家湾村一个农民的口信，说是老娘好端端的突然中了风。这意外的消息早不来，晚不来，偏偏这个节骨眼儿上找上门来，一贯沉着冷静的邱敦仁变得六神无主，他思前想后，横了心："先拿下董爱翠再说。"这让我想到一句流行语："计生不能松，宁可死家人。"后背一阵阵发冷。几位乡领导一时感动得欷欷歔歔，都有些动情："书记，您还是回家看看吧。"

甄塬良紧紧地握了邱敦仁的手："邱书记，您是有名的大孝子，计划生育是大事，老娘也是大事啊。"

"我不能关键时刻掉链子，董爱翠的二胎间隔不够，已经让我们脸上无光了，这次第三胎如果搞不掉……"

甄塬良就换了个说法："书记也得信任我们这帮同志啊！"

"哈哈哈"。邱敦仁乐了,和同志们一一握手。"那我就等同志们胜利的好消息吧。"

那些天的暴风雪有些变态,西北风像鬼似的在山梁和沟壑里横冲直撞,空中飞卷着干硬的雪粒儿,春寒和冷气扯天扯地,白茫茫的一片。乡政府大院的四层楼上,各屋的烟囱都在"呼呼呼"地冒烟。乡上为了照顾我们县城来的工作组,把我特别安排在九十里铺镇临街的一家毛衣编织店里,独享火炉和热炕的温暖。而我带来的两位组员,被分别安排在其他农户家中,并配发了对讲机,保持信息通畅,一切经费由乡上处理。这种住法儿比住在乡政府机关大院的成本要高很多,姑且理解为一种待遇吧。我叮嘱组员:"我住编织店,你俩住农户,一定要和群众打成一片,这是原则问题。"

记得两个月前工作组初来乍到,小阎诡秘地告诉过我:"说是编织店,就一个大屋,一台编织机,面对面南北两个大炕,还有两个女人伺候,晚上美着呢。怎么个美法儿,慢慢就晓得了。"这话浅尝辄止,水有点深,言外之意似乎有引君入瓮的意思。我只有报以"哈哈哈"的大笑。工作组和乡干部打交道,有时根本搞不清谁是井水谁是河水,笑声,有时候就是神奇的交流。多年来,我或多或少结识了一些乡上的同志,但由于工作性质不同,深交的并不太多。论起来,和各乡的团委书记倒是熟悉一些,比如九十里铺乡的团委书记小雷每次进城办事,会到我们团县委办公室坐一坐,聊一聊,他思路开阔,脑子灵活,我们之间算有点小小的默契。入住当晚,我爽快地答应老板娘、粉儿围坐在我这边的炕上玩扑克。三个人,一张大棉被。玩扑克的样子就像一朵花上的三个花瓣儿,扑克像蝴蝶一样在被面儿上起起落落。伸出去的脚丫子都能感受到彼此的温度。厅中央的火炉是特大号的,燃烧得像个红太阳。烧火炕的麦秸里掺和了煤屑,炕面四角通热,像个摊煎饼的热鏊。就像换季了,酷暑了,大家不得不换上背心短裤。粉儿更是亮胳膊亮腿儿,皮肤白花花的,直晃眼。编织机前搁着一个大尿盆，盆侧置一香炉，缕缕紫香的青烟，或多或少遮蔽了尿骚味儿。老板娘说："解大手就穿衣戴帽去临街的茅坑，解小手先灭灯，直接对着尿盆刺溜儿。"我做出老于世故的样子，表示同意。每次解小手，无论是谁，只闻其声，不见其人。打完扑克，老板娘和粉儿下了炕，我以为婆媳俩要去对面炕上休息呢，结果发现老板娘瞄了我一眼，独自推开墙角的一个小偏门，去了里间。我的头发一下就竖起来了，一间屋，两个炕，这头和那头，我和粉儿。

悬在正厅的大灯泡照得屋子处处通明，连对面炕上绣花枕头的蝴蝶纹都清晰可辨。我趴在这边的被窝里不敢抬头，用枕头垫了下巴，佯装学习省里新颁发的《计划生育管理条例》。粉儿发话了："秦组长，你学习模范装得够像呀，现在的干部都看《射雕英雄传》呢，如果没事干，咱就睡觉吧。"我一抬眼，粉儿正在换睡衣，一件肉色的宽边镂空蕾丝睡衣，像明亮水滑的瀑布，轻轻笼着她青春身体的峰峦叠嶂，明明暗暗的光线，像惊蛰后早春的庄稼地里蓬勃发酵的薄雾。粉儿真不愧在城里的歌舞厅干过，举手投足带出的意味，兼容了城市少女和乡下妹子的妙处。我紧张得赶紧低下头。

"到底有没事儿？没事儿就睡吧。"

"啊啊啊，没事儿，没事儿。"

粉儿"吧嗒"一声拉了灯绳儿，救命的黑暗立即让我全身松弛下来。我轻轻舒了一口气，翻了个身，仰面而卧，眼皮子却合不拢。粉儿刚才换睡衣的镜头像是定格了，摁死了录放机里的重播键，周而复始地在大脑的银屏上播放。我留意到，关于睡觉的信息，粉儿提醒了两遍，第一遍是"咱就睡吧"，啥叫"咱"？怎样理解"咱"？成了我面临的高科技。而第二遍是"睡吧"，没有了"咱"，为啥没有了，是否碍于我的态度呢？第二天，我私底下向小雷问起店里的情况，小雷却说："其实……嗯，你如果不乐意住店，就到乡政府来住；如果乐意住店，就住店里。"这话像白开水一样无滋无味儿，却把皮球踢给了我自己,分明是留了一手的,可见这家伙的道行也是越来越深了。"店里,还适应吧。"我轻松应对:"不错,婆媳俩在那头,我在这头,一晚上聊聊家常,也挺有意思的。"

既然乡上没人愿意给我透露编织店的背景,我也就不便打问。我获取信息的渠道反而来自赶集的山民。有次在小摊上就着花卷馍喝醪糟,才从人们叽叽咕咕的闲言碎语里略知大概。原来,老板娘生有三个儿女,唯一的儿子曾经是北垣村的民兵连长,某晚夜归,被一伙人打成了植物人,至今破不了案。老板娘像秋菊打官司一样逐级上访,她的理由只有一个:儿子是半个军人,横遭此难,一定是协助乡上催粮要款、刮宫引产惹的祸,请求上级给予革命残废军人待遇。可是,老板娘的理由纵然是一万个真理,却无凭无据,何况当时的现场没有一个见证人。"我就这一个儿子,如果你们还不管,将来谁还替你们冲锋陷阵去?"老板娘的口气太大了,于是落了个"革命妈妈"的绰号——当时她还不是老板娘,他只是儿子的娘。后来乡上照顾婆媳俩,在镇子上开了这家编织店,粉儿织,婆婆卖,生意倒是红火得很!"哈,你这个城里娃,如今整夜享受宋徽宗的待遇了吧?"山民朝我调侃。我一时没反应过来,就回了一句:"那,谁是李师师呢?"山民们"哈哈哈"地乐了。

尖山攻坚战前夜,"革命妈妈"——不!老板娘和粉儿照样用打扑克的方式陪我消磨时光。大概因为我和粉儿相安无事的缘故,后来老板娘也索性不再去里间了,屋里又变成了三人。当着老板娘的面,粉儿时不时用兰花指撩一撩耳边柔软乌黑的秀发,那动作很风情的;或者,用涂着红油的指甲抻一抻紧身内衣,立即会有一种逼人的气息弥漫开来。

凌晨一时,我立即拎起对讲机,给我的组员下了死命令:"立即出发!到镇子东头与突击队集合。注意了,不穿皮鞋,穿运动鞋;不穿防寒服,穿乡上统一发的绿大衣,大衣外面套上从乡卫生院借来的白大褂。"

"你们这些城里来的干部,也学会《林海雪原》里的小分队了,套一身白褂子,去捉座山雕不成,抓赌也没这么上心的。"粉儿"嘻嘻嘻"地乐了,"你看看你,像个少剑波似的。"

我只是笑了笑。粉儿又开了腔:"看来是急行军了,如果在城里,大轿子车把你们一窝端,屁股一冒烟儿,就到了。山路和城里的柏油马路可不一样哩。今晚,你们到底去端哪户人家?"

我半认真半开玩笑:"天机不可泄露啊!"

"真是的,我这里又不是电影里的地下交通站。都说要相信群众相信老百姓,看来我连群众都不如了,也不是老百姓了。"

谁是天机?像董爱翠这样的手术对象就是我们最大的天机。董爱翠的大致情况,甄塬良给我介绍过。她已经生了两个女儿,属于典型的纯女户,她本人也是全县1994年度挂了号的二百名重点监控对象之一。董爱翠生第一胎时就按规定上了节育环,按照政策,间隔至少四年才能申请第二胎指标。没想到大女儿不到一岁,两口子就借南下打工之机,千方百计找游医取了环。董爱翠长得有点样子,游医就明确提出:"考虑到你们是祖国西部来的,穷,取环的费用可以不要,但至少陪我睡四次。"两口子为此权衡了整整两个昼夜,丈夫最终心一横,给游医开了条件:"我女人是好女人,都是娃她妈的人了,不是三陪小姐,您就打个折,两次吧。"游医坚决不答应。丈夫只好晓之以理动之以情:"那事情,做多了会闹感情,我们那里有许多女人出来打工,都不愿回去了,弄得家破人亡……"说完"吧嗒吧嗒"直掉泪儿。

游医只好长叹一声,慷慨直言:"好吧,西部太落后,等着你们去建设呢。我从大局着想,两次就两次吧。"这才取了环。

怀胎五个月时,游医托人到医院给董爱翠做了B超,发现并不是期待中的男娃,两口子的长叹几乎异口同声:"引掉!"游医一脸慈悲:"别引了,引来引去,将来想生也挂不了胎。""那咋办呢?""好办,如今城里人不孕不育的多的是,生下来,至少卖五千元。"这个女娃来到人间,一看就不是正路货,和游医一样塌鼻子歪眼,两口子只有咬碎牙花子往肚里咽,意见高度统一:"卖!"就卖了。后来又生了一胎,还是个女的,这次没敢卖,倒不是因为长得像爹,先留着,给第一个女娃做个伴儿,然后再……果然又怀了,一查,是个男的。高兴了,喝蜜了,甜透了。"像谁像谁吧,要!"为了逃避南方清理流动人口和严厉打击"超生游击队"的强大攻势,两口子东躲西藏,终于扛不住了。"咱走,老家哪怕是刀山火海,上!"

线人提供的情报显示,从董爱翠的肚子和走势判断,至少也有三个月的样子,如果不及时强制做人流手术,肚子一大,问题就大了;问题一大,难度就大了;难度一大,那可比一万个肚子还要大。

临出店门,我给自己打圆场:"一切听乡政府的,详细情况我们工作组还真不知道。阿姨和粉儿早早睡吧,我估计天亮了就能回来。"

粉儿替我把门开了一丝逢儿,风雪就像箭矢一样射进来。我隐隐听见老板娘嘟哝了一句:"这个狗日的城里干部,不识抬举,滚下崖才好。"

粉儿的声音压得低,幽幽的:"妈呀。"

二

那个凌晨的暴风雪,像吞了壮阳药,丝毫没有泄劲儿的意思,专糟蹋突击队了。从镇子到尖山,整整两个小时的急行军。没有星星也没有月亮,只有北风裹挟着雪粒儿在不知疲倦地呼号。白花花的队伍和风雪融为一体,排头由邓友奎和两名联防队员侦查,大部队保持距离跟进。

干警们紧紧攥着手里的消音型麻醉枪,目光一丝不苟地扫视着每一段地埂、每一个崖畔和每一面背坡,一旦发现有游狗现身,在它狂吠之前立即撂倒。麻醉剂只有两三个小时的药效,过了劲儿,狗自然会从百思不得其解中缓过神来,晃晃脑袋,抻抻腰身,继续莫名其妙地游荡。沿途经过至少六个村寨,都是绕道而行。突击队不怕狗,怕群众。老远望见有走夜道的农民,大家立即找崖脚和树丛潜伏下来。如果狭路相逢,便就地卧倒,个个都是邱少云。

"有些狗是自由流浪,但有些狗是有使命的。"甄塬良给我介绍。

也许察觉到了我满脸的狐疑,甄塬良补充道:"村里人为了提防我们,把吃剩的鸡骨头、废弃的猪下水扔到村外的羊肠小道上、田野里,这样,狗的巡视半径就扩大了数十倍。"

我恍然大悟:"这么说,要顺利进入村子,先得围城打援?"

"秦组长不愧是全县的青年领袖,一点即通。围城打援的战术,老一辈革命家在解放战争中常用呢,当年我第四野战军在东北就用过,先扫外,后攻内,各个击破。"

我带领的两个组员都是团县委的青年干部,城里生城里长,没遭受过这等洋罪,一个个冻得鼻青脸肿,但谁也不好意思叫苦叫累。作为团县委书记,我是给组织上打了包票的。当时组织部部长语重心长地找我谈话:"这次全县从基层各部门抽调了一百名干部,组成了三十个工作组,每个乡镇进驻一个,为期三个月。为什么让你们这一组去最偏远、条件最艰苦、环境最恶劣、计划生育难度最大的九十里铺乡,我不用多解释了吧。"我当时就有些傻眼,但我必须把无与伦比的庄严、光荣和使命的意味写满我的表情,当场表态:"谢谢组织的信任,因为我们是先锋队,是后备军。组织上安排我们去九十里铺,是对我们的考验,给我们提供了千载难逢的锻炼机会。""哈哈,团干部的作风就是不一样,不过一定要清醒。自从龚安娜事件发生之后,乡上的同志防工作组,像防贼似的,这个教训,深刻着哩。"晚上回到家里,妻子不依不饶:"咱爸咱妈卧床不起,咱孩子才满月,你让我……"我闷头吸烟,一支接一支。妻子的唠叨没完没了:"当个团县委书记,才是个破科级,却把家弄得不像个家,还不如下海挣钱呢。"我第一次朝妻子发火:"你懂个屁啊!"掐灭了烟头,我赌气独卧沙发,一夜未眠。

风在刮,雪在飘。队伍翻过三座大梁,钻过两道深沟,又绕到另一个山梁上。

"前面,就是我们村。从南边进村,左拐,到大柳树旁再右拐,顺数第五户,再右拐,前行大约百米,门口有个大碌碡的,就是董爱翠家。"邓友奎用手一指,尖山村这才隐隐约约进入突击队的视野。甄塬良一招手,大家立即在一个背风处集中聆听最后一次临战命令。

凭直觉,尖山村放出的游狗不会少。干警们立即兵分三路朝村子外围摸去,其他同志原地待命。过了半小时,干警们原路返回。"扫清了?"甄塬良悄声问。

"扫清了。"

"几只?"

"还真不少,村东、村西、村北都有,共打趴了九只。"

真佩服了干警们的枪法,黑灯瞎火中打趴了九只狗,居然没有一只乱咬乱叫的。

时不我待,战机就在眼前。按常规,必须得给邓友奎腾出回家避嫌的时间,前后十分钟的量。但邓友奎却提出:"甄乡长,您给我二十分钟左右的量吧,我家的大门年久失修,一开门像哮喘似的响。村里人一旦发现是我引狼入室,我跳进黄河都洗不清了,我得想办法翻墙进去。"

"啊?同志们在这里挨饿受冻,恐怕……"

十分钟,这是铁的纪律,也是每次行动中各村带路人约定俗成的时间段,但邓友奎在关键时刻却要求延长一倍,他提出的理由似乎也是有道理的。关于时间问题,之前也的确有过难以挽回的沉痛教训,比如上个月乡武装部长带领的另一支突击队夜袭赵家窑时,带路人刚摸到家门口，黑暗里就遭了一闷棍，手术对象不仅没有逮着，带路人的灾难却没完没了。每到深夜，必然有人往房顶扔砖头，场院里的麦草垛被点燃了一次，大门上常常被抹了臭屎。镶在门楣上的"五好家庭"光荣牌是县精神文明办公室亲自钉上去的，却被人用墨汁涂了，换成了粉笔字：汉奸之家。

见大家犹豫不决，邓友奎又倒起了苦水："乡下人的段子，大家不是不晓得。'前半夜防野狼，后半夜防队伍'。像咱尖山这样的钉子村，后半夜有几家睡得着觉呢。群众对我们的警惕性，越来越高了；群众的眼睛，也越来越雪亮了。"

甄塬良终于下了决心："好吧，破个例，二十分钟就二十分钟，保护好带路人，就是保护攻坚战的全面胜利。希望大家给予理解和谅解，咱们两个多小时都顶过来了，也不在乎这二十分钟，同志们多忍耐一会儿。"

邓友奎立即表态："老规矩，我学猫头鹰的叫声，大家就发起总攻。"一转身，绕开羊肠小道，翻过地埂，瞬间消失在庄稼地里。关键时刻照顾了邓友奎，甄塬良可能觉得有点对不住突击队，说出了放血的话："我办公室里有几条红中华，说穿了，那是腐败烟，凯旋后，一人两包，大家共享。"

"甄乡长，这鬼天气，咱命都豁上了，才值两包红中华啊。"

"咋了？给你一个梯子，你就想上天啊，难道非得给各位放假去赌牌不成？"

五分钟过去了,八分钟过去了,十分钟过去了,十二分钟过去了……"猫头鹰"的叫声成为大家最为热切的期待。大家竖起耳朵，屏息静气，像谛听整个大山的召唤。

风的鞭子疯狂地抽打着四野，雪的流矢恣意飞射着蜷缩的队伍，昏暗的世界没有其他声音。有位医生小声浪漫了一句："千山鸟飞绝，万径人踪灭啊！"有位联防队员顶了一句："鬼话，我们不是人啊。"

医生小声嘀咕："哪像人啊，像鬼。"手电筒是严禁携带的，谁也看不清对方脸上的表情，像面对一堆儿灰乎乎的碌碡。甄塬良发出警告："有点纪律性好不好，不能再出声了，还不如这两位农民大哥觉悟高呢。"所谓农民大哥，指替手术队背着消毒高压锅、手术器械箱的两位民工，他俩自始至终一声不吭。据说两位民工是专门从邻乡雇来的，背一趟八十元，管吃管喝管住宿，待遇远远高于劳务市场的用工报酬。几个烟瘾大的干部，把鼻翼和上嘴唇噘起来，横夹着一支香烟，打火机像健身球似的在手里玩来摸去，却不敢起明火。有人下意识地看手表，但手表像一坨狗屎一样，一塌糊涂。我这次来乡上，忽视了戴手套来，戴的是小雷送我的皮手套，既舒适又暖和。乡上人人都叫我秦组长，唯独小雷开口闭口叫我秦书记，一个战壕里的意思。而此刻我的两个组员，活像两只可怜的小白鼠，眼睛像低压状态下的灯泡，有气无力地漠视着远远近近的苍茫。

沉寂了片刻，甄塬良突然小声质疑："他妈的，出发前的夜餐里是不是又有死老鼠啊！我肚子咋有点闹。唉！上了年纪，所有的零件儿稀里哗啦，不像你们青年人是铜墙铁壁。大家稍等，我先解个大手，立马回来。"话音刚落，摸出一卷儿卫生纸，钻进了一片洋槐树林里，顿时没了影儿。

我有点替甄塬良担心，刚想摸过去看看，小雷却轻轻拽了我一把："山大沟深，危险！甄乡长是老乡干了，没事儿的。"

主帅突然没了，大家仍然保持高度的自觉和自律，一如既往，各就各位，箭在弦上，丝毫没有松劲儿的意思。我有点替甄塬良抱屈，都五十九岁的老将了，马上就要退休的人，还在一线苦苦支撑。他还有个最要命的难言之隐，几年前，唯一的孙子在地沟里捡了一个软塌塌的气球，一吹就大。小伙伴们争抢气球的时候，只听"叭"的一声响，气球就堵住孙子的喉咙了，立时憋得脸红耳赤，不一会儿蜷在地上直蹬腿儿……大人们发现的时候，孙子已经过了气。这才发现，噎住孙子的是一只废弃的避孕套。一贯温顺贤惠的儿媳妇眼泪汪汪地指责他这个当公公的："本来要二胎的,您偏偏不让,这下可好,我们失独了,你老甄家呢,绝后了。"噎得甄塬良一句话都说不出来。孙子的坟很小,坟旁的洋槐树上常被人贴了黄表纸,上书两个字:报应。清明时节雨纷纷的时候,坟前总猴着一个人,孤零零的,像一头迷途的老耕牛,他就是甄塬良。

"汪汪——汪汪汪——"

狗叫了,从村口方向传来的。"猫头鹰"没叫,狗倒叫了。狗叫声在风雪的夜空里,像愤怒的、复仇的独唱。大事不好!这是个打死也想不到的突发事件。还没等大家反应过来,村里的狗也跟着叫起来。瞬间,狗叫声连成了一片,像山呼海啸的大合唱。一只狗叫,全村的狗跟着叫,不由让我想到一本儿童读物《半夜鸡叫》,书中的周扒皮通过学鸡叫,诱发所有的鸡跟着叫,目的是催促长工们提前为他下地干活儿。这次呢?是全村的狗被一只莫名其妙的狗领唱。狗是狗,狗不是周扒皮,但危害性一点都不亚于周扒皮。

"坏了!这下可坏了!"副乡长史建川大惊失色,狠狠地瞪了干警们一眼,"这就叫扫清了?难道打趴的狗成精了?"

干警们面面相觑,惊愕地张大了嘴,像无法合拢的黑洞。怒火堵在了史建川的胸口,根本来不及发泄出来,迅即转向我:"秦组长,甄乡长的命令是命令,但他拉屎去了。臣在外不受君命。眼下,狗叫就是命令,快!提前行动。"

我为邓友奎担心:"可我们没有听到'猫头鹰'的叫声啊,邓友奎是否安全回家了呢?"

"顾不得那么多了,邓友奎哪怕发出一万只猫头鹰的叫声,也被狗叫声盖没了。"

队伍像发疯的狮群,以百米短跑的时速向村子扑过去。一靠近那个显眼的大碌碡,联防队员立即搭起人梯,像猴子一样翻墙进院,抽掉了大门闩，大部队一拥而入，直奔堂屋……应该说，面对突发事件，面对军中无主帅的被动局面，大家的反应是敏捷的，行动是迅速的，步调是一致的，特别是联防队员在手脚冻僵的情况下，仍然表现出了良好的精神状态，可圈可点。所谓"结扎放环难上难，火线总是联防员"，"催粮要款鬼中鬼，万事不离联防队"，充分证明了联防队员在农村工作中的排头兵作用。各乡的联防队员尽管都是编外聘用人员，身份卑微，比上短一口气，比下多一份薪，但大都接受过人民军队大熔炉的实践锻炼，复原返乡后，千挑万选，就成为乡政府"特别能吃苦，特别能战斗，特别能忍耐，特别能奉献"的一支特殊队伍。

飓风送来粗重的喘气声，是甄塬良气喘吁吁地追进了院子。他一手提着裤子，一手在空中挥舞。声音急不可耐："逮着董爱翠了？"

现场出乎所料：火炕上只有一个枕头，一张被，被子里只裹着董爱翠的男人。队员们冲进来的时候，男人的呼噜打得响彻云霄，仿佛压根儿没预感到神兵天降。

史建川："别装蒜了，快起来。"

男人沉睡犹酣。一个联防队员推了男人一把，男人这才像受到惊吓似的睁开眼，立即露出一脸的惊恐，张嘴就喊："啊啊啊——是土匪来了——真是土匪来了吗？"

甄塬良已经系好裤子，厉声问："你女人哪里去了？"

"啥？哦哦哦，你说啥？啊啊，原来是乡上的同志们啊。我女人啊！她在南方打工呢，根本就没着过家。"

"哼！装得真像！"史建川"哗啦"一声拉开炕头柜的门子，柜子里塞着一个枕头，窝着一堆儿皱皱巴巴的被子。把手插进被子摸了摸，提醒大家："是热的。"手抽出来的时候，撮着一根长长的头发，"是女人的。"

"真是比爬杆子的猴儿还麻利啊！说，你女人躲哪里了？"史建狠狠地把女人的长发朝炕沿儿甩去。

甩那根头发,史建川带了气,用的是千钧之力。头发却并不吃劲儿,在空中飘了个旋儿,轻轻划过炕沿儿,便无影无踪。

甄塬良顺手从炕上拎起一把笤帚,用笤帚疙瘩打了男人两下。男人死猪不怕开水烫,抱着脑袋,一言不发。史建川也接过笤帚打了两下。随后,派出所、联防队、手术队的头们,也分别接过来打了两下。笤帚疙瘩软乎乎的,其实也没什么杀伤力,但大家却似乎打出了一种次序,一种节奏。我理解乡干部的火气,但我本人却没有打人的念头,倒不是不忍心,主要还是不习惯。可是,小雷打过之后,却悄悄把笤帚给我递过来。我当时就血往上涌,这个脑子进水的,这不是将我的军吗?我只好朝男人肩膀部位打了两下。打一下,我的心颤一下;打两下,心颤两下。

"我……唉!"男人终于又开口了,一边往身上套棉袄,一边挠头,一脸无辜的样子。

"立即分出两路人马,一路封锁各个路口,董爱翠肯定没跑多远;另一路搜院子,注意了!草垛,猪圈、鸡舍、地窖,要地毯式。"甄塬良刚说完,立即有几个队员冲出屋子。

"唉!我的同志哥啊!"男人突然喟叹一声,"我真不忍心看着同志们辛辛苦苦白忙乎,我还是说实话吧,听到狗叫后,确实有女人从我这里跑了,但她不是我女人爱翠,是……是……唉,让我咋说出口呢。"

"你还想耍赖,看来是不见黄河不落泪啊。"

"那个女人,唉,是隔壁邻居赵国花。几年前她男人在山西煤矿打工时染上了硅肺病,已干不了农活儿,娃儿小,借不了力,她家的农活儿就靠我了,赵国花就和我……"

联防队员立马翻墙进入隔壁赵国花家。赵国花的男人果然瘫痪在炕上,一个女人正在系棉袄的扣子,一个七八岁的小男孩惊惧地缩在炕角。两口子仿佛早有预料,镇定自若地等待突击队发话。

"你是赵国花吗？"

"是。"

"你刚才睡哪里？"

"不用问了，咱当农民的最实事求是，我刚从董爱翠男人那里跑回来。"

"是真的，我女人，两家睡……"赵国花男人勾着头，也腻腻歪歪帮了腔。

史建川和蔼可亲地问小男孩："小朋友好！上几年级啦？"

"我上三年级……叔叔们好怕呀！"

"不用怕，我们是乡上的干部，和你们的老师是好朋友呢。刚才，你妈妈是和你们一起睡吗？"

女人一拧身子，发疯似的去捂孩子的嘴。孩子却躲过了，说："妈妈，我懂怎么回答。"朝突击队："妈妈刚从隔壁过来。"

"你为什么要捂孩子的嘴？"

赵国花说："还用问吗？我只是不好意思让孩子说刚才的话嘛，嫌丢人嘛。"

"汪——汪汪——汪汪汪——"全村的犬吠一阵高过一阵，一浪高过一浪，那些打趴的狗一定从麻醉中缓过来，拉帮结派地加入了狂吠的行列，寻找莫名其妙被袭击的答案。

三

一刻不能等，半刻不松弦，这是态度和作风问题。由甄塬良主持的总结反思会本来当天上午要召开的，但突然接到邱敦仁从堡子乡邮电所打来的长途电话，说是马上要从老家赶回来。那个年代各乡还没有直拨电话，乡与乡之间通话一般都要通过各乡邮电所插转才能接通，一拎起话筒，那就是长途了。碰上十万火急的大事要打电话，直奔邮电所，便是有一没二的选择。

甄塬良怔了一下，问："邱书记，老娘身体怎样？"那边电话中却"哈哈哈"地乐了，"只是中了点风，没大问题。董爱翠那边情况怎样？"

"唉！没捉到董爱翠，倒成了捉奸。事情，办砸了。"

"噢，明白了。"

"那等您回来主持会吧，我带头检讨、反思。"

"会嘛，谁主持都一样，你先开吧。我回来后，您把会议情况念叨念叨就行了。"

放下电话，甄塬良的手久久没有从话筒上挪开来。从党委角度讲，邱敦仁是书记，甄塬良是副书记。一般说来，书记在家，必然由书记主持会议，这是政治规矩。中午时分，邱敦仁风尘仆仆地赶回来了，大家赶紧围上去。邱敦仁却挥了挥手，只让小阁进了办公室。大家面面相觑，在院子里守候。谁也猜不透邱敦仁为啥在这时候会单独召见秘书，更不会想到屋子里会有这样的对话：

"我老家邱家湾给你捎口信儿的那个人，何时何地和你见面的？"

"昨天上午，集镇上。"

"是个怎么样的人？"

"一个普普通通的老头儿，满脸皱纹，内穿破棉袄，外边套着城里捐助的西装，用领带束着腰。他自报家门来自邱家湾，一看见我，就说您老娘……"

"他怎么知道你是乡党委秘书？"

"平时我常跟您走村串户，全乡二十多个行政村、自然村的农民，都认识我啊。"

"我老家邱家湾属于堡子乡，你也没去过我老家，我老家人会认识你？"

"啊啊啊？还真是的，那个老头子，怎么会认识我呢？"

"你想过没有？堡子乡的集镇也不小，一个老头子，冰天雪地的，会舍近求远到九十里铺来赶集吗？"

"啊？难道……"

"只能说明你是个猪脑子，跟了我这么多年，光学写材料了，一点政治嗅觉都没有。我当年也是给乡领导写材料一路上来的，我如果像你这洋芋疙瘩，还到得了正科级？"

"我……我……老娘她……没事吧。"

"啥事也没有。"邱敦仁盯着秘书，"我告诉你，这事就此打住，谁要问起，就说真的中了点风，但不碍事。记住了？"

"哦哦哦……记住……了。"

这番话是小阎后来偷偷告诉我的。在他看来，像是要送我一个窥视乡上动态的大礼，献媚中也有求教的意味："邱书记分明是中调虎离山之计了，可是，这背后是些什么呢？"

我着实吃了一惊，立即装了糊涂："一定是你多虑了。"

按照邱敦仁的指示，决定下午准时召开会议。他意味深长地给大家打了预防针："下午的会很重要，咱不光是总结和反思，而且要开成民主生活会，问题出在哪里，大家要做好批评与自我批评的准备。我是计划生育第一责任人，关键时刻去看老娘，首先要承担主要责任。"承担主要责任？邱敦仁却把火引到自己身上去了。突击队是甄塬良带队，整个战斗也与邱敦仁无关，那时候即便有手机这样的通信工具，邱敦仁也不可能遥控指挥。要说真与邱敦仁有关系的话，那只能是线人。如果真是线人出了问题，的确就是邱敦仁用人失察了。

涉及线人，这笔账就有了另一种算法，表面上看，如果说攻坚战失利的导火线是由狗引起的，那么，狗叫的缘由只有两种情况：其一，干警们即便把村子外围的狗没有完全扫清，唯独剩下那一只要命的冤家，但在突击队没有惊动狗的情况下，它为啥要莫名其妙地叫呢？从邓友奎以隐蔽方式转移的路线看，也没有惊动狗的可能，这至少说明，狗叫，绝对不是偶然的，说不准是线人在背后监守自盗，临阵反水。其二，有可能是线人不慎暴露了身份，引起了村民的警觉。如果这样，尖山村必然会悄悄全民动员，至少所有的手术对象及其家属早已开始行动了。在干警们把村外的狗扫清后，又悄悄把院内的狗放出来。至于狗因何选择在那个时候叫，有可能螳螂捕蝉黄雀在后，我们早已被反包抄……

从全盘看，狗叫与不叫还不是问题的主要方面，核心问题是，突击队见到是赵国花，而不是董爱翠，这又涉及线人情报的真实性、准确性问题。假如果真如此，问题就不是一般的复杂了。

这些年抓计划生育的经验和教训证明，线人提供的情报一般来说大多是可靠的，线人即便是糊涂虫，也不敢和乡上玩这种猫捉老鼠的游戏。多年前尚未实行线人制度时，都是各村村委会努力配合乡政府搞本村的计划生育工作，村支书、村长、文书、生产队长、基干民兵和村民党员理所当然被动员到了第一线：宣传计划生育政策、搜集育龄妇女信息、选择手术场所、控制手术对象、协助手术队抬担架……结果造成村一级领导班子与群众的严重对立，干群关系危如累卵。村长们怨声载道："你们乡干部把我们的人扎的扎了，引的引了，流的流了，拍屁股走人，受表彰的受表彰，升官的升官，拿奖金的拿奖金。可你们一撤离前线，把我们这些人留给后方，可惨了。过去有一部老片子《闪闪的红星》，里面有支歌，说是'夜半三更哟盼天明，寒冬腊月哟盼春风'。我们做后方工作的，日夜盼你们来给我们撑腰，可是，你们来了是天明吗？是春风吗？我们惨到家了晓得不？"

惨到啥程度？例子多了去了。上磨村村支书家养了一年的大母猪，肚子里幸福地怀一窝崽呢，每天都要兴致盎然"哼哼唧唧"溜小道儿，有一天却不见返圈，找到时已变成硬邦邦的尸体，大嘴张得像喊冤似的，明显被人下了农药。阳凹村村长家的大门口被人连夜挖了一个陷阱，把老娘掉进去搞成了骨折，至今在炕上哼哼唧唧。妙湾村的一位妇女党员，赶夜路时被几个蒙面人扒了裤子，蒙面人并没有合伙强暴她，只在私密处贴了封条……"革命妈妈"儿子的遭遇，又何尝不是这种情况呢？干部在明处，群众在暗处。都是邻里乡亲，都是无头公案，都是水火两重天。"宁走讨饭路，不当村干部"，"你结扎我家里一个妹，我放倒你村长一个娘"，"当个村里王中王，不如打工把沙扛"。许多村干部被迫撂了摊子，各乡半数以上的村级班子陷于瘫痪状态……

线人就这样应运而生。实践进一步证明，线人在计划生育工作中发挥了村干部难以比肩的、无与伦比的作用。线人在乡干部的明处，却在群众的暗处，很快成为战斗在隐蔽战线的生力军。

为了吸取教训，切实保证线人及其家属的人身和生命财产安全，乡党委、政府、人大主席团、团委、妇联、武装部、派出所以及驻乡"七站八所"的领导和干部在各村发展的线人，彼此单线联系，接头地点自行掌握，随机应变。线人可能是村干部，也可能完全不是；可能是男人，也可能是女人；可能是民办教师，也可能是小学生。领导之间、干部之间、领导和干部之间严禁相互打探对方线人的所有信息。乡上给每位乡干部下发了专项情报费。线人每提供一份情报，奖励五十元，事成后再追加五十元。

自从有了线人，村干部的配合就变成了戏中之戏，在冲锋与后退、对外和对内之间有了自保的余地。突击队每次进村，村干部们故意显山露水，做出清白清亮的样子，该饮驴的饮驴，该酣睡的酣睡，该晒日头的晒日头，该抓虱子的抓虱子，一副事不关己高高挂起的姿态。给村民们放出的口风，隐含自我证明："听说夜里那帮狗日的又来了，都扎了谁流了谁啊？是凤珍还是巧云？是如花还是喜莲……"终极意味其实是站队，父老乡亲们看好了，我胳膊肘朝里，在咱邻里乡亲一边。

会议如期进行，邱敦仁的导语却先从老娘开始："首先感谢同志们对我老娘的关心，病情大家都知道了，小事一桩，不足挂齿，算是一场虚惊吧。当然，我也非常感谢老家邱家湾的农民，跋山涉水给我捎来了口信。哈哈，说明我在老家那边，还算有点威信和人缘吧。"

都以为要打雷下雨刮风呢，没想到邱敦仁一开场居然是逗乐子的调侃。有董爱翠这块大石头压着，谁也没心情乐出声来。

"我知道大家的心情都很沉重，我这个当班长的，和大家的心情一样。"邱敦仁把话题转过来，也不像备足火力开枪打炮的意思："同志们都知道，尖山村的线人和我是单线联系，这次攻坚战失利，对线人打击很大。经过我了解，线人提供的情报是准确无误的，他是眼看着董爱翠从外地回来的，眼看着董爱翠进家门的，眼看着董爱翠家的大门关了整整两天。也就是说，在你们进入她家院子前，董爱翠是睡在家里的。"

"可是，事实是，睡在那里的是赵国花。"甄塬良说。

史建川："既然董爱翠是在家里，那么，有没有这种可能，我们进攻前，您的线人突然反水泄了密，于是，有人故意放出狗来，董爱翠和赵国花立即耍了个调包计。"

史建川的判断不是没有先例，据说另有一位副乡长的线人，被窝里忍不住给老婆透露了身份，老婆在几十里外的咀头乡转娘家时，就给当娘的显摆："还是当线人好，成一次一百元，各村摸几遍，几千元就有了，顶我娃上大学一年的学费哩。"当娘的又透露给了娃他舅，舅就觉得自己有些窝囊："那活儿，是看不见的战线，久经考验才能被乡上看上，我从来没和乡干部沾过边儿，找谁考验我呢？"本来是关起门来贴心连肺的自家话儿，满以为天衣无缝，神鬼不知，万万没想到突击队夜袭时，目标早已逃之夭夭。线人自知理亏，不但乖乖退还了到手的情报费，在村里也是老鼠过街人人喊打，只好拖家带口躲进城里去打工，从此不回乡。据说线人高中文化程度，平日喜欢看点文学书，所在企业有次搞职工文化活动，他泪眼婆娑地朗诵了一首诗，是台湾诗人余光中的《乡愁》：后来啊，乡愁是一方矮矮的坟墓，我在外头，母亲在里头……

史建川的这番话，分明戳到邱敦仁的软肋了。

"史建川同志，我尊重你的质疑。可是你想想，我尽管资历不如甄塬良同志深，但也是咱九十里铺乡的半个老兵了，一路干过来，先先后后发展过十多个线人，哪次马失前蹄过？这次是你们几位带的队，偏偏就失败了，这是为什么？"

还真有点民主生活会的意思，我是听出来了，"你们几位带的队"，绵里藏针，针头软软的，那也是针头，所指当然是甄塬良。

派出所所长赶紧深挖自己："我作为派出所负责人，感到十分痛心，归根到底是存在轻敌思想，对村外的狗掉以轻心了，满以为扫清了，做梦也没想到又冒出一只来，使我们过早暴露目标……"

"先不谈狗事儿，谈人事儿。"邱敦仁把所长拦了回去，"我敢肯定的是，线人作为全村唯一知情者，他不可能有故意骚扰狗的故意。大家一定没想到，为了做到万无一失，线人被我提前安排到镇子里的农户家居住，他根本不在现场，这一点，有房东做证。"

我隐隐觉得味道有点不大对路。"一个桩上的叫驴动蹄子，一个单位的领导掰手腕"，老话了。论本事，邱敦仁和甄塬良不相上下，在地缘上都属于为全县守边疆的封疆大吏，没功劳也有苦劳。平时都传，二人的关系像哥们儿似的，但党政一把手越像哥们儿，越就不是哥们儿。邱敦仁只有四十出头，进城和提升的空间很大；而甄塬良马上就要拎着行李打道回府了，各自拥有怎样的内心世界，只有当事人心明如镜。两个月来的观察，我也不敢轻易断定他俩是好还是不好。工作组在名义上有监督、检查他们的职能，反而让我们沟通的渠道淤泥阻塞，真正的人心隔肚皮。

当年我在县政府办给县长当秘书时，几乎每周都要以工作人员的身份参加县委常委会做记录，最让常委们头疼的恰恰就是全县三十个乡镇的班子配备、调整和任用问题，谁与谁靠得近，谁与谁走得远，谁与谁近了又远了，谁与谁远了又近了，说好听点是团结问题，说难听点是驴头与马嘴的问题。特别是每逢研究乡镇干部在城郊与偏远乡镇之间的搭配对调、乡镇干部提拔副县级、乡镇干部进城到职能部门任职这样的议题时,指标有限,狼多肉少,真可谓风声鹤唳,草木皆兵,牵一发而动全身。一个决议,一个人选,都让会议决策如履薄冰,火中取栗。会前的组织谈话早已演绎成五花八门的版本,成为全县各级干部茶余饭后最为神秘、香辣、刺激的谈资。谁要来了,谁要去了;谁要上了,谁要下了;谁要走运了,谁要倒霉了;谁瞎猫逮了只死老鼠,谁竹篮打水一场空。一时间,好像人人都成了组织部部长,褒贬理由也了然于心。职务上行,如果不是政绩特别突出,那必然是常委里有人死保;职务下行,如果不是政绩平平,必然是摸小姨子炕沿的那点破事被结发妻子黄脸婆捅到组织部了。县是贫困县,乡干部大多数泥腿子出身,在山地、丘陵、平川地区任职,生活环境自然有天壤之别;在近郊、城区当个头头脑脑,那就是祖上坟头显灵的美差。一人得道,远村立马变成故乡,家属亲友无限荣光,皆大欢喜,逢年过节,乘坐小车衣锦还乡的滋味儿,像醉酒的山花儿,开得满山满洼。后来我当了团县委书记,与常委会不沾边了,但对乡干部心窝子里的那点小九九,闭了眼,也能猜个八九不离十的。

甄塬良吸掉了足有一包香烟,一张过早苍老的脸涨得通红:"邱书记的心情我十分理解,您的意思我也是明白的,我也完全相信。您的线人一定是守纪律的,我也不能轻易怀疑线人的可靠性。但是,我也相信我带领的每一位突击队员,他们没有任何透露消息的理由。当然,我也相信我自己。这一点,可以拿党性做保证。只是,谁能相信那只狗呢?"

邱敦仁说:"甄乡长,咱俩一起搭班子同甘共苦多年,心有灵犀。对外,包括对组织上,我始终坦言,只有和塬良同志搭班子,我邱敦仁创业干事,才是最痛快的。"

一句话,会议的气氛慢慢缓和了起来。甄塬良长叹一声:"邱书记也说到心里去了,可是这次攻坚失利,我真是汗颜啊。狗,那只他妈的狗啊!"

"没关系,大家已经很辛苦,我不能因为这个对大家穷追猛打,雪上加霜。再说了,跑了和尚跑不了庙,全县方圆两千多平方公里,董爱翠怀胎三月,料想也不敢跑多远,各乡协查围堵就是了。到时候逮着,流不了,就引,受罪的是她自己。"

让我感到意外的是,会议开得并不像想象得那么长,也不像预期的剑拔弩张,雷声大雨点小地结束了,像走了一次雷厉风行的过场。说是要水落石出,其实水也没有落,石头也没有出来,反而让大家莫名其妙。在邱敦仁这里,攻坚战失利这么大的事件,他始终把握在热处理和冷处理之间,这不像他平时开会的路数。

有人就怀疑,邱敦仁是不是真的理亏呢?十有八九是他的线人出了问题。晚上,有人看到邱敦仁专门去甄塬良房间压惊,他手里拎的是从老家带来的上等黄酒。这种礼贤下士的姿态,再次成为大家质疑的作料。

几天过后,县里突然传来消息,乡上送到县计生委的那根头发,经专业机构进行鉴定,与全县育龄妇女档案中董爱翠的生物检材信息完全吻合。那个年代,拐卖妇女儿童犯罪活动非常猖獗,抛弃女婴、代孕、违法收养、换婴等现象屡禁不止,成为计划生育工作面临的新情况、新问题和新挑战。为此,各县对育龄妇女普遍建立健全了以指纹、毛发、血液等生物检材为主要样本的个人档案。董爱翠的那根头发,显然把云遮雾罩撕开了一个大口子,也就是说,那天被窝儿里跑了的,不是赵国花,千真万确是董爱翠。这个消息以铁的证据证明了线人情报的真实性。面对这个对邱敦仁非常有利的消息,邱敦仁并不显得多么喜不自胜,该开会时开会,该下棋时下棋。他越是这样,反而让大家丈二和尚摸不着头脑。那么,是谁惊着了那只率先叫响的狗?哦哦,又回到人的问题上来了。

现在回想，当时半路杀出一个程咬金赵国花，为啥要舍着个人名誉为董爱翠打掩护？而平时是否和董爱翠的男人睡觉，根本不重要了。根本上讲，董爱翠和赵国花两家人联合起来，包括赵国花家那个三年级的小学生，不！是全村人联合起来，把突击队给耍了。这一耍，的确耍得不轻。一起耍的，还有尖山村的狗。

邱敦仁和甄塬良下棋时，几招过后，甄塬良的万般思绪又回到尖山了："所谓上有政策下有对策，老百姓玩对策，真是玩得出神入化，炉火纯青。面对群众，我们的战略稍有不慎，就会陷入群众的汪洋大海。"

"是啊！"邱敦仁附和了一声，"老哥，您的棋路不错。"

我被甄塬良念念不忘董爱翠的忧患情怀所感染。他的感慨，让我突然想到小学教材里狮子和蚊子的故事。狮子不可谓不强大，却往往被蚊子叮得体无完肤，遍体鳞伤，一筹莫展。

四

话说回来，拿董爱翠的头发去县里做鉴定，很多人感到匪夷所思，也出乎我的意料。就像检查感冒时意外动用了 CT 那一关。史建川从柜子里随手摸出并甩出去的那根女人头发，有人居然会颇费心机地捡起来收藏；收藏也就罢了，还会献给邱敦仁；献给邱敦仁也就罢了，还……

为还原真相花费代价做鉴定，据说是全乡首例。把事情调过来看，也可以上升到对计划生育工作高度负责的态度上来，只能说明九十里铺乡的干部查摆问题的决心、立场更加坚定，坏事摇身一变成了亮点。无论怎样，亮点在邱敦仁那边，丢分的必然是突击队，算是一丢到底了。事实摆那里了，邱敦仁拱手相让给我们的一次良好战机，有一万个理由瓮中捉鳖手到擒来。但瓮在，鳖没了。

对于鉴定结果这个热点，我没听到干部公开议论，但从大家的交头接耳里,我能感受到那种于无声处的暗流涌动。董爱翠的头发毫无疑问是邱敦仁悄悄派人送到县里去的,至于谁送去的,却成了谜。为这事赶一趟城里,巴结一个人打击一大片,谁送谁小人。从逻辑上判断,送头发的,极有可能也是捡头发的那个内鬼。可是那几天里,没有任何一位干部离开过九十里铺半步啊。"做鉴定,绝不是为了否定大家一夜的辛苦,更不是和同志们过不去。我作为计划生育工作第一责任人,只是想进一步弄清线人是否真的可靠。大家知道,线人,是我们搞好计划生育工作的生命线。"

邱敦仁的解释完全从自身出发,自查自纠的意思。这么一解释,大家或多或少理解了邱敦仁因何掖着那位与头发有关的干部。计划生育嘛,该保密的事项多了,只是又冒出个新秘密罢了,姑且如此理解吧。只是那个送头发的干部,也真是太精了。

史建川曾私下感慨:"唉,没想到突击队里有这么山高海深、高屋建瓴的干部,脑瓜子比我这个副乡长强一万倍。我如果是总书记,非得提拔他当国务院总理不可。"有位资深老同志就回应了一句:"恐怕人家当总理时,你还窝在副乡长位子没动静哩。总理来视察时,还轮不到你提鞋哩。"

我突然一激灵,是不是小雷呢?小雷每天中午常去镇子中街的乡农技站下象棋,民主生活会结束后的傍晚,我刚进店,就看到小雷的影子在农技站的门口闪了一下。农技站是驻乡"七站八所"中最牛皮的,拥有吉普车一辆,那根头发,完全可以由农技站的干部代劳跑一趟。

假如真是他,我真有点"不识庐山真面目,只缘身在此山中"了。

要说我对小雷的了解,完全限于团的工作。偏远乡各方面条件有限,广大农民青年思想工作不好开展,可小雷却能坚持有条件要上、没有条件创造条件也要上的工作态度,干得有声有色,几乎年年都会受到我们团县委的表彰奖励,头上戴着几顶优秀青年思想工作者之类的花环。九十里铺乡的青年思想和宣传工作,一度成为我们了解农村共青团工作的重要窗口。计划生育的主要对象是青年育龄妇女，共青团如何在宣传攻势上密切配合乡党委、乡妇联发挥优势和作用，历来是整体工作的重中之重，小雷就做得很有成效。仅标语宣传这一项，小雷的创意就令人刮目相看，他把计划生育的宣传标语分成两大类，用截然不同的内容分门别类进行张贴。这种形式不仅得到了县里的认可和好评，并在各乡得到大力推广和广泛应用。

比如每逢县领导、县计生委领导来九十里铺视察，每逢全县计划生育工作现场会在九十里铺召开，每逢计划生育突击月活动，各村沿街的墙壁上、门板上、树干上、过街横幅上的标语大多是"上吊不夺绳子，喝药不夺瓶子"，"一胎生，二胎扎，三胎四胎刮！刮！刮！一胎环，二胎扎，三胎四胎杀！杀！杀"，"宁添十座坟，不添一个人"，"宁可家破，不可国亡"，"该扎不扎，上房揭瓦；该流不流，赶猪牵牛"，"跑了和尚跑不了庙，躲了初一躲不过十五"，"通不通，三分钟；再不通，龙卷风"，"农民想不穷，少生多养猪"……

尽管这些标语不完全是小雷的发明，但当年小雷在团县委给我绘声绘色地汇报这些招法时，依然听得我头皮发麻，浑身起鸡皮疙瘩。有位团干部忍不住咨询："怎样理解'上吊不夺绳子，喝药不夺瓶子'？我想不明白。"

"是这样的，如果结扎对象攥着麻绳儿、毒药瓶子，以上吊、服毒相要挟，可以不吃她那一套。"

"啊！真是太……"团干部下意识地把话咽了进去。不能不咽，再不咽，只能说明对基层工作艰巨性、挑战性、复杂性、现实性的认识不够，调研不深入。

"各位领导想一想，农村人普遍文化程度低，思想认识上不去，不可能听得进去大道理，但他们懂得刮刮刮，杀杀杀。"

可是，每当省市领导来视察时，宣传标语的内容就完全变了，换成了"计划生育是我国长期坚持的一项基本国策","控制人口数量,提高人口素质","少生快富奔小康,致力建设新农村","严禁溺弃虐待女婴,依法保护妇女儿童权益","时代已经不同前,如今女儿赛过男"……

小雷的解释是,省市领导下基层,各级电视台、报社、报道组的记者前呼后拥,宣传标语是要上荧屏、上镜头、上报纸的,务必要中规中矩,讲个体面,太血腥太俗气太扎眼了,影响新闻质量不说,给领导难堪,就不好收场。再说,记者中难免有脚踩两只船的货色,明里唯唯诺诺大力配合,暗里搞个内参啥的,谁的日子也没好过。捅娄子放水的事情,也不是没有过。事情往往就是这样,光鲜的桌子底下烂透了,谁也不会在乎;可是一旦摆到桌面上来,谁也躲不了。

我说:"不对啊!县领导和各级部门领导下基层,也有县委报道组的记者跟随啊。"

"哈哈,秦书记是当过县长秘书的人,您印象中的记者随县领导下乡,应该是检查植树造林、农田基建、种植栽培、地膜覆盖、规模养殖、农路建设、流域治理、春耕秋播、夏粮收购之类的吧。"

一语点醒梦中人,团委干了几年,离权力中心远了,脑子也跟着迂了。县级报纸上宣传计划生育的文章、报道可谓连篇累牍,但很少出现领导的名字,记者署名也多为笔名。屁股那么大点儿的一个县,手术对象及其家属要想报复你,完全可以进城打上门来。早些年,县计生委主任基本都由女同志担任,后来变成了男同志,为什么?女主任不是在菜市场被偷了钱包,就是在公园饭后百步走时被抽了耳光,都是农民工干的。不像人家省市领导和记者,大城市满世界都是部门连着部门,机关套着机关,车水马龙,人山人海,你即便凑足盘缠变成狗,连人家的脚印儿都闻不到,更无妄扑上去咬几口了。

小雷给我讲过一个故事,有次省领导来突击检查,一眼瞄见一张没有来得及撤换的标语,那条标语是"宁可血流成河,不能超生一个"。

领导的脸立刻就拉了很长,厉声呵斥陪同的县乡领导:"真没人性,你们在基层搞计划生育,讲点最起码的人道主义好不好!?农村的广大妇女同志,都是我们的同胞。"

县乡领导噤若寒蝉,亲自上阵把标语撕了。当时小雷就在现场,赶紧补台:"谢谢领导批评,其实这幅标语是我们团干部贴的,乡党委并不知情。"邱敦仁立即接了茬:"你们这些小屁孩子,真不懂事,计划生育是为人民造福,你们把我们的人民想成什么啦,你们懂不懂人民内部矛盾和敌我矛盾之间的辩证关系?"小雷表态:"都怪我们缺乏群众意识,没有走群众路线。"两人的双簧玩得炉火纯青,滴水不漏。

晚上在县城招待所就餐。省领导的秘书悄悄给县长透露:"平时,那样的标语,还可以再多一些嘛,多多益善嘛。当然,是我个人管见。"什么个人管见,秘书的意思,八成就是领导的意思。果然,那天的饭局杯盏齐鸣,祥和美满,大家谈笑风生,说不尽的家长里短,像久别重逢的一家人在祝寿迎亲庆高堂。

从那时起,我萌生了调小雷来团县委工作的想法。团县委干部多是毕业不久的大学生,有的对农村工作一知半解,有的甚至百屁不通,比如我这次带来的两个干部,一开始走村串户,总是一惊一乍:"哎呀!原来驴子可以生马啊,原来骡子是马和驴爱情的结晶啊。"

"天哪!原来洋芋、土豆、马铃薯是同一种蔬菜啊。"

"呦!原来母鸡可以帮母鸭孵出小鸭子啊!"

"小麦套种,啥叫套种?种田怎么也要使用避孕套呢?"

"……"

我当场让两个家伙闭了嘴,我给他们提出的工作信条是:多干事,少张嘴;往前冲,别装怂;勤动脑,勿清高。

我们团县委,非常需要小雷这样的农村青年干部。可是这次来九十里铺,小雷给我的印象反而复杂起来,说不上好,也说不上不好,至少面目不再清晰了。比如夜袭那天,他居然会把笤帚递到我手上,也许是一种随意或无意,但客观上逼我就范打了人。尽管我举得重落得轻,但毕竟是打了。这不像他的脑子,可也不像别人的脑子,别人怎么就没想到给我递笤帚呢?而且像做贼似的,不知情的,以为给我进贡了一个金元宝呢。

晚上我正和老板娘、粉儿在炕上打扑克,小雷来了:"秦书记,您来乡上都快两个月了,我都没时间过来陪您,作为基层团口的一员,于情于理,都是说不过去的。"

"咱俩都是一个行当,还客气啥。"我不卑不亢。

原以为小雷要陪我打扑克,他却邀请我去东街一家饭馆里喝酒,这使我稍感意外。乡上的酒风我是见识过了,个个是公斤量。所谓"八两才开头,一斤才上头,斤半才晃头,二斤才混头","工作好不好,酒上见分晓","酒壮英雄胆,催粮要款大满贯;划拳出好汉,结扎引产全兑现"。诠释的就是乡上的酒文化。乡上四五十号人,副科以上领导干部八九位,私下的酒场不在少数,桌上有谁没有谁,多了谁少了谁,背后都是大文章。作为工作组负责人,对于乡上班子的酒,我自然会责无旁贷奉陪全场,私底下的酒局,我一般会装怂谢绝。我也摸不清谁对我们是真提防,谁是假提防,这就避免了不少飞短流长。

按理说,小雷私下请我喝酒,有共青团这面大旗遮挡,一个战壕里的弟兄,料想谁也不会嚼舌头。可是,他请我太晚了。

"小雷,最近我不怎么喝酒,你不是不知道。"

我甩出去的这句话不冷不热,够小雷思量一阵子的。他果然在门口怔了一瞬:"知道知道,秦书记,那您忙。"临走不忘朝老板娘、粉儿招呼:"嫂子、妹子,有事吭声啊!对了,我刚刚买了一副新扑克,你们玩儿吧。"说着从怀里摸出一盒新扑克。我和老板娘面对面坐,粉儿靠炕沿儿,但小雷舍近求远,伸臂弯腰,双手把扑克呈给老板娘。

那样子,像极了给领导呈送文件。这让我暗吃一惊。

五

在后来的几天里,关于狗叫的问题像是画了个句号,很少有人提及,客观上大家也累得一塌糊涂。那天邱敦仁去城里参加全县计划生育阶段性汇报会,就董爱翠事件做了深刻的检讨,第二天就马不停蹄赶回来了,亲自带领突击队和工作组,白天殚精竭虑研究方案,晚上集中行动,南征北战,东奔西走,结扎、引产、人流、取放环一起上,不仅一举拿下了廖家崖的廖芳芳、王家沟的王绣春、北坡村的郑杏杏、脊梁村的孙美娟、盼水村的黄蜜菊等十多个难缠户,沿村发放了八百多盒避孕套、避孕药,还顺手牵羊、将计就计逮住了两个藏匿在本乡的逃跑户,是从毗邻乡跑来的。一般说来,截住逃跑户非常不容易,县上的额外奖励是拿定了。逃跑户所在乡镇至少要送来锦旗什么的。

照这个阵势,全乡"平茬"、扛红旗都不在话下。所谓"平茬",就是像割麦子一样,镰刀到处,不留一根杂毛;所谓红旗,专指全县唯一的一面计划生育流动红旗,各乡流动,视为至荣,谁强谁扛走。如果不是那一声狗叫,红旗早就被九十里铺扛定了。

"同志们,我给大家敬酒了。"邱敦仁率先端起杯,一饮而尽。

拿下一个,一场庆功酒,每次都放倒一大片。好几次,我是被抬进店里的。一觉醒来,发现炕沿下一片潮湿,显然用清水冲洗过。

"秦大哥,你昨夜,又吐了。"粉儿说。

我吐出来的秽物每次都被粉儿打扫得干干净净,残存的潮湿里,隐隐散发着淡淡酒精、胃液的酸腐味儿。

"又给你添麻烦了。"

"听说秦大哥每次才喝四五两,就趴了。"

我只好笑笑:"人和人的量不一样。"其实我岂止四五两的量啊!"秘书行不行,端杯见英雄。"当年陪同县长下部门奔乡镇、走街道进企业乃至跨省市考察学习,早就锻炼成铁胃钢嗓铜肠子了。我为什么会醉呢?我心里在问自己。还用问吗?"酒不醉人人自醉"。心里压着董爱翠这个大石头,我纵是张飞李逵杨五郎,岂能咽下邱敦仁敬过来的酒?

我摆脱不了狗叫,一如我摆脱不了几天前的那次民主生活会。

我这个青年领袖的口才,乡上是领教过的,但细想起来,我在那天的民主生活会上反而什么意见也无法表达,也无从表达。邱敦仁自始至终就没有主动征求过我的想法和意见,不大可能仅仅顾忌我当过县长秘书的经历。"秦组长给县长当过笔杆子,在古代就是师爷啊!"对大家的这句口头禅,我是有自知之明的。基层对我们这种人的忌惮,全因为我们头上有县领导的影子笼着罩着,世俗地讲,如今我和乡领导的彼此相处是热乎还是冰冷,是默契还是疏离,那影子既可以成为他们命运的祥云,也可以成为不祥之兆。在乡上,我时时刻刻在淡化这一点,一方面表明我绝不是凭耍心眼玩花活儿而是凭本事上来的,另一面也希望和大家肝胆相照平起平坐。影子是影子,我是我。如果动不动扯起虎皮当大旗,活在别人的影子里,也实在太没有尊严了。

我没想到,我的方寸还是乱了。这几天计划生育工作形势一片大好,反而更加让我坐卧不宁,一种莫名的恐惧像狗叫一样弥漫了我的心头。试想,既然线人没问题,带路人没问题,突击队也没问题,那么,我作为尖山村攻坚战领导者之一,有没有人怀疑我们工作组呢?只有我们三人住在机关院外,进出自由,与老百姓摩肩接踵,随时有传递信息的可能。现在看来,把工作组安排在院外,避免了与干部更多地接触,是不是有设防的故意呢?不会有人把对工作组的质疑摆到桌面,但完全有可能绕开我直接捅到县里去,据说上次邱敦仁进城开会,照例到县上头头脑脑那里走了一遍。如果种种可能中还有我不希望的可能,这个屎盆子无论如何也摘不掉了,因为你无法确定屎盆子从何而来,又该找谁一起冲洗。

就是说，是工作组私下串通尖山人，骚扰了那只要命的狗？

这是个让我不寒而栗的问题。前些年各乡上搞计划生育，最不放心的恰恰就是工作组。有的工作组为了凸显自己的身价和尊严，不顾自身半斤八两的分量，监督多于配合，检查多于协助，正面沟通不了，就背地里给县计生委打小报告，弄得乡上敢怒而不敢言。有的工作组大事做不了小事又不做，光顾笑纳村里的土特产，隔三岔五开小差溜进城窝几天，乡上还得违心替他们评功买好。有的工作组男男女女好几位，不久关系发展得柳暗花明，山高皇帝远地当成了逍遥宫，"每当山花烂漫时，她在丛中笑"。还有的工作组——比如组织部部长给我谈话时提到的龚安娜那一组，搞得九十里铺天怒人怨，负面影响至今阴云不散……当年的龚安娜是县妇联主席。她留在九十里铺的故事，谁也不曾当着我的面提起。

龚安娜带领的那个工作组，组员都是妇女同志，工作开展起来还是蛮泼辣的，善于和农村育龄妇女面对面做工作，理论上也是一套一套的，一开口就是"我们只有一个地球"，"生男生女都一样"。她们还能和群众打成一片，吃住都在群众家里。工作点子也不少，比如在村小的操场上和小朋友们一起玩游戏时，就会问："小妹妹，你家几个孩子呢？"

小妹妹斩钉截铁："一个，就一个。"

"真棒！那，你回去后把这个游戏教给你姐姐好吗？"

"她在城里当保姆哩。"

"教给弟弟也行啊。"

"弟弟在山后的外婆那边上学呢，我一年才见一次。"

"嘻嘻，小朋友真乖！"

"城里来的阿姨，您真好！"

啧啧！厉害不？不是说"摸排之难难于上青天"吗？但在龚安娜那里，蹦一蹦，跳一跳，一番春风化雨，到手的全是真金纯银。

可是一进入实质性的攻坚现场，龚安娜就完全成了银枪蜡烛头。有次全县"严厉打击拐卖妇女儿童犯罪专项工作现场会"在九十里铺召开，五花大绑的人贩子们站在台子上低头认罪，从全国各地解救回来的一个个妇女与亲人抱头痛哭。有个妇女代表被请上台来，一把鼻涕一把泪，指着人贩子大骂："你个千刀杀万刀剐的，我十七岁那年，被你卖给了山东打鱼的，和比我大十岁的陌生男人生了三个娃儿……"血淋淋的事实和悲壮气氛，催下了龚安娜同情的泪水，她自告奋勇提出要给妇女们做安慰工作。"知道吗？这叫心理危机干预。"她翻山越岭、挨家挨户与妇女们促膝谈心。"姐妹们历尽了千辛万苦，终于和亲人团聚了，今后好好过日子，一切从零开始。"六天工夫居然齐刷刷做了一遍。妇女们用半土半洋的普通话诚恳表示："龚主席放心，我们懂零，会从零开始的。"几天后，她又做重访巩固工作，发现那些妇女早已跑个精光，山东的去了山东，安徽的去了安徽，江苏的去了江苏，福建的去了福建。伫立在村口的龚安娜，像一段惨遭雷击的断崖，飞卷的山风，把漂亮的披肩发扒拉成了墙头草。

龚安娜请求乡上报警。甄塬良说："且慢。"龚安娜急了："那是我的姐妹们……"

"那也是我的姐妹们啊！"

"乡上这是见死不救。"

"追回来可以，你要去山东安徽福建给娃儿们喂奶吗？"

龚安娜被噎得哑口无言。晚上洗衣服，发现口袋里多了一张纸条，上书："姓龚的，你以为你是女人吗？我懂你，你才是个零。"落款是：原九十里铺乡脊梁村农民周笨媛，现雷州半岛渔民周丽媛。

一到"四术"现场，龚安娜一行更傻眼了。有次突击队堵住了一位引产对象，女人"扑通"一声就跪下了，双手紧紧呵护着隆起的大肚子。龚安娜赶紧拽她，女人就是不起来，珠泪滚滚："龚组长，问您几个问题可以吗？"

209

"啥问题都可以问嘛！咱都是姐妹，你不该这样子。"

"听说您的娃是独生女？"

"是啊！我很爱她，女儿是妈妈的小棉袄呢。"龚安娜进而开导，"传宗接代的思想要不得，那是传统的、陈旧的封建思想和流毒，如今都市场经济了，女人，也是半边天嘛。"

"如果光为了传宗接代，说明你太小看咱乡下人了。"女人切换了话题，"假如您生活在咱这穷山沟里，您女儿能帮您扛麻袋、赶牲口、打土坯吗？能学木匠、泥水匠、铁匠给家里挣钱吗？能上房修梁，下井掏泥吗？"

"咹……咹……"

"这样行不行？咱换一下，我搬到您家里，您搬到我家里，您是人民公仆，全心全意为人民嘛。"

"咹……咹……"

"您说'只生一个好，政府来养老'，可是老人们七八十岁了还在庄稼地里玩命儿，您见过哪个乡下老人退休了，拿退休金了？"

"咹……咹……"

龚安娜被逼得上气接不上下气，但仍然搬出了撒手锏："其实……咹，女儿长大后，还可以招个上门女婿的，俗话说，一个女婿半个儿嘛！"

女人突然"呼"地起来了，指着龚安娜的鼻子骂："你简直放狗屁，你还像五谷杂粮喂大的婆娘吗？你以为这是解放前啊！如今土地不养人，女娃长大后只能往南方跑，跑哪嫁哪。男娃长大后都去打工，连自己家的门都顶不起来，还能给别人家顶门立户？"

"……可是，要服从大局……"

"咱的大局就是过日子，你有这样的日子吗？"

"……"

据说女人的那一跪和一番连珠炮，让龚安娜脸上的表情变成了风霜雨雪，黄色的风衣包不住浑身浮泛而起的惊惧和寒战，水珠子沿着鬓角往高挺的领子里扑，不知是泪滴还是汗水。后来的事情就变得扑朔迷离起来。全乡在开展春季、秋季计划生育攻势的时候，有几场战役屡战屡败，乡上不仅被县里夺走了红旗，挂了黄牌，干部的工资被扣了一半儿，连甄塬良即将要调动进城的事情也黄了。乡上痛定思痛，从内部悄悄开展了摸排，发现罪魁祸首恰恰出在工作组那里。原来，每次战略计划，均被龚安娜他们偷偷送了出去。

组织上对龚安娜的处理也是严肃的，不仅给予严重警告的处分，还调离妇联主席岗位，调整到县文明办当了主任。文明办属于县委宣传部下面的二级部门。同样的正科，分量却缩水了不少。一名仕途看好的妇女领导干部一旦背上这样的黑锅，一辈子也揭不开甩不掉的，未来的进步也就必然打了折扣。不久，龚安娜永远在县里消失了，确切的消息是请了半年假陪夫君在美国读博，却从此与组织彻底失联……

龚安娜当然是龚安娜，我当然是我；我不是龚安娜，龚安娜也不是我。即便有十个女人给我下跪，向我诉说，我的立场和决心也丝毫不会动摇。人心都是肉做的，我不是没有情怀、良心和同情心。可我认准了一条，现实归现实，工作归工作，我不会因为现实而影响工作。工作是我的职责，也是我的本分。

心情，是糟透了。在乡政府吃过晚饭，真想回到店里抱头大睡，却又担心被老板娘和粉儿看笑话，只好脱鞋上炕，铺开棉被，强打精神打扑克。我沮丧的心情没有躲过粉儿的眼睛，她幽幽地说：“哥哥，尖山的事情全乡都传遍了，没关系，大不了扣点工资，又不是天塌下来。"

"哈，你都知道啦。"

"事情又不是发生在埃及古巴西班牙，咋能不知道呢。啧啧，哥哥怎么又出错牌啦。"说着话，脚趾在棉被下轻轻挠我的小腿肚儿。

我不好意思动弹，任其所挠。粉儿见我没有反应，就说："哥哥，怎么让你高兴起来呢？"

"这些天真是有些疲惫了，要不，都早点睡吧。"

睡到半夜，我被一泡尿憋醒。像往常一样悄悄摸下炕，摸准尿盆，气沉丹田，把手中攥着的家伙死死贴紧盆口，让飞流沿内壁而下，尽量让糟糕的音量削减到最小，最最小。

"嘻嘻嘻……"伴着粉儿的笑声，大灯泡突然亮了，突如其来的强光刺得我睁不开眼睛，一半儿的尿在肚子里像是突然断电关闸。条件反射似的提起裤子，却发现对面炕上只剩粉儿一人，老板娘又不见了。粉儿蹲在炕上，披着被子。她的蹲姿有些夸张，水红色的蕾丝睡衣如雾似帘，缥缥缈缈，乳白色的文胸和粉色内裤忽明忽暗……

说真的，那一刻我还真是想了很多，被质疑的压力和破败的心情，加上噩梦的缠绕和夜晚的混沌，让我发胀的脑袋迷糊了许多。我使劲吞咽了一口唾液，忍不住多瞄了粉儿一眼，我听见自己在说："粉儿……"

"哥哥。"

"我……"

"哥。"

"……别……别着凉了。"

粉儿"哇"的一声哭了。被子和身体同时坍塌下去，趴成了一堆儿凋零的花瓣儿。我把灌了铅似的身体连根拔起，摇摇晃晃地爬到自己炕上。灯，就那么亮着，一夜未关。

六

乡上收到县委组织部寄来的关于计划生育工作组负责同志开展工作情况调查表，明确要求组长亲自填写并签名，然后由乡党委签署意见并盖章，再寄回组织部。邱敦仁笑着征求我的意见："秦组长，你看，是你自己填写，还是让办公室的秘书代劳呢？"

我说："还是我自己填写吧，这次工作没做好，我会实事求是，把成绩和不足区别开来。特别是尖山攻坚战的重大失误，工作组是有责任的，教训很深刻。"

"哈哈，话不能这么说，工作组的表现大家是有目共睹的，你不该背这个包袱。填表的事儿不着急，到时寄往县里就行了。"说着吩咐秘书："通知党委委员开会，研究全乡党员干部群众给手术对象送温暖、献爱心的事。"

我赶紧把钱包里仅有的三百元掏了出来。那个年代，三百元等于我一个半月的工资。邱敦仁笑了："秦书记可别这么大方啊！你这可是大老板的手笔，当领导的这么捐，以为搜刮了民脂民膏又放血买乖呢。乡上有老规矩，正科二十元，副科十元，一般科员五元，普通党员两元。你是工作组，可以不参与。"

"书记，我作为团干部，坚决不能落下，那就二十元吧，我再给工作组其他同志动员一下。"我惊讶于我的口气我的姿态我的诚恳。此时此刻，我面对的只不过是一位平级的领导干部，却像面对我的老上司、面对组织部部长、面对某个有利害关系的人。"为人不做亏心事，半夜敲门心不惊。"我何来的心虚？我稍稍挺起腰板，换了口气："哈哈哈，送温暖送爱心，邱书记绕过我们工作组，就是故意打击我们了。"

几天后，调查表却由秘书填好了，公章也盖了，只等我签字。我发现，"工作表现"一栏的内容，既有概括性又有条理性，不仅高度总结了我的突出表现，还特别强调密切配合突击队全面完成了各项任务。在"深入群众"一栏，特别强调我能够克服困难，每天住在群众家中，和群众打成一片，赢得了群众的高度信任。"基层党组织意见"一栏是邱敦仁亲自签署的："秦岭同志在九十里铺乡工作期间，能够充分发挥党联系青年的桥梁和纽带作用，全面调动全乡广大青年干部的积极性和创造性，特别是在计划生育工作中，不仅给予了我们大力指导、检查和帮助，还亲力亲为，不畏困难，直接参与了所有突击活动，取得了优异成绩。"而"存在问题"一栏，除了思想有待进一步解放、有时有急躁情绪等心照不宣、大而无当的文字外，没有一个字涉及尖山，涉及董爱翠。

如果让我自己填，又该怎样？秘书替我填写调查表，毫无疑问得到了邱敦仁的授意和把关。这样的做法，这样的结论，这样的面子，反而在我和乡上之间的这堵高墙，越垒越高。

如何才能穿越这堵墙，成了我的局限和短板。

关于我对计划生育工作的认识和态度，其实从进入九十里铺的那天起，就或多或少地与乡党委班子成员做过交流，我不是高谈阔论，也没有引经据典，更多的交流了我从政以来涉足计划生育工作的一些经历，目的当然有为我的计划生育阅历和经验争分的意思。我不能让大家把我看作是第二个龚安娜，我带领的工作组有备而来，不是冒失鬼、愣头青。我带来的两个家伙还算为我争气，几番折腾，适应了虱子，习惯了不洗衣服，关键时刻还敢上房揭瓦，赶猪牵牛。

最好的表达莫过于证明，我曾让乡领导们看过我的五道伤疤。这五道伤疤隐藏在我后脖子上的发梢里。在机关那么多年，我非常清醒自己该保持什么样的仪表、姿态和发型。没有伤疤之前，我的发型始终是中规中矩的运动式，耳鬓、脑后以下始终光洁清爽，纤尘不留。自从后脖子上有了伤疤，只好稍留长了些，每次修剪以能够覆盖伤疤为基本原则。县文联的同志就和我开玩笑："秦书记，你当个青年领袖还不知足，想当艺术家啊！"我也回之玩笑："如果留点长发就是艺术家，下次换届，你们文联主席是不是得请山羊、狮子、卷毛狗来接任啊。"

五道伤疤是一位女人给我留下的。当时我只是县政府办的一般秘书，跟的是分管科教文卫的窦副县长。那年夏天，我在县委党校参加了为期三个月的全县中青年干部理论培训班，组织上对我们这期学员的培养非常重视,最后半个月专门安排了社会实践锻炼,主要任务是分赴各乡协助抓计划生育工作。我被安排到了金鹿乡。几个战役下来,我遭遇了那个叫马金环的女人。马金环已经有了二胎,属于结扎对象。她在娘家躲了十多天,满以为风头过去了,刚潜回家,没想到我们会杀个"回马枪"。

夜幕下,我是第一个冲进院子、冲进屋子、冲到炕边的。当时,被窝里的马金环用薄被捂住脑袋,像个起伏的山峦。

"马金环,请跟我们走!"我先礼貌。

"你敢动我一指头,我和你拼了。"

马金环掀开被子,一骨碌翻身起来,居然一丝不挂。

吓呆的反而是我,这是我第一次大尺度看到女人的身体。当时我还没结婚,和女朋友搞对象也不如社会青年那样把个卿卿我我搞得风生水起,翻江倒海。拉手有过,亲嘴有过,有次忍不住把手伸到对象的裙子里去,被人家一个兰花指"嘚儿"一声弹了回来,只好退而求其次摸了摸人家领子以上裸露的部分,算是勉强过瘾了。可这个马金环,却让我始料未及地、事与愿违地、歪打正着地、无心插柳地发现了女人身体的全部。我立时被马金环的这种抵抗方式击穿了。马金环白花花的身体像飓风一样,让我跟跟跄跄直往后退。"哐啷"一声响,后背与门框的撞击让我倏然清醒过来。作为组织的重点培养对象,一种巨大的庄严感迅速让我恢复了决心和定力,我一定神,立即动手。

我从小练就的武术基本功终于派上了用场,我一个鹞子翻身上炕,先是一个白鹤亮翅,再来一个倒背金人,背着马金环飞身下炕。这时,突击队员们也蜂拥而至,簇拥着我和战利品一起朝外挣。

毕竟是第一次上战场,我忽视了马金环的力气和自我设防。慌乱中,我的臂膀呈环形揽着马金环的屁股,丝毫没有感受到异性的肌肤和体温带给我的异样。马金环在我背上踢踢打打,大喊大叫:"你个臭不要脸的,放我下来!你个臭不要脸的,放我下来!"

她越折腾,我的臂膀箍得越紧。

"秦秘书,你的肩膀流血了。"乡干部提醒我。

我这才感觉到后脖子位置火辣辣的疼,那种疼很怪很特殊,像伤口上洒了辣椒水,火中还有点儿炸。是马金环在抓挠我。她不是随抓随挠,而是瞅准位置后,指甲使劲儿往皮肉里抠。事后我才知道,马金环是乡皮毛厂的技术能手,凭着一双有力、灵活的巧手,一天能干两天的活儿,一人能抵两人的任务,年年都是全县乡镇企业标兵和劳动模范。一个成天翻弄猪皮、牛皮的女人,把我这点人皮抠出五个血道道儿,岂不是抓了一坨泥巴、扣了一把棉花。

那天的血流了不少。干部误以为我肩膀上出血,其实血早已漫过肩膀,染了个满胸满怀,连裤裆里都黏糊了。干部惊呼:"啧啧,这到底是马金环的爪,还是梅超风的九阴白骨爪啊。"

马金环被成功实施了结扎手术。我不幸的伤口成为我荣幸的事迹,事迹被乡上报到县里,我一跃成为中青年理论学习班的优秀学员。县委报道组要采访我,我嫌丢人,千方百计婉言谢绝。可这一婉拒,又被理解为青年干部难得的虚怀若谷、高尚境界和成熟低调。不久任命书就下来了。人们称呼我的时候,不再是秦秘书,而是秦科,实际上是秘书前面多了个"副"字:副科级秘书。我的工作岗位随之调整,由跟窦副县长上升到跟一把县长。两年后我被提拔为团县委书记,就是从这个台阶跨上来的。

我给九十里铺乡的同志讲这番经历的时候,有意低头撩起后脑勺的头发,同志们好奇地围过来,像探究一个刚刚出土的文物。那里荟萃着丰碑一样的事迹,绽放着花儿一样的光荣,吐露着无与伦比的异香。那是惊艳,是证明,也是象征。

甄塬良带头鼓了掌,说:"秦组长是经过沙场的人,这样的工作组到我们乡,是组织上对我们最大的支持、关心和爱护,我们更有理由把全乡的计划生育工作做好,不辜负县里对我们的信任。"

可是，我这样的经历这样的心迹，能证明我在尖山攻坚战失利问题上的清白吗？调查表是乡上填写的，但调查表中的我，又能说明什么？调查表，只不过是一张表，横七竖八的线段构成了大小不等的格，装进去的，是一大堆点横竖撇捺，我如果真是那一点一横一竖一撇一捺，还算个大活人？邱敦仁会横竖撇捺，我也会，人家董爱翠也会。要说谁不会，只有那条狗不会。狗，只会叫。

七

好久没回家了。那时候还没有实行双休日制度，唯一的星期天基本都配合突击队坚持在火线。有次强攻穆集寨，没想到进村的几条路被人连夜挖断了，突击队只好鸣金收兵。我利用村民修路的空隙，这才匆匆返城探亲。邱书记给了我政策："好不容易回一次家，多待几天，放心去吧！"没有我的日子里，家里的现实困难比我预想的还要糟糕，家里家外、上老下小、柴米油盐把丰满玉润的妻子累成了乡村才有的蒿草秆儿，我只有用赎罪的态度连轴转：换煤气罐儿、扛米面袋儿、买奶粉、给孩子洗尿布……然后匆匆去拜望岳父母：往返医院请医生、换药、捶背……又去爸妈那里。爸妈啥都不让我干，母亲一看我脸颊塌陷，连大肚子都没了，就故意逗我："搞计划生育不错，自己的大肚子也没啦，苗条了好哇。"

知道母亲是穷开心。"知母莫过儿"。老人家的心酸，我知道。

这次悄然返城，为的就是不打草惊蛇平添忙乱，但还是被政府办、团县委的一些同事嗅着了，大半夜堵上门来，嚷嚷着要猛喝一次。团委的一位副书记诡秘地告诉我："有一位客人，来县里好几天了，一再表示非常想见你。""谁？""先不告诉你，到时候您准会大吃一惊。"我故意拉下了脸："对我，还卖啥关子呢？"副书记这才神秘兮兮地透露："是龚安娜，她探亲来了。"

我这才弄清楚，龚安娜不仅在美国领到了绿卡，而且在一所大学当了副教授。据同事们讲，龚安娜这次衣锦归乡，与亲朋故交小范围聚了几次。聊起往事，有闺密问她："那件事儿，你后悔吗？"一身洋味儿的龚安娜"咯咯咯"地乐了，像大明星麦当娜似的耸耸肩："你说呢？"

我能猜度到，我和龚安娜彼此渴望见面的心情、心境中，积蓄着许多有意思的、不为人知的话题。可是这般火候，龚安娜成了我最不该见的人。我本来想请同事以计划生育工作太忙为由，向龚安娜转告我的歉意，但我突然意识到这个理由对龚安娜来说是多么的滑稽，也许不值半根鸡毛的分量。我只好编了一个理由："周一，也就是明天，乡上有个重要会议，由我和书记共同主持，实在不敢久留。"

这个谎言也把我逼得没有了退路。我担心同事们第二天又堵上门来——龚安娜亲自前来也未可知，天未亮就匆匆向妻子告别。妻子说："不是说好多待几天吗？"我只好又把那个谎言重申了一遍。妻子的泪就下来了："我以为，你那个理由是哄同事用的，想腾出时间给家里干点活儿呢，没想到是真的。"我已感到自己的泪也在眼眶里打旋儿，赶紧转身，披着漫天大雾匆匆赶往长途汽车站。那时候，从县城发往九十里铺方向的长途班车两天才有一趟，一趟沿途串五六个乡。时不我待，九十里铺像一根钢丝，紧紧牵着我凌乱的脚步。

我怕错过班车，早点只好选择了车站一隅小摊上的肉夹馍。一桌之隔的另一个小摊上，几位等车的农民工正在夜色和大雾的包围中边吃边吹牛，话题多是结扎引产云云。我下意识地瞥了一眼，隐约发现其中高谈阔论的一条汉子，非常像那天突击队的带路人邓友奎。我刚要绕过去打招呼，但他们的话题却让我把屁股死死钉在了板凳上。

"对付突击队，就得像我这样，牵着他们的鼻子走，让他们满大山白折腾。他们自以为兵强马壮，滴水不漏，但咱农民也不是吃素的。"

"难道真是你给董爱翠报的信儿？"

"我当然想报信儿,但没报成。他们只给了我十分钟回家的时间,我争取到了二十分钟。我算计好了,不光要翻董爱翠家的墙,还要翻我家的墙。但董爱翠家的墙又高又滑,墙头还是软土,没个抓手。我扑腾了十多分钟都不行,正急得猫抓心哩,狗叫了。"

"看来最终还是狗的功劳。"

"我一直闹不清那只狗,听叫声,像铲锅底儿似的,还有点破,有点闷,像一条老病狗,咱村好像还没有这样的狗。可是别村的狗为啥要跑到我们村来呢?这才是我非常纳闷的,除非是二郎神的哮天犬。哈哈,如果真是哮天犬救了董爱翠,那董爱翠说不定是王母娘娘转世的哩。"

"哈哈哈,看来咱要防着你们九十里铺的狗,咬一口,不得了。"

"各位老哥如果不是外乡的,我还真不想吹这个牛。我的想法只有一个,乡上如果请各位带个路、当个线人啥的,一定要满口答应,然后……"

"……"

我怕不留神暴露给邓友奎,把肉夹馍用油纸一卷,赶紧结账溜走。上车后,我坐车尾,邓友奎坐车头,中间全是拥挤的脑袋。两个小时候的颠簸之后,邓友奎在毗邻尖山村的一个小站下了车,我这才抻了抻腰身。蜷缩了一路,腰腿骨节百般酸麻,不由想起了麻醉枪。中了麻醉枪的狗,再麻,能麻得过我今天的滋味儿吗?

太吃惊了!我非常需要找一个人聊聊,第一人选当然是小雷,可是思来想去,我选择了副乡长史建川。史建川也曾多次请我喝酒,我通通谢绝了。我嫌他嘴贱,比如有几次就笑嘻嘻地问我:"店里,你们是谁摸谁的炕沿儿?谁进谁的被窝儿?"我只好轻松对应:"史乡长太小看我了吧,你以为我在城里啥都没见过?""哈哈哈,我是开玩笑哩。""这么说,你史乡长也不是省油的灯啊!"史建川不屑地说:"哼!那是叫驴干的活儿,我史建川才不好那一口。"

也奇怪,"不好那一口"从史建川嘴里说出来,我似乎是相信的。但我无法相信个别离家比较远的干部。按规定,乡干部人人都有包村蹲点的任务,蹲点天数纳入政绩考核,可是有的干部往往会超额完成蹲点任务。表扬是表扬了,背地里的吹牛也多了新内容,比如石寨村的大姑娘石绣珠在城里当保姆时一定被主家开了苞,弄起来比预期要活泛一些。再比如上崂村的寡妇汪甜甜不光是水蛇腰,舌头尖儿像蛇吐信子似的,肚脐窝儿像朱自清的名篇《春》里描写的野花似的,散在草丛里,像眼睛,像星星,还眨呀眨的……

史建川这个人,我是看出来了,敢说敢干,脾气耿直,有嘛说嘛。比如董爱翠那次,在甄塬良拉屎不在岗的情况下,狗一叫,他果断地组织大家发起冲锋。再比如民主生活会那次,他毫不隐讳地对上司邱敦仁的线人提出质疑。我非常相信,像他这种秉性的人,在组织上考核、鉴定领导干部综合素质的表格里,一定白纸黑字写满了诸如实事求是、雷厉风行、光明磊落这样的文字——我又想到我的那张调查表了。但这样的干部往往是二百五,谁都想用你,谁都忌讳你。

从史建川举步维艰的仕途路径就看出来。十年前,他本来是从县城郊区的东郊镇起身当的副镇长。有个说法,距离县城越近,计划生育工作越是灯下黑,突击队还在摩拳擦掌呢,钉子户们早已大摇大摆在城里的七大姑八大姨家捧个录音机玩胎教了,这其中就有镇长的侄女。那些年城里的农村流动人口剧增,摆摊的设点的刷锅的洗碗的,其中少不了超生游击队,漏网之鱼如过江之鲫,多了去了,成为县城流动人口计划生育工作的一大顽症。对镇长的这点隐情,同志们睁一只眼闭一只眼,大家搅的是一锅饭。再说当下属的谁没少受领导的照顾,没人好意揭这个短。万万没想到有那么一天,史建川却私下带人把镇长侄女给拎了回来,镇长被逼上梁山,来了个六亲不认,下令手术队把侄女一刀子引了。镇长拍拍史建川的肩膀:"老弟干得好!咱当领导的,就得讲民主,以身作则,发挥模范作用。"

镇长侄女的落网,一石激起千层浪。有人就说了:"凭身份,镇长侄女该是游击队队长的料,但冒出个内鬼史建川,这女娃连个队员都没当成。"

都明白镇长这是挥泪斩马谡。斩马谡也是斩,这一刀下去,上感动组织,下示范人民,镇长提拔当了书记,史建川却差点被唾沫星子淹埋了。有次酒过三巡,武装部长忍不住数落史建川:"哥们你知不知道这叫恩将仇报,如果没有镇长推荐,你还能当上副镇长。"史建川一拳过去,对方的鼻梁骨立即换了位置。史建川的拳头和语言同一时间出膛:"那是我辛辛苦苦干出来的。"这一拳的代价够难受的,史建川被平级远调到了山区的一个乡,至于后来为何又被平级调整到九十里铺来,我就不知道了。

这种在各乡平级转圈子的领导干部,应该不在少数。从良心上讲,面对史建川这样的人,我内心是有愧的。多年前,我有个大学毕业的农村亲戚薛长贵在一所偏远中学当语文教师,自以为天之骄子,不安心农村教育事业,一门心思想往城里调,做梦都想在城里找个对象做"双职工"。眼看进城无望,只好退而求其次顺手牵羊找了个高三毕业的女学生当了老婆,给老婆在集镇上争取了个理发店。按理说这样的小家庭在农村算得上准贵族了,可他就是不死心,工作吊儿郎当,屡屡被处分,从带高中贬到带初中。老婆生了女儿后,薛长贵每天借酒浇愁,破罐子破摔。

后来一连串的变化非常有戏剧性,薛长贵不仅当了校长,成为全省优秀园丁奖获得者,还破例调进城当了教育局副局长。究其原因,非常搞笑。超生二胎,反而成了他命运转折的强大引擎。

那时候乡属学校、卫生院的工作人员都算干部,干部和城镇居民一样都属于非农业户口,必须一视同仁严格执行独生子女政策。对干部顶风违反计划生育纪律的处理是非常严肃的,各乡或多或少都有教师、医生被开除党籍、公职的情况。某一年寒假,几个关系不错的教师去薛长贵的老家薛家山喝酒,发现炕上有个活蹦乱跳的小男孩。"这是我妹妹的孩子。"薛长贵的解释没有逃过大家的火眼金睛,小男孩的眉眼身段,分明就是薛长贵的浓缩版。事情明摆着,小男孩没来得及转移,就被同事们撞上了。"怎么样?我妹妹的孩子像我吧。俗话说:生儿像娘舅,养女似家姑。"薛长贵的进一步澄清像画蛇添足。大家附和着:"是啊是啊!"临走,每个人手里多了两瓶薛长贵送的好酒。

"气短出英雄。"薛长贵从此变了个人,尊重领导,团结同志,废寝忘食地投入教学工作,通宵达旦地撰写教育理论,一丝不苟地帮助同事干这干那,逢年过节,都要登门拜望领导和同事,逢着谁家的红白事情,他随份子大放血,弄得上上下下都感激涕零。谁也不好意思质疑他违纪超生的严重事实。有些教师不但照葫芦画瓢,还吸取教训,超生二胎,立即转移,打一枪换一个地方,神也不知,鬼也不觉。有些教师做得更绝,生下第一胎,托关系给孩子弄个先天性心脏病之类的证明,于是便按政策落实了二胎指标,小玩意儿就明火执仗、理直气壮、大义凛然地来到人间,"呱呱"一声响,举家同庆,山欢水笑。

那些年,薛长贵常常进城参加全县优秀教师表彰大会,表彰材料里有这样的话:教师的领路人,学科的带头人,学生的贴心人。

其实我很早就听说薛长贵超生的事儿了,母亲偷偷告诉我的。薛长贵进城任职后,常领着已经在县城重点中学读书的大女儿雯雯到我家来做客。雯雯嘴甜,对我左一口"伯伯",右一口"伯伯",我的思绪就有些晃悠。应该还有一位叫我伯伯的小晚辈,他,在哪儿呢?薛长贵走后,母亲告诉我:"男孩子改名换姓,在千里之外的省城上学,私立贵族学校,有出息极了,代表中国学生队,澳大利亚都去三趟了。"

假如我是史建川,或者史建川是我,会怎样?我无法面对这个命题,事实上我自始至终没有举报过这位亲戚,当上领导干部以来,这样的念头也不是没动过,但那几乎只是一个闪念,就像投入湖面的一粒儿石子,打个旋儿,没影儿了。我不好意思拿原则拷问自己,我想到了人性,想到了骨头缝儿里剔除不尽的私心。

面对史建川,我还想到了两个字:可怜。我不知道是他可怜,还是我可怜。论魄力,史建川比我强;论境界,他比薛长贵高。但他只能是史建川。

"秦组长能和我一起喝酒,说明真是看得起我史建川啊!请了几次没请动,老以为你瞧不起我们这些乡棒呢。"

我和史建川终于坐到了临街一家餐馆。我有意多夹了几口凉菜,底儿垫足了,就能多应付一阵子酒。有了定力,史建川稀里哗啦吐出来的信息,使我有了足够的把握和分辨。

"史乡长,狗叫那件事,不仅突击队跑了冤枉路,连人家带路人邓友奎也受累了。他一个村民,为咱们服务,也很不容易的。"我有意主题先行,把邓友奎带进了我渴望的话题中心。

"没事儿,乡上给邓友奎多发了一份补助。他是个老实人,你也看出来了,专门来乡上大哭了一场,把许多同志的眼泪都带出来了。男儿有泪不轻弹啊!"

"……"我反而无法接茬儿了。

"你可能也猜得出来,现在乡上有人怀疑你们工作组,但我史建川是不会怀疑你的。你那天也打了人,这一点,我们都看在眼里,应该和我们一条船,一颗心。在这种一荣俱荣一损俱损的关键问题上,动了手,那就是自己人。"

我猛然想起小雷递给我的笤帚。天哪!小雷啊小雷,我现在真不知怎样认识你了。我赶紧使用了乡村语境:"有蒸馍一起吃,有黑锅一起背嘛。"

"不过,你如果和粉儿睡了,那你的命运就和乡上结结实实捆绑在一起了。我倒是希望你和粉儿没有睡过。其实,唉!我还是同情粉儿的。山里的凤凰都往外飞,可是粉儿却对一个植物人不离不弃,够意思了。你可能不知道,她有个外号叫'李师师',啥意思?就是说不是谁想上她的炕就能上的。据说附近的矿贩子们有上过她炕的,派出所也是睁一只眼闭一只眼,但是,如果有地痞流氓想欺负她,乡上准不答应。你想想,粉儿男人是为咱的工作吃的冷亏,上上下下又没有一个正规的说法,咱再不保护她,谁来保护呢?这一点,咱不明说,谱,在心里。邱书记和粉儿不是一般关系,外边传得五迷三道。你一旦睡了,你就只有被邱书记牵着鼻子走,只要你裤裆里有那四两半的事儿,就别指望朝乡上牛皮。乡上有法子治你,阴事明治,明事阴治,一治一准……唉!乡上工作干到这份上,我觉得真没意思了。"

我额头渗出了一层冷汗,暗自庆幸,心有余悸。只是,与史建川这样的人扯到粉儿,扯到邱敦仁,我突然觉得话题不能再发展下去了。我渴望他的口无遮拦,又担心他的口无遮拦。我俩今天的私下谈话,极有可能成为第二天乡干部们的谈资,必然百弊而无一益。

"听说史乡长在好几个乡干过?"我切换了主题,希望潦潦草草扯一扯,就赶紧散摊儿走人。

"嗨!你可能不信,我一连干了五个乡,还是个副科级。"

不由让我想到土门乡的一个副乡长,好像也是轮了几个乡的。我给窦副县长当秘书那阵子,经常跟随窦副县长奔赴各乡检查计划生育工作。那时县政府领导配车比较紧张,跑城区安排伏尔加、拉达、老上海,跑乡下安排吉普车。考虑到分管计划生育的领导经常要在崎岖不平的黄土路上翻山越岭,就破例把唯一的一辆日产巡洋舰牌越野车配给了窦副县长。那天我们的目标是白云乡,巡洋舰在蛇形的盘山公路上卷起的土雾,像平地而起的旋风。田野里挖野菜、捡麦穗儿、打猪草、找药材的妇女们,老远一见是巡洋舰,顿时四散奔逃。巡洋舰进入土门乡境内时,看到一帮干部正在拆房子。刚绕过一片玉米地,就见一位乡干部怀里抱着一台电视机斜刺里追过来:"窦县长——停一停,窦县长——停一停——"

司机经验丰富,扭头对窦副县长嘀咕:"又撞上一个没脑子的。"

本来一路给我们大谈"当年我是'文革'前的老牌大学生"的窦副县长,此时耷拉着眼皮子,像是突然睡着了。司机加大油门爬坡,佯装没有听见。没想到那位干部抄捷径翻过地埂,把我们迎头拦住了。

"窦县长,我是土门乡的,我们把逃跑户的房拆了,也就这台黑白电视机值点银子,押在乡政府,引逃跑户上门。我们雇不来民工,麻烦您的车往乡政府送一趟。"干部气喘吁吁,满脸的尘土被汗珠冲成了泥石流。干部自报家门,是土门乡的一位副乡长。

窦副县长赶紧下车,热情地和副乡长握了手:"你们辛苦了,我代表县政府感谢你们。"一回头朝我们,"怎么还不动手?赶紧给乡上的同志配合一下。"

我和司机连忙把电视塞进后备厢里。替土门乡政府送完电视机,赶到白云乡的时候,乡上为我们准备的羊肉泡馍早已透凉透凉。窦副县长亲力亲为义务为土门乡转移电视机的感人事迹,立即传遍全县。那年评选全县计划生育先进个人,计生委把名单报到政府,窦副县长大笔一挥,立即把自己的名字一笔勾销,却把那位副乡长的名字挪到了最前面。以后下乡,窦副县长的巡洋舰换成了普通型的吉普车。

多年过去,据说那位副乡长也挪了好几个窝,他叫啥名字,长得啥模样儿,我早已记不得了。

"秦组长,想啥呢?"史建川有些微醉,"唉!大半辈子过来,没想到和计划生育拼上了。我认为,计划生育政策绝对是正确的,咱国家可耕地面积少,人口众多,在咱这一代如果不把人口指数降下去,那就是对子孙的犯罪。我这人记性不行,只记得最荣耀的一件事,也就是在土门乡当副乡长的时候。老弟愿意听吗?"

我脑中"轰然"一声,思维体系仿佛顿然崩塌,眼泪夺眶而出。我端起酒杯,泣不成声:"老哥,小弟我敬您了。"我真的不想失态,却无法控制失态。

"啊啊啊,哭啥呢?"史建川有些吃惊,"你,难道醉了?"

"老哥不是不知道,有的人醉了骂人,有的人醉了耍疯,有的人醉了哭丧。"

"你说出一连串有的人,让我想起我娃当年朗诵过的一首什么诗,说是有的人活着,他已经死了;有的人死了,他还活着。这破玩意儿也算诗啊。"

我哭得更厉害了,使劲儿掐大腿根,居然也没有平静下来。

"老弟好像真的醉了,咱收场吧。"

"没事,大哥你好好讲吧,我听。"

他只是讲,我只是听。

八

太晚了。轻轻敲响店门时,已经子夜一点。粉儿为我开的门,老板娘鼾声如雷。灯显然为我亮着。粉儿这次穿的是圆领纯白长袖睡衣和睡裤,该露的地方一点都没露,像一颗装在兜子里的白菜。一钻进被窝,我才忘记上茅坑了,腹胀难忍。只好重新裹了防寒服,又下了炕。

对面炕上说:"是大手吗?"

"真不好意,喝得迷迷瞪瞪,忘记了。"

"外边这么大的风,秦组长喝成这样,不经刮的。离乡背井的,生病了,咋办呀。"她不叫我哥,叫秦组长了。"在屋里吧,没事。"说着"吧嗒"一声拉灭了灯。

我只好摸索到尿盆。先是吐了一通,然后又……天哪!这大手解的。抬起身子,头晕目眩。粉儿扶我上炕的时候,我感觉她已经套上了羽绒服。

门"吱扭"一声,粉儿双手端着尿盆——不!屎盆,匆匆出了门。

我心里像打翻了五味瓶，各种味儿搅和在一起。用被子捂了脑袋，却像进入了另一个世界。吐过了解过了，懵懂中有了些许的清晰，眩晕也有所缓解。温暖和安静并没有发酵我的睡意，我紧闭双眼，全身像长了眼睛似的感受着被子外边的动静。我感觉粉儿轻轻回来了，门被轻轻关上，盆子被轻轻搁到了远处，对面炕上的被子和枕头窸窸窣窣了片刻。也许，她睡着了吧。我真想道一声"粉儿辛苦你了"，但觉得这样的客气已经没有分量。

怎么能睡着呢？和史建川聊了半晚上酒话，许多话题闪闪烁烁，剪不断，理还乱。比如粉儿和邱敦仁到底是啥关系呢？是干女儿，还是被包养了。似乎都像，似乎又都不像。有一点是肯定的了，从事情发展的逻辑看，假如我和粉儿黏糊在一起，邱敦仁要捏我这个工作组负责人，比捏一只苍蝇还容易。

想了起来，史建川还多次提到过甄塬良。我这才知道，甄塬良的从政之路并不平坦，论资历论本事论为人，他本来有两次进城任职的机会，却都栽在了计划生育上。一次因为当年的龚安娜事件，还有一次是因为背了一个处分，如今只能等着告老还乡了。史建川给我讲这段的时候，特别强调："老甄这辈子够倒霉的了，我真不愿给外人揭他这个疤，咱俩说说算了吧。"大概是几年前的事了吧。某个午后，突击队喝完庆功宴，听说邻村正在唱秦腔戏，乡党委就放了半天假让大家放松一下。邱敦仁、甄塬良、小雷一行看完戏，一路说说笑笑往回走。迎面走来一位女人。谁也没注意到女人的肚子，工作之外谁还会走这脑子呢？女人走得忘乎所以，安详得意。即便肚子里有货，料想也不可能是计划外怀孕。

但邱敦仁却开了腔："站住，我们是来堵你的。"

女人立马就吓傻了。乡干部未必记得所有妇女，但在妇女们眼里，乡干部即便煮成一堆骨头，也能辨得清张三李四王二麻子。邱敦仁一句投石问路的阴招，竟成了无心插柳的意外收获。女人怯怯地表白：

"听说你们放假了，我这才从娘家出来遛遛肚子，没想到……"

大家领着女人往乡政府走。邱敦仁当前卫，甄塬良和小雷后面压阵。夹在中间的女人，抽抽搭搭，哼哼唧唧，不停地抹眼泪。道路两边的地埂后面，时不时有人影儿闪过，准是打草惊蛇了。

路过一片玉米地时，甄塬良朝女人："喔，想解手啊。可以，玉米秆子太稠了，你别钻太深，我们无法找。"

女人回头，一脸疑惑："我没说要解手啊。"

"啊？我耳背，听错了。走！"

就继续往前走。前面路旁是一片杂草丛生的残垣断壁，里面隐隐有被山羊、野猪踩出的小道。甄塬良又朝女人："噢，你选的地儿不错。同意，去解吧！千万别跑。"

女人又回头："我还是没说要解手啊，刚才在院里早解过了的。"

"那你别哼哼唧唧了好不好？"甄塬良火了，"总听见你在说解手解手解手的。"

女人委屈了："当领导的，连老百姓的话都不会听。我即便想解手，也张不开口呀。"

"你这个女同志，想解手还装，那，走吧走吧。"

走在前面的邱敦仁，也许听到后边的博弈了，也许啥也没听到，自始至终就没回过头。就这样到了乡政府，突击队们见钓到一条大鱼，都乐了："领导就是领导，看一场戏就能带来逃跑户，太神奇了，今后干脆撤销突击队，成立一个戏班子，咱挨村挨户演。"当时的工作组组长是县水利局局长王明，大会小会都爱绷着脸给乡上的同志来个"我再严肃地强调几句"，干部私下就说："长征时期的王明连投胎也不懂，当组长了。"那天王明双手叉腰，夸了邱敦仁和甄塬良两句："干计划生育就得有顺手牵羊的本领，眼观六路，耳听八方，功夫不负有心人嘛！不错！很不错嘛！"

女人被安排在会议室，由联防队员轮流看守，但最终还是不翼而飞。工作组立即责令乡上彻查，调查的结果是：晚上甄塬良催着看守人员去食堂喝酒，尾随而来的女人娘家人乘虚而入，把女人给劫走了。县委组织部给甄塬良的处分是严重警告，理由是关键时刻玩忽职守，被不法分子钻了空子，对计划生育工作造成了难以挽回的严重后果。干部私下的议论则有多个版本，一种说法是甄塬良不存在主观上放跑女人的故意，只是为了犒劳大家喝酒，思想上麻痹大意了，乃至酿成大错。另一种说法是甄塬良有可能出于故意，作为一位富有经验的老计生，完全应该预料到必然有劫人的可能，有意放虎归山。还有一种说法则在民间流传甚欢，由女人的牢骚引起的："那个破乡长，真不要脸，一路上让我去解手，还赖到我头上。"村民就犯迷糊，那不是有意要放人吗？可是捉贼的人不可能放贼的，但那又是为啥呢？有人就找小雷证实："当时，你和甄乡长都在后面，你听到女人说啥了吗？"

小雷说："听到了。"

"啥？"

"……解手。"

一连串的疑问，像一个个难以组接的镜头，让我应接不暇。——解手解手解手，让我联想到了那个凌晨攻坚战的现场。当时与甄塬良有关的，也是解手。如果不是小雷拽住我，我摸上去，会看到什么呢？哦，小雷为什么要拽我呢？炕太热了，我像烙饼一样翻来覆去，这么一翻，邓友奎再一次跳进了我的脑海。既然邓友奎争取来的二十分钟是缓兵之计，那么，甄塬良解手的真正目的何在？既然邓友奎描述的狗不像尖山村的，甚至把狗的身份问题上升到了二郎神的哮天犬的高度，可是，人间会有那样的狗吗？那只狗，是不是本来就不是狗，难道是人——是甄塬良？他在玩"半夜鸡叫"？

不！决不能这样胡思乱想。把甄塬良和狗联系在一起，于情于理是不道德的。我想，包括工作组和突击队在内的所有当事人，大概只有我这么胡思乱想了。假如不曾在小吃摊上撞上邓友奎，假如没有今夜与史建川的酒场，假如没有那么多的假如，我的思维不会像长了翅膀一样乱飞。我必须要说服自己：那只狗，百分之百不是甄塬良，真的只是一只狗。

早上起来——这算起来吗？根本就没有睡着。老板娘去集镇上卖毛衣去了，粉儿照例给我打好了洗脸水，她说："秦组长是不是快要走了？"

"是啊，一晃快三个月了。"

"如果秦组长不嫌弃，这条围巾，你一定带上，算个留念吧，我织了好多天了。"

这是那个时代非常流行的对折缝合式双层马海毛男式围巾，纯手工，银色，款式新颖大方，两头带细毛流苏。毛质轻盈蓬松，柔软丰满，垂感如瀑。粉儿的双手就那么捧着围巾，一双大眼睛清澈得像玉米秧子上滚动的露珠儿。我像泥塑一样立在那里，一句话都说不出来。实在不敢接，但我努力让自己接了。

"回城以后系吧，与您的身材、皮肤蛮配的。这是我第二次给男人织围巾，第一次是给我男人，第二次是给你。这世上，没人多少男人配我亲自织的围巾。当然，如果你要扔，也没关系。"

"我……我怎么会扔呢？"

"还有一条呢，是给嫂子的。"

这是一条酒红色双面流苏的马海毛女式围巾，席子花款式，棒针蕾丝绕边儿，飘逸柔软。妻子一年四季爱臭美，这样的纯手工围巾，一定是她求之不得的，西安兰州那样的商场也未必能买到。可是此刻，我的语言已经山穷水尽。我最终说出的是："多少钱？……我给。"

"不要钱的。"

"……"

是兴冲冲赶来的小阁救了我，他来通知我去乡上开会。去乡政府的路上,经小阎念叨,我才搞清是关于董爱翠的最新情况通报会。原来,昨天晚上我和史建川喝酒那阵,乡上接到土门乡打来的长途电话,他们在本乡鸡鸣村妇女杨云鸽家里堵住了董爱翠。二人是初中同学。突击队冲进去时,董爱翠正在灯下给杨云鸽的儿子辅导"三角形两边之和大于第三边"呢。小阎喜不自胜地告诉我:"土门这次给我们九十里铺长大脸了。"我有意引蛇出洞:"史乡长当年在土门分管过计划生育,人走情义在,那边一定给史乡长面子喽。"小阎却摇摇头:"史乡长在土门时人缘并不好,人家土门的大礼,是冲邱书记来的。"我就觉得有意思了,故意轻描淡写:"此话怎讲?"小阎的口气诡秘起来:"邱书记进城的呼声很高,人家土门拿下董爱翠,等于把邱书记往前推了一把。人在江湖,将来邱书记进城了,也是个大面子。"

通报会上,邱敦仁对土门的协作精神给予了高度评价,并特别指出,路遥知马力,日久见人心,土门这次是真正的危难时刻拔刀相助。而这一切,离不开史乡长当年在土门打下的良好基础,也离不开史乡长在兄弟乡之间的桥梁和纽带作用。他同时强调,为了避免节外生枝,夜长梦多,按照双方电话约定,决定委派一名九十里铺的领导同志前往土门,配合那边的卫生院对董爱翠就地实施手术。

"我去吧!董爱翠是在我手里跑掉的……"甄塬良说。

"我理解塬良同志的心情,老同志,总想站好最后一班岗啊!这点,值得我们年轻些的同志学习。"邱敦仁说,"还是请建川同志辛苦一趟,那边的情况,他熟。"

"没问题,一直想看看土门的弟兄们,这机会来得漂亮。"史建川表完态度,又情不自禁地乐了,"哈哈哈,大家瞧瞧,连土门的狗也怵我哩,土门那边的行动,就没听说有狗叫。"

会后,小阎按捺不住激动的心情,悄悄把我拉到一边:"秦组长,您还记得您给我指导的那条信息吧,只有上半部分,没有下半部分。如今,这下半部分不但有了,而且还出人意料的精彩,简直是山重水复疑无路,柳暗花明又一村啊!您看是不是……"

"哈哈哈哈。"我忍不住仰天大笑。

"哗啦"一声响,是什么东西掉下了。我以为是小阎手里的文件夹——的确是文件夹,不是小阎的,而是小雷的。小雷呆呆地伫立在几步开外,在风中一动也不动,散落的文件像受伤的蝙蝠一样在地上扑腾。"秦书记……"小雷说,"过几天,您就要离开了。我,还能去团县委看您吗?"

返城后的相当一段日子,我脖子上始终系的是那条马海毛围巾,同事和朋友们艳羡不已,都说从来没有见过这么漂亮的围巾。围巾第一次在家里亮相的时候,妻子的眼睛立马放出光来,那是时尚女性突然发现精美钻戒、服饰才有的蓄满全方位审美信息的眼神。"哪卖的?多少钱?""是……集镇上卖的,多少钱来着……唉,看我这脑子。"妻子提到钱,一下让我措手不及。

"有女款吗?"分明是迫不及待的口气。妻子亲自为我系好围巾,左端详右审视,手指一遍遍从围巾上滑过,这里轻轻抚一抚,那里轻轻抻一抻,像痛惜一朵刚刚出苞的花儿。

我当时的果断决策完全出乎我的意料,原计划给妻子的那条围巾始终没有拿出来,第二天就悄悄带到了单位,掖进我办公室的抽屉里。可这样一来,提心吊胆、如坐针毡的日子也接踵而至。堂堂一位领导干部,披着一条女性意味太过明显、太过浓郁的围巾,与恋物癖有什么区别?这样的教训在机关不是没有过,某部门有位青年干部不幸在车祸中身亡,领导和亲属在清理他的办公桌和柜子时,发现了大量女人的贴身用品:内裤、睡衣、乳罩、丝袜……没有一件是他妻子的。——后来,薛长贵的女儿雯雯成了这条围巾的主人。雯雯考上了澳大利亚的一所著名大学,给她那位计划外超生的弟弟打前站去了。临行前,当我把围巾送给她的时候,她"哎哟"一声合不拢嘴:"太漂亮了!伯母有吗?"伯母,就是我妻子。我赶紧提醒她:"你伯母的围巾已经很多了,不过,哎,这事你不要告诉她。我只是觉得,在澳大利亚,这条围巾更显得有民族特色一些。"雯雯立即激动地给了我一个拥抱:"一直以为,您对我们这样的超生家庭有偏见呢。伯伯真好!"这一茬的孩子真是太势利了,我们全家设宴欢送她的时候,她只顾往我的碟子里夹菜,对我妻子,只是偶尔表示一下两下。还没走向社会呢,已经懂得姿态了。

围巾终于眼不见心不烦地漂了洋,过了海。可我内心始终没有消停下来的意思,每当夜深人静,我常常被狗叫声惊醒,我无法复原梦中的那只狗到底是什么模样,姑且是邓友奎描述的那种样子吧,但那叫声太真切了:"汪汪——汪汪汪——"

我非常希望小雷真的能来一趟,但他始终没有来。

皇 粮

一

一步，一拐；一拐，一步。心里一美气，瘸腿竟不耽搁行程。拐上一道梁，光棍岁球球就想把有些疲软的身子撂倒在一面向阳坡上，顺顺气，舒舒筋。瘸的是左腿，就用手把瘸腿盘到了裆里，拿右腿抵住了前面的土埂子，把屁股妥实地安顿在一个松软的干土包上。想到自己终于被乡粮站聘为专门验收公粮的验粮员了，好歹也算个半脱产的干部，就感觉天上的云儿飘得很美，半山腰的鸟儿飞得也爽。浑身一放松，他就吱吱吱地吸了几口旱烟。在吐出的烟圈里，他恍惚看到了肥肥美美的寡妇牛翠翠，神儿就一愣，一愣，又一愣。

岁球球没忘记寡妇牛翠翠放出的风：要改嫁，就改嫁给验粮员，缴皇粮就不用愁了。庄户人对公粮这个叫法总觉得拗口，习惯了祖上千百年传下来的叫法：皇粮。岁球球叹了一口气，皇粮啊皇粮！没想到我瘸子岁球球因了皇粮，倒有指望讨个柔柔软软的老婆，尽管是个二茬货，总比没货好啊！腰杆子到挺起来的时候了。

一美气，就有了表达点啥的欲望，于是既扮男又扮女，哼起了秦腔《花亭相会》里高文举和张梅英的对唱。扮男腔时就放了喉，扮女调时就仄了嗓，而且模仿的是牛翠翠的声调。

观丫鬟好像梅英姐（男），
　　观状元好似高学生（女）。
　　这才是柳叶弯眉杏子眼（男），
　　连自己人儿认不清（女）。
　　……

　　向阳坡已经离村子不远，周围七沟八梁的土地都是尖山村的。夏收后的地皮光秃着，像瘦和尚干瘪的脑袋，容不得哪怕一只饿虱子藏身。一打眼，还真瞅见了寡妇牛翠翠。牛翠翠老远就给她扬汗巾。岁球球发现寡妇牛翠翠对他的态度出奇地好，这使他有些受宠若惊，就觉得牛翠翠站在收割过的麦茬地里，简直就是一株艳丽、饱满而诱人的山丹丹。蹦地一下，岁球球的身子就弹了起来，屁股下像是安装了跷跷板，牛翠翠在那头一踩，他这头就弹起来了，像一株红高粱一样坚挺地立在徐徐的小南风中。岁球球纳闷，自己一个瘸人，身手啥时候这么利索过？撑手，展腿，抻腰，掀身，竟是猴子一般利索了一回。

　　平时牛翠翠瞅着了岁球球，可不是这副嘴脸，像挨着膻气味似的，老远就把圆实的大蒜瓣屁股一拧，搬过脸去。当年，牛翠翠和男人赵全德是自由恋的爱，感情好得不得了。两口子那热乎劲，那才真像《华亭相会》里的高文举和张梅英，赶集、下地、缴皇粮都是出双入对。赵全德在小煤窑瓦斯爆炸中丢掉性命以后，伤心的牛翠翠还跳了两次崖，都让人给拦住了。后来就风闻寡妇牛翠翠和村里的几个男人说不清楚，还听说为了供两个娃儿上学成材，她偷偷溜到城里的夜总会买过几次身子，便宜，一次也就几十元，最后因年龄偏大被老板劝了回来。种田人心里都亮清，牛翠翠那是让紧日子逼的。如今这日子，十个贞节烈女能逼出八个娼妇来，比如她和苟犊子的关系，基本摆在明面上了。牛翠翠家的重体力活都让苟犊子——尖山村的村副扛了起来。

235

苟犊子是啥人物啊？在这小小的尖山，不是人物也得算是个人物了。苟犊子长得像个生铁疙瘩，一身蛮力气，村里有啥不平事，村委会费尽九牛二虎的气力都解决不了，他一声大吼就能把事情摆平，矛盾双方就像见了刺猬的菜花蛇，缩着脖子不敢作声。因此，苟犊子实际上发挥着连村长马奔仓同志都不可能履行的职能，村副的名号也就由此得来。苟犊子和牛翠翠一起黏糊可以，却娶不了；要娶，老婆马莲花必然喝敌敌畏。有了苟犊子，牛翠翠对外就把心儿收得紧。前村后庄的男人惦念牛翠翠的人很多，那惦念像火苗一样舔得骨子都有些发酥，但有了苟犊子这个挡箭牌，男人们只能生生地，愤愤地，大口大口地吞咽唾沫。

而这次，牛翠翠老远就喊，大兄弟你回来了。

岁球球赶紧搭腔，回来了。

岁球球觉得自己的回应有些过于简单。牛翠翠的问候像给他干涸的嗓子眼儿里灌了沙棘汁儿，香甜得要命。而自己的嘴实在有些笨拙，满嘴生津，却吐不出花儿一样的好词儿。

牛翠翠就灿烂地笑了。正午的阳光很好的，白花花的麦茬和袒露的黄土和睦地厮守成一片，俏皮的蛐蛐和蚂蚱在麦茬间隙和杂草中跳蹿，坡上红艳艳的山丹花毫不吝啬地释放着火热的激情和妩媚。远处的山道上，最后一拨往场院里驮运麦捆子的村人，吆喝着骡子，把秦腔吼得天昏地暗。牛翠翠手里攥着一把刚刚挖出来的野葱。篮子里的野葱已经快要满了，白茎绿叶，煞是好看。牛翠翠的眼神有些发飘，眼睛在长睫毛下有些迷离，眼珠子却亮得很。岁球球在这样的眼神里看到了一些平时看不到的晶莹和闪光，他明显感觉自己的胸腔里有些怦然。他晓得，是心在跳。

如果将来真的娶了牛翠翠，和牛翠翠滚一个炕，睡一个被窝，舀一锅粥，他苟犊子就该夹起铺盖卷儿走人了。这一切，要谢，就得感谢皇粮。皇粮啊皇粮！我岁球球这条不值钱的破命，就绑在你身上了。

岁球球还想到了忏悔，想到了去山神庙里烧一炷悔过香，因为他和所有庄户人一样，诅咒过皇粮，憎恨过皇粮，埋怨过皇粮……皇粮成为庄户人剪不断、理还乱的一个情结。岁球球打从娘胎里蹦出来的那一刻起，就同时承担了一项在城里人看来理所当然的责任和义务，那就是必须不折不扣地完成缴纳生猪、鲜蛋、食品油、棉花、主粮、杂粮等光荣任务。在完成光荣任务的日子里，男人和婆姨们的脸上尴尬得像是涂抹了狗屎，乐不起来，也哭不起来，就在村领导的吆喝声中匆匆地忙碌起来。记不得从哪年开始，生猪啊，鲜蛋啊，食品油啊，棉花啊啥的免掉了，唯有皇粮像孙悟空脑袋上的紧箍咒，撕不得，扯不得，得乖乖地敬着，乖乖地爱着，乖乖地提防着。凡是种庄稼的，没人敢指望皇粮被免掉，那是农民前世的孽，代代要还的，得认。

庄户人生生死死都在山沟里，都亮清自个儿的破命。说谁命大，那准有命大的道理。

比如，岁球球的命其实是白捡来的。前些年县里、镇里的小煤窑不是井下塌方就是瓦斯爆炸，村子里先后有十多个人被阎王爷从生死簿上勾掉了不值钱的名字，成了短命鬼，活着回来的就岁球球一个人，只是折了一条腿。岁球球是小煤窑上出了名的刺猬，到哪儿都爱给人家挑刺，什么安全保障有问题啦什么瓦斯含量太高啦什么存在渗水现象啦啥的。一挑刺，往往惹得猪嫌狗不爱，老是被黑心的小煤窑老板炒鱿鱼。岁球球在一家叫红星煤矿的小煤窑打工时，已经挪第三个窝了。牛翠翠的男人赵全德就在这家小煤窑井下干活。井下发生瓦斯爆炸之前，岁球球早就发现矿井下的通风设施有隐患，向老板提醒了，老板说你他妈的又尿到我头上来了，再不夹紧你的乌鸦嘴就给我滚蛋。岁球球一气之下偷偷从井下钻出来，蹬起自行车去县劳动局反映问题。结果刚返回矿上，就发现小煤窑已经被瓦斯炸成一个大坑。现场很惨，连埋带炸，死了三十多人。那几天好几个村都有哭丧的，其中就有牛翠翠的男人。岁球球的腿，就是现场救人时被煤块砸断的。为此，岁球球还受到了县里的表彰,被评为具有安全生产意识和见义勇为精神的"优秀农民工",成为庄户人心目中的大英雄。

只不过,英雄归英雄,英雄当不了饭吃的。从此后,所有的矿主都不敢要他了,加上残了一条腿,讨个老婆都难。

岁球球问牛翠翠:你咋晓得我就肯定能被聘用?

牛翠翠说,你有一口好牙谁不晓得。再说,好事传千里呢,从镇上赶集回来的人早就嚷开了。

岁球球就有些自豪,他本来想装深沉一些,但是眉头和嘴角难以抑制地挂上了笑。他就告诫自己,身份和地位变了,说啥也不能让村人看出他小人得志的样子。就问,翠翠嫂子,你挖这么多的野葱干啥?

牛翠翠却头一歪,像个姑娘似的,说,不给你说,到时候你就晓得了。说着从篮子里掏出一把野葱,说,岁球球你拿一把,回去炝锅。

岁球球赶紧抢上前去。他发现牛翠翠的手很白,白中还带有一种麦子的颜色,那是一种既见过日头又注意保养的手。岁球球接过野葱的同时,乘机摸了牛翠翠的手。

二

竞聘验粮员的场景,岁球球至今想起来仍然胆战心惊,感到有些后怕。

有道是瘸子赶场,不早也得早。岁球球当天起得很早,鸡叫头遍就匆匆从炕上爬起来,踩着潮湿的露水往粮站赶。岁球球来应聘不是没有谱,他天生的好牙口,曾有人见过。当年小煤窑上伙食差,米饭里经常有硌牙的石头,别人吃得小心翼翼,唯独岁球球狼吞虎咽,米饭带石子,咬得"嘎巴"脆响。

岁球球到了粮站,就见从各村赶来应聘验粮员岗位的人已经排好了队。前来应聘的庄稼汉个个虎背熊腰,被日头晒酱了的皮肤像牛皮似的，绷得紧。这样的身子骨肯定有一口好牙的，而粮站最终只招收一人，岁球球心里就怯了三分。说穿了，要鉴定农民缴来的皇粮是否干燥，是否饱满，是否瓷实，主要靠验粮员的一口好牙：先张嘴，豁开牙，然后轻巧地拿拇指、中指和食指，撮了麦粒，"嗖——"，抛入嘴里，舌尖往大牙之间一顶，轻轻一磕碰，如果是"嚓"的一声，嘎巴脆，面末飞溅，那就有可能过关。瘪粒、潮湿粒在大牙磕碰下非但没有脆响，还有可能黏牙，是万万过不了关的。验收皇粮，与其说考验的是小麦，倒像是考验验粮员的牙功。每年夏粮入库的时限少则半月，多则一整月，有些功力不济的验粮员，少则三五天，多则十天半月，就开始牙槽肿胀，口舌生疮，难以招架，只能让牛黄解毒片养着，至少要歇缓半个月。因此，每个粮站属于常青树的验粮员并不是很多，如果有，那就是天生的好牙口。除了牙口，还得凭良心，不能因为缴皇粮的人是自己的七姑八舅，或者是邻里乡亲就牙口一松，放对方一马。这些年各乡粮站几乎都辞退过验粮员，不是牙口不好，而是过不了人情关，最后被群众举报，粮站只好挥泪斩马谡，发现一个查处一个，不仅全乡通报，是党员的还得开除党籍。即便如此，还是有验粮员连续被斩落马下。

那天在激烈的竞争中，筛选到最后只剩下了几个人，有流水村的张四海，沟门村的杨黑黑……包括岁球球。粮站要求实战检验，每人两斤干麦粒，两斤潮麦粒，两斤瘪麦粒，混合了，然后要求粒粒进嘴，每粒只限咬一次，每次当场判断结果。坚持到最后的，经综合考核，即为聘用人员。

几个选手同时上场：张四海信心百倍，赤膊上阵，他的动作潇洒大方，两手左右开弓，轮番往嘴里抛麦粒，抛起的麦粒在日头的映衬下，只见银光一闪，就悄无声息地落进嘴里，舌头轻轻往后槽牙上一顶，"嘎巴"一声……

沟门村的杨黑黑黑头黑脸，牙却白得要命，像落难到沟门村的非洲人,一登场,就目空一切,气势逼人,一副赵子龙大战长坂坡的架势,干麦粒一挨大牙,就见粉末四溅;潮麦粒吐出来的时候,像一块粘薄的面饼子。抓、抛、嚼、吐,连贯自如,速度快得好像耍杂技。

岁球球一上场,立即引来更多的人围观。岁球球分明能感觉到其他几个竞争对手看似怜悯和同情的眼神里,隐藏着一种说不清楚的轻蔑和藐视,就觉得胸腔里在往外呼呼呼地冒气。难道,真的就没戏唱了?岁球球每往嘴里抛一粒小麦,瘸腿都要用力往前顶一下,身子随之一忽悠,活像一条吊挂起来挣扎的水蛇。岁球球的牙口和他的耳朵一样好,耳边传来的窃窃私语他都能听得清。

天哪!哪个村的?这副德行,也来考验粮员?

没见过瘸子当验粮员的。

简直是脑子进水了,不掂量一下自己,就到这里丢丑来了。

……

岁球球不动声色,只顾一粒一粒地咬着麦粒。他把一粒一粒的小麦抛得老高,麦粒从他嘴里一进一出,进时快,出时疾。咬碎的麦粒从嘴里飞出来,像是从鸟枪里击出的铁沙子,打得小铁桶嚓啦直响,疑似暴风骤雨。

月亮已经升起来了。几条汉子像孤儿一样,守在站长樊守业的办公室门口,等候最终结果。樊站长手里捧着一张由工作人员完成的综合测定的成绩单,郑重宣布:经过测试,粮站最终确定的验粮员是……

念到这里的时候,樊站长故意拖延了一下,也许是为了吊起围观者的胃口,然后煞有介事地抖出了包袱:岁球球。

啊?!

所有的人都蒙了。

岁球球的眼里含着泪花,学着电视里的运动员拿到金牌时的样子,向大家招手致意。那一瞬间,他仿佛看到了寡妇牛翠翠。所有的心里话都给了牛翠翠。翠翠嫂子,我岁球球当上验粮员了,你该让苟犊子走人了。

几位对手不依了，挤上来责问：为啥是岁球球？

为啥？为啥选一个瘸子？

凭啥是他？

……

樊站长拉起了架子，开始讲话：乡亲们，在同等条件下，我们只能聘用一位。岁球球和其他入选人员的条件都差不多，但是，岁球球有一条别人无法相比的硬件，那就是，岁球球是县里表彰过的"优秀农民工"，他瘸了一条腿，是为舍己救人瘸的。他瘸了，是因为他有基本的良心。让这样的人当验粮员，大家说合理不合理啊？何况，我们选验粮员，是选牙，不是选腿……

回应的是一片掌声。樊站长说，岁球球啊，祝贺你，成为我们乡的验粮员。岁球球紧张得喏喏着：谢谢站长。又觉得这个谢谢不过瘾，也不正统，就又补充说，谢谢组织！樊站长哈哈哈哈地乐了，说，验粮员靠的是良心，你的事迹我们都知道。今后，有你这样的验粮员验粮，我们都放心啊！岁球球就激动地握紧了站长的手，声调有些打战，站长，不，领导，您就放心吧，我岁球球当上验粮员，对全乡的乡亲，对各村的乡亲，心里会有一杆公平秤的。樊站长说这就对了，还是老规矩，凡是聘为验粮员的，家里的公粮任务就由我们粮站代为筹集，每天，再给你补助三十元。岁球球说，三十元倒不打紧，主要粮站把我的公粮任务代替了，你让我干啥都乐意。樊站长又哈哈哈哈地乐了，说这样吧，岁球球，天色太晚了，你腿脚又不灵便，先住在粮站，明天再回村，好好准备几天，把地里的活路归拢归拢，马上到县粮食局参加验粮业务培训。说着话，递给岁球球一包红塔山香烟。岁球球一时激动得不知说什么才好。

第二天，岁球球离开粮站往尖山赶的时候，四沟八梁的山道上洒满了去镇子里赶集的人，平时见过的没见过的见了他，眼神里就有了一种说不清楚的敬畏和友善。也有人拦住他打哈哈：

甲：瞧你这走路的架势，你就是尖山村的岁球球哥吧。你可是咱乡的验粮员，不光是你们尖山村的验粮员啊。您咬麦粒时，可别咬偏了。

乙：岁球球兄弟，我们廖家庄的廖家就是你们尖山的媳妇廖如花的娘家，你们尖山的赵麻子是我们廖家庄的上门女婿。咱们亲着呐，对不？

丙：岁球球侄子准是个明白人，都是吃庄稼饭的，庄稼人不照顾庄稼人，再照顾谁啊？如今是在咱乡验皇粮，将来验出名了，到北京的天安门广场验皇粮，也有回来的时候。

丁：岁球球他伯……

……

天哪！才一夜的工夫，看来消息就在全乡传遍了。岁球球前前后后地应付着乡亲的搭讪，尽量把大家的情绪都照顾全了，脑子就回想起当年县里表彰他时的情形，那是他打生下来第一次胸前佩戴大红花。坐在大会的主席台上，他两边坐的是县委书记和县长啥的。当县长亲手把"优秀农民工"的荣誉证颁给他的时候，全场响起了雷鸣般的掌声。那一瞬间，他感觉自己的眼眶猛地一热。他第一次感觉到，当了这么多年人不像人鬼不像鬼的民工，终于被承认还算是个人。想起这些年在瓦斯爆炸、井下塌方中死难的乡亲，岁球球就觉得站在这个台子上，心里愧得慌。这种愧疚，像山谷里缠树的藤，一直缠到如今，有时让他气都喘不匀。

这么想着，二十里的山路竟走得有些轻飘，当一抬眼望见麦茬地里的寡妇牛翠翠时，他才发现到了尖山。

三

满世界满中国的大事情，都是通过高音喇叭传递到尖山人耳朵里的。岁球球还没进村呢，山梁上过来的风就送来村长马奔仓关于号召村民们缴皇粮的动员讲话。村长马奔仓是安安稳稳地盘腿坐在家里的土炕上做的动员。高音喇叭就安装在村口崖畔上那棵老槐树的树杈上，老远望去，像个巧夺天工的喜鹊窝。马奔仓的口气照样很硬，硬得像石头：……全村的老少爷们！大家注意了，听好了，今年国家夏粮入库工作马上就要开始了，按照计划安排，乡上给我们尖山村的公粮指标是十万三千九百六十斤。我告诉你们，我上高中的儿子从书上看了，缴公粮的事情自春夏……不对，自春秋，对，自春秋时期的鲁国就开始了，那时候叫"初亩税"，到如今已经两千六百年的历史了，谁种地不纳粮，谁就是狗日的……

听到这里，岁球球的头皮就有些发麻。腿瘸以前，他是背着麦子缴皇粮，三十里山路半天时间也就到了。自从腿瘸以后，每次都得雇驴子，雇一天，二十元钱就打水漂了。

隔着一片槐树林，岁球球突然发现村口聚满了人，男女老少一大堆，站着的，蹲着的，靠墙根的，倚树桩的，还有许多小孩抱团玩耍。大家都嘻嘻哈哈的，像在迎接啥喜事。岁球球有些纳闷，这么壮观的场景对尖山人来说，只有过年才有。过年时迎喜神，男女老少就多聚集在这里，兴高采烈地看小伙子们牵了披红戴花的马驹、骡子、驴子在对面的麦地里你追我赶，连跑带闹，以这种最原始的方式企求喜神降临人间，降临小村，降临到家家户户，给新的一年带来福祉，带来风调雨顺、五谷丰登和百事和乐。岁球球还老远发现，崖畔下，苟犊子家院子里人来人往，有几个女人在忙乎着啥，院子里好像还有一口热气腾腾的大铁锅，火苗燃烧得很旺，浓浓的炊烟升腾起来，罩了大半个村子。再看村口，人群前面的苟犊子，嘴里叼着烟卷，一脸的兴奋和喜庆。

岁球球从槐树林中一冒出来，仿佛名角演员从台后到了台前，给了观众一个期待已久的亮相。村口顿时沸腾起来。岁球球这才明白村人是冲他来的,一时有些措手不及,额上有汗珠滚落。当上验粮员,啥都想到了,唯独没想到会得到如此高规格的礼遇。当年自己被评为"优秀农民工"回村,是乡政府的车送进村的,也没有见过这么隆重的场面。

噼啪噼啪……鞭炮声声。

岁球球哇的一声就哭了。岁球球哭得天昏地暗,鼻涕一大把眼泪一小把。大家反而更乐了,许多人都认为岁球球这是喜极而泣,不但不安慰,反而起哄:岁球球你就好好哭吧,大点声,我们晓得你心里美气着呢。有念过书的村人就卖弄起了从书本上学来的典故:岁球球这是范进中举,没发疯就不错了。有人就问范进是哪个村的?念过书的村人说范进是中学课本里的一个古人,考了多年,最后考上了举人,一高兴,就成了疯子。大家就一起劝岁球球:岁球球岁球球别哭了别哭了,再哭就变成范进了。岁球球拿袖口擦了泪,骂:你们晓得个屁,我不是哭我成为验粮员,我哭咱种田人。咱种田人的贱命,为了缴皇粮,把我一个破穷鬼当喜神了。

苟犊子拍了一下岁球球的肩膀,话却是朝大家说的:老少爷们,咱尖山终于出了个验粮员,从今以后,咱尖山的皇粮就全靠岁球球手中的权力了。然后又拍拍岁球球的肩膀,学着干部的样子说,岁球球啊岁球球,你肩上的担子不轻,任重道远,任重道远啊!转身朝大伙:大家说说,咱尖山村遇到这么好的事情,庆得不庆得?大家齐声答:庆得。苟犊子说今晚的羊肉泡馍吃得不吃得?大家齐声答:吃得。苟犊子说羊肉钱掏不掏得?大家齐声答:掏得。

岁球球这才搞明白,为了庆贺他当上验粮员,家家户户以最快的速度集资买了一只大肥羊,一早就牵到苟犊子家杀了,现在大铁锅里正煮着呢。这些年县里、乡里对庄户人征收的这个税那个费实在太多太滥,动不动就把手伸到农民的腰包里。提起集资啊收费啊啥的,庄户人比割自己身上的肉还要害怕。每次乡上的摊派下来,村长马奔仓的一张脸就像腌过的黄瓜,没有一点喜色,像一只丧家了的狗,挨家挨户去收费,到谁家都难遇着一个好脸色。有些人家老远见马奔仓缩头缩脑地过来,就早早把门顶了。马奔仓死活叫,人家就是不开门。为此,马奔仓在乡政府那里没少挨骂。有次,尖山村的教育附加费没收齐,马奔仓被乡长骂得狗血淋头,马奔仓像婴儿一样吱吱吱地哭了,哭完了说,乡长,如果不是因为我是党员,这个收费的村长,早就不想干了。乡长只好回过头来安慰马奔仓:别哭了别哭了,村长也是一级官员啊,哭哭啼啼的,像啥啊!乡长说着从抽屉里摸出两条红塔山香烟说,拿着,该收的继续挨家挨户去收,但是千万记住了,农业税如果收不上来,你我吃不了的就得兜着走。所谓农业税,听起来雅得很,其实就是公粮。乡长的烟的确是好烟,马奔仓却觉得烫手,就推挡一番。乡长的话里就有些带气,说在我这里有啥生分的,给你,你就拿着!我这里的烟也不是我掏腰包买的,都是托我办事的王八蛋送的。马奔仓只好拿了。回到村里,每次登门收费,就递上一支,说乡长送的呢,我都舍不得吸,给!尝尝。那么高级的烟,当然都接过了,不吸白不吸。但是费呢税呢,不缴照样不缴。

大家起哄:晚上,咱好好给岁球球敬酒。

岁球球突然就想起了牛翠翠,怪不得牛翠翠在麦茬地里挖了那么多的野葱。野葱并不好找的,都在背凹里和坡地上。羊肉泡馍里撒一把野葱,白是白绿是绿,吃一口,那个美啊!像是摸牛翠翠的手背背。

大家自觉闪开一条道,目送岁球球回家。岁球球一边摇天晃地地走,还不忘回头朝大家招手。在村人眼里,那一晃一招手,大起大合,有姿有势,似乎从来没有如此的美妙。但在岁球球自己看来,自己像木偶剧里一个可悲的小丑,已经在劫难逃,怎么逃跑也是个木偶。进了自己破败的院子,刚要关了院门,突然闪进一个人来,吓了岁球球一跳。进来的是村长马奔仓。

岁球球这才察觉,崖畔上的高音喇叭早就哑了声。真是英雄难服众啊！岁球球醒悟过来，这当口，马奔仓如果再哇呜哇呜地催皇粮，等于拿汽油灭火，全村人会一拥而上，攀上崖畔，把高音喇叭给拧下来，扔到臭茅坑里。

岁球球说村长你吓死我了。马奔仓说你都当验粮员了，好歹算半个公家人，胆子咋还越来越小了？岁球球说正是因为当验粮员了，我才发现胆子小了。走！里屋坐，尝尝樊站长给我的红塔山。马奔仓却乐不起来，说你先把大门闩了，咱上炕聊。岁球球说你是村长，又不是保密局局长，啥事这么保密啊，还得把门闩了？马奔仓说让你闩你就闩。岁球球只好把门上了闩。

两人盘腿上了炕，烟就点上了。燃烧后的红塔山香烟的烟雾在黑乌乌的、弥漫着草木灰味道的穷房里缭绕，这味道对于吸烟人来说显得新鲜而陌生。马奔仓说今天村里人的架势你可是看到了，全村人今年的皇粮能否过了粮站这一关，都把赌注押到你岁球球身上了。岁球球说，村长，我晓得你是来探我心底儿的，你放心！既然我岁球球干了这一行，不管是尖山的，还是后梁的、曹家寨的、李家磨的、廖家庄、放马滩的、吴家坪的，反正，我都一碗水端平了，我都给樊站长表态了的。马奔仓紧紧地握了岁球球的手说，兄弟，我要的就是你这句话，皇粮就是皇粮，马虎不得的，你给尖山的父老乡亲松了口，那可是违反天理良心的事情啊，一旦被外村的揭了疤，毁了的不光是你，还有咱尖山人的脸皮子。不管遇到什么困难，你都不要忘记了，你是"优秀农民工"。岁球球说，村长，大道理，我岁球球全明白。马奔仓说，你明白就好。

话说到这份上，两人就觉得这话题有些庄严，目光不约而同地落到墙的镜框上。这是一个镶着玻璃的木边镜框，镜框是当年村长马奔仓专门请木匠做的，很精致，木边涂了深沉、庄重的暗红色油漆，配有细微的花纹。镜面光洁而明亮，里面镶嵌着的，是县里发给岁球球的那张大红底色的奖状。月光从窗眼里投射进来，镜框亮晶晶，明晃晃，像是笼罩了一层庄重而严肃的圣光。两人的神情一下就肃穆下来。马奔仓说今晚的羊肉泡馍，还是不去的好。岁球球长叹一声说，是啊，我为难着呢，要去，就钻进地雷阵了。

好久，马奔仓摸摸脑门，自言自语：不行不行，问题没有这么简单。岁球球说，村长，又咋了？马奔仓说如果你不去，估计麻烦更多。岁球球说，啥麻烦？马奔仓说，如果你不去，惹下的不光是苟犊子，而是全村人啊。那羊肉是全村人的血汗钱集资买的，我都掏了一份钱呢。岁球球说，你明晓得里边有弯弯道道，咋也掏钱吗。马奔仓说，你这不是废话嘛，我能和群众唱对台戏吗？这里面有政治啊，懂吗，这就叫政治。岁球球迷糊了说，村长，那你说该怎么办？马奔仓一时竟没有了主意，背了手，在地上来回踱步，红塔山香烟吸完一支，又续上一支……

岁球球的脸像飘满腐枝烂叶的水面，皱巴巴的，被烟雾裹挟在一起。

四

呼啦一下，大山里就扯上了夜幕。天像个倒扣的大黑锅，数不清的星星急躁地闪烁着，一蹦老高，上蹿下跳，像是正在爆炒的银豆子。此时的苟犊子家院子里灯火通明。苹果树上、房檐下挂着几个高瓦数的大灯泡，生硬地把本来严实的夜幕撕扯开了一大片。夜，像一个滴血的伤口，一片通红。院子里、屋子里、廊檐上到处都是人，熙熙攘攘，热闹非凡，这样的场面只有谁家娶媳妇时才有。靠墙的大铁锅里，白花花的羊骨头在沸腾的老汤里翻滚着，兴奋地敲打着锅沿，把生姜、大蒜、芫荽、葱花旋得打转转。煮好的羊肉早就切成薄片子，肥瘦兼容，在案板上堆成了小山。牛翠翠和几个婆姨围着另外几口铁锅，在烙锅盔馍。烙完的锅盔馍一个一个叠在一起，像几座宝塔。院子里摆了六张大桌子，每桌放了几盆小葱拌胡萝卜，那是下酒的凉菜。酒是陇上烈酒：陇南春。男女老少手里拿着碗筷，只等着狼吞虎咽，风卷残云。

苟犊子一个劲地发表声明：岁球球没来之前，谁也别想吃第一口。

众人于是焦急地问：岁球球咋还不来？掇干部的架子了吧。

有人就想自告奋勇去请岁球球，被苟犊子挡住了。苟犊子狡黠地笑着，悄声说，不光岁球球没来，村长也没来呢。我敢断定，村长现在就在岁球球家呢，他们两人准钻在一起抽筋呢。

村人：哪咋办？

苟犊子就说，大人别去了，去了脸皮上过不去，打发一个小娃娃去看看。

苟犊子就随手逮住了一个小娃娃，脑瓜上拍了一把，说，别惦着吃肉了。去！跑着去，把你岁球球伯伯喊来。小娃娃就拨开人群跑了，红领巾在胸前呼啦啦地飘飞。

小娃娃就进了岁球球家的门。小娃娃发现村长和岁球球在炕上闷坐着呢。小娃娃说，岁球球伯伯，那边请你去吃羊肉泡馍呢。岁球球苦笑一声说，晓得了晓得了。然后转向马奔仓，唉！村长，你看这……

马奔仓抚摸着娃娃的头，说，好娃娃，回去告诉苟犊子，就说岁球球没在家，好吗？小娃娃理直气壮地说马伯伯你还是村长呢，你带头骗人，还怎么当村长？马奔仓怔了一下，笑了，无可奈何地摇摇头，又笑了，说我这不和你开玩笑嘛。然后回头朝岁球球说，看来刀山火海也得上了，岁球球，咱沉住气，走！我陪你。你去我不去，村里人非得把我骂死。岁球球就和马奔仓一起下了炕。

路上，小娃娃问岁球球，岁球球伯伯，从今以后，你就是验粮员了吗？岁球球说，是啊！小娃娃就说，那就把我家的照顾一下，争取过关吧，我家的麦子在粮站每年都得折腾好几次。我爹常年在外打工，每年去粮站，都是我背麦子。为了缴皇粮，每年都要耽搁半个月的课。岁球球看看小娃娃的脸，没有说啥。岁球球晓得这是村东张红代的儿子，

248

情不自禁地伸出手,把小娃娃胸前被山风吹散乱了的红领巾拨拉正了。岁球球不敢再听,加快了步子。小娃娃紧跟着他,几乎是哀求了,岁球球伯伯,您倒是说话啊岁球球伯伯,您就开开恩吧。那样子,活脱脱一个少年乞丐。岁球球紧紧咬着牙关,全当没有听见,眼泪已经从眼眶里涌了出来。他一甩袖子擦了,更加快了步子,身子晃动得像一面大开大合的门扇。马奔仓怕岁球球摔着了身子,上前扶着走。但是,小娃娃却不走了。

马奔仓回头催,你咋不走了?不想吃羊肉泡馍了?小娃娃说不是不想吃,我得去场院里把晒了一天的麦子背回家,我妈是朽木头身架,背不了。说完扭头就跑。岁球球呆呆地看着小娃娃的背影。马奔仓拉他一把,说,走吧!走吧!去了多吃,少喝!

两人啥话再没有说,只顾往苟犊子家赶。一进院子,迎接他俩的是热烈的掌声。大家主动给岁球球和马奔仓闪开道,把二位迎到了上座。岁球球亮清,在这场合,看来上座非他莫属了,但还是推挡了一番。大家连推带揉,把他扶了上去。

一番加油添醋的客套,又一番心知肚明的寒暄。苟犊子清清嗓子,学着领导的样子和口气,郑重其事地发表讲话:大家静静了,静静了!大家都叫我村副,我认了,今天我就当一次村副。现在由我宣布,尖山村热烈庆祝本村村民岁球球同志被乡粮站聘为验粮员羊肉泡馍宴会现在开始!

哗哗哗哗……掌声如雷,比每次由村委会组织的全体村民大会上的掌声都要响亮。苟犊子继续着:首先,请允许我推出今天羊肉泡馍宴会的主角——岁球球同志。大家欢迎!

哗哗哗哗……哗哗哗哗……掌声一浪高过一浪。岁球球慌了神,脸上冷汗直流,屁股扭动着,像是犯了痔疮。有人从后面推了他一把,他赶紧起立,朝各个方向鞠躬,并挥手致意。

苟犊子一本正经地继续:让我们感到万分荣幸的是,我们尖山村村长马奔仓同志也在百忙当中光临了我们的宴会,到时候还将发表重要讲话。大家欢迎!

……

鸦雀无声,没有掌声。过于冷场,连苟犊子也感到有些不适了,他赶紧带头鼓了掌,于是又有了啪嗒啪嗒的掌声,稀稀拉拉的,像是上了火的人挤出了几截干屎。砰——有人突然放了一个响屁,掌声这才热烈起来。

苟犊子的讲话奔向主题:现在,请老少爷们共同举杯,敬我们的验粮员岁球球同志。

大家热烈响应,共同举杯,齐呼:敬——岁——球——球——同志。岁球球有些发蒙。尽管做了充分的思想准备,但受到这样的尊抬,他还是难以适应。酒杯是端起来了,手却有点发抖。他努力强迫自己镇定,镇定,再镇定。他偷瞄了马奔仓一眼,见马奔仓一仰脖,把酒干了。他也就干了。

大家喝彩:好——干得痛快!

苟犊子:下面,请村长马奔仓同志发表重要讲话。

马奔仓显然早就料到苟犊子会来这一手。马奔仓脸上的表情有些古怪,像朽木上刷了一层清漆。他站起来说:各位父老乡亲,今天,大家为了缴皇粮的事情,集资在这里聚会,我既感到高兴,也感到内疚。这些年来,大家的日子都紧巴巴的,手头一没余粮,二没余钱,我这个村长当得……当得……丢人啊我……说着,哇——哇——哇——竟哭出了声,眼泪竟像喷泉一样从眼眶里倾泻而出。

大家都怔住了,都端着酒杯站在那里。适才喧嚣的场面突然就冷却了下来,只听见大家的呼吸,汇合成一种奇怪的喘息声,在静谧的空气中浮泛上来,在灯光下游弋。苟犊子没想到马奔仓的讲话竟是这样开的头,鼻涕一把泪一把的,反而弄得苟犊子有些发窘。马奔仓显然没有把话说完,苟犊子一时竟不知道劝呢还是不劝。

马奔仓边哭边讲：……这些年，我这个村长干了些啥呢？我不敢想，一想，连死的心情都有了，跳崖也好，喝毒药也好，上吊也好，割腕子也好……死了，倒落得干干净净。不晓得的，以为我这个村长平时多么威风呢。我受的气，只有我自己亮清。一方面我受村里的气，三天两头到各家各户收这个钱那个费，看尽了脸色，挨尽了骂。另一方面，还得受乡上的气，每年我们村的各种款项都收不齐，乡长差点没把唾沫啐到我的老脸上。啐就啐吧，谁让大伙选我当这个破村长呢！既然大家看得起我，让我当这个受气包，我就当吧，为了全村的父老乡亲，谁爱啐就啐，爱骂就骂，爱打就打，我……我马奔仓都挨着……呜呜呜……哇哇哇……

场面冷却得吓人，假如有一根针头掉地上，准听得见。后来，有人也跟着啜泣起来，拿袖子抹起了眼泪。苟犊子只好上前劝解：马老哥你别哭了，你的心情大家都理解。来来来！啥话都不说了，喝酒。马奔仓一连喝了三大杯。一看这阵势，岁球球也只好喝了。

酒场很热闹，大家先是吆五喝六地喝了三成酒，都没忘吞吃羊肉泡馍，吃饱了，又红着眼睛喝起来。大家轮番敬岁球球。村东的杨三棱子说岁球球兄弟，我这杯酒，不光是我敬你的，还代表我死去的爹。一九七五年学大寨时梯田塌方，村里有六个人捂在里面，除了你爹妈，还有我爹呢，这杯酒，敬你这个验粮员，你得喝。岁球球能感觉到胸口一直悸动。梯田塌方的事发生在二十多年前那个月高星稀的夜晚，如果公社重视安全，就不可能死那么多人，自己也不可能变成孤儿。岁球球一仰脖就喝了。杨三棱子又说，你不是不晓得，这几年，我的地薄，长不了好麦子，缴皇粮都是用钱在黑市上买的种粮代替的。今年，我的钱除了给乡上缴公路建设费、教育附加费、精神文明建设费和治安联防费，就再没钱折腾了。缴皇粮，就田里的麦子了，你验收时，牙口松一松。岁球球的脑袋一下就大了，事先想好的词儿一时都派不上用场，大脑仿佛指挥不了自己的嘴巴，他只听见嘴巴在说一定一定，好说好说。杨三棱子说你喝了我的敬酒,得说话算数啊。岁球球说,算数算数。

杨三棱子一退下,村西的赵永胜老人又靠了上来。岁球球的脑袋就不仅是大,而是有些沉了。当年爹妈死后,是赵永胜老人给他扛来了三十斤面粉,后来还给他张罗着找过媳妇,前村后店找了五六个,都因为家徒四壁,人家女方都没答应。岁球球赶紧把老人的酒接过了,说大伯,您敬的酒,我不敢喝啊!老人说先喝,先喝,喝了再说。众人就起哄:喝——喝——喝——喝了再说。

岁球球就喝了。老人说其实也没有啥可唠叨的,你也晓得,我儿子双蛋蛋在深圳当个破保安,人家老板不可能为了缴皇粮的事情放他回来。就是回来,上千元的火车票找谁报销去。这几年为了三十里路上缴皇粮,我一个破老头子连背带扛,折腾得骨头都松了,你娃不是不晓得,你说今年的皇粮咋办?岁球球主动端起杯子喝了个底朝天,说大伯,你放心吧!我……我记着你的恩情。

村南的刘贵有上来了……村北的丁双全上来了……

五

当晚,院子里的男人们前前后后醉倒了一片,至少有十五六个,马奔仓、苟犊子当然在其中。岁球球是最早被灌倒的一个,喝着喝着,就一头栽在凳子下面了。后来,大家抢着要抬岁球球回家休息。马奔仓仿佛醉成了一摊泥,开初还咿呀咿呀地唱秦腔,后来就连喘声都没有了,死了一样,屁股踏实地堆在凳子上,身子趴在桌子上,粘亮的鼻涕都吊成了线。许多人上来劝酒,撬他的嘴,扳他的牙,都弄不开马奔仓的嘴。大家就乐:这次把咱村长喝成猪了。但是奇迹就在这个时候出现了,马奔仓竟然死尸还魂似的直起了身子,醉眼惺忪地说,我要送岁球球,我偏要送!有人就劝:村长,你都醉成一摊泥了,你坐这里别动！马奔仓吼了一声，我要送，我要送，你们送，我不放心，他如今不是岁球球，是全乡的验粮员，我要为全乡负责。大家乐了，只好把马奔仓也扶了。

到了岁球球家，大伙把岁球球和马奔仓抬上了炕。有人就提议，咱们还是留一个人看护着吧，两个醉鬼一起疯，别出啥事情啊。马奔仓却眼一斜说，都他妈的给我滚蛋！会出啥事情啊？我一斤半的量，今天这算啥，滚！都给我滚蛋！光灌了酒，羊肉泡馍啥滋味都没尝出来，去去去！都给我回去！锅里的羊汤好喝着呢，晚了，就光剩膻气味了。

马奔仓的这句话倒很灵，是啊，锅底有货啊！光吃了凉菜，喝了冷酒，尝了羊肉泡馍，锅里羊汤好歹也得尝一回。大伙见马奔仓糊涂当中能说出这么亮堂的话来，就判断他醉是醉了，脑子还没成糨子，就一抹嘴角被羊汤牵出来的涎水，嘻嘻哈哈地走了。大伙前脚刚离开屋子，马奔仓揉揉眼睛，抹一把脸，拨浪鼓似的摇摇头，隔窗看见大伙都出了院子，就利利索索下了炕，稳稳当当出了屋，结结实实地把大门闩了。又回来，给岁球球掖好被子，嘿嘿嘿地乐了，朝院外嘟噜了一句：哼！都是一帮二百五，还想耍我，看谁把谁耍了。

乐完了，就不再乐，眉头慢慢地缩成了疙瘩。马奔仓点燃一支香烟，坐在炕沿边，大口大口地抽起来。

哎哟——马奔仓突然叫出了声，原来是烟头烧着了指头。我日——马奔仓愤然，要骂，发现只能骂自己了，怒火就在舌头底下拐了个弯，瞄上了皇粮：我日他妈的皇粮啊！马奔仓的眼泪出来了。其实别看马奔仓在酒场上喝得猛，喝得凶，其实没喝多少酒，灌到肚囊里的基本上是凉水。酒场上，有一个本家亲戚始终在一旁拎着酒壶，给他这个最高行政级别的领导殷勤服务。这是马奔仓喝酒的秘密，是从乡长那里学来的。有次乡上召开全乡村干部会议，中午在大会议室里安排了几桌，各村村长私下搞了个小联合，想轮番上阵，把乡长灌倒，结果乡长下去了二斤的量，竟然面不改色，估计心也不见得跳。马奔仓私

253

下留神了一下,发现了一个小秘密:给乡长斟酒的始终是那个小秘书。中途,小秘书曾经拎着酒瓶去了几趟厨房,显然是往酒瓶里灌了凉水。乡长上厕所的时候,马奔仓跟了进去,理直气壮地找了个蹲位蹲下了。马奔仓说乡长你够能耐啊,喝了二斤身子不倒。乡长情深谊长地说,来的都是各村的弟兄,我得有诚意啊!马奔仓扑哧一声就乐了,同时放了一个很响的臭屁。乡长说看你看你,上下一齐乐啊,有什么激动的?马奔仓说我乐乡长的酒量,全县二十多个乡镇,您的酒量一直保持第一,保持了好几届的酒司令头衔啊。乡长说那还用说,我这酒量也是锻炼出来的,为了工作嘛。马奔仓说那乡长您的工作也够水的。乡长愣了一下说,你这话是啥意思?我看你脑子是进水了。马奔仓不紧不慢地说我早就发现,您的秘书拎着酒瓶子去厨房灌水。乡长的一只手赶紧从腿弯里腾出来,推了马奔仓一把,说你都看见了?马奔仓说别推我啊,你这一推,都拉到裤裆里了。乡长也扑哧乐了,说老哥你一定要给我保密,这可是绝密啊,传出去,各村的干部怎么信任我们,你要用你的党性做保证。马奔仓就说让我保密,得有个条件。乡长就说,啥条件?马奔仓说,今年乡上的平价化肥、农药,给我们尖山的农户倾斜一下。乡长说那可不行,平价化肥、农药都是紧俏农用生产资料,为了给农户补贴,县里财政都吐血了,你还是动员农户到市场上去买,市场上销售的农用生产资料丰富得很呢。马奔仓吐了一口痰,说乡长你这话等于没说,谁不懂得去市场上购买?这些年城里人生产的农用生产资料一涨再涨,但是庄户人生产的粮食却一个子儿都没涨,不涨就等于跌价,你还让农民去市场上买,还嫌把农民的皮剥得不够狠啊!你也别给我打官腔,从你喝酒掺水的架势看,就根本没有把我们庄户人放在眼里。马奔仓说完,就故意提了裤子起身。乡长赶紧拉他一把,马奔仓只好又蹲下了。乡长说好了好了,我答应你,给你们尖山倾斜一下。唉!只能从其他村的平价指标里给你们挤了。那年,尖山村争取到的平价化肥、农药、地膜、种子是最多的一次,这让尖山人兴奋得像是久旱逢甘霖，马奔仓在尖山人的心目中，一时锃明瓦亮。那件事对马奔仓来说，不光是提升了人气，还有一个重要收获，那就是学会了场面上咋喝酒。

崖畔上的大公鸡已经叫了五遍，岁球球才吃力地睁开了双眼，先是一只，然后又是一只。岁球球见马奔仓坐在炕边，地上撒满了烟头，就软软地开了腔，村长。

马奔仓说，昨夜里，你喝得太多了。岁球球说你喝得比我多，咋就这么精神呢？马奔仓说我当村长，喝酒喝出功夫了，你比不了的。岁球球说昨天在酒场上，你边讲边哭，把我都弄哭了。马奔仓扑哧一声笑了，说你个岁球球啊，脑子还是有些单薄啊！我那是诸葛亮吊孝呢。岁球球说诸葛亮吊孝？马奔仓说当年诸葛亮气死了老对手周瑜，还得装模作样去吊孝，把周瑜那边的人都感动了，不但消除了误会，而且把诸葛亮当成自家人了。

岁球球听得目瞪口呆。马奔仓说，你再睡会儿吧！缓好身子。

岁球球说，不睡了不睡了，再睡，老梦见没缴上皇粮的乡亲把我捂在粮站的风车前，要打断我的另一条腿呢。岁球球做梦是真的，但他只说了一半，另一半是眼看腿就要打断了，牛翠翠不顾一切地扑了上来，用身子挡住了挥来的拳头和棍棒……

马奔仓说，那就别睡了，休息几天，去粮站上班。我走了，得把麦茬地翻一遍，也顺便把你家的地翻了。不过我得告诉你岁球球，我帮你翻地可不是为了让你照顾我家的皇粮，我没有这个意思，你别理解歪了。岁球球就紧紧地攥了马奔仓的手，说，村长！马奔仓说，你啥都不要说，谁让咱干的是公家的事情呢。

马奔仓走了。岁球球愣了一会神，从面盆里翻出一个馒头，就着大葱吃了，灌了一气凉水，刚要转身去茅房，门口一亮，原来是牛翠翠闪了进来。岁球球说，嫂子，是你。牛翠翠说咋？不乐意我来啊？岁球球说乐意乐意，乐意死我了，咱这是《花亭相会》里的高文举和张梅英在这里相会呢。牛翠翠扑哧一声乐了说,看把你美气的,你把你的茅草屋当花亭了。

牛翠翠从腋窝下取出一个塑料兜,原来是几个葱花油饼。牛翠翠说你一个人冰锅冷灶的,肯定饿了吧?葱花油饼是我刚烙的。我一直在门口候着,瞄着马奔仓走了,我才敢进来。油饼恐怕快凉了,我一直在腋窝里夹着暖着。岁球球一激动,眼珠子里就放出了说不清楚的光,伸出了手,想叼空子摸一把。牛翠翠打掉了他的手说,岁球球你别得意太早,嫂子我给你亮了心思,不管你想干啥,都得等你把我家的皇粮验收过关以后。岁球球嘿嘿地笑了。

牛翠翠说,岁球球你可别笑,我的皇粮过不了关,别说在我身上琢磨啥,你吃下的葱花油饼,也得给我吐出来。油饼是羊油做的,羊油是我昨夜里在牻子家院子里偷偷舀了一勺。记着,你就是吐出来,也得落膻气味。岁球球一拍胸脯,斩钉截铁地说,嫂子你记好了,假如你的皇粮到我岁球球这里过不了关,我一头撞死不回尖山。我不但要让你的皇粮过关,年底还要把你娶过来。

岁球球话是这么说,但牛翠翠家的麦子能否过关可是一点底气都没有。但是,在牛翠翠面前,话能说多大就说多大,不能让牛翠翠小觑了他的本事。牛翠翠说缴皇粮是一辈子的事情,你可得给我当一辈子的验粮员啊。岁球球说,既然干了这行,为和嫂子你一起过日子,我要把验粮员当到死。牛翠翠感动得眼里漂着泪花花,一下扑了过来,说岁球球,嫂子我相信你,要摸就摸摸,但别来真格的。

六

秋里的天气是老虎,风是呼啦啦地吹着,日头却很足,像是往地上喷火。半个月一晃就过去了,岁球球在县粮食局顺利完成了业务培训。这是庄户人晾晒麦子的最佳时节,各乡、各村农户的院子里、场院里、公路边，到处都有金光灿灿的小麦，薄薄厚厚地铺成大片小片，接受日头的烘烤。一有饥饿的飞鸟从树梢上掠下来，说不定就会从树荫里、屋檐下窜出守护神一样的农人，用竹竿、土疙瘩把飞鸟赶走。夏收后的麦子是农民的命根子，岂能容飞鸟从嘴边把粮食夺走。

此刻，粮站的夏粮入库工作正在紧锣密鼓地进行着。大院里，咬验麦粒、过风车、过磅、搬运入库、登记核对五大关口都在紧张地工作，每个关口专人把守，各司其职，忙得不亦乐乎。等待验收皇粮的庄户人，像守护自己的孩子似的守护着盛满麦子的麻包和编织袋，守护着一年的期盼和希望。大麻包，小麻包，大编织袋，小编织袋，挤成了长队，一直延伸到遥远的大门口，像一条看不到头的长蛇阵。院子外边，运载小麦的架子车、独轮车横七竖八，严实得无处落脚。公路两边的树上，拴满了驮运麦子的马、骡子和毛驴，在烈日下打着响鼻，似乎在表达着某种愤怒。

岁球球把的是第一关。第一关过了，后面的四道关口基本就有了指望；过不了第一关，就只能驮着麦子回家，无功而返，想办法弄到够等级的麦子，回头再来。所有的目光都集中到了岁球球的身上。

有人不失时机地把香烟递上来，说岁球球老哥，您都验收半天了，太累了，歇一歇，吸支烟！岁球球其实嘴上早就叼着烟呢，说还有，还有，正吸呢。对方说，来来来来，换一支，换一支，尝尝我的，红梅呢，味道正。岁球球推不开，只好接过来吸了。

又有人把茶水递上来了，说花茶呢，尝尝。岁球球指着地上一个特大号的罐头瓶说，看看，我的茶水还满着呢。对方就说我是刚沏的，花茶，我看了，您的是绿茶。岁球球推挡不过，只好喝了几口。

还有挤到前面来给他用草帽扇凉的，帮他擦汗水的，还有……还有年轻的小媳妇，花花绿绿的，穿得好看，乘人不注意，隔空子，蹭他一下，飞个媚眼，说岁球球哥，你好狠心啊！轮到我家时，牙下，留个情嘛。岁球球的脸就憋得通红。

话都是好话，烟都是好烟，茶都是好茶，媳妇都是好媳妇。岁球球心里明白如镜，他如果放谁一马，那被淘汰的农户会拧成绳，把他绑起来扔到山沟里喂狼喂狗喂野猪。

年，又是个旱年，岁球球发现麦子普遍都有些瘪。有些麦子都用不着牙咬，用手指轻轻一捻，其实就感觉出来了。每次撞上这类不够等级的麦子，岁球球就觉得舌头有些僵硬，因为他轻轻说出来的一句话，就等于给对方的麦子判了死刑，但他还得把那句话说出来：你这麦子……唉，回去吧，走好！再驮些好麦子来。每说一次，他就觉得背部有汗珠滚落。新买的衬衣湿了，又干了；干了，又湿了。

岁球球的心像灌了铅水，沉得要命。岁球球心里亮清，这还不是最要命的，最要命的在后面呢。尖山的农户来了，咋办？尽管粮站为了体谅他的难处，特意把尖山的农户缴皇粮的时间调整到了最后扫尾的几天，为的是避免给全乡验粮工作添乱。但是，躲得了初一，躲得过十五吗？

有天晚上验完粮，月亮已经蹲到树梢。岁球球打了几个哈欠，在食堂匆匆吃完夜宵，就赶紧钻进了宿舍，拉灭了灯，把自己疲惫的身子撂到了床上。偏偏在这个时候，有人就敲门进来了。岁球球欠起身子，就着月光一看，倒吸一口凉气，黑乎乎的两个人：苟犊子和牛翠翠。苟犊子肩膀上扛着一个麻袋。粮站外有骡子在叫。岁球球就明白苟犊子这是抢先下手，把自己家和牛翠翠家的皇粮驮来了。岁球球就说还没轮到咱尖山呢，这么快就把麦子驮来了，你是想当全乡的缴皇粮先进个人呀。苟犊子甩给岁球球一支烟，狡黠地一笑：不快不行啊，我也亮清，到时候全尖山的麦子都到了，你顾得了谁啊，还是先摆你这里心里踏实些。我也不当啥破先进。在缴皇粮的事情上当先进，还不被全村人骂死啊。能提前验就提前验了吧，早验早省心。再说，今天正好有空，我就把翠翠家的皇粮也驮来了，过几天我去打工，翠翠家的皇粮又得找人找牲口驮。他妈的现如今啥都成市场经济了，找人找

258

牲口，得几十元呢。他妈的啥叫市场经济，市场经济就是钱。岁球球只好随声附和着，那是，那是。心里骂好你个苟犊子，等我娶了翠翠，你他妈的给我躲远点。

苟犊子把麻袋扔到地上，又旋风一样出去，把牛翠翠的粮食扛了进来，说太晚了，你睡你的，我和翠翠不打扰你了，我们还得赶回去呢，明早，有几垄地要耕。

牛翠翠的脚步已经挪出了屋，回头朝岁球球一笑，这才和苟犊子一起走进夜色。牛翠翠刚才这笑，生动地挂在嘴角、眉头和颧骨上。岁球球心里颤了又颤。

岁球球先是打开苟犊子的麻袋，抓了十几粒，鸡啄米似的丢进嘴里，一嚼，就叹了一声：他妈的啥麦子啊，也想过关？又从牛翠翠的麻袋里抓了一粒，只这一粒，一嚼，就发现牛翠翠的麦子和苟犊子的麦子一样，干湿度倒是符合标准，见足了日头，但有些瘪，要过关基本没有啥希望。如果再抓第二粒、第三粒，显然已经没有任何必要。只是，只是那一粒麦子，岁球球并没有急着要吐出来的意思，嚼完了，再嚼，再嚼，嚼完再嚼，直至嚼成了碎面儿，他似乎还舍不得吐，竟有点品的意思，这可是牛翠翠的麦粒啊！上得床来，那碎面儿还在舌头、牙齿之间温柔地翻腾。屋子已经陷入了漆黑，岁球球的眼睛却圆睁着，眼前始终浮现着牛翠翠那张生动的脸。他两眼发直，失声地叫，翠翠，翠翠！

外边有职工取乐：岁球球，你说梦话啊你，翠翠是谁啊？做梦娶老婆啊。

岁球球吓得赶紧噤了声，把碎面儿吐出来，故意放出了呼噜，猪一样的声。

第二天，有职工逗他：岁球球，翠翠是谁？岁球球说是我几年前养的一只母鸽子，梦见它又飞回了笼。

夏粮入库工作已接近尾声时，粮站迎来了尖山村的第一拨缴粮户。

但是，就在这天早上，岁球球的宿舍突然传出了声唤：哎哟哟——哎哟哟——有点像杀猪时才有的声音，使人想起挨了刀子的猪。樊站长和职工赶紧闯了进去，首先扑入鼻孔的是又酸又腥的味道。地上全是岁球球的呕吐物，看来昨夜吃的喝的全从胃里翻倒出来了，像把一大盆发馊了的面汤倒在了地上。岁球球的状态有些目不忍睹，趴在床上，半个身子像半截松软的粮袋，搭在床边。脑袋、肩膀和胸腔仿佛被抽了筋。嘴张着，像一条死鱼的嘴，嘴里还吊着长长的黏涎，像冬天里屋檐下垂吊的脏冰棒。眼睛像死猫眼，一翻一翻的，一点神采都没有。樊站长惊问，岁球球！岁球球！你咋了你？岁球球吃力地抬起头，眼珠子翻了一下，也不搭腔，只是哼哼。

职工们都有些吃惊，昨天晚上还好好的，好吃又好喝，怎么一晚上，病成了这样？大家要扶他，岁球球挣扎着摆摆手，指指被窝里。有人揭开被子，一股恶臭扑了出来，床上早就被屎尿淹透了。用医生的话，这应该叫上吐下泻。

尖山的农户已经把岁球球的屋子围得水泄不通，每个人一脸的茫然和焦灼。

樊站长赶紧吩咐左右：快！留几个职工帮着打扫屋子，其余人送岁球球去镇卫生院。岁球球却大口大口地喘着气，说不，不！我不去卫生院。樊站长说，什么？病成这样了，怎么不去？岁球球说我……我……还还能坚持验粮。说到这里，岁球球突然就放大了声音，显然是给尖山村的农户说的：只要……只要……只要我还有一口气，我就要验粮，我要……我要……我要为我们尖山村的父老乡亲验粮。

一句话，一句掏心窝子的话，听得尖山村的农户一片唏嘘。岁球球啊！看到岁球球这番样子，尖山有的婆姨感动得直掉眼泪。

樊站长力劝岁球球：你不要命了你，快听话，治病要紧。验粮的事情，我马上打电话，从其他乡给我们临时调剂一个验粮员。说着回头对一个职工叮咛，快！给黄坡乡粮站打个电话，调剂一个验粮员过来。岁球球仍然在坚持：我……我……关键时刻咋能离开工作岗位呢？我是"优秀农民工"啊！樊站长也感动了，他也不嫌脏，紧紧地抓住岁球球粘满呕吐物的手，说岁球球同志，为了你这句话，我代表全体干部职工向你致敬了。这样吧，赶紧起来，我亲自陪你去卫生院。岁球球说站长，你们这些吃皇粮的，真是吃傻了啊。你也不想想，现在正是计划生育高峰，乡卫生院的所有大夫都在各村结扎放环人流引产呢，哪有大夫给我看病啊？要不……要不……这样吧，给我一头骡子，驮我回家，一来可以让我们村的赤脚医生看看，二来可以在家缓缓，就行了，只是拉肚子，也不是啥高级病。樊站长苦笑一声，说也只能这样了。

于是找了头大骡子，把岁球球扶了上去。站长要派一个职工陪岁球球回去。岁球球坚决不答应，陪啥啊陪，我一个大男人有啥陪的。樊站长说，不陪不行，我们不放心啊。岁球球说如果非得要人陪我，那我就不走了。樊站长只好作罢，好好好，就依你吧。

尖山所有上粮的农户都傻眼了。谁也不好说啥，也不敢说啥，眼睁睁地看着岁球球歪扭扭地粘在骡子背上，出了大门。岁球球挣扎着从大骡子上扭过头，说乡亲们！我岁球球……我岁球球……不能为乡亲们验粮，我对不住大家，对不住大家的羊肉泡馍啊。

尖山的农户们只好说，去吧！去吧岁球球,治病要紧啊！身体是命，皇粮再要紧，不是命。岁球球趴在骡子上，渐行渐远，大骡子的蹄声也渐渐消失在空气中。尖山的农户有些呆，面面相觑，不知道怎么办才好。好久，一辆吉普车停在了粮站门口，从黄坡乡调剂的验粮员到了。那天，尖山人的皇粮有八成没有过关。

七

叫王朝和马汉听爷言讲，

此一去到陈州不比往常,

众百姓一个个将咱盼望,

盼的是救黎明开仓放粮……

    吼出来的,是秦腔《打銮驾》里包拯的唱段。大净的行当,在秦腔里最能体现一个吼字,用的是真嗓子,撕天扯地的,小鬼听了,也怯三分。吼声在山谷里左冲右突,惊得老鸦乱飞。是岁球球在吼。连岁球球自己也纳闷,一开腔,咋就是包拯陈州放粮的唱段?放粮,放粮,在古代,把皇粮重新返给饥民,那就叫放粮,放的,那可是皇粮啊!秦腔戏里,有些贪得无厌的州官、县官给黎民百姓放粮时,好在粮食里掺沙子,截下的粮食自个儿卖成银子搁在自家银库里了。现如今乡上把该老百姓的、欠老百姓的,都打成了不顶饭吃、不顶钱花的白条子,遇着包拯,早就一铡刀把脑袋给铡了。

    岁球球吼得酣畅淋漓,回肠荡气。秦腔伴随着大骡子轻松欢快的蹄声,山鸣谷应。这时的岁球球,早已直起了腰板,双腿把大骡子的肚子一夹,一派气宇轩昂的样子,像一个凯旋的将军。关于昨天晚上的上吐下泻,他是苦苦动了脑子的:他把从食堂打来的饭菜有意剩了一小半,掺了凉水,洒到地上,然后捂着鼻子,在被子里拉了一泡,再用尿水冲稀,等天亮时,他把自己的半个身子耷拉在床边……果然大功告成。

    这样,尖山村的皇粮就指望黄坡乡调剂过来的验粮员来验收了。那个验粮员岁球球是见过的,在县粮食局参加验粮员培训时,和岁球球一起探讨过牙功。那小子和岁球球一样,也是个直脑筋,在验粮的问题上绝对是一碗水端平。尖山在他的眼里,和张村、李庄、赵寨没什么两样……反正,他岁球球金蝉脱壳了。不但金蝉脱壳了,应该说还取得了一石三鸟的效果。因为让他最感到欣慰的是,牛翠翠的麦子提前验收过了关。那天深夜苟犊子和牛翠翠离开粮站后,岁球球一晚上没睡好觉。第二天正好飘起了零星小雨，验粮工作只好暂时停止，全体职工抓住这难得的机会睡大觉歇乏。岁球球就敲开了樊站长的门。

樊站长说，岁球球你不抓紧时间歇一歇你的牙口，你干啥哩？岁球球说站长，有件事麻烦你，我不好张口。樊站长说啥事情，岁球球你这么扭捏干啥？岁球球说我想借钱。樊站长说借钱？借钱干啥呢？岁球球说我想乘这个机会，到镇子供销社，把赊人家的化肥钱还了。樊站长说赊人家多少？岁球球说其实不多，就二百多元，但是对我来说，就是个大数字了。樊站长说岁球球你除了一颗牙值点银子，哪有钱还我啊？岁球球说站长你还不信我这个"优秀农民工"啊，到时候，我把这个月验粮的补助给您。樊站长乐了，说真是无钱愁死英雄汉啊！你就别客气了，我和你开玩笑呢。

从樊站长那里借到钱，岁球球就出了粮站，搭乘了一辆去集镇上的拖拉机。一到集镇上，就一瘸一拐地直奔粮食市场。农家有句话，叫有举鞭子的就有挨鞭子的。这些年，粮食市场上悄然形成了一个高价小麦黑市。天价。每斤麦子比普通麦子要高出两三毛钱。凡是缴皇粮碰了一鼻子冷灰的农户，只好到这里来放血买高价粮替代皇粮。牛翠翠有两个娃娃，共三口人，人均九十斤，总计应该缴二百七十斤麦子。岁球球问卖主，一斤多少钱。卖主答：一斤九毛。岁球球晓得卖主这是趁火打劫，普通麦子一斤才五毛钱，卖主居然生生地涨了四毛。就怯怯地说，能……能……能不能便宜点。卖主乐了，说不买就拉倒，要不是雨天，我这麦子早就抢购光了，过一阵天晴了，每斤一元钱我也不愁买主呢。岁球球只好利利索索掏腰包。本来准备给牛翠翠和苟犊子都买的，价格涨这么高，钱显然已经不够。要保，只能保牛翠翠了。用电影里的话说，保牛翠翠，就是保爱情。

岁球球收购了麦子，就又搭乘拖拉机匆匆赶回粮站。钻进宿舍，掩了门，把牛翠翠的麦子替换了，顺顺当当缴了皇粮。回头看看苟犊子的麻袋，冷清清地搁在那里，像个三棱暴翘的砸脚石，心里就带了气，哼！如果我早几年当上验粮员，牛翠翠那里，还有你占的便宜？再一想苟犊子那张生铁疙瘩一样的脸，又不免有些后怕和紧张。

有职工就朝他感慨：都说你们尖山的麦子稀松，瞧瞧人家这个叫牛翠翠的农户，麦子长得多争气！每一粒都像憨娃娃似的。她家的麦子咋就长这么好呢？

岁球球就不露声色地瞎编，说牛翠翠家的麦子长在向阳坡上，施的肥料是从城里的茅坑拉去的粪浆，开春的化肥跟得上，扬花时还给叶子打了生长素。再说，人家牛翠翠的男人在外打工，撞上的是好心老板，年底能兑现工钱，尿素啊氮氨啊钾肥啊啥的，掏得起这个钱。现如今，种庄稼可不全凭钱养着。职工就说，你们尖山的麦子如果都像牛翠翠家的就好了。岁球球的话里就带了气：那除非把皇粮取消了，尖山人把本该缴给公家的麦子卖成钱，回头再买化肥农药，再把抗旱保墒做好，不愁麦子长不成憨娃娃。职工乐了，说，说来说去，你的意思是把老祖宗传了几千年的皇粮取消了？岁球球说，我从来就没有做这个梦，咱种田人谁敢做这个梦啊！职工说取消皇粮，除非太阳从灶眼里爬出来。

岁球球仰天长叹一声，缴皇粮，缴皇粮，这就是咱农民的命啊！人家城里人吃香的喝辣的，为啥非得给庄户人摊上？职工说，这个道理不明摆着吗？谁种地，谁纳粮。岁球球就顶起了牛，你这个话就没道理了。职工说为啥没道理？岁球球说，你想想，同样出力气，同样为国家做贡献，人家城里的工人可以退休，退休了还能拿到退休金。但是没听说农民可以退休的，累死在田间地头才算完。职工说，岁球球你这脑子走得太远了，没边。岁球球说，不是走得太远，是走得太透了。岁球球说到这里，就不想再张口。

脑子再怎么走，给牛翠翠成功缴了皇粮，这个脑子可是走对了。和职工顶牛时是这么想的，骡子进了山谷，岁球球也一直这么得意着。太得意了，岁球球脸上就有些发红。两腿一夹，又吼了起来。吼出来的秦腔该悠扬处悠扬，该顿挫处顿挫，竟像喝了美酒一样。前边，就是王家沟村的地界了。

其实习习的凉风中，已经传来一声大喊：喂——狗日的岁球球，你当个验粮员，你好威风啊你。

岁球球陶醉在包拯的唱段里，竟没听见，继续吼。风中，那边的喊声又放大了：喂——狗日的岁球球，狗日的验粮员岁球球，狗日的尖山的岁球球，狗日的光棍岁球球——

这次岁球球听清了，有人骂他呢。他赶紧收了口，勒了缰绳，四下看一看，一个人影都没有。前后是一条布满石头和土坷垃的路，两边是坡，长着稀疏的玉米和高粱，坡顶是崖，有老鹰在上空盘旋。岁球球正在纳闷，只听嗖的一声，半空中突然画出一道弧线，一个馒头大小的土坷垃从坡上的玉米地里飞出，直奔他的面门。岁球球大吃一惊，慌忙低头躲过。岁球球以为是王家沟村的放羊娃玩闹呢，就朝玉米地里骂：是王家沟村的小兔崽子吗？把我当狼赶啊。玉米地里传来回应：狗日的岁球球，就是把你当狼赶呢。

岁球球这次听得更清楚了，不是小娃娃，而是大人的嗓子，就知道是针对他来的，就骂，把我当狼啊？！我吃你家人肉了还是喝你家人血了？有种的出来！

对方骂：你个瘸子比吃我家肉喝我家血还歹毒，当个臭验粮员，你他妈的把我们一村人都害了。岁球球就哑了口，一时不知道怎么回骂才好。

嗖——又是一块土坷垃飞来，竟是从另一片高粱地里飞出来的。岁球球赶紧躲开，才晓得袭击他的不止一个人。土坷垃砸在骡子脖子上，骡子一跃而起，长嘶一声，差点把他掀翻下来。岁球球晓得情况不妙，赶紧稳了身子，朝骡子屁股来了一巴掌，骡子夹了尾巴就跑。

嗖——嗖——嗖——

两边的玉米地和高粱地里，土坷垃像雨点一样追来。岁球球一手抱着头,一手使劲拍着骡子屁股,狼狈逃窜。背部挨了几下,热辣辣地疼。一个土坷垃就砸在了额头。一抹,全是血。

嗷——嗷——嗷——玉米地里、高粱地里传来胜利的起哄。

岁球球从峡谷里窜出来,已经累得气喘吁吁,口干得像要冒烟,他下了骡子,把骡子拴在一个山泉旁边。从泉边的葵花地里摘了一片叶子,就去泉边盛水喝。刚蹲下身子,水面上出现一个血流满面的脸。岁球球又气又羞,一扬手,把水面上那张可怕的影子搅得支离破碎。甩手扔了葵花叶子,两手掬成勺状,咕嘟咕嘟地喝了一通,洗了脸,四仰八叉地往后一躺。湛蓝的天上,有白云在飘,鸟儿在飞,岁球球紧紧地闭了眼,摸出了香烟,点燃,烟雾一从鼻孔里冒出来,仿佛沾了水汽,有些沉重,笼罩了他疲惫的身子。俄顷,烟雾仿佛被日头烤轻飘了,像从地底下冒出来似的,在草丛中盘旋。只两口,香烟就吸得只剩屁股了。岁球球抬起身子,一低头,见水面上仍是一张血红的脸。岁球球叹口气,再次把脸洗了,抓了一把干土,糊了伤口,拔了几根草,搓成绳子,用葵花叶子包了伤口,用草绳绑了,然后用草帽压住了脑门,这才有气无力地爬上了骡子。

八

岁球球是绕道回到村里的。到村口,看四下无人,这才像做贼似的窜到自家门口。岁球球把身子撂在了炕上,想,这关键的几天无论如何得装到底,不能露出一点破绽。刚刚闩了大门,把破褥子铺在炕上,就有人敲门,而且边敲边喊:岁球球,开门啊岁球球。

村里人早就嗅到了岁球球的行踪。岁球球没有应声,任凭外边把门拍得山响,他手忙脚乱地在墙角的柴火堆里扒拉了一阵,抓了一撮不知名的野草,用剪子咔嚓咔嚓剪成碎末,然后翻箱倒柜找到一个砂锅,盛了凉水,在一个小炉子上熬起来。这才去开门:谁啊谁啊?边问,边让整个身子稀松下来:眼皮耷拉,鼻歪嘴斜。一看,就是个病秧子。外边候着十几个人,一进来就说,岁球球,一早我们就听说了,你上吐下泻,验不了粮了,到底是咋了?岁球球叹口气,说,唉,你看看我这样子,发烧、感冒还拉肚。大家就说,看你这样子,还真是的,像断了筋掏了肠抽了血似的,没个人样了。有人就说,岁球球你这病来得太不是时候了,咋就偏偏赶上咱尖山村缴皇粮的日子呢?说着话,大家赶紧把岁球球扶进了屋里,安顿在炕上躺了。岁球球做出吃力的样子,努力欠起身子,说,是啊是啊,这才叫祸不单行哩。有人问,那你的脑门包那么严实,咋哩?像电影里火线入党的战士似的。岁球球说都怪骡子不老实,把我颠簸下来,磕的。这骡子是粮站给我找的,生。大家感叹:看样子,磕得不轻。岁球球说不打紧,就擦破了一点皮儿。

有人就上前来,一副在行的样子,把嘴撮成鸡屁股状,隔着葵花叶子,轻轻地吹一口,再吹一口,仿佛那夹杂着口臭的气息,是太乙真人的仙气。有人说,听缴皇粮回来的人说,粮站临时从黄坡乡调剂了一个验粮员,是吧?岁球球说,是的是的。那人说,等你的病养好了,我们再去缴皇粮。

岁球球沉重地叹口气,说,我多想给咱尖山的乡亲验粮啊,但是从眼下的情况看,身子一时半刻恐怕好不了。你们也别等我了,再等,过了缴皇粮的期限,挨罚呢。众人就一番长吁短叹:唉!咱尖山人的命咋就这么苦呢,好不容易出了个验粮员,偏偏就派不上用场。

这时候,砂锅里的水已经烧开了,黑乎乎的,浓浓的雾气弥漫了整个屋子,碎细的柴草在开水里翻卷着、滚动着,把一种浓烈的、枯涩的味道毫不客气地塞进每个人的鼻孔。有人就提醒:岁球球,该喝药了。岁球球赶紧说,不急,药刚煮开,多熬一会儿。有人抽搭着鼻子:你这药的味道,够苦的啊!岁球球说,是够苦的,苦了治病呢。

岁球球突然意识到,和大家叨咕了这么久,好歹应该跑几次茅坑的,于是突然捂了肚子。大家赶紧闪开道,岁球球一溜烟钻进了茅坑。喝了那么多的泉水，尿倒是憋了一大泡，一解裤子，哗啦啦就放了。干货呢？却是一点都没有，岁球球就晓得这些天连惊带吓带着急，早就上火了。上火，可不得唇紫目赤，大便干燥。岁球球好不容易挤出了一点干货，用一根树枝捣得稀烂，再用尿稀释了，往裤脚处涂抹了几下，这才提了裤子，从茅坑里一摇三晃地挣出来。进了屋，也带进了一屋子的臭气。臭气和苦味混杂着，大家悄悄捂了鼻子。

裤子上粘了秽物，就无法上炕。岁球球把两条腿搭在炕沿上，吃力地把身子斜倚在墙上。有人说，岁球球啊，为了尖山村的皇粮，我今天就去山神庙里替你烧两炷香。另有人呵斥一声截过话，别吵吵了，药都快熬干了，岁球球先喝药吧。主动取了一个大瓷碗，给岁球球盛了药，捧起来，轻轻地吹。岁球球着急了，赶紧说各位乡亲，大家的心情我岁球球十分亮清，我岁球球如果早一天缓过身子，就早一天去上班，尽量让咱尖山家家户户的麦子都过关。我的身子都成这样了，眼下需要的是一个人安下心来，好好缓一缓啊！

大家就有些依依不舍，仿佛还有许多话都没有说完。岁球球赶紧催，走吧走吧！我还要换裤子呢。不换裤子，我咋上炕啊？我换裤子，可不想让大家看到我裆里的鸟儿。

大家哄堂大笑：光棍的鸟儿还能飞出来啊。岁球球就要换裤子。大家只好行动了，用《水浒传》里的话说，就是作鸟兽散。

隔窗看看大家出了大门，岁球球三两下换了裤子，把沾了屎尿的裤子狠狠地扔到墙角，然后端起大瓷碗，朝院子里远远地一泼⋯⋯

这一泼，用劲太猛，连碗带水都给抛了出去，咔嚓一声，大瓷碗砸到了大门口的石阶上，摔得粉碎。哎呀一声，门口传来一声惨叫。岁球球怔了一下，原来是马奔仓进来了。马奔仓边抚摸着脸边骂，岁球球你不长眼啊你，你个家伙大白天的摔碗干啥，碎片到处飞，要不是我躲得急，碎片非得把我的腮帮子弄穿不可。

岁球球暗自吃了一惊，他不是为大瓷碗的碎片袭击了马奔仓的腮帮子而吃惊,他吃惊的是马奔仓来得不是时候。马奔仓年轻时当过赤脚医生,至今还有几手绝活呢,对于常见病,他不用望闻问切,一眼就能看出七成。他这一来,一切就都露馅了。岁球球一时有些慌张,一边陪着不是,一边把马奔仓往门外推说,村长,我拉肚子呢,屋子里太臭,你别进来。进来就臭了你的身子,有事情过过再说。

马奔仓就说,正因为你拉肚子,我才看你来的,你推我出去干啥?不像话啊你,你不晓得我曾经是半个医生啊你。岁球球嗫嚅着,反正你别进来,我刚拉了一泡,家里太臭。马奔仓没有搭腔,目光停留在遍地的碎瓷片儿和煮烂了的草秸上,又收回目光,注视着岁球球的脸,要摸岁球球的额头。岁球球赶紧躲开,说额上磕破了,可别摸,摸了疼呢。马奔仓若有所思,乐了,说那……我看看你的舌头。岁球球见没了退路,只好把舌头探出来。马奔仓只看了一眼,就说,把胳膊伸过来。马奔仓给岁球球把着脉,把脉的手竟有些发抖。

岁球球心里发紧,他晓得村长已经发现他的把戏了。但是马奔仓自始至终一声不吭,这反而让岁球球有些迷糊。

马奔仓没问发烧感冒拉肚子的事,只是问,额头的伤,是人家砸的?岁球球说不是,是从骡子上颠下来,磕的。

马奔仓突然老泪纵横,转身要走,复回头叮咛,记住了!把门闩好,别让人进来。岁球球只好一抹眼泪,赶紧礼貌起来,村长你既然来了,就坐会儿再走。马奔仓说,坐啥啊坐,满院满屋都苦兮兮,臭烘烘的,熏死我啊你?

不一会儿,村头的大喇叭又响起来了,传来的是村长马奔仓的声音:全村的父老乡亲请注意了听好了记牢了,粮站给我们尖山的农户缴皇粮的期限只剩两天了,大家对岁球球再不要抱啥念想。我刚才去看了,他脸色发黄,舌苔泛白,脉搏微弱,气血衰退,加上额头有伤,估计五六天才能下炕。希望大家对岁球球不要抱任何幻想,像往年一样,该咋缴皇粮就咋缴皇粮……

后来，就有人看见马奔仓吆喝着牲口要出山。村人问，村长你干啥去？马奔仓说去镇子上买上等麦子，去缴皇粮。再问，岁球球他，真的指望不上了？马奔仓一本正经地说，他能活过来就不错了。

过了一袋烟工夫，就有许多农户吆喝着牲口，出了村。每个人的表情，一片茫然。

九

一天来，一直有人敲门。先是轻轻地，像是用指头；后来就好像是用巴掌；再后来，似乎是用拳头。岁球球一直蹲在炕上吸烟，没有理睬。岁球球纳闷的是，平时，谁敲门，不开，会喊叫的，喊他岁球球的名字，而这次，鬼鬼祟祟的，光是敲、拍、擂，却不出声，生怕出了声，会暴露目标似的。他妈的谁啊？不管是谁，他每天必须要做的，就是把砂锅里的苦水煎熬得热气腾腾。突然，扑哧一声，有个黑乎乎的东西从院外飞了进来，像一只挨了弹弓的喜鹊，一头撞破窗子上糊的报纸，栽到了炕上。岁球球惊得浑身一激灵，回头一看，竟是一条打成包的花纱巾，里面显然裹着东西。岁球球怔了一瞬，赶紧打开，里面包着几个馒头和野葱。是牛翠翠，岁球球的心狂跳起来。

岁球球一跃下炕，瘸腿像拉满的弓，一拉一扯，就蹦到了门口，唰啦一声，就把大门拉开了。

牛翠翠一闪进来，就赶紧把门掩了，指头直指岁球球的脑门，压低了嗓门，语气中有责备，也有嗔怒。好你个岁球球，为啥不开门？岁球球连忙赔不是说，好嫂子，好嫂子，我不晓得是你啊！你喊我一声我不就晓得是你了。牛翠翠骂，你个死鬼，猪脑子啊你，我一个寡妇家，在院外喊你，你觉得脸上光彩啊？岁球球一拍脑袋，说，嗨，我还真是猪脑子了。牛翠翠说前几天听村长在喇叭里说，你病得不轻，把我都快急死了。岁球球说，没啥大不了的病，就是上吐下泻，正吃药呢。吃完药,也就好了。

女人的眼神就是女人的眼神,牛翠翠一进屋子,先看到了堆在墙角的脏裤子,就说我给你洗洗。岁球球心头一热,说,嫂子,不劳你了,太脏,别脏了你的手。说着话,目光就有些直,直直地盯住了牛翠翠那张生动的脸。

牛翠翠说,我听说,我家的皇粮过关了?岁球球说,是,过关了。牛翠翠说,那,为啥苟犊子的粮食没有过关?岁球球说你的粮食是上等麦子,好过关,可是苟犊子的麦子是下等麦子,在我这里过了,但在过风车那关口时挡回来了。风车那边是另一个验粮员把关。

听到这里,牛翠翠把捡起来的脏裤子又撂下了,拉了脸,说,好你个岁球球,你瞎编啥啊你。岁球球说,嫂子我没有编啊我。牛翠翠说你不是不晓得,我那短命的全德死后,我家的土地都是苟犊子在那里撑着,一样的种子,一样的土墒,一样的打碾,我能过,犊子为啥就不能过?

岁球球立马噎住了。牛翠翠佯怒,转身就要走。岁球球趁机一把拉住了她的一只手,说,嫂子你听我说,你听我说好嘛嫂子!牛翠翠说不听了不听了。

牛翠翠要把手从岁球球手里抽出来,岁球球却攥得更紧了。岁球球说,你的皇粮,我晓得过不了我这一关,是我利用我的权力,趁人不备,直接过的磅,入的库。本来,想悠一悠,再偷偷把苟犊子的也入了库,没想到,后来肚子就来事了。

牛翠翠嘻嘻嘻地乐了,说,你这么说,我就理解你了。现如今,啥都得靠权力,权力使你岁球球成人上人了。说着话,打眼瞧见砂锅里熬得有些过了,就腾出一只手,把砂锅从炉子上取下来,拿手扇一扇,拿嘴吹一吹。

岁球球盯着牛翠翠的眼睛,嬉笑着:是啊是啊,权力到了手,不为我的好嫂子用,我还给谁用呢?

牛翠翠看着岁球球那张黑黝黝的脸，没有说啥。一只手仍然被岁球球攥着，想抽回来，又不想。岁球球一下就拥住了牛翠翠，胳膊像钢筋一样，箍得牛翠翠喘不过气来。牛翠翠的声音有些发颤：岁球球，不！验粮员，你的蛮力气真大啊你，像野牛一样，哪像个病身子啊你！？岁球球嬉笑着说，再病的身子，搂搂抱抱嫂子的力气还是有的。牛翠翠幸福得像一只被日头晒美了的大花猫，说，今后，你就是我的高文举，我就是你的张梅英。

噼噼啪啪……

村口突然传来了鞭炮声，惊得两人浑身一颤。

崖畔上的高音喇叭就在这个时候突然响了，是马奔仓的声音。马奔仓的语气有些颤抖，有些紧张，却很激动，激动得像是要哭。马奔仓在向全村发布一个令人难以置信的消息：全村的老少爷们，上边来文件了，从明年开始，咱农民再也……再也……再也不用缴皇粮啦……噼噼啪啪……噼噼啪啪……噼噼啪啪……

牛翠翠惊讶地盯着岁球球，岁球球惊讶地盯着牛翠翠。时间仿佛凝固了。牛翠翠的泪水夺眶而出：真的？岁球球仿佛在自言自语，难道是真的？

牛翠翠：村长在喇叭里说，肯定是真的。

岁球球：肯定是真的，要不咋敢在喇叭里说。

牛翠翠突然就撕开了衬衣，绷掉的纽扣像豆子一样乱飞。牛翠翠说来吧！来吧！来吧我的高文举，梅英我不等了不等了，还等啥？外边放鞭炮，咱也热热闹闹庆贺一下。岁球球像傻子一样怔了一会儿，突然，又像还了魂似的，一声长啸，像一只蓄势待发的发了疯的西北狼。可是，可是就在这关键时刻，牛翠翠却迅速合了衬衣，两手死死地遮捂了胸脯，说，慢着慢着，高文举……不！岁球球你慢着慢着。

岁球球疑惑不解：又咋了？牛翠翠说，这么说，今后，就没有粮站了。岁球球说肯定没有粮站了，粮站没用了。牛翠翠说，就没有验粮员了。

岁球球：……

牛翠翠说：就……就……就没有验粮员了。

岁球球：……

岁球球明白了牛翠翠的意思，他怔怔地盯着牛翠翠慢慢变得有些呆滞的脸。岁球球突然笑了，这笑有点犯傻的样子。岁球球满脸的皮肉本来在颤抖着，这笑漂浮在皮肉上，像是粘贴上去似的。

苦味和臭味仍然在破败的院子里、屋子里笼罩着，弥漫着。盛着苦水的砂锅静悄悄的，似乎有些冷落。岁球球从柜子里拿出那份与粮站签订的聘用合同，咬着牙，一下，两下，三下，把合同撕得粉碎，手一扬，纸屑像雪花一样漫天飞舞。他看到了镜子，看到了镜子里的自己，镜子里，额头的伤口已经结了一个大大的伤疤，像一摊牛屎一样趴在那里。他还看到了自己的牙，这颗让他以及整个尖山人为之自豪、为之骄傲、为之亢奋的牙。牙很白，很硬，透过从窗子的破报纸进来的阳光，牙齿发着鲜亮的光泽……他旁若无人地端起砂锅，往碗里盛了苦水，竟轻轻地尝了一口。镜子里，牙依然是牙，却被突如其来的苦水浸染上一层灰黄。

岁球球说，嫂子，你要走，就走吧！走吧！

牛翠翠的一只脚在门槛里，一只脚在门槛外。也不知是想走还是想留，只是说，你……你喝你的药吧。

噼噼啪啪……噼噼啪啪……噼噼啪啪……鞭炮声一浪高过一浪。

高音喇叭里传来了欢快的秦腔，是《花亭相会》里张梅英唱给心上的人儿高文举的：

高文举读书一更天，
梅英打茶润喉咽；
高文举读书二更天，

梅英磨墨拨灯盏；
　　高文举读书三更天……

种田人都晓得，这是《花亭相会》里最浪漫、最深情、最有意思的一段。

寻 找

一

一茬茬，两茬茬，三茬茬，这达冒一曲，那达冒一首，成串儿传，风过处，就漫过了七沟八梁、四邻八乡。官家大老爷在轿子里哼，大户人家的小姐在阁楼里唱，耕地的庄农人在前坡里吼，放羊的碎娃娃在后梁上喊。反正哩，比秦腔接地气，比秧歌还顺溜。还用说嘛，我当然指咱天水的歌谣。

> 馒头山（哩嘛）山馒头，翻里转面秦球球。
> 秦球球（哩嘛）球球秦，斜里顺里想做人。
> ……

这支歌谣咋冒出来的，鬼晓得？但鬼一定晓得秦球球是我大，用官话讲就是父亲。馒头山便是咱尖山村对面的那个大山包了，早年寸草不生，板结了厚厚一层又干又硬的盐碱，白森森的，连山羊也懒得多瞅一眼。我大成为这支歌谣的主角儿，至少几十年了吧。几十年来，我大愣是让馒头山换了装，林子由无到有，由少到多，由小到大，郁郁葱葱，遮天蔽日，像苍茫的大海上冒出了一个绿岛。

"额的个老天啊！丙子年，九月天，秋老虎的夜晚，热！一家人还没上炕哩，枪响了，狗叫了，全村人失急忙乱，来不及背米牵牛，就扶老携幼往堡子里逃命。你爷爷还纳闷呢，土匪从来都是悄悄来，悄悄走，放血用刀子，只有碰上硬茬人才放枪，可这次……"这是我大后来悲怆的回忆。我大的讲述像炕头泥炉子里闪闪烁烁的火苗，与罐罐茶里翻滚的水泡对峙。丙子年——民国二十五年，也就是一九三六年。当时世上还没有我，用咱天水话说我还在我妈的肚子里转筋着哩。当时年仅十七岁的我大，一定不曾料到这是改变他一生命运的年份。

土匪、堡子、逃亡……这耳屎一样的往事早就塞满了我的耳刮子。村后，高高耸立在梁顶的堡子至今尚在，只是被岁月消磨得像个苟延残喘的老人。天水这一带，堡子到底有多少，要说成千上万？必定少说了，反正天水周边的甘谷、武山、秦安、清水、张家川、西和、礼县、漳县、徽县等十几个县，逢村必堡。每一段干打垒的老墙都镶嵌着一段段刀光剑影、骨飞肉走的往事。就说咱村的堡子吧，说是同治二年，堡子被马化彪手下的马队攻陷，来不及逃走的人全被挑了血脖子，几十具尸体被倒挂在洋槐树上，只一夜，全被狼啃成了背篓架子。民国三年，堡子又被白朗的队伍拿下，抢走了十个大姑娘和所有的牲口，几个青壮年的眼仁儿被剜出来喂了鹞子。民国十九年，河州人马廷贤、韩进禄、王占林、马入仓攻打天水城，两小时就杀掉三千人，育生巷、古风巷、东关、双桥一带随处可见不肯受辱上吊、跳河、投井的女人。很多城里人翻过南北二山逃命，光咱堡子里就收容了一千多人……听老人说，最惨的要数甘谷、礼县、漳县一带，由于驻天水的国军、保安团鞭长莫及，军痞、土匪一到，好多堡子两三天内就变成血盆。啥叫血盆？人人被翻肠子、倒肚子，堡子盛血如盆。《天水县志》有载："血凝如脂，臭气冲天，野豹、狼犬、秃鹫厌而不食。"

快人，快马，快箭，快枪，快刀，这是土匪的特点。每次围村攻堡,都选择在夏粮入仓、逢年过节、迎亲嫁女这样的当口,大捞油水。土匪黑巾遮面,他抢,你得给,不给,就灭你,从头到尾不说一句话——还能说啥嘛!土匪也是土生土长,四乡八邻,田挨路,地连埝,迎亲赶集,要饭讨水,谁没见过谁?村里的泥腿子,看着一个个老实巴交,可是到了前半夜,村外一声口哨,必然有人拎上砍刀,钻天鼠一样旋出村。后半夜,又鼓上蚤一样拎着大包小包翻墙回来,擦刀,上炕,美滋滋的,和女人翻里转面戏耍田弄。天亮扛锄头下地,碰着女人喊婶,瞅着娃娃给馍,逢着羊群让道,还不忘吼几声秦腔:"岳飞我打坐在中军帐内,为我王打江山精忠报国……"

我问过我大:"土匪这么混账,县保安团难道都是一帮瞎怂吗?"

"你简直是个瓜娃,你能保准有些土匪就不是保安团扮的?"我如梦方醒。当时的保安团,还肩负着为天水一带毛炳文、鲁大昌、王均的国军筹粮要款的任务。"明修栈道,暗度陈仓。"当年刘邦老儿在咱秦岭大山里用过的招法,如今用到种田人头上了。

人上有人,匪中有匪。最麻缠的是赤匪,敢明火执仗与国军干。上面从县到乡到村早就教化好几茬了:赤匪,一身灰,头顶有颗五角星,名号红军,是全民公敌。民国二十四年,也就是去年,赤匪攻破腊子口,早就从岷县、卓尼、康县、两当、徽县一带向天水这达流窜了。听是听多了,谁也没撞上过。

官家告示:杀一个赤匪,奖励五石小麦;窝藏一个赤匪,全家砍头示众。

二

那个夜晚的不寻常,注定了。我大他们刚刚逃进堡子,土匪就围成了蛛网。山门多加了几个大碌碡,青壮年们不约而同地把守在墙垛子上,有的张弓搭箭,有的紧握长矛,有的抱着滚石檑木,紧张地瞅着满坡的土匪。惨白的月光下,土匪押着十几个没来得及逃出村的老人,朝堡子大呼小叫:"不开山门,就把他们剁了脑壳子。"老招法了。堡子里的人急得十指抠墙,顿足捶胸。

"哎——我的娃哎——斜顺不要听他家的,别上当,他家是来抓丁的……"

朝堡子喊话的是刘满良七十岁的老妈。老妈被五花大绑,像束紧了的麦捆子。抓丁?那是官家和国军的事儿,土匪抓啥丁哩吗?刀光闪处,"咔嚓"一声响,老妈的脑袋飞离身子,像一个破鏊笼,"吭啷啷"滚下坡去。一只野狗纵身一扑,兴高采烈地接住了。

"啊!"刽子手中箭倒地。箭是刘满良射下去的。

"轰轰轰——"土匪们的土炮响了,炮弹在堡子里遍地开花,血光冲天。堡子外,刀光十几闪,十几颗人头飞了起来。黑乎乎的野狗们前追后撵,抢食一团。

每讲到这达,我大就说:"要不是红军来,咱村就灭了,还能有你娃?"

事态像做梦似的掉个儿了。一支传说中的灰衣人突然与土匪交上了火,枪声顿时像炒豆子似的,炸,疾,烈,一阵紧似一阵。见过土匪之间火并的,还真格没见过这阵势。活着的人吓得窝在堡子里不敢露头。半晌过去,枪声也没有消停下来的意思,眼瞅着子弹像流星一样满天飞。我大壮着胆子朝堡子外一瞅。额的个天!县保安团与土匪合股,与灰衣人来来回回厮杀,走马灯似的……

战斗的原委超出了乡亲们的想象。原来,县保安团派出一个小队,化妆成土匪替国军抓丁,当晚堵住了刚刚放羊返回的小伙子刘岁保。刘岁保撒腿就跑,子弹已经尖叫着追进了他单薄的身体。麻明,枪声消停。坡前坡后横七竖八地躺满了死人,有保安团模样的,有土匪模样的,有灰衣人的……一位灰衣人用纸喇叭朝堡子喊话:"老乡们!我们是中国工农红军,是革命的队伍,是专门为你们报仇的,你们出来吧……"

谁有这个胆？我大告诉我："后来，天空飞来一些鼓囊囊的褡兜，大家吓一跳，以为是炸药包哩。可是，褡兜半晌也没爆炸，我放胆一瞅，褡兜里全是麦子、青稞、干肉。"这东西，是不是诱饵呢？

第一个搬开碌碡、掀开山门探出堡子的，是我大。按事先约定，山门立即重新关闭。我大很快加入到了灰衣人打扫战场的行列里，直到战场打扫完，乡亲们这才心有余悸地探了出来。下来的事情我无须赘言，一切像后来电影里常演的那种：红军卫生员帮老乡们治疗伤口，杀了村里的地主刘毓仁，开仓放粮。前村后店，几十个男娃二话没说，褡兜里装了他妈烙的锅盔馍，跟着红军过漳县，走武山，奔通渭，越走越远。这一走，就……就永世没有回来。

红军留下了好多歌谣，"里格里格"啥的、"介支个介支个"啥的，和咱天水这达歌谣的意思不一样，可唱起来蛮顺口。其中有一首，我大至今会唱：

　　一送（里格）红军（介支个）下了山，
　　秋风（里格）细雨（介支个）缠绵绵。
　　山上（里格）野鹿声声哀号，
　　树树（里格）梧桐叶呀叶落光，
　　问一声亲人红军啊，
　　几时（里格）人马（介支个）再回山。
　　……

如今看来，我大一生的遭际，就在于掩埋红军连长那档子事儿上。打扫战场时，我大与几位江西、湖北、河南口音的红军战士一起，亲手把红军连长的尸体埋在了馒头山上，并插了一根筷子作为记号。馒头山地势显高，埋个人，将来容易找到。为了防止国军和保安团卷土重来掘坟剁尸,大多数红军的尸体与保安团的尸体混埋,并扒衣烧掉,不留一个坟头。红军出发十几天后,保安团果然来了。一根麻绳套紧了我大。我大力辩:"我埋的不是赤匪,是咱保安团的一个小队长。"

"但有人说,你埋的是赤匪。"

"长官也不想想,当着赤匪的面,我只能说埋的是赤匪了。实际上埋的是咱的弟兄。"

"何以见得?"

"咱先去找筷子。"

坟被掘开了。卷在破席洞子中的尸体已经腐烂成泥,面目全非,但保安团的黄色制服、皮带、大檐帽却一目了然。"事实胜于雄辩。"我大不但被奖励五石小麦,五石青稞,还被任命为甲长。十户为一甲,十甲为一保。当个甲长,便是村里的人上人了。对于这个招人嫌惹人骂的芝麻官儿,我大坚辞不受。团长火了:"你驴日的给脸不要脸,是不是心里有鬼啊?"吓得我大赶紧应承。不久,我大用麦子和青稞换来了赵集寨最漂亮的"白娃娃"赵岁莲,她就是我妈。"天水白娃娃"。老话了,谁让天水的女子咋那么白哩。后来,我大理直气壮地用石块、土坯砌了一个很是气派的坟头。

"想起来也后怕,当年我脑子咋就那么够用哩。红军一走,我就连夜刨开了两个死人坟,一个是红军连长的,一个是保安团小队长的,三下五除二把保安团小队长的一身黄皮给红军连长换上了。"

"衣服不是都扒下烧了吗?"我问。

"小队长的没烧,我留了一手。"

我大的这一秘密,天不知、地不觉、神不晓、鬼不察。每逢清明、过年,我大都要一个人上馒头山,在坟前培土、敬酒、烧纸、焚香⋯⋯这事儿传着、传着,就传成了歌谣:"馒头山(哩嘛)山馒头⋯⋯秦球球(哩嘛)球球秦⋯⋯"

"这歌子,明明是欺搅我哩嘛,你瞅瞅老人们乱颤的胡须和娃娃们鼓圆的腮帮,把你大当火锅涮哩嘛!"这话,只有新中国成立后才敢说。

据我大讲,他雷打不动的守陵行为,不仅受到当时天水县政府的嘉奖,还被授予"典范保甲长"称号,代理县长庄以绥亲自为他披上了绶带。那年中秋,小队长的遗孀坐着轿子翻山越岭给我大送来月饼,身后跟着两个丫鬟和四个荷枪实弹的士兵。那阵子,有关红军在甘肃全境的各种消息像麻雀一样,扑腾得铺天盖地。我大出山赶集时每听到一个新消息,都要选择一个风清月白的夜晚,登上馒头山,"扑通"跪倒,对红军连长说一阵子悄悄话:"红军连长你晓得不?又有一路你们的人过藉河了,过漳河了,过渭河了。"

"晓得不?又有一路你们的人去通渭的榜罗镇那里聚上了。"

"晓得不?又有你们的三路人马在会宁那里见面了。"

"晓得不?又有你们的人在河西的戈壁滩上和马家军干上了。"

"晓得不?又有……"

我大还在坟头哭诉过这么一件事,那事在天水一带疯传得很玄乎。说是民国二十六年,鲁大昌的部队反扑甘南卓尼县,把藏族土司杨积庆全家杀了个片甲不留。理由是民国二十四年,毛泽东、周恩来、彭德怀带领的红军攻打腊子口时,杨土司带领的藏军明里听从鲁大昌调遣,暗里给红军让道,还给了红军三十万斤小麦,妥善安置流落红军二百多人。休整后的红军,终于顺利过境天水一带……

隔厚厚一层黄土,谁晓得里边的人听着没?可我大的念叨,没完没了。

新中国成立后,我曾遍查资料,这才晓得,咱甘肃是三路红军唯一全部经过的省份,光天水的红军故事几鏊笼也装不下:一九三五年八月,红二十五军进入天水。一九三五年九月,红一方面军(陕甘支队)进入天水。一九三六年八月,红二方面军、红四方面军进入天水……红军除了和胡宗南、毛炳文、鲁大昌、王钧的国军打,还要和土匪打。被红军削掉的土匪名号一堆堆儿：天水的"胡子团"、武山的"斧头队"、清水的"鹞子帮"、徽县的"黑枪营"……被红军处决的土匪名字一串串儿：杜伯成、张五十四、刘根代、杨双成、杨虎娃、贺岁娃……

"额的个天哪！"我不由仰天长叹，为红军，为天水，也为我大。

麻绳再次套了我大，是民国三十八年的事，也就是一九四九年八月，"共匪"王震的队伍解放了天水城。我大亮清了，王震的解放军，十几年前就是叫红军的。也就是说，十几年前红军又打回来了。天，是整个变了，估摸着再也变不回去。可是，我大的罪名也浮出了水面：反动甲长、为伪政府卖命的狗腿子、给国民党反动派守陵的孝子贤孙。面对一大摞帽子，我大反而显得信心十足，他似乎有足够的理由证明自己。"哈！你们得自个儿给我解麻绳哩。这真格叫大水冲了龙王庙，一家人不认一家人，"

我大被抓的前一个夜晚，有个像叫花子一样的人摸到了我家，满口都是夹生不熟的天水话："碎娃，你大哩？"

我说："我大放牛去了，过一会儿就回来。你，是要饭吗？"

"不是，哦哦哦，那……我等等，等等。"

"这位老爸，你这口音咋就这么生哩。"

"哦哦，我老家河南的，姓樊……给你娃说不清，我等你大。"

当我大和牛同时在门口出现的时候，我发现两个长辈的目光先是一阵迟疑，然后像兰州拉面一样被抻直了。我大脱口而出："额的个天爷爷哟！可把你……"

河南人的脸倏地白了，上前捂了我大的嘴。老樊和我大关了堂屋门，叽叽咕咕、神神秘秘地只谝了一袋烟工夫，老樊就匆匆离开了。出于好奇，我曾贴着门缝偷听过，但他们二位嗓音压得很低，我只听见"西路军""张国焘""陈昌浩""徐向前"啥的。尽管我对这些概念和人名蒙混不清，但还是有一道闪电划过了脑海，老樊该不是当年的红军战士吧！不！咋会哩，活下来的红军战士，如今早成革命干部了，哪有像叫花子的。我大果然告诉我:"这个老樊,是前些年逃荒来的河南人,在后山的窑沟当了上门女婿,和我一样当过麦客。这次来商量走陕西赶麦场的事儿。你这娃,大了,也是个麦客,这是咱庄稼人的命。"

我百分之百相信我大的话。真格的,咱这一带河南人比山羊还多。都传哩,民国二十七年,蒋委员长为了阻挡日本人,下令炸开花园口黄河大堤,上百万河南人没了。那阵子,天水到处都是涌上来的河南难民,拖家的,带口的,卖儿的,卖女的,上门的,嫁人的。我问我大:"张啥焘、陈啥浩、徐啥前是谁个?"

"你真没事干了!啥都问,都是我一搭的麦客嘛。"

第二天,工作组找上门来。我发现我大曾经满脸的自信早已打了折扣,那心虚的样子,像个偷惯了鸡、摸惯了狗的老贼。

但我大不忘千遍万遍罗列他的理由:"坟里真格是红军连长,不是保安团的弟兄……啊啊,不,不是敌人,真格的。"

"从一九三六年算起,你都公开守了十三年了,还抵赖?既然你说守的是红军,证人呢?"

"证人就是和我一起安葬连长的战士,好几个哩。可是,子弹不认人,有几个红军能活着回来哩。像咱这一带跟红军走的,一个都没回来。我还指望个啥?"

"村里有证人吗?"

"没有,当时都在堡子里不敢出来,就连卷叠连长的席子,也是咱家的。"

"看来,谁也证明不了你。"

"有。"

"谁?"

"不是人,是一个坛子,装有连长的血衣,我埋馒头山了。"

"那你把血衣找到再说吧。"

"埋坛子时,怕被保安团发现,就没敢留记号,反正就在这馒头山上。"我大不忘补充,"请同志们放心,坛子,我一定能寻到的。"

麻绳被解了下来。用如今的话说,我大开始了地毯式的搜索,一寸也不放过。镇压反革命那阵,我大的问题又复杂化了。那阵子,各乡几乎都有毙掉的人,有国民党潜伏特务,有土匪头子,有帮助旧政府欺压过老百姓的反动保长、甲长。传得最久的有这么一件事:二十几里开外的娘娘坝有位叫李逢春的人,民国二十五年在毗邻的李子园小学当教书匠,还兼职甲长。有天晚上,一支从南路过来的红军被王均的国军包围,红军死了很多人。当时只有十八岁的李逢春亲手帮助红军安葬了一位红军的头儿。红军北上后,县政府抓去李逢春审问了好几天,李逢春矢口否认掩埋过红军的头儿。因为没有证据,县政府只好先撤了他的教师之职,结论是"通匪一事待查"。新中国成立后,李逢春作为伪甲长连同"地富反坏右"一起被专政了起来,成天挨斗。

我亮清了,假如找不到坛子,我大的下场一定比李逢春还要倒霉。

挖,挖,挖;找,找,找。一直折腾到一九五三年,仍然没有和坛子见面。那时我已经十五岁了,弟弟也已经十岁。为了我大的命运,我和我妈、弟弟义无反顾帮助我大寻找坛子。这样,我大挖,我妈挖,我挖,我弟弟挖,连我们自己都记不清到底挖了多少土方量。假如是开荒,至少也几十亩了吧。要命的是,挖过的地方,风吹日晒,和没挖过一样。为了避免窝工返工,我大又下了决心:"凡挖过的地方,咱栽上柏树,当记号。"

这不是让秃子长毛嘛。可我大是铁心了,每挖一片,就用毛驴从山下驮来黄土,把盐碱土替换一遍。他还动员我们沿着沟底墒情旺的地方开出了一片育林用地,在山下挖了一个常年可以沤绿肥的大坑,为育林提供养分,然后走村串户收集柏树籽,培育柏树苗子,清明前后,就上山移栽……除了农活,全家人的日子就这样和挖坑、换土、施肥、育苗、栽树、浇水、管护套紧了。与刺槐、毛白杨、榆树、臭椿比,柏树是个奇物,一旦移栽成功,便风吹不动,旱扰不垮,霜击不倒，百年千年都是老样子，怪不得咱这里常让柏树陪祖坟哩。可是，咱这达的土质太狗怂，育苗比病秧子女人保胎还麻缠，十成保五就算烧高香了。日怪的是，我大总能从后山捎来成捆成捆的优质柏树苗子。枝肥叶满，根系连同泥土一起包裹得严严实实。后山，仿佛有个专门为我大提供苗子的大本营似的。

"是后山的麦客在帮我。"我大解释。

"最铁是一搭赶过麦场的，最怂是一起分过家产的。"老话，我信。

岁月增长了我的见识，我开始对我大的行为产生了怀疑。挖了这么多年，寻了这么多年，不可能寻不到坛子的。何况就我大那样精明的人，不至于弄不清坛子的大致方位。这个折腾法儿，别说是个坛子，是根针也该找到了。我终于忍不住开了腔："大，你到底埋没埋那个坛子啊？！"

"……"我大惊住了，继而怒吼，"你个狗日的，你连你大都不信吗？没有红军，就没有你大，没有你大，就没有你。"

"可是……"

"没有可是，只要咱的命能保住，咱就守着这馒头山，寻，寻，寻，往死里寻。"

我还能说啥哩嘛，那就，挖吧；那就，寻吧。

"馒头山（哩嘛）山馒头……"让人心里悁惶的是，这支新中国成立前奚落我大的歌谣，新中国成立后照样用得上。我只晓得，馒头山上的坑越挖越多，树越栽越多。柏树是四季常青的，耐寒，抗旱，木质坚韧，老远望去，黑乎乎的一大片，像脑袋上的一个大疤。而且，这个疤不但没有愈合的时候，而且越来越大。我还晓得，因了我大，我们全家在村里灰头土脸，低头短气。上村小那阵，同学们跟着我的屁股喊："秦球球，二杆子；他女人，三杆子；他娃娃，四杆子……"

那时候，村里人茶余饭后谝传时夹杂了一些稀奇古怪的事情，比如，某乡有一位哑巴女人突然说起了梦话，满口都是红军、蒋匪、河西走廊啥的，听口音像是四川人。全家人吓了一大跳，以为是鬼魂附体了。再比如，某村有个老头疯了，张口闭口都是"董军长"。有识文断字的就怀疑了，当年冯玉祥的西北军有一支部队在江西宁都与红军打仗时，临阵起义了，起义队伍里就有上千甘肃人。这老头喊出来的董军长，是不是那位在河西走廊被马家军割掉脑袋的董振堂呢？那些日子，上边专门对西路军流落人员进行了大面积排查，一下子就在天水、武山、清水、漳县一带查出了一大串儿，有江西籍的、福建籍的、湖北籍的、河南籍的……有被俘后逃出来的，有被打散的，有受伤后掉队的……他们大多改名换姓，有装聋的，作哑的，有成家的，有当光棍的，有当叫花子的……

西路军是啥？乖乖！查出来的，有好果子吃嘛。批斗挨整，那真格算轻的。

额的个天！原来红军和红军也是不一样的啊！这是我最惊人的发现。

"大大，你还会等和你一起掩埋红军连长的战士回来给你做证吗？假如那战士，后来成为流落的西路军，他还敢露头吗？"

"屁话！跟我找坛子。红军多得很，不光有个西路军。"

风声又紧了。核心的问题是，我大仍然没有找到坛子。上面来了命令，认为我大的历史问题不容否认，应抓去进行劳动改造。所谓劳动改造，据说是判刑后押到引洮工程参加劳动。我大赶紧找工作组商量："领导，劳动改造是个啥？"

"就是通过劳动，改造一个人。"

"有没有用植树造林改造坏人的？"

"有。"

"那能不能把馒头山名正言顺地交给我，我把它变成一片林子。再说了，我一走，这些年的工夫就日踏了。"

在我大看来，引洮工程尽管是重体力活儿，但远不及在馒头山挖坑栽树的劳动强度大，如今政府号召植树造林，他愿意在工作组、村委会和人民群众的监督下，一边寻找坛子，一边植树造林，一举两得。好在那时候公检法不够健全，我大说的也在理，上边一番研究，竟然也就同意了。但明确指出，改造你秦球球，就是改造你秦球球，不能把全家都搭进去。从此以后，馒头山就成了我大一个人的光阴。

有谁见过这样较劲儿的？年复一年，日复一日，柏树像蛇吞象一样一寸寸挑战着馒头山，与周边光秃秃的山梁对比分明。柏树盖头大，像大大小小的麦垛儿。有的树干粗如背篼，有的细如锨把儿。这一粗一细，以年轮的名义昭示着栽树时间的跨度和岁月的延伸。说是唐僧经历了九九八十一难，用十四年取得了真经，我大呢？遭难不可谓不少，可是，坛子啊坛子，你在哪里？

一线希望，从给"五类分子"落实政策开始。全村人开始胆正了，联名给上面写信求情，希望给我大恢复自由，理由有一大堆儿：一是秦球球新中国成立前没干过坏事儿，每次闹匪，能主动帮村里人躲进堡子安身；二是红军和保安团交火之后，秦球球是第一个走出堡子与红军取得联系的人；三是秦球球当甲长时，暗里和老百姓合一股绳儿，没让老百姓吃亏；四是到底为谁守陵那点事，等找到证据再说也不迟，何况时过境迁；五是秦球球几十年如一日，植树造林，造福一方，一个人干了全村人的活儿，有功劳，有苦劳；六是……那一年：一九七九年。

上面尊重了村民的部分意见，恢复秦球球的自由可以，但历史问题马虎不得，为敌人守陵还是为红军守陵，是个原则问题，待查……

该工作组和全村人吃惊了。我大恢复自由后，挖坑栽树，一如既往。

"自由不自由没啥，只要不挡我找坛子就成。"

三

当年的红军还真有活着回来的。一九八三年夏天，当年的红军晏福生、陈明义、伍修权等人重走长征路抵达天水，寻找当年牺牲在娘娘坝的战友。于是，一段尘封往事石破天惊地被掀开了。原来，当年被李逢春埋葬的红军头儿，是红二方面军第十六师师长张辉，晏福生就是当年的师政委。时任成都军区副政委的晏福生扑在张辉墓前痛哭失声："老战友啊！革命胜利三十多年了，我……"

张辉的革命经历很快被确认如下：

张辉：江西安福人。1910年出生于一个贫农家庭。1929年春，毛泽东、朱德领导的红军来到他的家乡，他参加了红军，先后担任班长、排长、连长，并加入了共产党。1932年3月提升为营长。1934年夏，红六军团在中央代表任弼时、军团长萧克、政委王震率领下突围转移，张辉被提升为该军团第十八师五十四团团长，率部西征。10月，红六军团到达湘西，与贺龙、关向应领导的红二军团会合，他又率部参加了创建湘鄂川黔革命根据地的斗争，调任第十六师四十六团团长。1935年11月，张辉率部随红二、六军团长征。1936年7月，被任命为第六军（即六军团，合编后称六军）十六师师长，于8月进入甘肃南部地区。9月，参加成（县）徽（县）两（当）康（县）战役，他和政委晏福生率部英勇作战，连续击退国民党王均部队的阻拦，攻占两当县城。10月初，红二方面军奉命北上，第十六师担任右翼先锋，他率部在天水县李子园全歼王均部队一个连。10月5日，在娘娘坝遭遇王均部队阻击，不幸中弹牺牲，时年26岁。

那一年，我大已经六十四岁，老眼昏花，头发白了，胡子白了，腰杆子弯了。煤油灯下，活像一个枯瘦如柴的老鬼。我妈的唠叨有了新话题："我说你个老颠旽，人家张辉师长的战友都寻到娘娘坝来了，你那个红军连长的战友咋就寻不来哩？"

"你个女人家，咸吃萝卜淡操心。"

李逢春的历史问题拨云见日后，也给我大的问题带来了转机。上面认为，馒头山史无前例的森林覆盖率，是秦球球勤劳、诚实、艰苦的劳动取得的优异成果。尽管历史问题依然是个谜团，可是秦球球主动、自觉的改造行为广大人民群众看在眼里，记在心上。事到如今，历史问题可以不再追究。可我大并没有见好就收，突然提出了一个要求："听说，娘娘坝那边，要给张辉师长树碑，能不能捎带着给红军连长也树一块碑？"

"……"

"那……我还是寻坛子吧。"

也就是说，我大至死也没有停止寻找那个坛子。当年，我大被天水县评为"全县植树造林工作先进个人"，奖励现金一百元。我大断然回绝。我反而对我大的质疑更重了，馒头山上，真有他埋的坛子吗？他长年累月这是做啥哩嘛！

有个老汉寻到了馒头山，那时我大正在挖坑换土。来看他的老汉不是当年的红军战士，更不是红军连长的战友，而是李逢春。李逢春说："这坑，咱老哥俩一起挖，这树，咱一起栽。"

"你这辈子，和我意思差不多，难道也不懂我吗？我是寻找一个坛子。"

"那，咱俩一起寻吧。"

"这坛子，不好寻的。"

"我陪你寻。"

"哇哇——"我大当场号啕大哭，哭得天昏地暗。

我大就是那年离开人世的。按照我大生前的愿望，他被埋在了馒头山上。县里给我大树了碑，上书"全县植树造林模范秦球球之墓"。郁郁葱葱的柏树林，已经好几百亩了，几乎覆盖了整个儿馒头山，肃穆，庄重，威严，厚实。很多人感慨："多么像个陵园啊！这么大，全天水恐怕也找不出第二个来。"据传，在镌刻碑名的事情上，上面动了一番大脑筋，有人提议务必在"秦球球"三个字的后面加上"同志"二字，有人坚决反对，也有人认为"还不是时候"。

要说坛子，墓碑下还真埋有一个，是李逢春花钱买的。坛子里装有黄表纸一张，上书五个规规矩矩的毛笔字：红军守陵人。我以为是李逢春写的，可他说："我可写不好那五个字，是请窑沟的一个老汉写的。"

窑沟，容易让我想起当年那个叫花子一样的上门女婿，那个说着夹生天水话的河南人。我想，当年的中年麦客，如今该变成老麦客了吧。

风过处，馒头山——如今的天水县烈士陵园一片浅唱低吟，层层叠叠的柏叶"嗡嗡"作响，像古老而新鲜的天水歌谣，它早已把我大和馒头山有关的那支歌谣湮没了，像叙说另一段百年往事。全县革命战争时期和社会主义建设时期牺牲的天水籍烈士遗骸均从散落各处的大大小小的陵园搬出，集中迁入馒头山。

我拜访过李逢春："您断断，馒头山上，到底有没有我大埋下的坛子呢？"

"有。"

"在哪达？"

"就我埋下的那个。"

附记：

1984年2月29日，国家民政部、财政部、卫生部、总政治部《关于解决在乡西路军红军老战士称号和生活待遇问题的通知》规定,凡经当地政府确认为西路军流落人员的,在没有发现重大政治历史问题的情况下,一般应当给予承认,并统一称为西路军红军老战士。一年后,老樊的真实身份这才浮出了水面。老樊并不姓樊,而是姓范,叫范云清,他就是当年和我大一起掩埋过红军连长的战士之一。红军三大主力会师会宁后,范云清随西路军血战河西走廊,在倪家营子战斗中被俘,后成功逃脱,一路寻吃讨要到了天水。老麦客——不,老红军范云清告诉我:"你大从来没有埋过坛子。"

杀威棒

啪的一声，啪的又一声，加起来是两声。

尖锐的呼啸刺穿了板结的空气。这响彻在二十年前村学土坯教室里的声响，是教鞭抽打在甄文强同学后脖子上发出来的。教鞭是用一米长的竹棍做的，甄文强的脖子是用肉做的。甄文强的肉和我们的肉不一样。甄文强的肉白，我们的肉黑。甄文强是城里娃，我们是乡里娃。我们都习惯了挨老师的教鞭，但是教鞭抽打在这个城里娃后脖子上的声音，好像比抽在我们脖子上要清脆、凄厉、嘹亮得多。复式教学班是大杂烩，三、四、五年级都挤在同一间教室里，所以吓着的不仅是我们四年级的同学，全校多半同学都缩了脖子，一只只的，成了蜷在墙缝里的土蟑螂。

十岁儿童甄文强站在土坯垒起来的课桌后面，像电影里某个狼狈的地主少爷。

我的座位距甄文强不远，我发现甄文强后脖子上凸现的"×"形伤口，青紫中浮泛着潮红的血珠子，像两只奄奄一息、交叉倒毙的红蜈蚣。这是用甄文强的伤口组成的"×"。甄文强像是道题，被我父亲判了个"×"，而不是"√"。当时我父亲还发出了一声怒吼，我让你尝尝杀威棒的厉害。

这根蛇皮教鞭，就被全村人称为杀威棒了。

抽甄文强之前，父亲使用的教鞭只是一根瘦长的竹棍而已。自打这根教鞭套了一层绿里透红、鳞光闪闪的蛇皮,同学们就乖爽了许多。蛇皮是怎么套到教鞭上去的,一度引发过我们莫大的好奇。后来全村就传开了一个段子,说是父亲多次好言劝说下乡知青,吃烤蛇太多,致使庄稼地里的田鼠有恃无恐,泛滥成灾。知青们对此充耳不闻。有次父亲听说知青们正在黄豆地里点起篝火,合力围捕一条一米见长的菜花蛇,就拎了教鞭摸了过去。当着知青的面,父亲用教鞭的一端摁住菜花蛇的脑袋,伸出左手,攥了蛇的脖子,用拇指死死顶住蛇的下巴。腾出右手,用指甲轻轻挑破蛇颈部的软皮,然后拇指和食指紧紧揪住外翻的软皮一角,像做抻面一样两臂一伸展,只听嘶的一声,蛇体和蛇皮迅速剥离,蛇皮像脱掉的筒裙一样从尾梢撸了下来。菜花蛇雪白雪白的裸体完全暴露在空气里,它徒劳的挣扎反而加速了告别这个世界的归期。它眼睛圆睁,牙缝里发出吱吱的抗议。父亲把蛇体在头顶抡了几圈,一撒手,蛇体像一条白光闪闪的鞭子,抽进了火堆儿。火焰被扑得升腾起来,蛇体触电似的蹿了一下,就软成了面条。父亲用教鞭的一端对准蛇皮的尾梢,反方向一捋,外翻的蛇皮立即还原,热乎乎地套紧了教鞭……

谁也不晓得爱蛇如宝的父亲为啥偏偏要这么做,而且要做给知青看。但知青们把这理解为一场精彩的献媚,他们见惯了农民的献媚。只要有农民怀里揣着几个鸡蛋摸进知青点,必然是垂涎知青穿旧了的衣服和解放鞋,父亲也不例外。知青当时把最热烈的掌声给了父亲。父亲客气地说,剥了皮的蛇,熟得快,早吃,小心别烫了嘴。说完,拎起蛇皮教鞭,大步流星地回到了学校。

教鞭变成蛇皮教鞭以来,甄文强是挨蛇皮教鞭的第一人。

事由并不复杂。事情发生在知青教师返城后我们村学恢复的第一节音乐课上。当时,民办教师曹尚德——我的父亲正给同学们教电影《怒潮》里的插曲《送别》。山里人盼电影比光棍盼洞房还难,但电影插曲却总能曲里拐弯地传到山里。尽管是城里人吃过的剩饭,味道照样诱人。我父亲教歌曲当然不如知青顺手，顺嘴，顺眼，但力气还是卖足了的。唱到高调子，父亲的头顶仿佛有吊绳牵引似的，干瘦的身子自上而下被抻直了，脖子显得又细又长，脑袋像是从面团里撕扯起来的一个干枣；唱到低调子，头顶仿佛压了一盘石磨，身子骨像过了火的老菠菜叶子，打卷了，扭曲了，只看见暴胀的眼珠子，溜溜儿的，悬！上下眼皮再松一松，说不定就掉下来，让鸡啄了去。

曹老师唱歌咋像驴叫呢。我听见旁边一位三年级的同学悄声说，是驮着麦捆子上坡的那种驴叫。

我当然晓得驮着麦捆子上坡的驴是啥叫法，那是拼了命的叫，脖子上青筋都要爆裂的样子。等下课了，我非得把三年级这个狗日的揍一顿不可，他居然敢骂我的父亲。平心而论，我这个当儿子的，也觉得父亲干教师这行实在有些丢我的人。那时，我已经是四年级威风凛凛的班长。

父亲继续忘乎所以地领唱：……风里浪里你行船，我持俊镖望君还……

同学们也跟着唱：……风里浪里你行船，我持俊镖望君还……

大家就这样浪漫地、摇头晃脑地唱着，唯独坐在第一排的甄文强坐立不安，很意外地哑了声。他不但哑了声，而且突然举起了右手。他的小手胖乎乎的，像知识青年那里才有的面包。

甄文强同学在我们班上举手提问是出了名的，他真的和我们乡里娃不一样，除了爱干净，皮肤白，重要的是我们从他的书包里发现过我们从来没有见过的饼干、水果糖和彩色玻璃球，听说了好多电影的名字。从他这里，我们就懂得了一个人生在城里和生在乡下的区别，都是共和国的人，人和人却是不一样的。他之所以爱举手，当然是有许多问题需要搞明白。曾经，我们的语文、算术、音乐、美术等课目都是知青教师担任，只有体育课、劳动课由土著的民办教师担任。知青教师们似乎特别喜欢这个甄文强，并经常以此引导我们说，希望大家在课堂上,都像甄文强那样举手。

我们对甄文强的感情挺复杂,可以说又爱又恨。爱,是因为我们实在经不住他的饼干、水果糖带来的诱惑;恨,是因为我们实在看不惯他挂在嘴角、眉梢的傲慢。我们没有勇气得罪他,惹了他生气,他会当着你的面,扬起脑袋,嘴里含一颗水果糖。那种含法,像山外的整个世界全部在他的嘴里,让你不得不败下阵来。城里是啥?那是我们梦中的世界,同时又是压在我们心头的碾子。听大人们说,各村各户上缴给公社的公粮、生猪、鲜蛋、棉花、油料啥的,最终都被运到城里,供应给城里的居民。城里人真是比猪还要幸福,用不着"锄禾日当午,汗滴禾下土",照样可以有吃的,有喝的。

这是甄文强第二次在我父亲的课堂上举手。

甄文强同学,你有啥事儿?我父亲说。

曹老师,您教错了。甄文强礼貌地站了起来,蛮有把握地说,不是我持俊镖望君还,应该是我持梭镖望君还,俊镖应该是梭镖。

甄文强脸上的自信风生水起,眉梢上克制着一种难以言表的成就感,期待着父亲的定论。他一定像往常一样期待一次表扬,然后在大家复杂的目光的火力中,让自己肥大的屁股轻轻落在土坯座位上。期待的过程是他持续站立的过程,他在等待父亲允许他坐下。

我的农民父亲当场愣住了,脸色像受灾的土地,所有的庄稼被冰雹蹂躏得一塌糊涂。他并没有发令让甄文强坐下。

那时候我们曹家咀子的部分知青已经返城。知青返城对于我们那里的农民来说不亚于一个重大事件。咋能想到呢?连我们这些娃娃们都晓得,知识青年到农村来,说好是来接受贫下中农再教育的,是要扎根一辈子的,是信誓旦旦到我们广阔天地里炼红心来的。咋像一阵风,刮过了,就没了。最让乡亲们措手不及的是,代课的知青像刑满释放的冤家一样走得理直气壮,走得义无反顾,把农民下一代生生地哄下了。反正城里人都占理儿,有理儿来,就有理儿走。农村的学生娃算啥?

谁让土包子们生在广阔天地呢。

在大队当记工员的我父亲只好硬着头皮鸭子上架了。父亲在我们曹家咀子的中年农民里算是最高级的知识分子，曾断断续续上过两年学，经常把发展的发写成万岁的岁，要让他把全村人的名字都写全，难了！你可以想象他当记工员有多尴尬。这次请他出山为人师表是大队研究决定了的。大队书记说，过去，我们曹家咀子没有小学，学生娃都在十几里外的牛家窑小学将就。知识青年来了，我们借势办起了小学；知识青年撂摊子走了，咱不能泄气，咱不能让自己的娃娃都变成没娘娃……

于是大队的支部会成了对知识青年的声讨会。

大队书记一声叹息，唉！咱当农民的，又上当了。

我刚才说过，甄文强是在我父亲的课堂上第二次举手，既然是第二次，我有必要顺便交代一下第一次。第一次发生在我父亲赴任后不久，那是父亲的语文课。父亲朗读到一个叫啥湖湾的海上地名时，突然噎住了。这样的停顿来得突然，来得莫名其妙，同学们紧张地盯着讲台上的父亲。父亲说，大家咋这样看我呢？以为我不会念是不是？我难道连啥湖湾都不晓得吗？那我考考大家，同学们，谁晓得这个字咋读？叫啥湖湾？甄文强就举了手，说，叫澎湖湾。父亲当场表示回答对了，说，看看看，只有甄文强同学回答对了，大家应该向甄文强同学学习。澎湖湾这个地方啊，在宝岛台湾，你们长大后都当兵去，给我把它解放了。

而这次，甄文强从音乐课上主动杀出，却是以纠正老师的错误为目的，有点像万马军中取上将首级的意思。记得当时父亲站在讲台上，脸上变成狂风掠过的麦田，一浪一浪地翻滚。上嘴皮和下嘴皮像错位的剪刀一样铰合了一会儿，说，谁告诉你叫俊镖？

我叔叔教过我的。甄文强说，我在城里的电影院还看过一部电影，叫《枫树湾》。插曲的名字我忘记了，但歌词里有句梭镖亮堂堂，农友来武装。这个梭镖的梭和那个梭镖的梭是同一个字儿,我印象很深。

我父亲说,你不要在这里提你们城里、城里、城里啥的,城里有电影看就怎么了?我问你的是,谁告诉你叫俊镖?

这会儿,甄文强一定听清了,父亲问的是谁告诉他叫俊镖,也就是说,父亲唱对了,是小学生甄文强错了,是甄文强把梭和俊混淆了。

我的脑袋气球一样撑大了。我们四年级还没有学过梭镖的梭这个字儿,连我这个当班长的也对梭和俊两个字儿的区别缺乏直观的印象。我真的听到父亲教我们的是俊镖,而甄文强斗胆向父亲提出挑战的是梭镖。父亲的质问显然让事情掉了过个儿,使问题的性质从源头上就开始改了道。但是,作为人人羡慕的曾经的堂堂记工员的儿子,我怎能怀疑自己的父亲呢?我首先怀疑的是自己的耳朵。那个年代,我们的耳朵往往比大人们的耳朵更值得怀疑,因此我宁可相信,是我的听力从甄文强开始举手那阵就出了问题。就像假如听信知识青年是来扎根的,不如把耳朵剁了喂狗。

甄文强似乎还在为自己寻找辩解的机会,但底气已经泄了不少。他说,我叔叔教……教……

甄文强说的他叔叔,就是我们曹家咀子的知识青年甄逸夫。大多数知青都陆续返城了,剩下的几个据说都是有问题的。据说甄文强的爷爷生活在美国,给资本主义当差,属于阶级关系上说不清楚的那种。甄文强的父亲在工厂理所当然属于被监视的对象,为了儿子甄文强不被同学株连欺负,他父亲就委托弟弟——甄文强的叔叔领他跑到我们穷乡僻壤来了。甄逸夫在我们村非但没有上讲台的命,而且被发配到了背运队。所谓背运队,就是从几十里外的山下集镇里给生产队背运各种农用物资,或者把生产队的产品背运到山外。这是力气活,客观上也是最炼红心的差事。

甄文强。父亲断喝一声,你给我起立!

其实甄文强从举手开始,就第一时间离开座位站着了。听到父亲的断喝，他赶紧挺胸、抬头、收腹、提肛，呈标准的立正状。

杀威棒就是在这时抽过去的，带着呼啸和愤怒。

你个土崽子！父亲说，谦虚使人进步，骄傲使人落后。看你还敢骄傲！

那年月，各村教师体罚学生就像吃风放屁一样正常，学生挨揍那是天经地义的事情。家长们疼在心里，却笑在脸上，反而对教师感恩不尽。你一定不晓得，父亲打了城里娃甄文强，全村人的感受高度一致：扬眉吐气，欢欣鼓舞。放学后，大队饲养员拽住我父亲，说，曹老师，听说你把城里娃甄文强给打了？

父亲说，是打了。

饲养员说，这城里娃太傲慢了，就得挨打。

父亲纠正一句，不是傲慢，是骄傲。当老师的管不了傲慢，但管得了骄傲。

饲养员说，骄傲？听说这城里娃并不骄傲啊，谦虚得像孔老二似的，学习好得像司马迁似的。只听说傲慢得很，常让咱农民的娃娃感到是二等公民。

甄文强的后脖子必是疼到心窝子了。有次，他拽住我，说，班长，咱去茅坑后面说个话。我料定他不会报复我。论打架，他绝不是我们山里娃的对手。我一声令下，大家会把他包了饺子，那才叫真正的农村包围城市。为了他的彩色玻璃球、饼干和电影故事，我还是跟去了。我以为他要为梭镖还是俊镖的问题和我争长弄短。事实证明我判断错了，他引出的话题出乎我的意料。他说，你是班长，而且还是曹老师的后人，我只想问你，曹老师凭啥说我骄傲呢？如果说对你们农村同学傲慢，那倒是真的。那是因为农村吃得差，穿得破，还脏兮兮的不讲究卫生。其实，我还是热爱农村的，你知道，我是因为在城里受欺负才跟着叔叔跑到曹家咀子来的。我和知青叔叔阿姨们不一样，我宁可不吃饼干，不看电影，也想一辈子当个农村娃。

我说甄文强你别吹牛啦,城里来的知识青年都说要来扎根,扎根,扎根,当一辈子农民,结果呢?还没发芽呢,都快跑光啦。你连个知识青年都不是,还敢吹这牛?

那天晚上,从山外背运化肥回村的甄逸夫带着一身汗馊味儿到了我家,怀里还揣着一个破报纸卷儿。里面莫非包着砖头?我当时很紧张,担心这个具有高中文化程度的知识青年和我的半文盲父亲就梭镖和俊镖的问题引发一场战争。但我却看见甄逸夫满脸的和风细雨,他诚恳的态度不像高傲的知青倒像个山里的学生,他说,太感谢曹老师了,你打得真是好!说话时,打开破报纸卷儿,原来是一双破旧的解放鞋。

不用客气,客气啥呀。我父亲的脸上也是和风细雨。他说,教育娃娃是我们当老师的职责,这一打,他就长记性了。

是是是,是的。甄逸夫说,俗话说得好:打是疼,骂是爱,不打不骂除在外嘛。这一打,我侄子今后就不会把梭镖唱成俊镖了。

是啊!你说你家文强同学,我一个当过兵的人,怎能不晓得梭镖呢,他非得说要唱成俊镖。

我这侄子人没长大,少年糊涂。甄逸夫说,他将来当一次兵,就晓得梭镖了。

哈哈。我父亲乐了,说,将来?将来部队早就没梭镖了,都半自动了。希望他将来在部队上,不要把半自动念成半自不动。

甄逸夫连连称是。这是我看到知识青年和我们农民少有的融洽和默契。甄逸夫和我父亲的共识,再次强有力地证明甄文强是真正的罪魁祸首。好在,这个高中文化的甄逸夫不折不扣地在我父亲面前低了头。低头既是态度,也是证明。这样,我和同学们加深了对甄文强的怨恨,挨杀威棒,活该!

坡前沟后,中秋时节的玉米、黄豆、花生生长得兴高采烈,万恶的田鼠少了许多。田鼠少了,那是因为蛇多了。再也没人瞧见山上有逸散着蛇肉香味儿的篝火。那些常见的菜花蛇们、七寸蛇们、麻线蛇们、花环蛇们都趾高气扬了起来，嘴里吐个信子，那就是田鼠们的葬礼。

傲慢像云彩一样在甄文强的脸上一风吹了。某天，甄文强没来上学，师生们都以为是在知青点养脖子呢，后来才晓得躲在前坡的崖畔后面练歌呢。是生产队的老羊倌告诉学校的。老羊倌说，羊儿正在坡上吃草呢，风中传来歌声，是一个小娃娃在唱。我们偷偷摸到崖畔后边一看，果然是甄文强，他反复唱父亲教过的那一句。时而是我持俊镖望君还，时而又是我持梭镖望君还。

这狗日的，看来没挨够杀威棒，又是梭镖又是俊镖的，神经！

甄文强好几天不来学校。我父亲让我们去崖畔后面把他拽回来，但是我们找遍了那里所有的沟沟坎坎，埂埂洼洼，愣是没有找到甄文强。后来才听说，甄文强后脖子上的伤口发炎了，在知青点养着。当晚，我父亲就让我妈煮了两个鸡蛋，领着我专门去已经很萧条的知青点看望了甄文强。那晚的甄文强，脖子上套着一圈白色的绷带，像一只病兮兮的羔羊，从绷带里散发出一种酸而苦的药味儿。甄文强泪汪汪地对我父亲说，曹老师，您是对的，是我错了，我把梭镖当成俊镖了。

说到这里，甄文强不忘为自己的错误深挖根源，说，我固执地把梭当成俊，是因为看过英雄的解放军叔叔刘英俊的故事，就记住了一个俊字儿。

我父亲大度地说，错了，改了就好，改了就好哇，改了，就是好学生。

甄文强上学开始丢三落四，理由是一边上学一边请假回城疗伤。他并没有转学，丢三落四仍然证明他是我们曹家咀子小学的学生。但是期末考试，他照样考了个全班第一。面对这个公然挑战性的成绩，我父亲脸色铁青。那晚的煤油灯下，我发现父亲摊开甄文强的考试卷子，盯着，盯着，突然一扭脑袋，朝我怒吼，你个狗日的，狗日的，考得不如人家城里娃，活该将来当一辈子农民。

课堂上，父亲表扬了成绩突出的同学，批评了成绩差的同学。他把表扬甄文强和讲评卷子结合了起来，并问大家：同学们，我这次给大家出的考试题，是不是有什么不妥？这样的启发式提问，不像父亲惯常的方法，他似乎在激励甄文强主动举手提问。那一刻，父亲手里的杀威棒，蓄势待发，通体浮泛着瘆人的光泽……

甄文强始终没有举手，坐姿端正，像一口倒扣的大钟。后脖子上醒目的"×"形疤痕，像一个顽强的支架，支撑着城里娃梳着小分头的脑袋。

甄文强就在这个时候撞上了命运的大转折。他爷爷的海外关系突然吃香起来，叔叔的返城政策也落实了，理所当然地领着甄文强同学返回了他们的城市。甄文强从此杳无音信。甄文强一定到城里理直气壮地当他的城里娃了，我们继续当我们的农村娃。我出山到镇子里读中学的时候，按照报纸上的说法，教育已经开始了改革。改革对农村娃来说不亚于劈头劈脑而来的杀威棒。面对高昂的学费，当初当科学家、飞行员、医生的远大理想，像晒蔫了的秧苗一样耷拉下来，男女同学纷纷出走，离乡背井，在蒸蒸日上、欣欣向荣的城市里变成了农民工。

村学像个掏了瓤子的干核桃，课堂日渐空洞。父亲说，同学们，我不拦你们小小年纪进城刷锅、洗碗、当保姆。要怨，就怨城里的专家，咱农民不懂改革，咱要懂改革，万万不会把自己的娃娃改革得没学上。

说这话的时候，据父亲把杀威棒在讲桌上擂得山响。

大概在我辍学的第五年，才听说甄文强被他爷爷接到美国接受教育去了。再后来，我在省城的建筑工地打工的时候，有次路过一家最大的剧院，见宣传栏的海报上正展示一个叫甄文强的旅美歌唱家，看那眉眼，那身段，那气质，分明就是长大了的甄文强。当天的晚报上也有关于著名歌唱家甄文强的介绍，其中特别提到返城后读中学的点点滴滴，在美国接受教育的琐琐碎碎，唯独没有提在我们曹家咀子上学的情况。也就是说，他茁壮成长的履历中少了乡村那一块。

那年春节，我费尽九牛二虎的气力从老板那里讨回了血汗钱，这才有了回家过年的盘缠。这是我离开故乡三年来第一次回家。我把在省城的见闻告诉父亲。父亲表情淡定,像冬天冷静的土地,他说,这么大的事情,我能不晓得嘛。

我这才晓得,在民办教师被集体要求解甲归田的年代,我父亲却被破例转正成了公办教师。甄文强在国内巡回演出的日子里,许多记者跋山涉水到曹家咀子采访过我的父亲。我看到了父亲收集的报纸,有省报,市报,也有县报,报上均有对父亲的报道,标题也五花八门,比如《山村教师曹尚德两教鞭抽出一个歌唱家》,再比如《高徒放歌华盛顿,恩师山乡守清贫》……我看出意思了。我父亲的全部意义,就是对一名著名歌唱家的启蒙。父亲理所当然地成了全县无人不知的名人。他还因此而拥有了另一个身份:县政协委员。

父亲已不仅仅是一名国家正式教师,是人士。

村长自豪地说,你爸爸用过的那根杀威棒——就是抽过如今的著名歌唱家的那根,被陈列在县博物馆透明的玻璃专柜里,供人参观。你爸爸如今用的教鞭,是孩子家长用上等的竹子做的,比那根结实、漂亮多了。唯一的区别是,外边没有套蛇皮。家长其实早用蛇皮套好了,却让你爸爸给剥掉了。家长心里很是别扭。蛇皮教鞭,那是杀威棒,能抽出一个旅美歌唱家,一根光溜溜的竹棍,能抽出个啥?

正月里闹完元宵,山下停了一溜儿高级小轿车,许多很体面的人不顾劳累爬上山来。全村人都以为是甄文强在各级官员的簇拥下看望父亲来了呢。这样的理解并非异想天开,大凡成功人士,多有探望启蒙老师的情怀,那种感恩的探望很风雅的,电视里常见呢。来的果然有许多领导同志,有县里的,有乡上的,还有我们从电视上见到的著名企业家,唯独没有见到曹家咀子人热切盼望中的男一号甄文强。

贵宾们告诉我父亲,县里为了实施文化搭台、经济唱戏工程,全面提升我们县的知名度,多次诚邀甄文强莅临我们这里演出。但发出的邀请函如泥牛入海,不见回音。这次大家来曹家咀子,一来为了看望新当选的政协委员，二来委托我父亲出面邀请甄文强，以满足全县几十万人民的良好愿望。在全县人民看来，是否能请来大明星甄文强，全在于父亲的亲自出马。

父亲断然回绝。县里的领导和蔼地问，为什么呢？

父亲剧烈地咳嗽起来。当时我根本没有意识到，由山村教师的职业病——哮喘滋生的癌细胞，已经在我父亲的肺里安营扎寨，蠢蠢欲动。父亲说，甄文强不会来的，他怕我用杀威棒抽他。

贵宾说，曹委员您太幽默了。您这是严师出高徒，况且时过境迁，他怎会担心你抽他呢？老先生的担心多余了。

父亲说，他如果真要来，我还是要抽他的，就用博物馆里的那根杀威棒。

甄文强最终来我们县演出，是在我父亲去世之后。为了迎接甄文强的到来，县里拨专款把我父亲的坟茔修葺一新，碑文简明扼要，定位精准：曹尚德（1946—1999），男，市级优秀教育工作者，县政协委员，旅美著名歌唱家甄文强的启蒙恩师。

甄文强在我们县的演出大获成功。甄文强在我家祖坟里吊唁我父亲的那天，人山人海。甄文强给我父亲坟茔鞠躬的时候，相隔着很厚的一层黄土。我没有能赶上那被载入县史的一刻。当时，我正在城里老板的威逼和强迫下在工地偷工减料。据说，甄文强鞠躬前，先是立定，举手，那是小学生才有的标准举手。举完手，一躬鞠下，有人发现了他后脖子上的痕印，仍然是"×"的样子。

甄文强婉言谢绝了县里给他支付的高昂演出费，只提了个小小的要求：我是否可以把那根杀威棒带走？

摸蛋的男孩

这是若干次后最终值得显摆的一摸。男孩全全掰过脸来，嘴角和眉梢里风生水起，激动和亢奋拥堵在喉咙里，拦截了他的表达，听起来像个结巴，爷……爷，爷爷，我……我摸着蛋啦——。尾音拖曳得很长很亮，像封堵的堤坝一隅冒出了一股清泉，冒着，不冒了，泉眼洞开。

睡眼惺忪的日头还没从东梁梁上挤出脑袋，像哈欠一样漫上来的第一抹晨曦已经和最后一洼的黑暗开始了僵持。公鸡像生产队长似的，威风凛凛地站在村口的崖畔，扯天扯地一亮嗓子，黎明就报到了。屋檐下圪蹴的一个黑影这才显了原形。这是吸旱烟的爷爷，嘴里喷出的烟雾笼了他的身子，却一动也不动，像场院里过于破旧的石碾子。全全心里亮清得很，爷爷每早圪蹴在那里吸旱烟，其实都是在陪他练习摸蛋。

此刻的柴院很安静，三五成群的麻雀在房檐上、柴堆儿上聚聚散散，东张西望，似乎失去了争吵的兴致。妈妈在大队的第一声冲锋号响过之后，就像风一样飞卷下炕，披头散发地赶往梯田地里学大寨去了。村里能动弹的劳力，一个都不能落下。爷爷自从在交公粮路上摔断了腰，就成了半个废人，除了能够圪蹴或趴着，直立行走的岁月全储存在记忆中了。爷爷抬了一下眼皮，见全全怀里捂的是叛徒，就说，别得意，你再摸摸英雄。

全全又叠了腰,把左手伸进鸡房。英雄毕竟是英雄,翅膀如铁,爪子似钩,母性的眼珠子里闪烁着豹子眼睛里才有的光芒。就凭全全的这点气力,揪出英雄谈何容易?全全已经记不得这是第几次和英雄较量,每次都要和英雄来一番斗智斗勇。当然了,鸡毕竟是鸡,人毕竟是人,最终以全全的胜利宣告结束。和往常一样,全全把英雄揪出了鸡房,用左手死死敛住英雄的双翅和尾梢,把英雄的脑袋驳在腰侧,这样,英雄的屁股就大半朝天了。被白色的细绒毛半遮半掩的屁股眼儿,愤怒地翕动。爷爷说过,鸡蛋任务缴得咋样,全凭了母鸡屁股眼儿。全全就想起了村里连哑带傻的杨四海。杨四海是个单身汉,穷得养不起一只母鸡,他给公家上缴的鸡蛋,都是好心肠的左邻右舍帮凑的。他的嘴有事没事总是翕动着,村里人都不亮清他一天到晚想要表达个啥。脑子奸的人仔细琢磨过哑巴的嘴形,就蛮有把握地下了结论:哑巴是说缴任务,缴任务,缴任务……

庄稼人谁不晓得缴任务?上缴给公家的皇粮,油料,生猪,鲜蛋,棉花,羊毛……都是公社下派的任务。缴成了,就能凭证换回城里人生产的煤油、火柴、白糖啥的;缴不成,用队长的话说那是原则问题,是对城里工人阶级的态度问题,是天大的事情。完不成,家里成天黑灯瞎火事小,关键是要扣掉几十个工分的。扣工分,不像要命,却是扣庄稼人的日子呢。

啊呸——全全狠狠地往右手食指上吐了唾沫,瞅准英雄的屁股眼儿,准确无误地插了进去。英雄浑身一痉挛,喉咙里重重地哦了一声,抻长到极限的脖子弯成了弓形,毛一根根支棱起来,像插在擀面杖上似的。突然,英雄立即停止了反抗,它的智慧、经验早已让它明白侵略者进入它的血肉之躯后,所有的反抗对自己是多么的不利。全全全神贯注,屏住呼吸,食指在英雄滚烫的身体里进进,停停,再进进,再停停,探,研,触,后来,食指肚儿在深处旋了一圈,这才退缩出来。热乎乎的食指被风一吹,凉飕飕的,溢散着一股鸡粪味儿。他再次掰回脑袋，朝屋檐下的爷爷喊，爷爷，哈，英雄有了，大概是今儿下午三点的蛋。

爷爷非但没有表扬他突飞猛进的手艺，反而斥了一声，你个没脑筋的货，喊啥喊，让隔壁听着了，传到学校去，你不嫌丢人。快摸你的蛋！一只只地摸，有蛋的，关院子里，拌一把糠麸吃；没蛋的，赶出院子自个儿找吃的去。齐活儿后，背你的书包，快走！学校到打铃的当口了。

全全就按爷爷的嘱咐又忙乎了一阵子。上学路上，日头当空照，小鸟在愉快地歌唱，全全也兴奋地唱起了《我爱北京天安门》。脚上还是他妈妈做的那双又厚又沉的千层底儿布鞋，但今儿走起来轻盈得有些飘。远处的斜坡上，红旗招展，醒目的标语牌像立正似的插在坡顶。修梯田的男女社员们正在那里战天斗地。哪一位是妈妈呢？太远，全全辨不清，但他相信，瘦弱的妈妈在那里挥汗如雨的同时，一定还记挂着他练习摸蛋的进展呢。爸爸不在修梯田的队伍里，被大队派到城里搞副业。所谓副业，就是从城里人的茅坑里掏大粪，积攒够了，再用驴车运到村里来。全全甜丝丝地想，爸爸妈妈一定不知道，从今儿起，我出师了，像爷爷一样会摸蛋了。想到这里，右手食指下意识地颤抖了一下，他知道那里臭臭的，有洗不尽的鸡粪味儿。但他却鬼使神差地伸在鼻子底下闻了闻，这一闻，怪了！这臭味儿真让人迷恋，让人陶醉，这哪是臭啊！这是比香还要香的臭。这样的错觉使他大吃一惊，怀疑鼻子是不是出了啥问题。他用手使劲拧了一下鼻子，那臭臭的味儿就停留在鼻子上了。他闭了眼，做了个深呼吸，像爷爷吸旱烟一样，进入了一种说不清道不明的意境。只是，他不明白，自己是不是香臭不分了？管它呢，反正，我全全能为缴任务做贡献啦！——摸蛋，这门爷爷唯一给全村人高度保密的独家本领，如今除了我全全，全村人谁还有这两下子？全全心里亮清，啥都可以显摆，唯独这手艺是万万不能当着同学们的面炫耀的。这不是木匠活儿，铁匠活儿，泥瓦匠活儿，这……这……这是摸鸡屁股眼儿。

英雄果然把蛋产在了下午三点。英雄是一只黑翅黑尾白屁股的母叽叽,每年开春后,它几乎天天下蛋,为全全家胜利上缴鸡蛋任务立下了汗马功劳,使爷爷这个出了名的老先进保住了面子。英雄和叛徒不一样,叛徒是一只黄色的母鸡,屁股紧,两三天才磨磨叽叽挤出一颗来,而且立场很不坚定,院外溜达时,逢着谁家院子里有玉米粒儿,它就毫不犹豫地蹿了进去,顺便把蛋产在人家的鸡窝里。谁都亮清,玉米粒儿是专门为了引诱下蛋鸡才撒在那里的。苦年份,野菜沫子拌了糠麸,那就是母鸡们上等的盛宴,平日里只有在院外草丛里、土疙瘩缝儿里找蚯蚓、蛐蛐、蚂蚱的份儿。玉米粒儿那是金豆子,一粒儿就是一粒儿,庄稼人心里有数呢。任何一只母鸡也经不住玉米粒儿的诱惑,只是叛徒被引诱的成功率高一些,要不,咋落得个叛徒的名声哩。

晚饭,居然多了一个煮鸡蛋,这是全全吃饭记忆里的一个重大事件。

煮熟了的鸡蛋圆溜溜的,蛋皮儿光洁、均匀、干净,一尘不染,安详地睡卧在碟子里。碟子是瓷的,在岁月里早已饱经风霜,修补的痕迹像蛛网一样罩出碟子苟延残喘的命运。全全惊讶地发现,生鸡蛋和熟鸡蛋真是不一样,在沸水里热闹过的鸡蛋,通体洋溢着一种叫作高贵的气质,像碟子里突然结出的圣果,温暖而淡定。碟子第一次被一个熟鸡蛋映衬得顿生妩媚,满屋陡然蓬荜生辉。

全全,吃吧。妈妈说,就一个,爷爷同意的。

全全终于相信这蛋是给他的,待了半晌儿才说,我吃了鸡蛋,那,任务缴不成咋办啊?

你如今会摸蛋了。爷爷说,咱把鸡管严实些,还是能缴成的。

轻磕,慢剥。去了皮儿的鸡蛋,更让人惊讶了,像漆黑的夜晚一轮皎洁的月亮。全全用双手把鸡蛋捧起来,像是把月亮捧起来了。他能感觉到自己嘴唇启动的节奏,缓慢、庄严、机械。全全就吃了一口,不像吃,像舔,用舌尖,轻轻的。

妈妈说,蘸点盐,才好吃呢。

全全就轻轻蘸了点盐,嘬了一小口,啊啊!熟鸡蛋原来就是这样的味道啊!香,是一种……一种……一种说不出来的香。这香,是一种有温度的味儿,所有五谷杂粮的味儿好像都在里头,还有……还有……全全下意识地把食指伸到鼻子下,对,还有鸡屁股眼儿里的味儿。他被这个意外的发现吓得打了个寒噤。反正,香,真香!

全全吃到第二口的时候就停下来,有一轮金黄的日头正从蛋白的前呼后拥下升起,全全猜想这就是传说中的熟蛋黄吧。全全在公社鲜蛋收购站见过搬运工不小心弄碎的生黄,没见过熟黄。紧张和不安像羽毛一样覆盖了他的瞳孔,他低头注视着捧在手心里的蛋,抬头,墙上悬挂的一溜儿小册子蹦入眼帘,在工分本、公粮派购本之间,悬挂着上缴鲜蛋任务手册。

我娃。妈妈说,你咋了?

我吃一个蛋,那城里人是不是就少吃一个蛋啊?全全说,我还是别吃了吧,留着,让我爸下次送给城里人。

城里和城里人是啥样子?太遥远,全全只能去想象,更多的,是揭不开的谜。比如庄稼人上缴的各种任务最终会落到城里人家,这问题曾一度让全全和同学们感到百思不得其解。记得先先后后有几次,伙伴们实在饿极了渴极了,偷了家里的鸡蛋,连皮带水吞进了肚里——蛋皮儿是不能留的,那是犯案的把柄。据说鸡蛋是可以煎、煮、炒、蒸的,有个别人家过年时鬼鬼祟祟做过,传得像神话似的。家长们都是精鬼,生吞过鸡蛋的伙伴,几乎没有一个漏网的,换来的是家长气急败坏的暴打。伙伴们屡屡遭打,归根到底会把这笔账记到城里人身上,为啥啊?为啥啊?咱养鸡,却偏偏就不能吃蛋,得送给城里人吃?为此,全全不止一次问过爸爸,爸爸,这是为啥呢?爸爸毫不犹豫地说,因为城里人穷,咱农民富,富人就得帮助穷人,你说对不对?

全全想了想,觉得很有道理,就说,爸爸,您每天守在城里掏茅坑,最亮清城里人了,城里人为啥就那么穷呢?

爸爸说，因为城里人没地种，没鸡养。

您不是告诉过我，城里有洋房、汽车、商店，还有幼儿园吗？全全反问。

是啊！有又有啥用呢？爸爸说，越是穷地方，才有那玩意儿。

全全说，那，公家为啥偏偏收咱最好的小麦、猪肉、油料、鸡蛋给他们，却不收咱吃的糠麸和满山满洼的野菜呢？

……爸爸噎了足有一袋烟工夫，突然哈哈哈地乐了，说，你真是个小傻瓜，人家城里人比咱能干，人家天天在制造原子弹、飞机、汽车，如果吃不好，你想想，那能成嘛。

嘿嘿。全全不好意思地笑了，说，城里人真能干，咱只会种庄稼。

你眼下要好好学习，天天向上。爸爸说，书念好了，将来当城里人，能干了，才有资格吃鸡蛋。

在全全心目中，爸爸尽管一言九鼎，但是学校的女民办教师刘翠梅更是权威，刘老师经常作为先进教师代表去城里开会，见过大世面。为了印证爸爸的话，全全把爸爸的话和盘托到了刘老师那里，然后盯着刘老师美丽的眼睛。全全晓得，眼睛是心灵的窗口，刘老师的眼睛里有天底下最大的智慧。刘老师也久久地盯着全全的眼睛，她说，全全同学，你要相信爸爸的话。

刘老师还在课堂上重申了全全爸爸的话，她特别强调，亲爱的同学们，以后千万别偷家里的鸡蛋，咱不是学过课文里列宁小时候的故事吗？大家一定要像列宁同志那样，做一个诚实的孩子。

全全第一个举手表态，刘老师您就放心吧，我一定要当一个诚实的孩子，把鸡蛋留给城里的小朋友吃。

有眼泪从刘老师好看的眼睛里奔涌出来，清凉凉的一片，流个没完没了。刘老师在课堂上引用爸爸的话，这让全全激动得满脸绯红，一种伟大的幸福感和甜蜜感油然而生。全全想，城里人吃鸡蛋的感受，也莫过于这种幸福和甜蜜吧。此刻爸爸在城里是不是闻到鸡蛋的香味儿呢？爸爸在城里干的淘粪的活儿，那活儿可不简单，各公社、各生产队都在千方百计派农民进城淘粪，抢夺粪源就像看不见的战线。听爸爸讲，城里有一家人有个男孩子叫赵向东，和他一样大，他妈妈帮爸爸联系了好几家旱厕。当时全全问，啥叫旱厕。爸爸说旱厕就是茅坑。爸爸每次进城，都要给赵向东家送点杏儿、桃儿啥的。

那晚全全提出把煮鸡蛋留给城里人的时候，爷爷和妈妈都哑了口。最终还是妈妈开了口，妈妈说，既然煮了，就必须马上吃掉，咱山里去城里一趟得一天工夫，半道上，鸡蛋就馊了。你不希望城里人拉肚子吧。

晚饭是玉米疙瘩拌汤，辣椒洋芋丝，小麦面锅盔，加上这个史无前例的煮鸡蛋，庆祝的意思已经很是隆重了。全全吃得红光满面。爷爷吃完了，把碗一撂，突然老泪纵横，晚餐的气氛瞬间发生了变化，时间像是被勒住了的缰绳，刚才喧嚣的空气不再撒野，静了，停了，凝固了，像凉粉坨子。爷爷花白的胡子抖了几抖，藏在胡子中央的一张嘴翕动了几下，想要说啥话，却说不出来。再翕动的时候，全全发现，此刻，爷爷的嘴巴多像一只鸡屁股眼儿啊。全全恼恨自己，这样的联想真是对不住爷爷，但是，他越是排斥这个念想，这样的念想反而愈加的强烈。爷爷的鸡屁股眼儿里终于冒出人话来，全全，我有你这样的好孙子，咱……咱家今年的鸡蛋任务，又是先进。

显然是爷爷憋了好久才放出来的话，像憋久了的一个鸡蛋，吧唧一声，就出了屁股眼儿。

全全的脑袋被爷爷朽树皮一样粗糙的手抚摸着，像摸着一只心爱的母鸡，更具体一些，像抚摸着英雄细密而光滑的羽毛。爷爷是把全全当英雄了呢？还是把英雄当全全了。全全发现，爷爷注视他的目光里，像笼着一层薄雾，汪汪的，能盈满村口的深沟。

在全全眼里，庄稼人其实和教室里的学生差不多，日子全被上边格式化了。夏收到秋播之间，前后不过十几天，就在这十几天里，大队的高音喇叭就老猫念经似的唠叨个没完。来来去去就是程咬金的三板斧：先是放唢呐曲《社员都是向阳花》，然后反复传达上边关于夏粮收购以及生猪鲜蛋派购任务的通知，最后就一遍遍讲道理。大道理好像很复杂，比如支援国家建设，比如保证城市供应啥的。大道理最后就变成了一个道理，广大社员们！谁家鲜蛋任务缴不成，拖了全村的后腿，就休想得到平价的紧俏货，你狗日的就休想在村里抬起头来，直起腰来。大家都要像老支书、老先进窦英贤同志学习……

窦英贤，就是全全的爷爷。全全很为爷爷的这个名字感到自豪，英是刘英俊的英，贤是麦贤得的贤。刘英俊和麦贤得的画像就在教室墙上贴着呢，都是大英雄。爷爷缴任务出了名，几年前就把原名窦二球改成了窦英贤。爷爷说过，英雄的道理是一样的，我家也有大英雄，只是，它不是人，是鸡。

这是出山的羊肠小道上最热闹的季节，男人们背着装满小麦的麻袋，一步一挪地往公社粮站蹭。老头老太太们赶着大肥猪，媳妇姑娘们臂弯里挎着篮子，篮子里的羊肚子毛巾下边，酣睡着积攒半年的鸡蛋。最有意思的是杨四海，他也像女人一样臂弯里挎着篮子，篮子里的鸡蛋来自四面八方。他一路傻笑，嘴巴翕动着：缴任务，缴任务，缴任务……目的地：公社食品收购站。

要秋播了，村里却出了事。建设妈把建设打了，是在送鸡蛋的路上打的。建设是全全的同班同学，三年级的班长。建设真是太犯贱了，趁他妈不留意，从他妈的篮子里偷了一个鸡蛋，牙茬上一磕碰，只两口，就连皮带水吞到肚子里。他显然早有战略图谋，他瞄准了杨四海的篮子，想来个拆东墙补西墙，刚伸手，却被赶集的行人抓了个现行。建设妈当场气得天昏地暗，朝建设劈头盖脸就是一通老拳。这握过老锄的手，当场就让建设的脸四面开花。任务是缴不成了，首要任务变成了用毛驴车拉建设去城里医院。后来，据建设哭诉，那些天他背着麻袋缴皇粮，又累又饿又困，嘴唇都干裂成了血道道，到缴鸡蛋时，实在撑不住了，才……

建设住院，却给全全提供了一次进城的机会。村里人都陆陆续续去医院看望了建设。全全妈也烙了两个大锅盔，妈妈说，一个锅盔给建设，另一个锅盔，给城里男孩赵向东。最近，赵向东妈又给爸爸争取到了一个茅坑。

去城里的前夜，妈妈好像是憋不住了，一遍一遍给全全讲，全全，到了城里，一定要学乖。全全说，那还用说嘛，记住了。妈妈又说，全全，到了城里，一切必须要听妈妈的。全全说，那还用说嘛，好像我平时不听话似的。妈妈继续说，全全，到了城里，一定要……全全打断了妈妈，说，妈妈您就别唠叨了，我都快四年级的学生啦，还是学习委员哩。

擦黑进了城，妈妈领全全到医院看望完白纱布裹着脑袋的建设，晚上就住在城乡接合部的棚子里。这里的破棚子鳞次栉比，全是各公社搞副业的天下，像城里冷不丁地冒出了一个生产队。第二天，妈妈就领着全全摸到了赵向东家。赵向东与全全想象的不一样，赵向东留着整齐的运动头，不像全全的头发像疯长的蒿草；赵向东的皮肤白得像刚出磨盘的小麦粉似的，不像全全浑身像涂抹了锅底灰儿；赵向东的衬衣是的确良的，全全的褂子是白洋布的；赵向东胸前的领巾像灶膛里窜出的火苗一样鲜红，全全的领巾早被土坯桌和汗渍弄成了破缰绳……全全当场就拘束起来，偎在妈妈身边，像一只淋湿了翅膀的小鸡。

优越感使赵向东大方得像一位将军，他主动伸出手，拉了全全的手，说，你就是全全吧，窦叔叔来我家做客时，常常提起你，夸你会上树，会爬上崖畔掏鸟窝，还用弹弓打下过乌鸦，可把我羡慕死啦！说着，拿出自己的塑料冲锋枪，一扣扳机，哒哒哒的。枪一响，两人一下就好上了。

轻轻的，当全全把食指插入扳机孔的时候，却无论如何也扣不响。这熟悉的、下意识的一插，轻，轻，绝不敢重重扣动的。似乎，冲锋枪变成了母鸡,扳机孔变成了鸡屁股眼儿。全全奇怪自己。他死死地盯着自己的食指,像盯着一个陌生的、无用的肉棍儿。

赵向东的妈妈和蔼可亲地安慰全全,第一次玩枪吧,多使几下就会了,来,东东,给乡里哥哥好好教教。然后扭头朝半个屁股搭在床沿的全全妈妈客气,姐姐也太见外了,大老远来,来就来吧,还带这么大一个锅盔。

你给我娃他爸找了那么多的茅……茅……旱厕,这个锅盔算个啥嘛。全全妈妈说,锅盔是夏收后的新麦面,城里人吃不到,给您个鲜。

全全闻到了一股味儿!对,一股味儿,绝对不是锅盔的味儿,这是一种既熟悉同时又久违了的味儿,悠悠的。没有啥味儿比这味儿全身长满了密不透风的爪子,不可阻挡地直往鼻子里爬。全全发现了,终于发现了,天哪!已经关了电源的电炉子上,揭了盖儿的铝锅里,两个煮熟了的鸡蛋,像两只明亮的眼睛,大睁着,全神贯注地盯着他这位从山里来的不速之客。

妈妈,我要吃蛋。赵向东说,今天我就吃一个吧,另一个给全全哥哥。

这重大的喜讯来得太突然、太奢侈,全全刚反应过来,舌头底下陡然汪出一团口水,不提防就当胸瀑了下来。全全妈妈使劲钩了他一眼,全全赶紧吮嘴,吱溜儿一声,吸回去了吊线的半拉。

这不还得晾会儿嘛。赵向东妈妈说。

平时不就晾几分钟嘛。赵向东说,今儿都十几分钟了。

全全就是在这个时候被妈妈拽着离开了赵向东家。临走,妈妈对赵向东妈妈说,妹子,我们该走了,娃他爸在棚子那边等着哩。

既然大哥在那边等,我就不留姐姐了。赵向东妈妈说,我还想着让娃吃个鸡蛋再走呢。

离开赵向东家的时候,全全一步三回头,他不是留恋赵向东和冲锋枪,他的目光像坚硬的钩子,牢牢钩住了铝锅里的鸡蛋。眼睛和鸡蛋之间,像有一根绷紧的铁丝,通了电,电压太大,都快烧断了。铝锅很快远离了全全的视线，坚硬的目光久久没有软下来，到了大街上，目光才软了，铁丝软成了面条。

但那两个鸡蛋老在眼前晃，越晃越明亮，越晃越清晰，几乎覆盖了大脑的全部世界。全全使劲摇摇脑袋，想把鸡蛋赶走。但越是摇，却越是像生了根，根系像融化的雪水一样遍地蔓延。

妈妈并没有把全全朝棚子的方向拽，而是到了城里最繁华的地方。城市最具活力的气息像蛋白包围蛋黄一样包围了全全，但全全却对这种陌生而神奇的包围置若罔闻，嘴巴翕动着，像杨四海的嘴巴一样翕动着，像鸡屁股眼儿一样翕动着。妈妈故作轻松地问，全全，你想说啥呢？

全全却仿佛没听见。妈妈有些紧张，说，咱全全想说啥？

全全目光呆滞。妈妈好像听清了，竟是缴任务，缴任务，缴任务。

妈妈生气了，说，你个小东西，一直缠着要进城开开眼呢，今儿个来了，却犯傻啦。一转身，把全全拽进了一家百货商店。这是县城最大的百货商店，好东西可多了。妈妈夸张地给全全介绍着那些传说中的布料：全全，看看，你晓得吗？这叫毛华达呢布。全全，这叫涤卡布，这叫蓝卡其布。

一会儿到了一家肉铺，铺面很大，横杆上钩挂着成排的猪身子。还去了粮店，那里码着成摞的面粉。城里人朝营业员高举布证、粮票、肉票啥的，优雅地喊：同志，我要……

妈妈猛然意识到，她这样引导全全的注意力，反而犯了个严重的错误。全全的表情像干旱后板结的河床，没有一丝的活络。眼看到了一个儿童乐园门口，妈妈立即刹了步，说，我差点忘记了，爸爸在棚子里等咱呢。妈妈态度很坚决，坚决得好像自己对自己过不去。大白天的，棚子里准连个鬼都没有，爸爸准是挑着两个粪桶，穿大街走小巷找茅坑呢。但她还是坚持着，爸爸……在棚子里等咱呢。

好的妈妈，咱赶紧回棚子吧。全全说，别让爸爸等久了。

日头再次把黎明拽到了大山里,一声凄厉的尖叫刺破了小村。这是英雄的尖叫。爷爷隔窗望见,全全背着书包的影子,已经从院子门口消失。英雄在院子里近乎癫狂地扑腾着,近了,近了,英雄分明是朝他来了。爷爷这才看清,英雄屁股上的白绒毛被鲜血染红,血从屁股眼儿里外溢。英雄一直扑腾进屋子里来,趴在炕沿下,这才费力地朝他举起脑袋,脑袋上,是一双他无比熟悉的眼睛。

全全原来并没去上学,而是和杨四海在一起。有人看见,全全的右手食指血迹未干,弯曲着,像是扣动扳机的样子。

全全好像在讲故事,听众选择了杨四海。

幻想症

一

打我记事起,就害怕和我婆睡一个炕,洞穿西房暗夜的喊声让我毛骨悚然,分明是鬼叫嘛,可谁信我哩。我大数落我:"你长得还没炕柜高,就嫌你婆了。你能听到,你婆咋听不到?家里就两个炕,东房炕上挤着我、你妈和你妹妹,你不睡西房,想睡啊达?你再耍心眼儿,我让你睡大队的牲口圈去。"

一开始,我招惹了个幻想症病人的臭名。也就是说,我最早晓得世上有幻想症这个破玩意儿,就是从我自己开始的。我大领我到生产队的女赤脚医生那里,赤脚医生说:"这娃得了幻想症,听到的,看到的,都是虚幻的事情,是心里出事儿了。弄不好,会很麻达……"赤脚医生是下乡知青,皮肤白皙,戴副眼镜,一瞅就是有知识的人。她掀开一本烂瓢烂边儿的《农村医疗卫生手册》,用钢笔敲打着上边的词条念:"幻想症,指对一件事情产生没有理由和根据的或过多的想法……导致精神恍惚,严重者应该接受治疗。"从此,我完全被药罐子腌上了,一日三次,睡前饭后,一次半碗……喝腻了,喝怕了,一见药罐子就吐。同学们讨厌和我一起上茅坑:"你裆里长的啥嘛!尿出来,也和别人不一样,又骚,还又苦,满茅坑,成药铺子了。"

可我还是摆脱不了那鬼一般的喊声。那时我已经能够翻山越岭走山路了,我大领我到了公社卫生院。医生把我的耳朵、眼睛来来回回翻弄了好久,最后一声叹息:"真没见过你家娃这样的,药,加大剂量吧。"

我当场就吐了。医生说:"还没吃药哩,咋就吐哩?"

我大替我解释:"我懂我娃,我娃真格叫药吃怕了。"

"哦,这是条件反射。以后吃了药,千万别吐啊!很贵的。"

我大呆呆地瞅着我,泪花在眼窝里打漩儿。一张黑脸,只有泪花白着。

公社的医生比村里的医生开的药还要苦。狗急了还跳墙哩,我计上心来。反正我大我妈白天要上工,熬药的事情由婆揽了。趁婆不留神,我把熬好的药偷偷倒进树坑里,然后一咂巴嘴儿,哄婆:"我喝啦。"可有个大雨天,生产队暂时停工,全家人闷在屋子里谝喜旺与李双双。我无计可施,只好在一家人目光的天罗地网里,闭眼,端碗。刚呡了一口,我惊住了。药味清淡了许多,比赤脚医生的药还要清淡。天哪!咋会哩。真格的!绝对不是幻想症作怪。晚上上炕,我试探着问婆:"婆,这药,您是不是兑了水。"

婆居然点头了。我激动得扎在婆的怀里:"婆,您真格是我的好婆。您放心,这个秘密,你知我知,我不会说给任何人的。"婆,真格是天底下最好的婆。她老人家平日里对我的好,对全家人的好,对生产队的好,使她在大队男女社员中赢得无与伦比的信任和威望,连公社下派的驻队干部都夸:"老人家如果能说话,绝对是大队书记的人才,咱最缺的,就是妇女干部。"

咱尖山村有两道大梁,分别叫瞭东梁和瞭北梁。论视野,瞭东梁比瞭北梁要开阔一些。论土质,瞭东梁更要优于瞭北梁。可是在我的记忆中,婆常常要领我到瞭北梁去。那达地多盐碱,寸草不生。"盐碱怕雨不怕晒"。咱这里十年九旱,盐碱地坚硬如钢。站在梁上往北一瞭,能瞭到绵延起伏的大山,能瞭到山脚下的小河,能瞭到南来北往的大雁。但婆的眼眉挑得老高，半天不回头，仿佛白云遮蔽的北方有个拴桩，把目光像缰绳一样牵扯了。婆用手指着北方，意思分明是：那头，真远哪！

我说："是哩，山连着山，云接着云。"

那一刻的阳光，真是好极了。婆抬起的手腕上有一道炫目的光芒，光芒来自玉镯。婆有时戴，有时会小心翼翼地搁进柜子里。谁也休想动这块玉镯，它像是她的命。

有赶路的开玩笑："哑巴婆，你脖子抻得像瘦驴样儿，这是瞭啥哩？"

婆就比画一阵，大意是，让我的孙子瞭山外都是些啥。

"哈哈，这大白天的，我以为你瞭见北斗星了哩。"

要说有瞭头，当然算瞭东梁而不是瞭北梁。日头每天要从瞭东梁蹦出来，然后与瞭北梁擦肩而过，顺着西坡溜下去。站在瞭东梁东眺，能瞭到几十里开外的天水城，像一朵朦胧的碎花儿。可婆偏偏只认准瞭北梁。我理解婆的心理。天水城，在她眼里一定不是花儿，是疤。

从我记事起，就晓得婆是新中国成立前跑土匪那阵从天水城里逃出来的。都传哩，那时的天水兵荒马乱匪患不断，既有男匪也有女匪，有骑马射箭百步穿杨的也有拎刀挎枪捎带土炮的。大股的土匪有从北边河州来的也有从东边关山来的，有从南边武都来的也有从西边漳县来的。本地小股土匪更是数不胜数，都是日头下人模人样下地干活儿，月光下黑巾蒙面打家劫舍的二球货。说是土匪每次攻打天水城，全城的男女老幼就翻过南北二山，往各村各寨的堡子里挤。最惨的要数民国十九年那次，河州人马廷贤、韩进禄的队伍大破天水城，两小时就杀掉三千人，奸了上千女人。东关、中城一带的大户人家不光金银财宝、柴米油盐被抢掠一空，还被斩草除根，城垛子上排满了大大小小的脑袋。很多侥幸捡了一条小命的女子娃，无论富家小姐，还是贫贱丫鬟，谁敢返城？逃哪，嫁哪；嫁哪，算哪，真正的嫁鸡随鸡嫁狗随狗了。婆，就是其中的一个。

说是婆年轻时长得美过火，地道的天水白娃娃哩，只可惜"一哑遮百美"。嫁给我爷爷——我爷爷曾被围攻堡子的土匪打瘸双腿，被认为"哑巴嫁瘸子，扯平两不亏"，不然难逃鲜花和牛粪的意思。我从没见过我爷爷。我大告诉我："你爷命苦，腿伤感染了肚肠。你婆刚给我和你姑姑的开裆裤缝了裆，你爷就下场了。"新中国成立后，我大曾多次动员我婆进城寻亲，我婆不但断然拒绝，还哭得死去活来。我婆在天水城的所有亲人，一定被杀尽了，只剩她一个哑巴了。

事态的升级大概是我刚上小学三年级那阵。麦黄的夜晚，大山里安静死了。可是，我又一次听到了那种喊声。喊声把我从梦中拽到了黎明前的暗夜里。这喊声既熟悉又陌生，既怪异又尖锐，只有苍老的女人才有。我使劲眨巴几下眼睛，一是证明自己确实醒了，二是证明的确不是幻想症作怪。我两耳竖立，既怕那声音扑面而来，又怕漏掉一个细节，恐惧像寒流一样冰封了我。

真格的！我相信那喊声的源头绝对不是在梦里，肯定是在梦外。梦里的我是在给生产队放羊，羊儿在坡上吃草，我圪蹴在坡顶吹笛。我吹的是《我是公社小社员》。对面山梁上，男女社员们正在集体锄草，村学的后墙上，老师领着红小兵们正在张贴标语。其实作为一名光荣的小学生，我还没到给生产队放羊的年龄，可那是我真诚的梦想，我渴望早日成为人民公社的小社员，成为生产队的向阳花。就这样一个梦，生生的，被那个苍老的声音搅黄了。山坡、羊群、社员……瞬间蒸发，无影无踪。窗外，时不时传来一两声猫头鹰莫名其妙的吼叫，鸡窝里的母鸡们顿时发出"咕咕咕"的哀号。紧挨着炕围子的老牛，没事似的，一如既往地回草，"咕噜"一阵，"咔嚓"一阵。

我早已不是过去的那个我了。凭判断，喊声就来自炕上，具体说就在婆那一侧。我和婆共用一张破被。她此刻睡意正酣，呼噜声此起彼伏。

可那喊声一遍遍在我脑海里回响:"姐妹们——快冲出去啊——"

完全是电影里的意思。发出这样喊声的,如果不是英姿飒爽的女红军首长啥的,至少该是恶贯满盈的女匪首了吧,而且必定是清一色的普通话,可这喊声分明是外地口音。外地是啥?晓不得。我生在尖山长在尖山,连天水城都没挨过边儿。

我只晓得世上有两种语言:普通话,天水话。啥叫普通话?就插队知青、驻队干部吊在嘴边的那种;啥叫天水话?还用问吗,就是把奶奶叫婆,把父亲叫大,把吹牛皮叫烧料子,把没出息叫完怂的那种……

"婆……"我怯怯地喘了一声,用肘子轻轻蹭了一下婆的胳膊。"喊声,在您……您那达。"

奇迹发生了。不!不是奇迹,是惨剧。婆突然一转身,像老鹰一样挟裹着黑暗压过来,两手死死卡住我的脖子,玉镯传递着异样的冰凉。那一瞬间,我又听到了喊声:"快,把刀给我!"

我呼吸困难,死命折腾。从喊声传递的信息不难判断,炕上不止一个人,一定还有拎着刀子的人,一个?两个?或者四五个?

婆突然慌了,慌忙点燃煤油灯,慌忙把我搂在怀里,慌忙抚摸我的脖子。幽暗的煤油灯下,婆的表情怜惜得一塌糊涂,目光里蓄满炊烟一样的温馨。她嘴里"哦哦哦""啊啊啊"着,两手不停地比比画画——那意思大概是:千万不要害怕,啥事儿没有,我的宝贝孙子只不过……只不过幻想症犯了嘛。婆的比画让玉镯的光泽千变万化,像一个耀眼的魔圈。我似乎发现了一个规律,每次听到喊声,玉镯多半是戴在婆手腕上的。喊声和玉镯会有联系吗?兴许瞎猜了吧。

"不!犯幻想症的,八成是您。您要是没犯幻想症,咋卡我脖子哩,您把我当啥了?往死里弄。"

婆使劲摇头,两手在耳朵和眼睛方位比画一番,意思是耳朵、眼睛都好着哩,绝对没有幻想症。

"难道……卡我脖子的,是鬼不成。"

婆还是摇头,摇着,摇着,不摇了,慢慢变成了点头。她这一点头,之前所有的猜测等于全部得到了证实,我吓得"妈呀"一声。我魂儿飞了,魄儿散了,魂魄一定飞出了院子,只剩下不到扁担长的躯壳。婆又一次紧紧搂了我。

"婆,我明明觉得,卡我脖子的,是您啊。"

婆比画一阵,她承认是她在攻击我,但她的意思是帮我捉鬼。鬼,已被她赶跑了。婆停止了比画。她大概是很累了,手臂耷拉下来,玉镯仿佛进入了休眠,不再闪耀。

我已语无伦次:"婆,您不要再戴……戴……镯子了。"

二

连我婆自己都承认西房有鬼,事情的性质完全变了。

对我而言,最辉煌的成果是:暂停吃药。我暗自庆幸,幸亏这世上真格有鬼。我宁可让鬼捉走,也不愿再吃那个比鬼还要折腾人的药。

婆其实是个骨子里就不信神鬼的人。"破四旧"那阵,生产队配合工作组拆家庙、砸佛龛、毁宗祠,捉拿游走在四邻八乡的巫神马角、阴阳法师,有些人家暗自啜泣,有些人家大义灭亲。婆连眼睛都不眨一下,敦促我大把家里所有的香蜡、铜炉、冥纸、神像如数上缴。连祖上传给我的长命锁、阳寿符也当着工作组的面,能砸的,砸;能烧的,就地一把火。祖上唯一留给我们的念脉,也就那只玉镯了。

我大终于重视起来。他在我跟前圪蹴下来,两手捧着我的脸,眼含热泪:"我的娃,大,错怪你了,医生错怪你了。大亲自给娃煮一个鸡蛋压惊。"

"哇——"我号啕大哭。那种终于被平反昭雪的感觉,让我的泪水山洪暴发。

我大做出了一个与他这个共产党员、民兵队长身份完全相反的举动,他翻山越岭几十里,从山高皇帝远的牛集寨偷偷请来了一位地下阴阳法师。那天晚上,我家院门多加了一根顶门杠。西房内外,紫香闪烁,蜡烛吐焰,瓦盆里的纸钱燃烧得血红血红。跪倒在西房内的婆,表情木然,轻轻啜泣,脸上、身上被涂了羊血,膻味冲天。阴阳法师白袍加身,头戴法帽,高扬拂尘,手中挥舞的桃木宝剑朝婆的全身又是捣又是打,口中念念有词:"打恶魔,赶阴鬼,打你赶你并不亏。你从哪达来,滚到哪达去。你若不听话,我告阎王知。罚你下地狱,永世不转生……"

婆遍体鳞伤,一声不吭,只是不断地磕头。两排牙齿紧紧咬着从额头垂下来的一缕白发,从嘴角溢出的鲜血顺着发梢滴落,"滴答"一声,"滴答"又一声……

其他人都跪倒在西房门外,谁也不敢抬头。风乍起,纸灰飘飞,仿佛群鬼在争抢冥币。我大时不时瞅一眼院子中央。那里,一大堆儿用浮土苫盖的蒿草,暗火通红,浓烟滚滚,烟雾弥漫了整个院子——这是家家户户驱蚊的招法。只是,这次蒿草多添了几捆,一来为了掩盖久违了的香蜡味儿,二来为了掩护捉鬼现场。即便有人从崖畔走过,休想瞅得清我家院子里发生的大逆不道。法师作法已毕,婆轰然一声昏倒在地,像一捆被暴风雨肆虐过的朽麦草。

那是我第一次给牛鬼蛇神磕头。我敢断言,我是村小唯一参与了封建迷信的学生。我家闹鬼的事实从根本上颠覆了老师平时对我们的说教。这世上,有鬼,真格的!我牢记我大的教诲:"家丑不可外扬,传出去,咱家就完球了,后果比闹鬼还要麻达。"每次跟着老师挨家挨户搜查香蜡、冥纸,我的心都提到了嗓子眼儿,我小心翼翼地环顾左右,心里默祷:"过路的鬼爷、鬼婶、鬼哥、鬼姐、鬼……你们……饶了我吧。"

真够灵的!驱鬼取得了辉煌胜利。好长一段时间,西房内天下太平,我和婆相安无事。

"叭——叭——叭——"。瞭北梁那边传来一阵阵枪声。民兵们一年一度的冬季训练开始了。按照公社武装部的要求,为了进一步加强对苏修入侵的防御力度,各村首次增加了夜间打靶训练。那天晚上,我在灯下写作业,婆在一旁纳鞋底儿,可我发现婆有些跑神儿。平时她纳鞋底儿,鞋底子牢牢卡在两膝之间,左手攥锥子,右手抻绳子。两臂大张大合,像一个人在拉大锯。可今儿不是,她分明被瞭北梁的枪声迷着了。每一声枪响,她的眉头都要跳一下,满脸梯田一样的皱纹像是变成了水浇地,活泛地直冒墒气,有插根筷子就发芽的意思。

我想起来了,婆对枪支似乎情有独钟。记得有天晚上,我大我妈出山去镇上看革命现代秦腔《红灯记》,我刚刚进入梦乡,被一阵"哗啦啦"的声响扰醒。睁眼一瞅,婆不在。循声隔窗一瞭。乖乖!月光下,婆在院子里耍我大的步枪哩。她时而把枪栓拉得"哗啦啦"响,时而举枪做射击状,时而躲在柴垛子后隐蔽起来,时而前弓后箭来个刺杀动作……这样的场面我丝毫不感到稀奇,民兵训练可不都是这几下子嘛!可我发现,婆的动作比女民兵还要麻利,麻利到啥程度,我说不出来。

平时,婆还爱帮我大擦枪。枪托、枪管被她擦得铮明瓦亮。我大劝过我婆:"妈,您不是民兵,这不是您干的活儿。再说,步枪上有刺刀,弄不好,要人命哩。"婆就笑着比画一番,大意是我这老婆子命硬,你们训练辛苦,替你们擦擦枪算个啥。有一次,全体民兵在我家院子里开会,几十支步枪沿墙根摆了一排,会开完了,所有的枪被婆擦了一遍。有位民兵跷起大拇指,学着电影里新四军首长的话说:"你真是革命的老妈妈。"婆就笑了。大家列队唱着《打靶归来》步出我家院子的时候,我婆的目光追随着他们的背影,整个一张脸,像九月里盛开的菊花。

"哦——"婆突然发出轻轻的呻吟。这呻吟穿越幽暗的光线,夹带着难以克制的疼痛。是锥子扎了手,血从婆的指缝里往外冒。

"婆——"我顿时失声。我心疼地捧起婆枯瘦的手,气不打一处来:"都是枪声害的。"婆却不买这个账,意思是根本与枪声无关,自己老了,实在是太老了,眼神跟不上了。婆包扎伤口的动作比束麦捆子还要麻利,一块破布条,一缠两绕,就包扎好了。我这才注意到,玉镯早就不见了,婆放弃玉镯是否与我上次的哀求有关,我已无暇顾及。此起彼伏的枪声渐次稀落。婆示意我,该睡觉了。

熄灯了,黑暗合围了西房,可我睡意全无,我在惦记着第二天如何才能第一个奔瞭北梁捡弹壳,那是我们小学生最开心的时刻,谁的弹壳最多,简直比小英雄雨来还神气。为了不让婆操心,我只好伴睡。不久,婆的鼾声像金黄的落叶一样在秋风中轻轻泛起。可我的眼睛,睁得比核桃还大。

"枪声,快,那边又上来了!"

天哪!又来了,是喊声。那一刻,我可不是在梦里,我的思维比镜子还要亮清。千真万确,板上钉钉,喊声来自婆,是婆在说梦话。我完全被吓软了。而婆在继续:"你们这帮狗强盗,臭流氓,放开我……快!你们快跑,我来掩护……"

怪了!日怪了!哑巴说梦话了。婆即便患上十万个幻想症,也没有胡言乱语的资本啊!我没有勇气叫醒婆。事实已经摆那里了,之前所有的鬼,保准在婆的身体里。婆就是鬼,鬼就是婆,婆是被鬼附体了。我屏息静气,像邱少云叔叔那样顽强地、坚定地潜伏着。面临险境,我设身处地地体验到了革命意志的滋味。我心里亮清,我,正在长大。

我婆,准不是一般的婆。假如……婆连鬼也不是呢?

这是我对婆的身世产生强烈质疑的开始。我至少有三个判断:其一,假如真的是鬼魂附体,那么,那些鬼一定是新中国成立前会使刀枪的女匪,死了,还想折腾阳间的人,找到我婆这达来了。其二,假如世上没有鬼,那么,我婆本人兴许当过土匪,至少给国民党当过兵,而且久经沙场,杀过人,也被追杀过,还有可能被逮住过。据说,新中国成立后镇压反革命那阵，一些命案在身的国民党潜伏分子和惯匪都被政府处决了，婆会不会是漏网之鱼呢？其三，她是不是……我不敢多想了。我想到了臭名昭著的西路军——就是传遍陇原的那支红军队伍，那都是给战无不胜的红军脸上摸了黑的完怂、二球、混头。那些年，咱天水一带村村寨寨揪出来的西路军流落人员——具体讲叫革命逃跑分子的，简直比驴还多，有男的，有女的，有当了倒插门女婿的，有嫁给老贫农的，有装聋作哑的，有一辈子当光棍、当寡妇的……

我这是幻想症的思维吗？对婆的质疑反而让我自己心惊肉跳。土匪、西路军都是坏人，可是我婆一点儿不像坏人。她在这样的夜晚更像一位幻想症患者，像不等于是，哪有夜晚像鬼白天像人的。

在咱天水一带，贫下中农及其子女与革命逃跑分子做斗争的故事，像一段段妙趣横生的传奇，一拨落幕，一拨登台，好戏连台了。比如双十铺村红小兵周三娃的亲爷爷张根生，给生产队驮粪时不慎被驴把脑袋踢了。这一踢，十成的智商就跑了五成，说话没个把嘴的了。他给孙子周三娃忆苦思甜时，不知咋搞的，味道就变了。他告诉周三娃，他根本就不是甘肃天水人，他真名叫杨继雄，老家在江西兴国县，一九三四年，十五岁的他撂下锄头当了红军，后来跟着红军一路长征，突破了甘肃的腊子口。红军三大主力在会宁会师后，他被编入西路军，在河西走廊和马步芳的队伍厮打了几十个昼夜，后来受伤被俘押到了青海，再后来趁看守不备，又逃回了甘肃。俗话说："金张掖，银武威，金银不换是天水。"天水这地方养人。于是改名换姓，自称流浪孤儿，一路寻吃讨要到了天水，使劲学会了天水话，摸到双十铺的周家当了上门女婿。他是在周家祠堂明了心的："生了娃，随母姓……"

张根生——不！杨继雄的下场非常惨。揭发举报他的，就是亲孙子周三娃。每次批斗，红小兵周三娃亲自上阵，声泪俱下："咱全家，得感谢生产队那头驴，那真是一头有政治头脑、有思想觉悟的好驴。如果不是驴，真晓不得咱全家会被我爷爷——不！被杨继雄骗到何时。

这老家伙一辈子真是猪鼻子插葱根——装大象啊!居然年年都被公社评为生产模范……我悲哀,我身体里流淌的竟然是他的血,我悔恨,我的眼睛还不如驴眼雪亮……"

大会由公社革委会主任主持。每次大会发言都有一位雷打不动的人物,他是咱天水一带响当当的知识青年代表宋传红。据说宋传红是一位女红军的后代,当年的女红军已经是省城兰州的厅级领导干部。宋传红响应号召,从省城上山下乡到了天水,干着干着,就由普通知青变成了宋代表。按理说,就宋传红根红苗正的背景优势,完全可以就近到省城周边下乡,但他母亲坚持舍近求远。据说天水曾经是老人家长征时期浴血奋战、脱险北上的地方,这样安排儿子,显然有激励下一代沿着前辈的足迹继续革命的意思。宋传红主任不愧是老革命的后代,讲话气吞山河:"……今天,又一批躲藏在贫下中农中间的西路军逃跑分子现了原形。西路军的失败,是张国焘机会主义、退却主义路线彻底破产的见证……"

最让咱农家子弟心窝里感到妥帖、受活的,是宋传红的表态:"'广阔天地,大有作为'。我宋传红志愿在这片革命先烈用鲜血和生命换来的土地上,和广大贫下中农一起,扎根农村,当一辈子农民,干一辈子革命。"

那一刻,我真正感受到脚下这片土地是多么的广阔和神圣,生为农民,是一件多么伟大和光荣的事情。

夜合围了我,却合围不了我的双眼。身边的婆,像捂在被窝里的炸药包。

三

我的决策在第二天一早立即实施,我不是直奔瞭北梁而是钻进了东房,才晓得我大麻明就披着星星出山赶集去了,我撒开脚丫子就下了山。我非得找到我大不可，事不宜迟，刻不容缓。

那天的集镇上人山人海，骡马喧叫。高音喇叭里播放着革命歌曲，来自天水县城、公社的工宣队、农宣队正在街头巷尾跳忠字舞。镇子唯一的开放式大礼堂台子上，"地富反坏右"们头戴高帽站成一溜排，正在接受革命小将和贫下中农的批斗。与以往不同的是，这次接受批斗的革命逃跑分子似乎多了些。

大会照样有宋代表的发言，他像广阔天地中升起的太阳。

西路军——河西走廊——红军历史上最惨重的失败。我有时候就想，咱甘肃真够倒霉的，坏就坏在那个最大的逃跑分子张国焘身上。听老人们讲，甘肃是红军三大主力唯一全部经过的省份，腊子口战役、俄界会议、哈达铺会议、榜罗镇会议、会宁会师、血战河西走廊都在甘肃，毛主席笔下的"更喜岷山千里雪，三军过后尽开颜"以及"六盘山上高峰，红旗漫卷西风"也说的是甘肃，就连宁都起义的队伍里，也有很多甘肃人。可是，那些灰头土脸的西路军，老鼠害了一锅汤，把咱甘肃的名声生生地祸害了。同样是红军，人家宋代表的母亲咋就那么旗帜鲜明哩，人家从天水脱险北上后，就没走河西走廊那一路，而是去了陕北。陕北是啥？陕北就是山丹丹开花红艳艳嘛。

在人群里找到我大时，他正在和贫下中农一起振臂高呼。

我把我大拽出来，我首先问了一个问题："大，您听说过哑巴说梦话吗？"

"这不是屁话嘛，你是不是真格有幻想症了？"

"说梦话的，是我婆。"

"到底是你婆在说梦话，还是你大白天在说梦话？你两个都嫌幻想症不够麻缠是不是？"

"信不信由你，而且——"我发现我的思想觉悟和革命敏感性已经提高了一大截子，"而且，我婆的梦话里全是打仗的事儿，她平时也爱擦枪，爱听民兵打靶的枪声……这事，必须得报告工作组。"

我大的一张黑脸"刷"地泛起了一层灰白,他紧张地环顾左右,抢了我的话头:"你先不要给任何人言传。你婆,哑巴,是鬼在替你婆说话,鬼又来了。鬼附体的事情,你又不是没领教过,如今越来越多了,耕耕妈的事情,你不是不晓得。"我大这么快就做出判断,完全出乎我的意料。也就是说,我该问的还没问完,该说的还没说完,我大就把答案给我交底儿了。我大提起耕耕妈,让我脊梁骨一阵阵发冷。多年前,耕耕大和耕耕妈上工时,家里被狼盯上了,一盯两盯,耕耕就没了,连骨头都没剩一根。从此,耕耕妈每天披头散发,见着我们这些男娃娃,就喊耕耕,同时又学着耕耕的声音喊妈妈,像极了!分明是耕耕附体了。喊了几年,把自己喊死在了炕上。

天大的事情,终于被我婆和我大从根子上解决了。西房里再也没闹过鬼,这期间,也就是一九八二年,我婆下场了,享年六十六岁。

我不晓得具体是咋解决的。只记得,当天从镇上回来,我大就连夜领着我婆下山,说是要去几十里外的姑姑家看小外甥。两天后,我大背着一个装满蒿草的背篓回来。我清楚记得我大下山前是没有背背篓的,也就是说,多了一个背篓,少了一个我婆。我忍不住追问:"大,您真的把我婆送姑姑那达了?"

"你碎娃娃心眼真多,小心缠上幻想症。"

我赌气不再过问,我的注意力全部集中到了背篓上。我趁着月光溜进柴房,迅速翻开背篓里的蒿草,发现底部掖着一个上锁的木头匣子。我当即想好了,等天色大亮,非打开瞅瞅不可。第二天,我趁我大我妈上工的当口重返柴房,却发现背篓、蒿草依然,匣子却不翼而飞。我马上意识到,我前半夜的行踪,我大了如指掌,他后半夜已经行动了。

"大,匣子里装的是啥?"

"是……是阴阳法师画的符。"

我半信半疑的革命表情引起了我大的不安。三四天工夫,我大就瘦了一圈儿,瞅我的眼神儿怪怪的,带着警觉和慌乱。下工回来,像丢了魂似的，这达瞅瞅，那达瞅瞅，有点神神道道。我想，他一定是把转移匣子的地方忘记了。大约半个月后，一种浓烈的药味把院子弥漫。天哪！我大是不是得幻想症了？这种特殊的味道，我是最敏感的。可我大说："娃，我瘦成这样，是肠胃乱套了，吃药，是拾掇肠胃哩。"我没敢戳穿我大，无论咋样，幻想症不是闹着玩的。不久，我大挨了处分。打靶时，他却瞄准了一头猪，枪一响，靶没倒，猪倒了。

"实话给你说，你大得了幻想症，你千万别惹他，他连猪都敢枪毙……"我妈说到这达，泪水成了屋檐水，一溜儿一溜儿的。

我心悬一线，只好把匣子的事暂时咽到肚子里。两个月后，我大再次出山把婆领了回来，像完璧归赵似的，看不到一丁点儿的变化。稍有变化的是我大，婆回来了，他神志似乎亮清了一些，但药量丝毫未减。日子，就这样推着往前走，每晚上炕，婆纳鞋底儿，我做作业，然后，吹灯，钻被窝。我感觉婆的呼噜更均匀了，更平稳了。我出山到镇里上中学后，麻明，婆送我到村口；夜晚，她早早到村口等我。我慢慢长得更大，婆慢慢变得更老。和婆一起的日子，如此这般吧。

婆并没有进我家的祖坟，她早就给自己选好了一片地方：瞭北梁。这鬼地方说啥也不该当坟地的，可我大愣是答应了。全村人看扁了我大："唉！都是幻想症害的。"村里人看扁我大的理由有两个：一是坟墓选址应遵族规，不该听婆的，我大这样做不但不是孝顺之举，而是大逆不道。二是不该留下玉镯，理应按风俗让玉镯陪葬。我大遭人骂的事情还在后头，那年夏天，老天爷鬼使神差地浇了一场透雨，瞭北梁的盐碱地顷刻变成了稠泥汤。天晴了，盐碱地坚硬如初。全家人爬上瞭北梁一瞅，我婆的坟堆儿早被倾泻而下的泥石流卷进了渭河，尸骨无存。四周的盐碱地像是重新组合了一遍。我大"哇"的一声哭了："妈，我的妈，你在哪达哩吗？我给你应承了的，我会等到迁坟的一天。可是，这个瞭北梁，这个老天爷，这个泥石流……"除了山鸣谷应，剩下的只有盐碱地上浮泛的白气。

情况发生变化,是在我婆下场的第三年,大概是一九八四年上半年,上边来了通知,说是按照新政策,要彻底解决在乡西路军红军老战士称号和生活待遇问题,凡经政府确认为西路军流落人员的,在没有发现重大政治历史问题的情况下,一般应当给予承认,并统一称为西路军红军老战士,同时摘掉机会主义、退却主义、逃跑主义的帽子。我大终于告诉我:"瓜娃,你婆,是红军,中共党员,四川达县人,是个与资本家家庭脱离了关系的大家闺秀,一九三五年长征时路过天水,与胡宗南的兵干过仗。北上后,被编入西路军出征河西走廊,全军覆没后,她从死人堆里爬出来,一路乞讨又来到了天水,她要在这达等玉镯的主人……"

幻想症患者,竟然能幻想到这分上。我差点就乐出了声。"大,您是不是把我婆当成周三娃的爷爷了?"

"不!你婆给我说的,就那年我领你婆下山那次,她第一次开口说话。"

"我婆……说话……"

迁坟!迁坟!说好了要迁坟的,给我婆迁坟的场面和规模在尖山村史无前例,光各级领导就来了一长串儿。帮我婆迁坟的人很多,地区的、县里的、乡上的,还有从四川达县远道而来的。现场还召开了隆重的追悼会,那阵势比当年声讨西路军流落人员的批斗大会壮观多了。我当时就想,如果宋代表在场就好了,换他致悼词,他的红色基因和万丈激情,一定会让悼词像当年苏区的映山红一样燃烧起来。可惜的是,咱乡下一如既往广阔的天地里早已没有了知识青年的影子。他们说是要扎根,其实早已连根拔起不翼而飞,照旧成了城市的主人。好在,婆和爷终于埋在了一起,只是,婆的棺材里,除了一坛来自瞭北梁的盐碱土,只有一个用红布包裹的木头匣子。

有人怀疑匣子里是半截舌头,我顶上去:"你是不是有幻想症啊!"

至此，我婆留在人间的遗物，只剩那块玉镯了。

可我大最终自作主张让玉镯成了婆的陪葬品，那是前些年的事情，这事讲起来有些绕。从二十世纪九十年代初开始，咱种田人惊异地发现，祖祖辈辈赖以生存的广阔天地早已连种田人自己也养活不了。大多数乡亲开始离乡背井南下打工，我、我大和我刚刚长大成人的儿子也不例外，我和儿子在广东的一家日本独资企业当搬运工，我大在深圳的一家中美合资企业当清洁工，命运让咱与土地、与故乡、与祖坟的距离越来越远，古老的春节成为我们几千里春运路上走进故乡的最大心结。二〇〇〇年除夕之夜，我们祖孙三代刚刚拖着疲惫的身子挤进破旧的绿皮火车从不同的方向赶回故乡，就听到一个传言，说是有位名气很大的华侨实业家应邀来甘肃投资时，亲口叮嘱有关部门，在日本颐养天年的老母亲，如今快到了人生的尽头，近来念念不忘长征时期在天水掩护她脱险的女战友。华侨说："希望你们帮家慈找到救命恩人，哪怕找到她的后代也行。恩人手里，有家慈亲手赠送的一个玉镯。找不到恩人，家慈大人在异国他乡死不瞑目啊！"有关部门领导的表态很明确：招商引资和寻找玉镯都是头等大事，一定会当作政治任务来落实。

玉镯？我放飞的幻想当然不敢把华侨的母亲与我家的玉镯联系起来。大千世界，咋会那么巧呢？可大年初三给婆上坟时，我大却毫不犹豫地把玉镯葬了。

"您不是说，玉镯留着，等一个人吗？"我曾提醒我大。

"你们这代人，咋就信我一个幻想症病人的话呢？我至今随身带着药罐子，你不是不晓得。"

这样对话的时候，故乡广阔的天地像是睡着了，像坟茔里安静的婆。冰雪笼盖了四野，山下的小村像一只歇了翅膀的乌鸦，悄无声息。而华侨放出的话越传越清晰，慢慢地，答案像热锅里蒸汽散尽后凸显的馒头。于是很多人理所当然地认为，华侨的母亲十有八九就是我家玉镯的原主人。好不容易相聚故乡的父老乡亲像集体得了幻想症，顺理成章为我们全家构想、规划、描绘着辉煌而美好的未来。很多媒体记者不惧山高路远，雪大风疾，发疯似的堵上门来向我大刨根问底。他们带来了一个让全村人亢奋到沸点的消息：华侨，不是别人，正是宋传红。

这个名字并没有引爆我大的顽固不化，他的解释一如既往："我说过多少回了，玉镯属家传，根本不是什么战友所赠。"

正月十五那天，我们祖孙三代又得匆匆南下了。我意外发现，一个不咸不淡的大年，反而让我大那张苍老而又刻板的脸活泛了许多。临出门那天，也丝毫没有往沉重的行囊里塞药罐子的意思。妻子悄悄告诉我："自从葬了玉镯，咱大的幻想症好像好了许多，早晓得这样，不如趁早把玉镯……"

"儿子孙子哎，走咧！"西北风送来我大在院门口的催促。

弥漫的风雪让天地变得又窄又小。村口，一定有我妈和妻子木桩一样久久伫立的身影，可我啥也瞭不见。我至今难以忘记我们又一次离开故乡的情景，在几声稀稀拉拉、隐隐约约的爆竹声中，四片枯叶一样的身影与苍天大地、与羊肠小道一起缓缓蠕动。后来，只剩下三片，另一片在山脚下踌躇了老半天才原路返回，那是我家老得不成样子的黄狗。

上门女婿王根宝

一

美食街又冒出了一家,专营刀削面,山西翼城人开的,名唤翼城面馆。据说味道赢人,除了香,还是香,你还想咋的?这就够了。在这个遍地都是吃货的年代,很快就在天水城一传十十传百。老板很年轻,据说是个上门女婿。

这年头突然冒出个上门女婿,比落魄的打工仔娶了个英国皇室的公主更具新闻性,算是平地一声惊雷,水中捞出月亮。人们口口相传翼城面馆的时候,干脆谓之"就上门女婿那家"。

宋绍洪却未曾涉足面馆半步。退休了,百无聊赖。老伴先是得了精神病,后来演变成了老年痴呆,举手投足俨然三个月的婴儿,四体不勤五谷不分。在家里,他如果不是执勺喂饭,便是端盆倒尿,半辈子下来,倒沦落成老伴的爹妈了。保姆换了好几茬,侍候老伴还是不如自己亲自上手来得真切,就干脆把最后一个保姆辞了。人生到了这般光景,他是万万没有想到的,或者想到了,只是没想到会这么具体。这样的日子来得太快,几乎是扑面而来。

装也要装出个体面的人样儿来。平时很少孤身一人到外边吃饭,太扎眼,倒不是因为当年堂堂部门"一把手"的身份,也不是忍受不了孤独和恓惶,那具体为啥呢?他想不清楚,也不愿想。所有的答案都堵在心里,没有一个出口。

终于下决心走一遭,是"上门女婿"这个久违的概念吊足了宋绍洪的胃口。

传说这个王根宝本来好端端在老家山西翼城开面馆的,可他偏偏辗转千里来西部天水当了上门女婿,女方是天水市秦州区尖山乡尖山村人。宋绍洪当年是去过尖山的,那里山大沟深,偏居一隅,用天水话说是个连虱子都不愿近身的瘦脊梁。王根宝要想上门,哪里不是上,却偏偏选择了从中部到西部,从大平川到穷山顶?

宋绍洪第一次听说翼城这个地方,居然和国家重新调整计划生育二胎政策有关。

> 促进人口均衡发展,坚持计划生育的基本国策,完善人口发展战略,全面实施一对夫妇可生育两个孩子政策,积极开展应对人口老龄化行动。
> ——摘自 2015 年 10 月《中共十八届五中全会公报》

可以二胎化?当时看电视新闻时,宋绍洪惊得面条搭在嘴边,居然忘了张口。几乎是同一个时间段,一个尘封已久的消息迅即浮出水面,是关于翼城的。他这才知道,一九七八年以来以人流、结扎、放环、引产"四术"为主的"一刀切"计划生育政策,在翼城,原来是另一番样子。

1984 年,时任山西省社会科学院人口研究所所长的梁中堂给中央递交了《把计划生育工作建立在人口发展规律的基础上》的报告,建议放弃"一胎化",采用晚婚晚育加间隔的二胎方案。1985 年春,梁中堂再次建议,请求中央批准他在北方地区选择一个县进行试点试验。1985年，翼城县成为全国第一个二胎试点县。

——摘自2015年10月26日《新京报》

没听过，过去真的没听过；听到了，如今终于听到了。

原以为王根宝肯定是一副歪瓜裂枣的样儿，这绝非是宋绍洪对上门女婿的偏见。至少近几十年来吧，"上门女婿"这个太过陈旧的概念早就销声匿迹了，像一张过期作废的旧门票。一九七八年以前，人们尚不知计划生育为何物，那时天水一带几乎村村都有上门女婿，多是一些家庭窝的儿子太多，不好养，于是拣一个歪瓜裂枣去上门，女方家也多是纯女户。为了传宗接代支撑门庭，也为了有个举着鞭子赶牲口、提着础子夯土坯的重劳力，女方纵然美如天仙，也不得不把歪瓜裂枣当冰糖饼干了。小两口炕上打滚儿，还得女方调教，这调调，那教教，自己的肚子就大了，撒腿一使劲儿，"吱哇"一声，蹦出来的无论男女，都随女方的姓。

农村提倡和鼓励男到有女无儿家结婚落户，落户后即为女方家庭成员，依法享有财产继承权，与本地区农民享有同等的权利和义务，任何人不得歧视和干涉。

——摘自1990年1月1日《甘肃省人口与计划生育条例》

提倡是提倡了，鼓励是鼓励了，用如今的话说，看上去很美，但一九七八年之后，男娃多成了单根独苗，你上什么门？你上了别人家的门，你家的门，谁来守？

面馆里，有个青年人一边看手机微信，一边哼翼城小曲：

哥有一张石头饼，

白面芝麻红糖心。

送给妹妹舔一舔，

历山背后对嘴亲……

也许是出于职业的敏感，宋绍洪一现身，青年人就迎了上来。"先生，您请！您想厚点儿呢？还是薄点儿。"

这是典型的山西普通话，天水所有的面馆里也找不出这种口音。

"哦哦……人老了，消化不行，还是薄点儿好。"

这便是王根宝了。王根宝长得人高马大，鼻直口方，俨然老电影里施瓦辛格的身板杨在葆的脸盘，这使宋绍洪暗吃一惊。王根宝他母亲纵然冒犯翼城人独享二胎的优惠政策，一撅屁股吐出兄弟七八个，也不至于把王根宝毫无缘由地给打发了吧。"人说山西好风光，地肥水美五谷香"。能生，必然能养。能养，谁还舍得把娃儿扫地出门？从资料分析，翼城几十年的二胎试点，不仅很少有超生现象，而且计划生育的成果斐然。面对社会的急剧转型、市场竞争和生活压力，谁还想超生呢？

1985年7月，翼城县做了一份人口发展测算表，预计在2000年，全县总人口为300331人。2000年，第五次人口普查的结果，全县人口303258人。翼城县有条件地放开二胎，用事实证明，人口并没有出现不可控的增长。不仅如此，多年来，翼城县无论是其人口出生率还是人口自然增长率，都在逐年下降，并且年年低于全国和山西省的水平。以精确数据的2006年为例，翼城县、山西、全国的人口出生率分别为8.76‰，11.48‰，12.09‰；人口自然增长率则分别为3.8‰，5.75‰，5.28‰。梁中堂曾用一句话来概括翼城县27年的试点效果，即翼城县在每一个时点上的统计数据都要比全国、全省和全市的平均水平好。

——摘自 2015 年 10 月 26 日《新京报》

幸亏这是晚上十点多，过了吃客的高峰期。几个天水口音的伙计仍在操作间"叮叮当当"地忙乎。其中有个伙计五十多岁的样子，好像瞎了一只眼睛。个体面馆能够接纳残疾人就业，这让宋绍洪颇感意外。宋绍洪首先给王根宝递上一支"红中华"，并主动点了火。这种礼贤下士的姿态，得以让王根宝主动陪他在餐厅坐了。王根宝说："您客气了。"他继而说："一看您，就当过官儿。"

"哈哈哈哈。"宋绍洪让自己乐了起来。"退休都十年了。"一抬头，左侧墙上横挂的一幅书法作品扑入眼帘，上书："一叶落锅一叶飘，一叶离面又出刀。银鱼落水翻白浪，柳叶乘风下树梢。"他尚未来得及细品，就被右侧墙上的一幅镶边镜框转移了注意力。镜框内有结婚彩照一张，男的西装革履，女的身披婚纱。女的是天水女人中常见的那种瓜子脸，而且大眼，粉腮，细肤，弯眉，挺漂亮的。某个瞬间，宋绍洪总觉得这模样似乎在哪儿见过，具体在哪儿见过呢？但他很快终止了这种无谓的追忆。漂亮的女人往往有诸多的共同点，咱天水是出"白娃娃"的地方，拎出一串儿来，有三五个这儿像哪儿像的，不足为奇。

"在餐馆挂结婚照，我可是头一次见啊。"

王根宝憨憨地笑了。"这世道，人心容易走样，咱不为别的，就为了给全世界明个心，其他女人再好，也别沾咱；其他男人再好，也别沾咱女人。"

"我的天！你们这小两口的感情，够瓷实啊！"

"那当然。其实，这年头，谁愿当上门女婿呢？我是被逼急了。"

"谁逼的你？"

"还能有谁呢？我自己。"

二

"瞎子"把刀削面端上来,宋绍洪拿筷子一挑,但见面叶形似柳眉,中厚边薄,棱锋分明。轻轻入得口来,感觉内虚外筋,柔软光滑,软而不粘,越嚼越香,正合他的口味。

"好!"宋绍洪一拍大腿,伸了大拇指。

宋绍洪这才知道,王根宝老家在山西省翼城县的西闫镇。王根宝兄弟二人,哥哥王根顺跳出农门考上了山西师范大学,如今在翼城县一所中学当教师。

同胞兄弟,一个教书,一个从商,这样的情况在普遍实施"一胎化"的天水早已不多见。在天水,大凡一家有兄弟二人的,如果不是双胞胎,便是违反了计划生育政策,罚款、追责必不可少,全国大体如此。

> 全国各省的现行计划生育政策中,一般情况下,双方均为农村居民,已生育一个女孩的对象,四年后,允许生育第二个孩子。但这也不是绝对的,比如在"双方均为农村居民"的前提下,有些省在地方性法规中还加了前置条件,即"但一方为机关、团体、事业单位和其他组织职工或一方从事工商业一年以上以及双方与企业建立劳动关系一年以上的除外"。
> ——摘自 2004 年 12 月《全国各省(区、市)人口与计划生育条例及规范性文件汇编》

可在"特区"翼城,有关生二胎的表述与全国有着本质的区别。

1985 年,翼城县的农民家庭允许生育二胎,但需要满足

"晚婚、晚育和生育间隔"这三个条件，即已婚女性不早于24周岁生育第一胎，30周岁后可生育第二胎（2009年后，提前到28周岁）。有专家将这一试验称为"翼城模式"。

——摘自2015年10月26日《新京报》

也就是说，换到其他大多数地区，头胎如果是女孩，只要条件允许，可申请生第二胎。但是，头胎如果是男孩，必然要采取绝育手术，断无生二胎的可能。而在翼城，第一胎无论男女，只要晚婚晚育加上生育间隔，均可生二胎，而且名正言顺，惠风和畅，俨然世外桃源。

"说句站着说话不腰疼的话，我得感谢我的故乡，否则有了哥哥，就没我了。说真的，小时候在乡下，我一直以为全中国都允许生二胎呢。"王根宝说。

宋绍洪笑了。"我也是最近才知道。不！我是说最近才知道翼城可以生二胎。"

"幸亏我上面有个哥哥，否则，我如果再当上门女婿，就万难了。"

"你的意思，是翼城的二胎政策成全了你们两口？"

王根宝的话题却绕开了翼城。"只是，对我女人甄安花来说，实在太残酷了。如果全国都和翼城那样，她就有哥哥或弟弟的可能。不过如果那样，她也就不会招上门女婿续香火了。"

宋绍洪意识到，王根宝习惯了拿翼城和全国的计划生育政策做比较。但王根宝可能并不知道，当年全国范围内的试点，曾经不止翼城一家。

1985年，翼城县特批成为全国第一个二胎试点后，又陆续有十几个地方获批，包括山西大同市新荣区、辽宁长海县、黑龙江黑河市、山东长岛县、广东南海县、广西龙胜各族自治县、甘肃酒泉市和徽县、青海源丰县以及宁夏同心县。但是，由于各种原因，最终只有翼城县一直坚持了下来，在很长一段时间里成为计划生育试验中的"孤本"，只此一家，别无分店。

——摘自 2015 年 10 月 26 日《新京报》

宋绍洪非常清醒，所谓"各种原因"，归根到底其实只有一个原因：在普遍实行"一胎化"的大背景下，任何一个小小的区县一旦放开二胎，局面极有可能失控，并殃及四邻，谁也无法收场。说穿了，天南地北都是人，男的要下种，女的要养娃，手心手背都是肉，你那里偏偏能生二胎，我这里咋就偏偏不能生？翼城此举，像极了穿着高跟鞋走钢丝，那个悬！只不过，翼城在尴尬、庆幸与窘境中坚持了，而且一站到底。

据报道，包括中国人口学会和国家计生委多年来都去考察过这些试点，最后总结都是一句话效果很好，但不宜推广。当时，试点都是在悄无声息地进行，各个地方闷头做事。1987 年，11 个试点地区的研讨会在翼城召开，会议内容被列为秘密，不允许公开。翼城县就这样悄无声息地走过了 30 年，甚至都被当地的民众逐渐淡忘。直到近几年来，放开二胎的呼声渐高，它的尘封往事才又被翻开。

——摘自 2015 年 10 月 26 日《新京报》

"计划生育是天下第一难事"。老话了。难！不光在于完成"四术"任务难，群众思想工作难，试点经验的推广，也难！怎么才能给王根宝解释这其中的奥妙呢？宋绍洪报以一声长叹："唉！"最终，宋绍洪居然冒出了这样的话："哈，你传宗接代的封建思想倒是不轻啊！"

连宋绍洪自己都倏然一惊。这话算是批评教育？还是安慰对方？

在当初"只生一个好"的时代,"坚决摈弃传宗接代的封建思想""妇女能顶半边天""我们只有一个地球"等口号一度是宣传攻势中的最强音,可农民一句话就能把你怼得哑口无言:请问领导,假如您是农民,您的女儿能把二百斤的大粪背到地头吗?

果然惹恼了王根宝。"您,该是言不由衷吧。"

宋绍洪的手无端地抖了一下,一抹烟灰掉到了裤子上,他没好意思擦掉。

"当然,在你们农村,有传宗接代思想,也是可以理解的。我人老了,说话冒失啦。"

"不!我感觉您说这样的话,好像很习惯的样子。"王根宝说。"我敢断言,您家里,一定是个女儿。"

我的天哪!宋绍洪胸腔里顿时波涛汹涌。这小子够厉害!一眼能看穿万重山,没有掂量过计划生育的人,不可能有这种判断力。

宋绍洪还真的就一个女儿,也只能一个。都说了,女儿是妈妈的小棉袄,是爸爸上辈子的情人。多少年了,很多同事、亲友把同样的话喋喋不休地说给他和老伴听,那口气有点大张旗鼓,仿佛发自肺腑的证词。明知这是彻头彻尾的安慰,可两口二人也只能随声附和,用一种无比幸福、无比甜蜜的表情表示接纳,那是给女儿作为人的尊严,同时也把这样的尊严给了自己。可是……可是……

女儿大学毕业后就去了大洋彼岸的美国。孩子长大了,要飞,宋绍洪和老伴拦不住,也不能拦。不但不拦,而且几乎用所有的积蓄铺就了她通往远方的离别之路。女儿走了,三口之家少了三分之一,分明是天缺一角,日子里所有的滋味儿都变味了。寂寞和孤独倒是不要紧,要命的是女儿不在身边的日子里,像是老墙被从根部抽掉了几块老砖,总有些晃。老两口每当出门,就像两枚枯萎凋零的黄叶,每当进屋,就像一对相依为命的老狐狸。狐狸是聪明的,而老两口的聪明往往像是相互哄着玩儿,多是无话找话,违心地表示心安理得。

"你凭什么判断我家是一个女儿呢？"宋绍洪笑了。

"从您的口气里。"

"口气？"

"还有，今天是双休日。"王根宝说，"您的女儿一定嫁得很远，否则，今晚应该是她陪着您来。您注意到了没有？河堤上陪老人遛弯的年轻女人，不可能是儿媳妇吧。"

这小子！宋绍洪居然一时找不到对应的话茬儿。

三

王根宝突然像是醒过眽来，朝操作间喊："给我的二斤猪蹄、牛筋炖好了吗？"

"放心吧老板，一会儿就好。"里面回应。

王根宝告诉宋绍洪："是给二位老人准备的，我和女人已经把二老从尖山接进城了。我们在天水市买了房子，房子在西关。"

"天水有句老话：一个女婿半个儿啊。"

"我还真不愿听这样的话，儿就是儿，哪有一个半个的，我不是半个儿，整个就是儿。"

王根宝口口声声表明作为儿子的身份，分明在宣示自己和女人甄安花坚不可摧的夫妻关系。宋绍洪却又一次想到了自己女儿，这种思考对象的瞬息移位，连自己都感到有些意外。有女儿就有女婿，本来是顺风顺水的事儿，可他突然意识到，这么多年过去，他根本没有品尝到拥有"乘龙快婿"的滋味儿。

女儿后来嫁给了一个白种人，名叫罗德里格斯，蓝眼睛、深眼窝，高鼻梁，一张大嘴巴。小两口定居在芝加哥，都在业务繁忙的金融公司上班。第一次回天水，就在亲友中引起不小的轰动，都说这样的中西合璧，实乃天作之合，太般配了。般配……当然好！原想女儿生孩子时，他和老伴前往照顾，顺便在异国他乡把天伦之乐享了。没想到女婿罗德里格斯偏偏不让，理由是不习惯中国老人培养孩子的理念和方式……去是去了，女儿没有时间奉陪，就由罗德里格斯腾出时间，客客气气陪老两口转这里，游那里。那是中国式的陪法儿，分明有美国女婿的迁就、隐忍、妥协在里面。

说好还要去拉斯维加斯看看的，但宋绍洪主动发了话："你们都忙，咱赶紧打道回府吧。"

"看来看去，还不如咱们大西北的黄土高原。"老伴的口气显得不甘示弱，一副居高临下的样子。

老伴精明了半辈子，这绝对不像她的表达方式。宋绍洪当时并未意识到，女儿远渡重洋之后，老伴的情况开始不妙，可怕的心理疾病正在侵入她的大脑。她实际上在变，悄悄地，慢慢地，在变成另一个她。

这一点，宋绍洪内心是愧疚的，在任时忙于工作和应酬，退下来又一时难以适应，完全忽略了老伴的心理健康，这也是他后来干脆辞掉保姆的原因之一。只有自己亲自上手，心里才安稳些，尽管，所有的无微不至，都是徒劳。

过往的记忆中，有些事儿真是烙在心里的。宋绍洪当年在职时，曾一度兼任计划生育工作组组长。那些年，区上为了配合各乡政府搞计划生育，每逢"春季攻势""反围剿""结扎平荏突击战""引产割韭菜特别行动月"，都要成立二十多个工作组，平均每乡进驻一个，组长一般由有关部门"一把手"兼任，组员多是从各部门抽调的精兵强将。和所有的组长一样，他每年都要带领组员们下去几趟，几乎跑遍了所有的乡镇。由于自己指导有方，督查到位，关键时候能够逆水行舟，敢于碰硬，很早就被评为全市计划生育工作先进个人，并成为副县级干部的后备人选。但是不久，熊熊大火就引到自己身上来了，一些失独户、二女结扎户、一胎人流户、子宫受损户组成上访大军，往往把机关围得水泄不通，弄得干部手忙脚乱。后来上访人员越来越多，口口声声要他这个"一把手"出面。

"乡亲们，你们应该去找计生委，那才是职能部门。"

"抱歉！我们'一把手'去上面开会了。"

"请您相信，领导去外地考察了。"

……

那些箭在弦上、一触即发的日子，全凭聪明的干部给他打掩护。而当时尚在企业上班的妻子，成天为他提心吊胆，夜不能寐。退休有些时日了，有一次回家，门口却被贴了条子，上书四个字：香火已断。

顾名思义，皆因了他宋绍洪只有一棵独苗，还是个女孩。这是当年的上访户报复他的另一种方式。那天，宋绍洪轻轻把条子揭下来，悄悄扔进了垃圾篓。他没敢告诉老伴。老伴是女人，女儿也是女人。那四个字，最不该让女人看到的。

敏感的老伴还是发现了纸条，她一脸的焦虑和惶恐，却反过来开导他："老宋，你可千万别到心里去，咱尽管老夫老妻，女儿女婿不在身边，但咱赶上了美好的新时代，住上了别墅，吃得好，穿得好，还有花不完的退休金，还能到处游玩。将来咱都走不动了，还有养老院呢，那不挺好的嘛！"

这是她那段时期唯一绘声绘色表达过的一次。宋绍洪故意放声哈哈大笑，笑声荟满了所有的开心和快乐。老伴也咧嘴一笑，迅速扭过脑袋。他知道，老伴一定泪流满面。所有的安慰只会适得其反，他顺手拎起鸟笼，朝鹦鹉穷开心："我们的生活充满阳光。"

"我，们，的，生，活，充，满，阳，光。"鹦鹉马上有了反应，还饶有趣味地扇了扇了翅膀。

有一天，老伴突然打开一个网站，神经质地喊："老宋，快过来看看。"网页上是大段大段的信息，大致意思是中国有很多失独家庭成员通过心理危机干预，正在走出阴影，鼓足了生活的勇气云云。

老伴又在给他打气呢，那意思是人家都失独了，都能那样，咱至少还有一个宝贝闺女呢，比上不足比下有余，更要……

这个老东西，真正的妇人之心，举啥例子不好，偏偏举了个让人瘆得慌的，真是挖空心思了，费尽心机了。

> 中国社科院研究显示，2010 年，累计独生子女死亡即失独家庭达到 100.3 万户。在该年，全国死亡 17.29 万独生子女，其中 5 岁以上的约 9.51 万，10 岁以上的约 7.78 万。到 2030 年，每年死亡独生子女人数将达 27.7 万；2040 年则增至 38 万。照此趋势发展下去，预计到 2050 年，失独家庭总计将达 1100 万。
>
> ——摘自 2014 年 7 月 11 日《网易新闻》

这才是截止到二〇一〇年的权威数据，平时，宋绍洪从来不敢靠近这样的信息。他相信，天下所有的独生子女家庭面对"失独"二字，一颗心，瞬间会提到嗓子眼儿，只剩屏息静气，一张嘴，心会蹦出来的。

一段时期，老伴老是梦中大喊大叫："天哪！又一个华裔女孩被杀了。""天哪！又一个华裔妻子被白人丈夫抛弃了。""天哪！……"醒来，总要故作轻松地问他："昨夜，我没说梦话吧。"

"没有没有，你呼吸均匀，很安稳的。"

"那就好，我只是随便问问。"

但很快，她就拨通了手机。无疑，又是一番跨越大洋的对话。她早先打越洋电话，总是心疼话费，可后来通话的时间越来越长，有时一打就是一个多小时。同一个话题，她会车轱辘转儿，没完没了，喋喋不休，唠唠叨叨。

还是女儿电话中提醒了他："爸爸，赶紧领妈妈去医院看看，她不对劲儿了。"

这一看，如雷击顶。精神病的狂魔，正在恣意争夺和他相依为命的老伴。吃药，打针，请心理师疏导。医生说："她要和女儿通话，就通吧，否则会更麻烦。"

电话那头，女儿每晚坚持聆听母亲的不知所云和云遮雾罩，直到接踵而来的老年痴呆症彻底让母亲失忆、失语。那个疼女儿、爱女儿、念女儿的母亲，实际上已经消失了。

月亮已经挂上了对面的楼顶，面馆门前也安静了许多。"看您的年龄，至少有喊您外爷的了吧"王根宝说。

"啊……那是。"

"现在二胎放开了，您可以至少有两个喊外爷的了。"

"哈哈哈哈。"宋绍洪大笑起来。"你这个老板，真会算账啊。"

面对这样的话题，宋绍洪唯一剩下的，居然是笑，而且是大笑，开怀、爽朗的那种。

四

一连吃了两碗刀削面，这本是宋绍洪青年时代的饭量。老了，总结了不少养生"宝典"，可今儿破了他晚餐不过半碗面、一碗汤、两根黄瓜的规矩。一不留神，肚子早已发胀。

王根宝告诉宋绍洪。二〇一〇年，高中文化的甄安花跋山涉水去山西翼城打工，主要的活儿是给王根宝开的面馆刷碟子洗碗。当时，王根宝的面馆在翼城县城最繁华的绛源南路，几年打拼下来，把爹妈从西闫镇搬到了县城，住进了楼房，成了体体面面的城里人。

他爱上了甄安花，可甄安花死活不表态，王根宝最终还是急了："你真的看不上我？"

"不是看不上，你是我见到的最好的男人，可我绝对不会嫁给翼城人。"

"那你想嫁给哪里人？"王根宝一头雾水。"难道想嫁回天水。"

"也不。"

"终身不嫁?"

"嗯。"

王根宝马上意识到,这女子心里一定有事儿了。

他终于明白,甄安花是独苗,可她本不该是独苗的。甄安花出生的第三年,她母亲肚子里又有了,胎儿三个月的时候,千方百计托人用B超一照,是个男娃的影儿,一家人顿时悲喜交加,喜就不用说了,悲的是两胎之间间隔不够,一旦被上面发现,必定要流了的。为了躲避乡政府和乡计生站安插在村里的眼线,母亲东躲西藏,昼伏夜出,在四乡八邻投亲靠友。胎儿大概六个月的那天深夜,母亲偷偷摸进村拿换洗的衣服,被闻讯赶来的联防队和工作组堵在大门口。甄安花告诉过王根宝,据她母亲讲,那时正赶上"引产割韭菜",大大小小的工作组轮着来。啥叫"割韭菜"?就是把所有的引产对象齐刷刷过一遍的意思。母亲至今记得那个工作组组长的模样儿:铁面孔,大嗓门,白皮肤,酒精肚,一看就不像种过地的。在组长的亲自监督下,母亲被联防队连夜送进天水市秦州区妇幼保健站,把胎儿给引掉了。

从那以后,母亲的肚子就像肥田变成了盐罐儿,无论父亲怎么捣鼓,就是出不了苗儿。求医问药了好些年,中西医都看遍了,肚子依旧是瘪的。一位乡医直言相告:奔波加上引产,你这肚子,废了。

对于王根宝的这番讲述,宋绍洪完全是相信的。一九七八年以来,像甄安花母亲这样的大月份引产对象,十个、一百个、一万个……谁能数得清呢?

王根宝万万没想到,向甄安花求爱会充满艰难险阻。单凭甄安花的聪明,她不难判断有多少女孩在我王根宝身后穷追不舍,有翼城本地的,还有曲沃的、洪洞的、襄汾的……可到了甄安花这里,这笔爱情账倒不好算了。

但他抱死了一条心,要娶,就娶甄安花,别无选择。只要爱,就没有不娶的任何理由。

那个夜晚，面馆打烊，王根宝给甄安花跪下了。

甄安花拉下了脸："你再这样，我就离开翼城，咱俩永世不得见面。"

"你提出如何条件，我都会答应的。"

"条件嘛，其实就一个，你肯定不会答应。"

"你说。"

"到我家当上门女婿，跟我回天水。"

什么条件都想到了，唯独这个条件没有想过。不是没想过，而是不愿想。上门就是"倒插门"，那不是娶，是"嫁"，是把自己一堂堂一个大男人给"下嫁"了。甄安花纵然是万花丛中最美的一朵，他也只能断了这个念头。王根宝缓缓起身，喟然长叹："我明白了。"

他这才知道，甄安花唯一的伯伯一家还是个失独家庭。据甄安花讲，伯伯本来有一儿一女的，兄妹二人在四川绵阳打工时，恰恰就赶上了"5·12"汶川大地震……也就是说，老甄家到了甄安花这一代，就要关门打烊了。

宋绍洪的心头一阵紧缩。"看来，你当时并没认可甄安花提出的条件。"

"不是认可不认可的问题。"王根宝说，"你是城里人，不知道是否了解偏远地区的农村，女孩子长大后外出一打工，就飞了，再也不回来。像甄安花这种往回飞的，算是稀罕了。现在整村整村的光棍比驴还多，都说上有老下有小，可光棍没小的可养，却要养老的，上门简单，谁来养老的？听说有些光棍就这样熬死了，比老的还走得早。"

国家统计局最新数据，我国2015年出生人口性别比为113.51。在过去的20多年里，这个比例曾一度高于120，是世界上最悬殊的出生性别比例之一，这意味着，每出生100

个女孩，会多出生20多个男孩。这些宏观数据在分析全国性问题时很有效，据此很容易推演出所谓的光棍危机……当男性只能选择留在农村，而女性外出务工时，农村男性找对象就会变得困难。面对农村光棍危机，相对宏观层面的人口性别失衡，这种因人口流动导致的性别失衡更值得注意。

——摘自2016年2月24日《南方都市报》

宋绍洪问："那，你为什么最终会答应条件呢？"

"说来话长啊！"王根宝告诉宋绍洪，其实他爹妈也挺喜欢甄安花的，他追求甄安花的想法，事前都和爹妈通气了，爹妈表示一万个支持。但在当上门女婿这件事上，一家人全部噤了声，本来热乎乎的话题就像结冰了，挂霜了。事情的转机在五年前，当时甄安花提出要辞职回天水，对这一点，王根宝尽管有心理准备，但仍然难以招架，足足躺了三天三夜，人也瘦了一大圈儿。那些天，都是甄安花马前鞍后陪护的。病榻前，王根宝说："你回去，我懂的，定是……定是有了上门女婿吧？"

甄安花点点头。"这一去，要相亲。"

"男方你熟悉吗？"

"没见过真人，只有照片。对我来说，瞎的麻的都不要紧，是个男的就行了。"甄安花苦苦地笑了，"我这一去，你要照顾好自己啊！将来，找个比我好的。"

久久的，王根宝说不出一句话。空气，像是结冰了。时间一分分、一秒秒往前走，像走过了十年一百年。王根宝又开了腔："你手机里，有男方的照片吗？"

"有。"

"我看看。"

"不！"

"为什么？"

"不为什么，反正你不能看。"

王根宝一把把甄安花的手机夺了过来，他终于看到了甄安花未来的上门女婿：年龄大约五十岁左右，脸黑得像个煤球，驼背，谢顶，一只眼还是瞎的……"其实，他也挺可怜的，他那只眼睛，听说是在深圳打工时，不小心让电焊给……"甄安花与其说在为未来的男人讨面子，不如说是安慰王根宝。

"安花。"王根宝惊得目瞪口呆，腮帮胀成了紫茄色。大吼："我要疯了。"

"你咋说小孩子的话。"

王根宝死死地把甄安花拽过来，紧紧地拥住了。"不同意，我不同意！"

甄安花拼命挣出王根宝的怀抱，冲出屋子，泪，洒了一路，洒过了门槛。

后来的事情非常有戏剧性，就像传统秦腔戏里演的那种。甄安花义无反顾地离开了翼城，前脚刚走，后脚就有人跟上了，此人尽管被折腾得弱不禁风，仍然像一片黄叶一样飘进了火车站，他就是王根宝。王根宝连行李都没带，只带了他自己。这一带，就把自己带到了天水，带到了高高的尖山。

听到这里，宋绍洪的眼睛竟有些模糊，他真担心会有泪掉下来。一个男人为一个女人付出如此大的代价，在这个物质社会，仿佛一段遥远的传说。像甄安花这样的好女人，太需要王根宝这样的男人了。他不由想到了自己的女婿罗德里格斯，一个外国人，会像王根宝那样爱我的女儿吗？

有一次，女儿在突然在电话中朝他吼："爸爸，你不能抛弃我可怜的妈妈呀！"

他当场就怔住了。一向性格温婉的女儿，怎能对自己的父亲做出如此的判断？他只好安慰她一番。后来女儿道了歉，却表示，妈妈的身体如今成了这样，她在美国也身心不宁，她准备和罗德里格斯离婚，马上回国。他当即严厉训斥了她："你这样做，难道是你妈妈乐意看到的吗？"电话那头传来啜泣声，而他，也早已热泪横流。他并不知道，女儿和洋女婿的婚姻即将到崩溃的临界点，原因很简单，女儿力主把爹妈接到美国养老送终，但洋女婿不同意，理由照旧：不符合美国人的习惯……

"滴滴——"门口传来垃圾运输车的呼叫。两个伙计抬着一大桶泔水，穿过餐厅，朝门口走去。宋绍洪注意到，其中一个是"瞎眼"。他心头一震，他……会是当年甄安花的……

王根宝瞄了一眼"瞎子"，突然压低了声音："有人说我和甄安花是私奔，我不承认。私奔是两相情愿，可我是追着甄安花的影子去的。爹妈都气坏了，后来也就慢慢认了。事情熬到这份上，不认也得认。"

宋绍洪再次抬起头，目光停留在结婚照上。照片中的甄安花，笑靥如花。"你妻子，今天不在馆里？"

"她可闲不住，八九点那阵儿，顾客少了，她开车回家给二娃子喂奶去了，一会儿她会来接我。"王根宝说，"这阵儿，她该来了。"

马上可以见到甄安花，宋绍洪有点莫名的兴奋，就像女儿突然要回国探亲一样，他不好把这种莫名其妙的兴奋表现出来。时间不早了，见见这个"娶"了上门女婿的女主人，他得赶紧打道回府照顾老伴。他再次掏出两支香烟，一支给王根宝，另一支留给自己，并一如既往地给王根宝点了火。王根宝坚决不让，宋绍洪执意把火送上去。

王根宝"嘿嘿"地笑了，"光吸您的名烟，我的破烟都不好意思拿出来了。"他突然话锋一转。"一会儿我女人来，咱这些话题就赶紧打住。"

"为什么？"

"您想想，当年，她本来会有个弟弟的，咱这话题……"

"你说的当年,到底是哪年呢?"

"大概是一九九四年前后吧,我岳母说过,他见过的工作组组长比驴还多,但大都忘了,唯独那位组长,记到骨子里了。"王根宝说。"其实,您一会儿见到我女人,也等于把我岳母也见了。岳母年轻时,和我女人长得特像。"

宋绍洪再次瞄了一眼墙上的结婚照,突然起身离座,犹豫了一会儿,最终选择了匆匆离开。"哦,差点忘了,我老伴她……我得赶紧回去。"

宋绍洪的背影立即消失在灯火阑珊之中,这样的背影,和一九九四年进驻尖山乡的计划生育工作组组长宋绍洪的背影非常像,但又有点不像。

烟才吸了半截,人却走了,这让王根宝始料未及。有小车的喇叭声传来,这是俏皮的女人给他打招呼的方式,接着就传来女人的歌声:

要尝就尝石头饼,
要人就要哥哥心。
历山上放牛十八道岭,
妹妹我陪你十八程……

这是属于王根宝故乡翼城的民歌,他当然爱听了。但他有点遗憾,女人啊我的女人,你哪怕早来一支烟的工夫,也行啊。

一起上路的两个女人

引 子

我是女人,梅香是女人;我大肚子,梅香大肚子;我怀胎七个月,梅香怀胎七个月;我二十八岁,梅香二十八岁……还能找出不同吗?那一刻,我俩像憋蛋的母鸡一样窝在农用三轮车的后兜子里,面对面,却不声不响,像怀来怀去,把娃怀成了土坯。

这是我讲述二十多年前那段往事的开始,唯一的听众是千里迢迢来西部天水参加社会实践活动的大学四年级团干部小董。本地人都在四处打工跑日子,谁还顾得上拿那些陈谷子烂糜子热剩饭呢?小董搜罗了一大摞群众来信,其中一封是有人托他指名道姓捎给我这个乡长的,可他并没拿出来。毛头学生就这样,对常态的农村工作和乡村生活总是充满好奇。小董属广州籍,满嘴的粤语像外国话似的,可我隐隐觉得他像遥远记忆中的某个人,具体像谁,说不好。像就像吧,天底下基因毫不相干但面相撞车的人比草还多哩。

小董的年龄容易让我想到腹内曾经孕育过的第一个生命。我的讲述,像极了讲给一个并没出世的胎儿。

一

你一定想不到那天的三轮车"突突突突"冒傻气的样儿，像是猪八戒背媳妇了，一背还背俩。两个大肚子像两盆凉粉坨子，经不得晃荡。三轮车不敢脱缰撒野，勒着性子往前蹭，憋出的浓烟和车辘辘卷起的沙尘搅在一起，像打碾扬场一样。正月十五的寒流把我和梅香铸成了两个臃肿的烟囱，满嘴呼出得都是一团又一团的白雾。梅香老是歪着脑袋，眼仁儿里把我剔除得连骨头都不剩。目光陌生得要命，劈过来，像寒光闪闪的刀刃。刀刃像是刚从灶膛里抽出来，还蘸了水，既浮泛着眸子的潮气，又裹挟着胸口的火焰。她若是一匹母狼，早把我一口吞了。不！是嚼碎了，又吐了。

而我注视她的目光里都兜了些啥，连我自己都说不清楚。"任爱珍，你别老这样盯着我。放心！我跑不了的。"终于，梅香的牙缝里挤出了这样的话。口气硬硬的，连姓带名，这样的叫法像极了屋檐上倒挂的冰碴子，尖锐，冰冷。不像平时只疼疼的、柔柔的一个字：珍。

我的泪不识时务地涌了出来，慌忙扭头擦拭干净，断不能让梅香和队员们察觉的。"一引顶三扎"。老话了。在结扎、放环、人流、引产"四术"任务中，引产对象的获取难度和手术难度，注定是战利品中的极致。乡卫生院做引产手术时，一般都有县医院的专家亲临指导。标语云："结扎一人，家族开明；引产一人，全村光荣。"梅香是我们那次漂亮攻坚战的全部意义，意味着胜利和欢欣。要说我喜极而泣，驴也不会相信，但梅香说不定信的，她至少会把我的伤心泪理解为鳄鱼泪。在班师回朝的凯旋路上，我的泪像误吞的苦药，倒流眼眶。

八辆自行车在沙尘的海洋里时隐时现，像顽强而坚硬的岛礁，其实更像航空母舰周围跟屁虫一样的护卫舰。骑自行车的是我们九十里铺乡计划生育突击队"春季攻势"第一小分队的干部和联防队员，由队长老甄带队。一大群乌鸦聒噪着盘旋在我们头顶，一路同行。我和梅香脚下的食品袋吸引了它们，里面是原封不动的茶鸡蛋、榨菜和锅盔馍。乌鸦们像升空而起的舰载直升机，与车队配合默契，铁板一块地跟着，死心塌地地跟着，一丝不苟地跟着。远村时不时隐隐传来爆竹、秧歌、秦腔的喧闹，也丝毫影响不了乌鸦们的犯傻。

"梅，你吃点吧。"我说。梅香报以冷笑。我左手攥着三轮车的前护栏，右手紧紧揽着肚子；梅香右手攥着前护栏，左手揽着肚子。我晓得我的话像多余的空气，可我除了劝慰还能干啥？我机械地重复着："梅，别饿着。"当然有为她肚子里的胎儿着想的意思，可我始终不敢提胎儿半个字。梅香的胎儿像快要背气的老母鸡腹部的绒毛，一哈气，会没的。她不吃，我只好陪着饥肠辘辘。

"当年在班里，我这个追求上进的团支书居然一点没发现你的表演天赋，你非常适合当演员。搞计划生育专干，真有点亏了。"

"梅……你……攥紧些，三轮车太颠簸了。"

梅香再次驳过脸去，视野里再次没有了我，有的只是周围的川道和山坡，这是我们共同熟悉的世界。中学时代的每个早晨，我从老家尖山村出发，她从老家唐家坪出发，我们殊途同归到八面坡那里会合，然后结伴奔向九十里铺中学。下午放学，我们又结伴离校，步行一个多小时，然后又在八面坡那里分手，各自爬山回家。她上无兄下无弟，姐姐打工时远嫁江苏。要说我俩像亲姊妹，真有点委屈她了，一是她长得比我漂亮，二是她学习拔尖，三是入团比我早。用如今的话说，她是同学们心中真正的女神。初中毕业后，我考上了天水卫校，直至毕业分配到九十里铺乡当了计生专干。她却顶着邻里乡亲的埋怨放弃读中专，立志读高中考大学当文学家，结果还没读到高二就被十几亩破地拖成了皮包骨，只好灰溜溜进城当了保姆。"我打死也不会想到这辈子会给资本家当丫鬟。瞧我这名字：梅香。"当年梅香大发这番感慨的时候，把保存多年的日记本塞进灶膛里，那些与人生、理想、未来有关的千言万语，像蒿草一样化作青烟。

后来我才晓得，梅香是在天水著名私营企业家宋金发家当保姆。我这个市、县、乡三级"优秀计划生育工作者"荣誉称号获得者和宋金发的大幅照片，曾一起在天水市政府大门口的橱窗光荣榜里同期展示。要说巧，也算不上，更像注定。据传，宋金发早就给劳务部门打过招呼："我找保姆，一要漂亮，二要麻利。"有次在表彰会上，我曾给满面红光的宋金发开玩笑："待我的梅香姐要好点啊！"宋金发乐了："任专干要是不放心，辞职来我这里当白领，我给你双倍的酬薪。"我笑着顶了回去："你们这些人有了几个臭钱，就忘记当年从国企下岗的苦日子了。"宋金发反唇相讥："这就是你不懂世事了，我这是贵族基因，我爷爷新中国成立前就是名震天水的资本家哩。"这话还真让我气短。据我爷爷讲，新中国成立前，我家祖宗三代给地主当长工。后来每次在报端看到宋金发的照片，莫名得不知所措。

关于我和梅香后来的关系，咋说呢？举个例子吧。她嫁给赵家窑的赵三根那阵，我是伴娘；我结婚那阵，她像亲姐姐一样陪护左右。可我俩的区别同时也显现出来了。作为国家正式干部，我必须带头晚婚晚育，严格执行一胎政策。梅香仍然属于农业户口，生一胎后，间隔四年还可以生二胎。也就是说，继安娜来到人间之后的第五年，梅香的第二个女儿安琪也来到了人间，而那时我连第一胎都没怀上呢。并非我有多么高尚。说穿了，机关男女干部本来狼多肉少，男同志是狼，女同志是肉，我找对象的条件自然水涨船高，一番东挑西拣，让土堡乡的干部杨世刚后来居上成了我一生的枕边人。婚期决定生育。一步晚，步步晚啊！

得认！假如没有跳出农门，我就是第二个唐梅香。

二

　　一道慢坡，车身微微后仰。我下意识地伸手扶梅香，手背却"啪"地挨了她一巴掌。我差点忍不住了，想吼，但理智压制了我。一旦吼出来，就无法给同志们解释了。我其实非常想给梅香表达这样一层意思：尽管我俩处于目前这种尴尬的场合，但我对你的真情丝毫没有改变。我始终没能张这个口，既然认为我在演戏，那么，所有的解释都摆脱不了婊子与牌坊的意味。

　　能改变吗？当年她怀上安娜的时候，我每逢下村蹲点，都要绕道去赵家窑陪护她。她是咱班女生中第一个怀孕的，或多或少算咱花季时代的一个美好事件。在看望她的女生中，我无疑是腿最勤的，没有之一。她既怕耽搁我的工作，又渴望见到我。本计生专干科班出身，好歹也算半个医生呢。安娜出生的第二年，梅香就急着想争取二胎指标。我明白她渴望一个男娃。这个理由其实用不着解释的。有关部门老是拿抵制封建的、腐朽的传宗接代思想热炒宣教的剩饭，就是不敢直面触碰山区农民与劳动力之间的关系这一要命话题？口口声声说男人是人，女人也是人，甚至说妇女能顶半边天，那都是象牙塔里的知识精英们站着说话不腰疼。山区农民养家糊口靠的是扛麻袋举石夯赶牲灵当麦客，靠的是盖房能骑墙放羊能赶狼，拼的是硬身板和死力气。男娃是啥？是日子的另一种，是光阴的成色，他比香火更麻达，他就是一家人的铁门坎、顶门杠、护身符。这是硬逻辑，是千古世事。有次，从城里来的县计生委主任在全乡育龄妇女大会上宣讲男人和女人如何如何一样，有位妇女当场火了："同志，能一样吗？你裆里还比男人少一块材料、多一个缺陷哩，你不承认这一点，你就不是女人生的，驴也不会生你。公驴和母驴的力气啥成色，驴比你还要亮清。"

　　那年赵三根在深圳打工打成了腰肌劳损，被药罐子腌上了。返乡后，一干重体力活就龇牙咧嘴，只好歇手，一家人的烟火气顿时减了半，像是跑风了，漏气了。梅香给我一声叹息："不生个男娃，天就塌了。"她还告诉我两件事，一是本来不讲迷信的他开始求神拜佛了，否则一颗心悬悬的没有个落点；二是开始重读鲁迅，她发现自己像极了一个女人：祥林嫂。

以第二胎和女性的名义孕育在梅香体内的安琪，一定没想到像苍蝇一样误闯子宫，毫不知羞地给家庭带来了难堪。梅香中途想打掉她，心一软，就没下手。"这娃，是讨债哩，追我的命哩。"梅香说。怀胎十个月，我照样隔三岔五都要去一趟。安琪满月那天，同学们相约去探望，个个表情诡异，既不像道喜也不像安慰，反正都把兴高采烈的意思像剪纸一样装裱在脸上，"小棉袄""千金""一枝花"啥的夸个不停。"早知大家要来，咱得摆一桌，热闹一下。"赵三根说。明知这个臭男人在撒谎，撒就撒吧。大家毫无原则地说说笑笑，话题悄悄绕到农药涨价种地赔钱打工受欺负上来。"都在吃农民呢，下辈子要转世投胎，宁可给城里人当宠物狗，断不能当种田的。"聚会比安娜满月那次潦草了许多，还没到高潮呢，就在低潮处收了场。大家走了，我一个人留了下来。

"珍，你才是我真正的月婆子哩。我生娃生到这份上，假如没有你，我死的心都有了。卦象上说，我和赵三根命里没有男娃。"梅香那天絮叨个没完，泪如倾盆，足可缓解全乡的旱情。她告诉我，宋金发这个暴发户只给了她一个半月的产假，要求必须如期返城伺候他长期包养待产的一个女人，这个色鬼到底明明暗暗包养多少个女人，给他生了多少个娃，恐怕只有宋金发自己才数得过来。而梅香生娃的前提是：按期不到，解雇。"你瞅瞅，这，就这，白了好多，我会不会变成白毛女呢？"梅香扒拉着自己的头发。我心里有些毛，我不仅想到祥林嫂，还想到抑郁症，千万别啊！

桌子底下掖着一个鼓囊囊的大纸包，分明是个新买的香炉。记得小时候看到的连环画中有这样一个画面：不堪凌辱的白毛女，高举香炉怒砸地主黄世仁……把白毛女的胆借一半儿给梅香，料想她也不敢怒砸宋金发，她只能把香炉留给自己。宋金发和香炉，都是她的命。

三

三轮车刚刚拐了个弯儿，"啪"的一声，一团热乎乎的东西裹挟着恶臭从天而降，毫不客气地糊了我一脸，是乌鸦屎。够倒霉了！我一声不吭，从包里取出卫生纸。"你说这乌鸦，咋不朝我使坏哩。"梅香说。话音刚落，"啪"的又一声，我再次横遭不测。我仰望苍天，无语；乌鸦俯瞰大地，一片聒噪。

"任爱珍，你晓得你当演员，适合演啥角色吗？"梅香又来了。

女间谍？女特务？准这个意思了。这个梅香，这个浑蛋，恶毒！真想踹她一脚，但理智又一次封锁了我。回头想来，在她严重违规怀第三胎的问题上，我还真有点女间谍的意思，只是俺我为女间谍的可以是天底下的任何人，唯独不该是她。大概是去年夏收扫尾不久吧，梅香突然悄悄摸到乡上来："有个事，我估摸一千遍一万遍了，还是找你底实些。"她告诉我，这些日子忙着割麦、打碾、扬场、扛麻袋、赶牲口、交公粮，拼了一个多月，人晒黑了拼瘦了事小，要命的是拼出红来了。我心里一拧，下意识地扫了一眼她的肚子。"天哪！你……第……第三胎？"

"嗯。刚刚三个月。"

"见红了？"

"嗯。"

"血量……"

"不大，可所有的医院不敢明着去，我……我死了不要紧，娃儿要保。"

"男娃？"

"嗯，偷偷给一家医院做B超的塞了三千元，查了，是男娃。"

难以形容梅香当时的表情，咋说呢？仿佛一介农妇的子宫里收容了一位落难皇帝的太子，喜悦、惶恐、哀伤、渴望、期待、绝望……啥都有了。我当时怔了半响。梅香这是哪壶不开提哪壶，自投罗网送上门来，却等于塞给我一个炸药包。两个要命的选择堵住了我的退路：要不，顺手牵羊把她交给突击队，这样的结果必然是强行做人流手术，我因此而立功受奖，成为大英雄。要不……还要不个啥？如果不是我，借给她一万个豹子胆老虎心，她，敢来？我憋出一句与主题无关的话："我，也有了，也是三个月。"

我不忘补充："今后别再信神信鬼了，卦象说你和赵三根命里没男娃，这不来了嘛。"我晓得这种空洞的说教等于放了个……屁吧。如今村村都在建庙堂，修宗祠，不少镇子都建了教堂，那一呼百应的场面，震撼死了。

接下来的事，天知地知，我知她知。我以进城为自己检查胎位为由给乡上请了假，偷偷领着梅香到了县计划生育工作指导服务站。"我的朋友，第一胎，见红了，想保。"我镇定自若。站里的同志都是熟人熟脸，二话没说就给梅香查了胎。医生的口气带着责备和庆幸："如果晚来半天，不！几小时，流产就板上钉钉了。分明是干重体力活累的，那些活，让男人们去干嘛！乡下的女同志，就是不注意这一点。"所有的医生和护士都没有按规定检查梅香的准生证、户口本和介绍信，谁也不会料到我把炸药包拎到了这里，一旦爆炸，将集体沦陷。他们百分之百相信了我。我是谁？我是堂堂正正的计生专干，我的特殊身份就是梅香的初胎证明，就是原则和真理，就是正能量，就是实事求是。

三个月，是胎儿的脆弱期和危险期，而保胎的保险系数到底有多大，只有女人的子宫说了算。一般来说，三个月内保胎，真正的危如累卵，到了第四个月，仍然是雾里看花，过了五个月，才算勉强抓住了救命草，过了六个月七个月，胎儿才算稳坐中军帐，只等十个月大吼一声出征人间了。这期间，梅香一改怀前两胎时的从容不迫，从来没有在婆家待过一天。为了躲避各村的计划生育信息员——实际上是乡上为了监控育龄妇女和"四术"对象而在各村发展、安插的卧底，她像狼狈的流窜犯一样东躲西藏，打一枪换一个地方，娘家、姨家、舅家、大姑子家……更多的是在女同学家养精蓄锐。按我们的行话，属于典型的"逃跑户"。工作组查上门来，婆婆一句话就堵上了："查啥查？儿媳跑南方打工去了。"这个挡箭牌是铁逻辑，不由你不信。儿子不行了，儿媳就得南下。在我们眼里，孕妇背井离乡，都属于计划生育流动人员，也就是各地都在合力围剿的超生游击队。

这期间，我俨然成了地下工作者。一旦有同学来乡上和我接头，我立即以给落实过"四术"任务的妇女提供保健服务为由，偷偷带上听诊器和保胎药品，潜往梅香的藏身之地。我其实比梅香更要紧张，一举一动，如履薄冰，心悬一线。相对于遍布各村的"四术"对象及其家属，我在明处人家在暗处，要报复易如反掌。这样的教训不是没有过。武装部长老家的猪狗鸡猫被人毒倒了一大片，后来真相大白，是一个引产对象的丈夫反戈一击……其实我更担心闯入卧底——咱"自己人"的天罗地网，各村的卧底不显山不漏水，大多与乡干部单线联系，每揭发一个手术对象的行踪，由上线直接兑现信息费，如果察觉我是个"内鬼"……有一年突击队夜袭后沟村，乡党委办公室秘书小孙提前赶到后沟给计划外怀孕的表姐通风报信，致使攻坚战一败涂地，前功尽弃。第二天小孙就受到了处分，还被取消了后备资格。文面书生准没想到——或者想到了：他在后沟的一举一动，没逃脱卧底的火眼金睛。

印象最深的是在斜坡村蒋连珠同学家那次，蒋连珠当时已经是斜坡村的妇联主任，她利用这个特殊的身份为掩护，前后接应过梅香三四次。有次我们几个同学相约去蒋连珠家看望梅香，却见堂前红烛高照、紫香燃烧，一片肃穆气氛。妇联主任高高举起一炷香："同学们，香蜡是梅香带来的。非常时期，相信大家能够理解。夜长梦多，最怕咱内部有人扛不住。好在彩凤信的是基督，有《圣经》管着；秀菊信的是佛，有《金刚经》管着。其他同学——包括我和爱珍两个党员干部，希望能对着香蜡发个誓。"

"人在做，天在看，举头三尺有神明。"我们这些"其他同学"念念有词。

蜷在炕上的梅香一副寡妇样儿，死死咬住被角，啜泣不断。炕角的一张《甘肃日报》上，勾勾画画涂满了男娃才有的名字，都很洋：赵文澜、赵熙安、赵诗翔、赵远鹏、赵金樽、赵鸿志、赵凌云……分明要分娩一批赵姓文武百官教授老板的架势。梅香慌忙想把报纸掖起来，但为时已晚。"还是……嗯，还是叫赵存根吧！哦……不！和他大（方言：指父亲）三根的名字撞了，那就叫……叫……"我赶紧搂住她穷开心："听，咱俩的娃儿，在相互问好哩。"

梅香抹了一把眼泪："你这算是大龄怀第一胎，来回奔波，悬着呢，千万要当心，不像我，生娃像串门似的，道儿是通的。记得不？我还说过，等你生娃时，给你当月婆子哩。谁能料到，咱俩这催命的娃，一搭来了。"

"心有灵犀的人，啥都像商量过似的。"

梅香惨惨地笑了："珍，下辈子，你当小姐，我当丫鬟吧，我用一生伺候你。给宋金发那样的人家当保姆，感觉自己是一条狗。"

四

三轮车穿过一道沟，一间早年用来看秋的土坯房闯入视野。房顶早已被拆光，后墙背对公路，破门朝庄稼地那头。一堆残垣断壁，像一个从岁月里走来的古堡。乡干部们经常长途奔袭，把这样的破房子戏称女同志的服务区。男同志裤裆里的营生好对付,阳关大道上随便一个侧身,就趾高气扬地解决了,但女同志不行,女同志就是女同志。

"师傅——停一下,服务区到了。"队长从后面喊。大家心领神会。队员们把我和梅香扶下车,后撤几步,背靠公路站成一排,一边嘻嘻哈哈,一边哗哗啦啦。不依不饶的乌鸦们歇下翅膀,栖满枝头,"哇哇哇"的响成一片,也不晓得是哭是唱。

"你先进去吧!你去完,我再去。里面太窄,两个人转不过身子。"

梅香一定没懂我的意思。我提醒她"你去完,我再去"而不是"你回来,我再去"。所有的深意和聪明全在里面了。这里地形比较复杂,破门对面是一溜儿斜坡,坡后便是沟口,一进沟便是大沟套小沟,沟沟岔岔挤满了黑乎乎、密匝匝的柏树林。梅香迂回到破门那头,实际上就转入了我们视线的死角,若想溜之大吉,可谓十拿九稳。——我巴不得梅香逃跑。

男同胞们显然是憋急了,下半身没完没了。队长老甄一边呲溜儿,一边摸出一包香烟,一根一根抛过去。似乎没人担心梅香会逃之夭夭,难道他们完全相信了我这个女"看守"?有那么几秒钟,我真的怀疑老甄的动机。这些年来的集体行动中,疑似监守自盗的事情也不是没有,煮熟的鸭子也飞了不少。比如有次副乡长领一帮男同志抓马家寨的马翠翠,也是途中解手时让马翠翠给跑了。颇像放虎归山,却成了无头公案。有人怀疑是副乡长故意放的水,可偏偏找不到证据。女人要解手,男同志总不能守着看黄片吧。这样的客观因素,最能掩盖主观故意。关于那位第一、第二、第三胎都生了女娃的超生"纯女户"马翠翠,有多个版本,一种说法是关于她逃跑前的,说是马翠翠怀第四胎前精明了,在上海打工时成天琢磨染色体,借种怀了个男娃。还有一种说法是关于逃跑后的,说是在异乡生下娃后,母子双双改名换姓,如今娃儿已经会站着尿尿了……为了免遭大家怀疑,我欲盖弥彰地靠近了后墙,摆出一副忠于职守的架势。一分钟过去了,五分钟过去了,十分钟过去了……谢天谢地！这要命的冤家准没影儿了。我如释重负，如沐春风。

可是……可是天哪！梅香居然现身了。她的第一句话是："别担心，有你在，我跑不了。"

该我进破房子了。我看到了梅香光天化日之下诞生的一堆热气腾腾的秽物。这不是她平时的做派，至少应该用土疙瘩和衰草苫了的，可她没有，她在用另一种方式臭我。乌鸦是冲我的脸，梅香是朝我的心。我蹲下身子，终于可以泪如泉涌。是伤心，也是肚子隐隐作痛。

五

三轮车又启动了，乌鸦在枝头再度旋起。"这大过年的，你能挣多少奖金？"梅香说。

"你说呢？"

"我晓得你未必在乎个这，仕途嘛，抠的是政绩。你官场多年，我才发现你真的锻炼出来了，将来是当乡长的料。其实，任爱珍你也够没脑子的，你冠冕堂皇、阳奉阴违、欺上瞒下帮我保胎几个月，真的不怕我告发你？"她终于狠狠戳到我的软肋了。她如果真的杀一个回马枪，我跳进黄河也洗不清，只有应声落马。可她突然又自嘲地笑了："哈哈哈，我差点忘记了，你反过来会说是在深入虎穴、欲擒故纵、放长线钓大鱼，这是你计划生育工作惯用的招法吧。我还是不如你这公家人聪明。"

"我真的比你聪明吗？"

"你这是笑话我。今后谁笑话谁还说不定哩，你还有脸皮去我的娘家唐家坪、我的婆家赵家窑指导所谓工作吗？你还有脸见咱的同学吗？也许，你敢，一个不要脸的人，我得相信你脸皮的厚度。"

那次攻坚战，我打死也没想到猎物会是梅香。突击队平时的行动方式,一般都是白天睡大觉,深夜组织"零点行动"。为了不走漏风声,往往是"命令不隔夜"。但这次"不打年盹"的行动命令却是乡长一大早下达的,除了队长老甄,谁也无权过问到底奔袭哪个村,哪一户,哪个人,大伙跟着跑腿就是了。乡长说:"都说狡兔三窟,没想到这个引产对象是狡兔三十窟,据我们的信息员报告,她昨晚流窜到了咀头村。她自以为神不知鬼不觉,咱倒想看看,到底谁是真正的神?谁是真正的鬼?"按我大腹便便的身体状况,说啥也该请假休息了,可我必须主动请缨参战上火线。这样的范例够多了,那年书记的母亲大人病危,书记仍然亲临追逃一线走村串户,靠前指挥。结扎对象逮住了,可母亲至死也没能看上儿子一眼。书记每每提及此事,就喟然长叹:"忠孝不能两全啊!"乡长的宝贝女儿考上了兰州大学,说好要亲自陪同报到,恰恰卧底提供了一个人流对象的行踪,二话没说率队出征,女儿一个人孤苦伶仃地挤上了西去的火车,后来给爸爸寄来一首诗:《一个人的车站》。

乡长爱怜地拍拍我的肩膀:"小任,你身体虚弱,尽管避开了夜袭,白天行动也应注意身体,还是让男同志用自行车驮着你去吧,回来时有三轮车呢。"

我感激地点点头。车队经过一个多小时的行程,很快到了山下。自行车全部集中起来由我看管,其他队员立即顺着羊肠小道步行上山,直取咀头村。大概三个多小时后,羊肠小道上再次出现了队员们的身影,八人变成了九人,前四后四,中间夹着一个女人。我庆幸地长出了一口气,成功了!

近了,近了,更近了。我瞠目结舌,是梅香。难以忘记她一刹那惊鸟一样的表情:眉,一抖;眼,一睁;嘴,一张,分明是倒吸了一口凉气的。她的脚步迟疑了一瞬,又迈开了。过年的大红袄和烫发头上有草屑和土痕。我想到了地窖。

"梅……"

风搅散了她坚定而简单的回应，我琢磨了老半天，才搞清是我们中学时代经常讨论的一个文学形象：甫志高。

六

三轮车慢了下来，快进九十里铺镇了，来来往往的行人、骡马、车辆渐渐增多。来自各村各寨的社火表演队正在主街上集中，秧歌队、彩灯队、高跷队、花车队、锣鼓队排成一条长龙。"叭叭叭……""叮叮咣……"爆竹声声，锣鼓喧天，人声鼎沸。一路同行的乌鸦们大失所望，盘旋了几圈，显然有鸣金收兵的意思。梅香突然拎起食品袋，一扬手，食品袋飞入坡下，乌鸦们箭一样俯冲下去……

社火——曝光——震慑。我突然意识到正月十五大白天突袭的另一层意思了。三轮车缓缓汇入社火队伍，像最奇葩、滑稽的一台花车。两个大肚子像两个耀眼的大灯笼，还用说吗？突击队战果辉煌，一次逮俩。"队长——"我回头喊了一声，我绝望的喊声像掉进沧海里的雨滴，队长根本没有听见。

"这有啥丢人的？大英雄可别下车啊！希望你继续陪着我，都陪一路了。"梅香一眼看穿了我的内心。

三轮车像绅士一样款款而行。耳朵里塞满了品头论足："这叫躲得了初一，躲不过十五。""可惜两个大灯笼了，一进卫生院，全瘪。"有人好像认出我来了。"这不是乡上的任专干吗？咋也在上面哩？八成是超生逃跑，给追回来啦。""哈哈哈，同学押着同学，大义灭亲，一路同行。"这当中有没有我的亲友、熟人、同学，我全然没了判断力。我紧勾着头，脑海里黑一片，白一片；白一片，黑一片。世界像没了，又有了；有了，又没了。

当时的心情，咋说呢？送我个老鼠洞，也没心思钻进去，就想死。真的！我几次想朝后一仰来个倒栽葱，脑浆迸裂，彻底与眼前的一切做个了断。可是,能死得了吗?腹内又一次作痛,是那种牵扯般、撕裂般的痛。异样的疼痛是否与一路的纠结、紧张和颠簸有关,我不好公然讨巧卖乖,但肯定殃及胎儿了。恐惧、担心和后怕让我大汗淋漓。而此刻的梅香居然高高地昂起头,一副死猪不怕开水烫的样子,大义凛然,视死如归——这样用词肯定不妥,可真像啊!西北风恣意扒拉着她黑白相间的乱发,干裂的嘴唇渗出丝丝血迹,扬起的目光越过人群,眺望远方。天空苍茫,远去的乌鸦们像一颗颗麦粒儿。

卫生院到了。队员们把我和梅香扶下来。早已严阵以待的医生和护士们表情严肃,像是迎接刚刚从战场上挂彩归来的伤员。呛鼻的来苏水味儿包围了我们。乡长大手一挥:"同志们!这叫新年开门红,喝完庆功酒,马上手术。"

梅香突然转过身来,微微笑着:"珍,抱抱我吧,像往常一样。"

居然叫我"珍"了。我一时没反应过来。队长老甄倒是反应极快,敏捷地把我朝后拽了一把,我立即理解了老甄的意思。这个时候接受手术的女人都是母老虎,会吃人的,可我却神经质地迎了上去,双臂不听使唤地张开了……才多久没见啊,可肢体传递过来的感觉已不一样。和臂膀同时送过去的,还有彼此的大肚子,像同时捧上两个侧扣的大锅,硌着,有点异样的顶。这算拥抱吗?当两个女人的胸脯慢慢贴上去的时候,就像在努力构成一个正立的三角。几何学上,正立的三角是最稳定的,可我俩这一拥,却形同跋涉,摇摇欲坠。

"珍,感觉到了吗?咱的两个娃儿,在道别呢。"

"梅……"

我想说肚子疼,这算叫苦?还是想博得同情呢。我终究没说出来。

"你生娃时,我可以给你当月婆子了,你会答应吗?"

当时咋回答的,我至今没想起来。可我预感到难产正在朝我步步紧逼。除了我,没人知道后来胎死腹中的理由。伤痕累累的子宫再次让我成为一名母亲的时候,已时隔六年——这是后话。

那天的结果轰动全乡：梅香——跑了。全体队员、医生、护士聚在食堂喝完庆功酒，一进手术室，集体傻眼：高高的后窗洞开，一条用撕开的床单、窗帘布、护士服搓成的绳子，牢牢地绑在窗框上，拖在后墙外，像清朝老朽们拖在屁股上的一条粗辫……

尾　声

仿佛一个遥远的传说，可它真是往事。我看出了小董目光里的好奇。乡上欢送小董南下返校之后，我这才想起有人曾托他捎给我一封信的。我在电话中提到那封信："谁写给我的？"小董却说："任乡长，其实那封信您已经没必要看了，假如我此生还有机会名正言顺地回到故乡，我会捎给您另一封信的。"这算啥话？如今的大学生，涉世不深心眼不少。我故意开了个玩笑："真是数典忘祖啊！你不是已经返回你的故乡广州了吗？"

那天整理二十多年前的旧资料，一张疑似小董的照片赫然出现在报端，咋会呢？记忆深处检索到一个人：宋金发。小董长得是像宋金发吗？我来不及回答自己，赶紧把目光移向窗外，一群乌鸦正在天空盘旋，和当年一路同行的乌鸦一模一样。